KB261359

청혼

초판 1쇄 찍은 날 § 2007년 1월 15일
초판 1쇄 펴낸 날 § 2007년 1월 25일

지은이 § 서야
펴낸이 § 서경석

편집장 § 문혜영
편집책임 § 이종민
편집 § 한지윤

펴낸곳 § 도서출판 청어람
등록번호 § 제1081-1-89호
등록일자 § 1999. 5. 31
어람번호 § 제5-0124호

주소 § 경기도 부천시 원미구 심곡1동 350-1 남성B/D 3F (우) 420-011
전화 § 032-656-4452 팩스 § 032-656-4453
http://www.chungeoram.com
E-mail § eoram99@chollian.net

ISBN 978-89-251-0501-7 03810

청혼
서야 지음
도서출판
청어람

프롤로그

낙엽 하나가 데구루루 동전마냥 떨어져 유리 창문에 덥석, 붙어버렸다. 올해 가을은 유난스럽게 바람이 성화를 부려대는 편이었다. 교실 안엔 아직 그 찬기가 와 닿지도 않았는데 괜스레 옷을 치켜올렸다. 서울의 가을은 늘 여름 곁이기보다는 겨울에서 떨어져 나온 작은 조각 같은 기분이다. 이제 겨우 가을의 문턱에 섰을 뿐인데 이렇게 보는 것만으로도 한기가 밀려오는 걸 보면.

창밖으로 보이는 가을의 풍경은 그 바람보다는 좀 나은 편이었다. 마른 낙엽이 운동장을 휩쓸고 지나가는 모습은 영화 속의 한 장면처럼 아름다운 편이니까. 그러나 그뿐, 고층 아파트 속에 둘러싸인 학교의 풍경은 딱 그만큼이었다.

창밖을 지나는 한 녀석이 우와! 탄성을 지르며 제 생명보다 더

짧게 떨어져 버린 빨간 낙엽 하나를 집어 들며 좋아 어쩔 줄 모른다.

환하게 웃는 아이의 웃음이 좋아 내 입가에도 절로 미소가 스몄다. 돌아갈 수만 있다면 나도 저 시절로 돌아갔으면 좋겠다. 문학을 꿈꾸고, 영화 속 남자에 대한 작은 환상에 밤을 지새우던. 하지만 금세 미소가 사라지며 무거운 한숨이 새어버렸다. 어찌 할 수 없이 어른이 되어버렸고, 이젠 내 아이가 저런 미소를 짓는 걸 보며 폭삭 삭아버리는 것만이 남았다.

타다닥!

스산한 바람이 유리창에 부딪혀 요란한 소리를 냈다. 덕분에 아쉬운 상념들이 빠르게 사라지고 대신 내가 앉은 현실이 눈에 보였다. 아이들이 모두 사라진 교실은 유난히 넓어 보인다. 예정되었던 교사 회의가 취소되어 버리고, 내일은 재량 토요일이라 별로 남은 할 일도 없었다.

—내가 만일 하늘이라면 그대 얼굴에 물들고 싶어…….

조용한 교실에 저음의 남자 목소리가 울렸다. 작년에 충동적으로 다운 받은 후 한 번도 바뀌지 않은 내 전화 벨소리였다.

[어디야?]

"학교."

성미 급한 엄마는 상대방을 확인하는 작업도 없이 불쑥, 묻기부터 먼저였다. 흥겨운 엄마의 음성에 비해 내 목소리는 어딘지 힘이 빠진 맥없는 톤이었다.

[왜 아직 학교야? 오늘 일찍 오라고 했잖아!]

애써 기억하기 싫은 이유가 엄마로 인해 순식간에 수면 위로 떠올랐다.

[오늘, 강 박사님이랑 저녁 식사 있다고 하지 않았어? 왜 그렇게 애가 굼떠?]

"……가고 싶지 않으니까."

[뭐?]

"아니, 아무것도 아니야."

[강 서방이 학교로 데리러 간다고 했으니까 그렇게 알아. 둘이 만나서 그곳으로 곧장 와. 너! 늦으면 알아서 해!]

으름장까지 빼먹지 않으며 엄마가 전화를 끊자 기다렸다는 듯이 또다시 벨소리가 울렸다. 흠칫, 몸을 떨며 전화를 받았다. 역시 산이다. 그의 이름이 찍힌 전화를 한참을 바라보다 마지못해 홀더를 열었다. 벌써부터 피가 막히는 것 같다. 산의 전화는 느긋한 음성과 달리 무형의 족쇄처럼 옥죄는 그런 무언가가 있었다. 미처 다가가기도 전에 내미는 손의 온기가 그리 반갑지 않은 것처럼.

[공주님! 아직도 학교야?]

느물스런 말투 때문인지 산의 입에서 나오는 '공주님'이란 말은 그 단어가 가진 본래의 의미가 아닌 반대급부의 이미지를 불러일으킨다.

"응."

[잘됐네.]

"……."

[지금 가고 있는 중이야. 마침 근방에 일이 있어서 내가 데리러

가겠다고 했거든.]

들고 있어? 내 침묵에 산이 다시 물어왔다. 응, 하고 대답은 하지만 어깨에서부터 힘이 쫙 빠지는 건 어쩔 수 없었다. 광고업체의 사장인 그가 이 근방에서 볼일이라는 게 무얼까? 하는 생각이 들었지만 굳이 묻지는 않았다. 사실은 그의 대담한 대답에 더 겁이 났을 수도 있고.

엄만 마치 억만 원의 복권에 당첨된 것마냥, 강씨 집안과의 혼사에 신이 난 모양이지만 난 아니었다. 뭐라고 할까? 마치 상품 가치를 평가하는 품평 대회에 나간다는 기분이랄까? 이리저리 뒤적거리는 강 박사님 부부의 시선 속에 놓이는 건 그리 유쾌한 일은 아니다. 게다가 일방적인 산의 결혼 의사는 거의 공포에 가까울 정도였다. 그는 마치 결혼에 삶의 모든 것을 건 도박사 같다. 전혀 그럴 만한 입장도 아닐 것 같은데 말이다. 오늘의 만남 역시 결혼을 앞둔 준비의 단계라 하루 종일 체증이 내려가질 않았다.

[가기 싫어?]

눈치 빠른 산의 질문에 어깨가 움찔거렸다. 내 속은 유리 같은가 보다. 애써 감춘다고 하는데도 늘 유리처럼 환히 보이기가 일쑤다. 그런 점 역시 불편했다. 강산이란 남자 앞에서는.

그럼, 안 가도 되는 거야? 속으로 물었지만 대답도 역시 알고 있었다. 아니, 꼭 가야 돼! 산의 음성이 쟁쟁하게 울리는 것 같다.

[금방 도착할 것 같으니까 기다려.]

"지금 나갈게. 교문 입구에 서 있어."

서둘러 못을 박았다. 어차피 가야 할 자리라는 건 이미 알고 있었고, 내 거부 역시 가볍게 묵살될 거라는 걸 안다면 남은 건 우아한 수용뿐이다. 내 성급한 말에 산의 불편한 기색이 느껴졌지만, 이번에도 모른 척했다. 아직 퇴근하지 않은 선생님들과 운동장에 남아 있는 아이들 시선 속에 번쩍이는 은빛 외제차에 오르는 모습 따윈 보여주고 싶지 않았다. 그래서 약간 빠른 손놀림으로 책상 위를 말끔히 정리한 후 교실을 나섰다. 교실 안쪽보다는 한결 서늘한 공기가 나서는 내 살갗에 오돌한 돌기를 세운다. 생각보다 닿는 바람이 차가웠다. 복도를 지나가던 한 남학생이 '퇴근하시는 거예요?' 밝게 인사를 건넸다. 매번 시험을 보면 국어 과목에서는 성적이 좋은 녀석이었다. 이름이 윤기호라는. 그래서 그런가? 나를 대하는 그 녀석의 태도는 늘 스스럼이 없는 편이었다.

기호에게 어색한 웃음을 건네며 낡은 형광등 탓에 동굴처럼 어둑한 복도를 빠져나갔다. 복도에 비해 그나마 환한 현관 쪽으로 나서자 아직 넘어가지 못한 햇살이 눈을 톡 찔렀다. 그때였다. 교무실 입구를 채 나서지 못한 내 앞으로 긴 그림자가 톡 튀어나왔다.

"타!"

교문으로 간다고 했는데…….

"차 대어놓기가 녹록하지 않았어."

찡그린 내 표정에 그가 빙글대며 묻지 않은 대답을 했다. 고집스런 사람이야. 학교 안까지 차 대는 걸 끔찍이 싫어하는데도 그는 늘 이런 식으로 제멋대로였다.

딱!

그의 긴 손가락이 이마를 튕겼다. 장난스런 손짓이긴 했지만 나못지않은 불쾌한 기색이 짙은 눈썹 사이로 살짝 드러났다.

"이마가 톡, 튀어나왔어. 좀 반갑게 맞아주면 안 돼?"

차에 오르는 팔꿈치를 부축하며 끝내 한소리를 박는다. 그의 말보다 뜨끈한 체온에 나도 모르게 움찔, 근육이 떨렸다. 그와 만난지 육 개월이 다 되었고 이제 곧 결혼까지 앞두고 있지만 이런 신체 접촉은 여전히 어색했다. 작은 움직임이었는데 예민하게 알아차린 그가 잔뜩 얼굴을 찡그렸다.

"너를 보면 꼭 강간하는 기분이 들어."

부끄럼 없이 내뱉는 말에 열기가 확 솟구쳤다.

"무슨 말이 그래?"

"결혼하자는 거야, 너랑 같이 자자는 게 아니라. 그런데 꼭 그렇게 제물 처녀처럼 굴어야 속이 시원하겠어?"

날카로운 말투에 비해 운전하는 솜씨는 부드럽다. 그의 시선이 느껴졌다.

"우리 부모님, 뭐 그리 편한 분들이 아니라는 건 알아. 솔직히 나 역시 그런 거만한 태도를 보면 좀 뒤틀릴 때가 있지. 좀 선인장 같은 사람이야, 우리 부모님."

이른 시간인데도 가는 길이 꽉 막혔다. 또 얼마나 못마땅해하실까? 이 시간이면 퇴근 시간이란 걸 뻔히 알면서 편한 선생인 주제에 바쁜 아들 부려먹는다고 타박하실 그의 부모님들을 떠올리며 그의 말을 흘려들었다. 게다가 초라한 내 몰골도 그렇고.

아침에 서둘러 출근하느라 대충 머리를 묶은 게 전부인 내겐 이

건 고역을 넘어서 고문이었다.

"그래도 결혼하면 바로 분가할 거니까, 결혼식까지만 참아줘."

"음악 들어도 돼?"

내 질문에 그가 날치름하게 눈을 세웠다.

"내 말, 듣기는 한 거야?"

"마음이 심란스러워서 그래."

까탈스럽긴 정말……. 투덜거리긴 했지만 그래도 오디오 쪽으로 손을 뻗는다. 늘 깔끔한 차림새답게 가지런히 정리된 CD들은 전부 클래식 음반이었다. 그것도 바로크로 편중된. 그곳에서 그나마 귀에 익숙한 바흐의 곡을 집어 CD 박스에 넣었다.

무거운 첼로의 선율이 반주없이 흘러나오는 곡을 들으며 시선을 창가로 향했다. 멀리 한강이 보인다. 낡은 세월을 감추지 못한 한강은 물기 하나 없이 바싹 마른 사막 같다. 한강을 바라보는 눈빛이 퍼석해졌다. 스물여덟의 삶을 살면서 내가 느끼는 한강의 느낌은 늘 아름다움과는 거리가 멀었다. 특히 오늘처럼 음울한 날은 더더욱. 출렁이는 차의 규칙적인 리듬감과 무겁게 가라앉은 음악 탓에 점점 몸도 함께 가라앉기 시작했다.

파삭!

잠깐, 졸았나? 무겁게 깔리던 첼로의 음률은 이제 활기찬 칸타타로 바뀌어 있었다. '눈 뜨라고 부르는 소리가 있도다'. 남성 합창단들의 목소리가 인상에 남아 내가 기억하는 유일한 칸타타였다. 그리고 가끔 그가 콧노래로 부르는 것이기도 했고.

"벌써 도착했어?"

어느새 차는 거대한 건물 앞에 멈추어져 있었다. 붉은 벽돌과 푸른 인조 넝쿨이 늘어진 건물 외벽은 식당보다는 어디 뉴욕이나 파리에 있을 법한 고풍스런 성의 풍모를 닮았다.

"피곤했니? 무슨 잠을 그렇게 죽은 듯이 자?"

그가 짜증스럽게 물었다. 그 말에 언뜻 기분이 상했다. 몸이 피곤한 게 아니었다. 그리 반갑지 않은 모임에 긴장한 탓인데 애먼 짜증을 부리는 그에게 곱지 않은 마음이 들었다. 빤히 바라보는 시선 앞으로 각진 산의 얼굴이 바짝 다가섰다.

"왜 그렇게 빤히 바라봐? 키스하고 싶어지게……."

그리고 이렇게 노골적으로 드러내는 성적(性的)인 대사도 불편하긴 마찬가지였다. 양 어깨를 잡은 그의 손아귀의 힘이 점점 짓눌러 왔다. 심장이 섬뜩해졌다. 정말, 제 성미대로 이 자리에서 진한 키스라도 퍼부을 것만 같아 얼른 발 하나를 차 밖으로 내밀었다. 숨 막히는 그의 향을 벗어나 신선한 공기를 힘차게 들이마셨다.

"우리 공주님, 또 놀라셨네."

빙글대는 입가와 달리 그의 눈매는 약간 서늘해져 있었다. 요즘, 예리하게 날 선 그의 신경은 아무리 무딘 나라도 모를 수 없었다. 그에게 벗어나서야 비로소 숨을 내쉬는 내 몰골에 미안해져 슬쩍 시선을 피했다.

"어, 어른들이 너무 오래 기다리신 것 같아……."

굳어진 눈꼬리가 마음에 걸려 더듬거리는 내 변명 소리는 거친 차 문 소리에 흔적도 없이 사라져 버렸다. 그가 자신의 애마인 람

보르기니를 거칠게 다룰 때엔 나에게 불만이 있다는 증거다.

예상대로 제시간에 정확히 도착한 어른들은 당사자를 제외하고 즐거운 담소를 나누고 있었다. 멀리서 보아도 산의 부모보다는 내 부모 쪽이 훨씬 흥분돼 보였다. 평범한 중학교 교사인 내게 강산이란 남자는 분에 넘치는 자리였으니까.

"아휴, 왜 이렇게 늦었니? 좀 서두르라니까."

행여 흠이라도 잡힐까, 다가서자마자 엄마가 먼저 선수를 쳤다.

"죄송합니다. 제가 데리러 간다고 해놓고선 회사에서 늦게 출발했어요. 많이 배고프시죠? 얼른 주문하죠. 저도 점심을 대충 때웠더니 허기가 지네요."

우물쭈물 사과를 건네는 내 앞으로 경쾌한 음성이 막아섰다.

"그럼 너라도 먼저 출발하지 그랬니? 어른들 기다리시게."

그러나 결국 그의 어머니 쪽에서 옹이진 말을 쏟아내었다.

"네…… 죄송합니다."

"제가 가지 말라고 했어요. 유인이 먼저 보내고 저 혼자 무슨 재미로 옵니까?"

"어디 여행 가니? 거기서 거기인 거리에 각각 따로 오면 무슨 일 나?"

"네! 제가 큰일나요. 유인이 혼자 잘 갔나, 나 없는 사이 어느 재빠른 녀석이 혹시 채가는 건 아닌가, 걱정하다 사고라도 나면 어쩌려고 그러세요? 하하하!"

그리 우습지 않은 농담을 하며 커다랗게 웃는 그에게 양 가(家) 어른들 모두 애매한 미소를 지었다.

'팔불출 같은 자식.'

뻗친 시선이 꼭 그렇게 말하는 것만 같아 죄인처럼 고개를 숙였다. 저녁 식사는 여느 때와 다름없었다. 아직 몇 달이나 남은 결혼식인데 두 집안의 어른들은 벌써부터 혼사 문제를 거론하고, 산은 허기진 듯 많은 양의 음식물들을 빠르게 비워내고 있었다. 그리고 나는…….

입맛이 없다. 갑작스럽게 진행된 그의 만남부터 그랬다. 깨작깨작 접시를 건드리며 창밖으로 시선을 돌렸다. 낮에 학교 녀석 하나가 까르르 웃어대던 붉은 낙엽이 사람들의 무관심 속에 마구 짓이겨져 간다. 금방 겨울이 오려는 걸까? 삭막해진 가을 풍경을 멍하게 바라보았다. 올해의 겨울은 느리게, 찬찬한 걸음으로 왔으면 좋겠다. 서두르지 말고.

간혹 터져 나오는 엄마의 간드러지는 웃음소리가 귓가를 의미 없이 스쳐 갔다.

도망가고 싶어.

강 건너 마주 보듯, 테이블 하나를 사이에 두고 떠들어대는 수다들이 홀로 세상에 잠긴 내겐 희극처럼 느껴질 뿐이었다. 곧 남편이 될 사람인데도 건너편에 앉은 그는 한없이 멀게만 보이고 삶은 축에서 벗어나 제멋대로 굴러가고 있었다.

검은 창문 너머 그의 시선이 내게 닿는 게 보인다. 식성이 좋은 그는 먹는 손길을 늦추지도 않지만, 나를 흘끔거리는 시선도 잊지 않는다. 유리창 너머 그의 시선이 닿았지만 절대 눈을 마주치지는 않았다. 이렇게 유리를 통해 비치는 이글거림만으로도 온몸이 따끔거리는데 정통으로 마주치는 건 생각도 못할 일이다. 그리고 이렇게 시선을 비킨 상태에서야 그를 조금 더 자세히 살펴볼 수도 있었고.

여자들은 백마를 타고 온 왕자를 꿈꾼다. 그건 나 역시 마찬가지다. 돈이 많거나 지위가 높은 왕자님을 바라는 게 아니다. 그저 바라만 보아도 심장이 덜컥 뛰어대고, 그렇게 서로 긴 사랑을 하고 영원한 행복을 기약하는 결혼을 하고 싶었을 뿐인데…….

건너편의 산은 꺾이도록 긴 키와 건장한 몸매, 그리고 반듯한 외모로만 보면 백마 탄 왕자의 모습과 흡사하지만 내게 있어서는 어쩐지 마녀에 더 가깝다. 저주스런 마법으로 옴짝달싹하지 못하게 구속하는 그런 마녀 같다고나 할까?

질긴 스테이크를 써는 손끝에 힘이 더 실렸다.

내가 기다리는 왕자님은 이 올가미 같은 현실 속에서 나를 빼어내 주는 것만으로도 충분하다. 또다시 번뜩이는 시선이 내게 와 닿았다. 속내를 깊이 파고드는 눈빛이었다. 아마 그는 알고 있는지도 모르겠다. 내가 미치도록 그에게서 벗어나고 싶은걸.

도망치고 싶다. 어디론가 정해진 곳 없이…….

어떤 녀석이 그랬다, 처음 본 순간 사랑에 빠져 운명임을 알았다고. 술기운이기도 했지만 단번에 '넋 빠진 놈!' 하고 비웃어주었다. 사랑을 믿지도 않았지만 어떻게 한눈에 자신의 운명임을 알 수 있냔 말이다. 결혼은 생각해 본 적이 없었다. 내 인생조차 귀찮은 녀석이 삼십 년 넘게 생판 모르고 살아온 여자의 인생까지 떠맡을 자신이 없었다. 그저 흐르는 대로 이 세상을 살다가 그렇게 흐르는 대로 사라져 줄 셈이었다.

그런데 정말 있었다. 그 한눈에 느껴지는 운명이…….

아름다운 외모도, 빛나는 눈빛도 아닌, 내 시선을 빼앗은 건 오로지 그녀의 뒤로 황홀하게 뻗어 있는 은빛 오로라였다. 첫눈에 사랑에 빠진다는 건 이런 걸 말하는가 보다. 대충 묶어놓은 머리도 삼단보다 더 곱고, 수줍게 내리깐 눈빛도 지극히 매혹적인……. 찰나에 내게 멈추어진 그녀의 눈동자에 심장이 덜컥 멈추는 것, 그것이 바로 운명이다.

훗날, 잠시 사랑에 빠진 콩깍지라고 농담할지 모르겠지만 이 여자라면 무거운 삶조차도 함께 짊어질 수 있겠구나, 하는 생각이 들었다. 아니, 더 솔직히 말하면 그녀의 삶을 몽땅 짊어지고도 하나도 무겁지 않을 것 같다.

그렇게 유인이는 내게 처음 다가왔다. 손만 대도 파문이 이는 맑은 물 같은 얼굴로…….

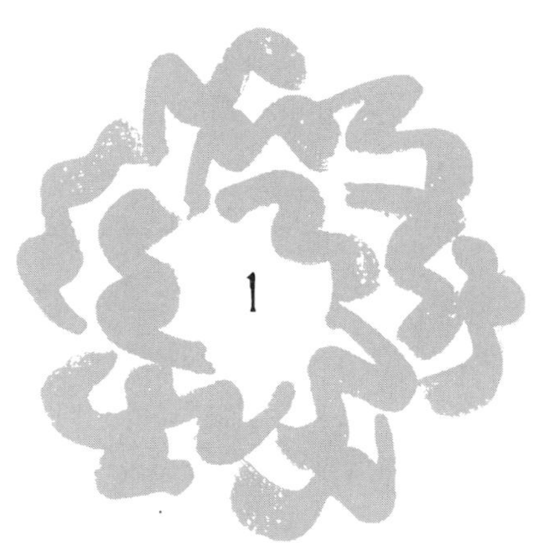

1

잘나디잘난 공주마마, 임 선생이 결혼을 한다. 그것도 방학 때도 아닌 학기 중에 말이다. 뒤에서 '공주마마'라 수군대는 다른 선생님들 말처럼 임 선생은 교사로서의 최소한의 예의도 없이 순전히 5월의 신부라는 이름값 하느라, 학기 중간인 5월 첫 주에 결혼 날짜를 잡았다. 게다가 재량 휴일도 아닌 첫 주에 결혼 날짜를 잡은 주제에 동료 처녀 선생들에게 '토요일, 함 받는 날에 꼭 오라' 신신당부까지 했다.

"자기도 갈 거지?"

아이들 종례를 준비하고 있는데 옆 자리의 이 선생님이 물어왔다.

사실, 난 가지 않을 생각이었다. 쉬는 토요일이었다면 휴대 전화도 끊어버리고 모른 척했을 텐데 학교에 나온 걸 뻔히 알면서도 차마 모른 척하기가 어려워 난감해하고 있는 터였다.

"많이들 가시지 않을까요?"

"많이는 무슨…… 임 선생이 자기랑 동갑이지 않아? 처녀 선생도 별로 없는 데다, 대부분 노처녀라서 얼추 빠지는 기색이야. 자기까지 빠지면 겨우 두 사람이나 갈까? 왜? 가기 싫어?"

이 선생님은 눈치가 빠른 편이다. 나이 차이가 좀 있긴 하지만 사물을 보는 눈동자가 꽤나 영민하고 사려 깊어 유독 마음이 맞는 동료였다. 반면 임 선생은…… 솔직히 어려운 편이다. 나와 같은 과목을 가리키긴 해도 어쩐지 딴 세상을 사는 사람처럼 도무지 말 한번 붙이기가 힘들다. 매일 바뀌는 화려한 옷차림과 명품 가방들을 보면 그녀가 걸어가는 걸음엔 발자국 대신 돈 자국이 찍혔을 것 같다. 말로는 '꼭 와야 해? 알았지?' 하며 생글거렸지만 정말 가도 될까? 싶을 정도로 임 선생과 난 물과 기름 같은 존재였다. 애매하게 미소 짓는 내 등 뒤로 씩씩한 음성이 울렸다.

"남 선생! 오늘 종례 빨리 끝내. 집이 좀 멀어서 일찍 출발해야 할 거야. 유 선생이 차로 같이 가자니까 가는 길에 대충 점심 때우고 가자고."

임 선생과 같은 대학 출신인 김 선생과 유 선생은 벌써부터 신이 난 얼굴이었다.

"전……."

"그런데 오늘 옷차림이 왜 그래? 그래도 신부 함 받으러 가면서 바지는 좀 그렇다. 가는 길에 대충 한 벌 사서 갈아입고 갈래?"

김 선생의 커다란 음성에 교무실에 있던 몇몇 선생들의 고개가 일제히 나를 향해 돌아섰다. 얼굴에 불이 일었다. 애초부터 안 갈 생각이라 편하게 입고 온 옷차림 타박에 괜한 김 선생만 원망스런 눈초리로 흘끔거렸다. 민망스럽게 그렇게 큰 소리로 꼭 말을 해야 하는 건지.

"어휴, 남 선생이 선보러 가나? 원래 신부보다 하객들이 더 예쁘면 안 되는 거야."

벌게진 내 얼굴빛이 안쓰러웠는지 이 선생님이 옆에서 사태를 수습했다.

"그런가? 호호호!"

경망스런 웃음이 유쾌하게 울렸다. 오늘따라 유독 구겨진 바짓자락을 땀에 전 손바닥으로 문지르며 자리에서 일어섰다.

"빨리 끝내고 와!"

교실로 향하는 내게 김 선생과 유 선생이 다시 한 번 못을 박았다. 맡은 반이 없는 두 사람은 이미 편한 자세로 얼굴 단장을 하고 있었다. 서로 키득거리며 립스틱 색깔을 맞춰보는 품새가 영락없는 고등학교 단짝 같다. 저이들과 같이 가야 하는 것만으로도 싫은 이유가 하나 더 늘었다.

스치는 복도는 끝도 없이 길다. 질질 끌리는 걸음으로 교실로 향했다. 맹송하게 잘린 아이들의 솜털 같은 머리들이 보이자 조금 가슴이 가라앉았다. 이제 막 초등학교의 때를 벗은 아이들은 헐렁한 교복을 입은 채 제법 점잖은 몰골로 앉아 있었다. 참 사랑스럽다.

초등학교 6학년과 중학교 1학년.

겨우 두 달 남짓의 차이밖에 없는데도 녀석들은 중학생 형다운 꼴을 갖추느라 잔뜩 긴장한 얼굴이었다. 하긴 그것도 처음 한 학기뿐이지만. 놀라울 정도로 빠른 적응력을 가진 아이들은 금세 중학 생활에 적응하고 그 나이 또래의 반질함을 가지게 될 것이다. 특별한 전달 사항이 없어 반장에게 간단한 지시를 내린 후, 신나게 뛰어나가는 아이들 뒤로 잠시 텅 빈 교실에 머물렀다. 그래 보았자 보이는 건 황사 날리는 노란 운동장과 숨통 막히도록 답답한 고층 아파트뿐이지만.

맑고 투명한 봄날의 햇살은 지독한 황사에 일그러져 매캐한 향이 풍겼다. 뿌연 하늘은 금방이라도 시원한 물줄기 대신 모래 바람을 쏟아낼 것처럼 한없이 무겁게 보인다.

"내가 이럴 줄 알았어. 자긴 교실에 무슨 보물이라도 숨겨놨어? 여기만 오면 함흥차사더라. 대충 가방 챙겨왔으니까 얼른 출발해. 점심까지 먹고 가려면 시간이 빠듯할 거야. 아니다, 차라리 그 집에 가서 대충 때울까? 함진아비 음식 해놓은 거 있을 거 아냐?"

교실 후문 쪽에 삐딱하게 선 유 선생이 신경질적으로 발끝을 쳐대며 짜증을 부렸다. 옆에 선 김 선생은 교무실에 두고 온 내 가방을 들고 있었다. 난, 누가 내 물건에 함부로 손대는 걸 별로 좋아하지 않는다. 김 선생의 손에 들린 가방을 굳은 표정으로 바라보았다. 대체 왜 이렇게 닦달을 당해야 하는 건지 이해를 못하겠다.

"아무래도 전……."

"또 빠지려고? 남 선생은 좀 사회성을 기를 필요가 있어. 아직도 학생 같은 건 좋은데 적당히 세상에 발 맞춰 살아야지."

세상에 발 맞춰 사는 것과 임 선생의 함 받는 것이 무슨 상관이 있는지 모르겠지만, 괜한 말싸움이 싫어 그만 자리를 털고 일어섰다. 꼼꼼히 문단속을 하고 교실을 나서는 동안 두 사람은 잠시도 가만히 있지 못하고 계속 발끝을 톡톡거렸다. 복도 끝, 건물 입구로 나서는데 벌써부터 뿌연 모래 바람이 숨통을 턱 조인다.

유 선생이 작년 겨울 새로 마련한 작은 베르나는 거침없이 도로를 질주했다. 빡빡한 체증 속에 급박한 차도 진입과 거친 운전 솜씨를 보이며 유 선생의 작은 차는 일산에 있는 임 선생의 본가로 정신없이 내달렸다. 유 선생의 솜씨로 보아선 미리 점심을 먹지 않길 잘했다는 생각이 들었다. 답답한 대기 속에 이리저리 휘둘리다 보면, 그렇지 않아도 예민한 위가 비명을 질렀을 것 같다. 게다가 가는 내내 끊어지지 않은 두 사람의 수다도 그랬다. 저렇게 잠시도 입을 멈추지 않으면서 어떻게 전방을 보며 운전하는 건지 불가사의할 정도다.

"우와! 역시, 보통이 아니야."

오는 내내 꽉 쥐었던 주먹을 겨우 펴며 차에서 내리자 유 선생이 환호성을 질러댔다. 사실, 내가 보아도 참 그림처럼 아름다운 집이기는 했다. 원래부터 부잣집 고명딸이라는 건 익히 알고 있었지만 드라마에서나 볼 법한 아름다운 집엔 절로 감탄이 터져 나왔다.

"자기들일 줄 알았어. 소리가 집 안까지 울리더라."

　나를 제외한 세 사람은 같은 학교 출신이다. 그러다 보니 서로 말하는 데 스스럼이 없다. 아직 한복 차림은 아니지만 곱게 단장해 놓은 올림머리와 화장만으로도 충분히 봄날 새 신부의 분위기를 뿜어내는 임 선생이 먼저 튀어나와 아는 척을 했다. 임 선생이 평소와 달리 반갑게 맞이해 주는 현관문으로 들어섰다. 집 안은 밖에서 보는 것보다 더 근사했다. 작은 운동장만한 거실에 삐죽거리는 걸음으로 들어서며 난감한 기색을 지울 수 없었다. 정말, 오지 말 걸 그랬다. 그렇지 않아도 잔뜩 주눅이 든 내겐 눈길 한번 주는 법이 없이 임 선생은 같이 온 다른 두 선생과 키득거리며 귓속말로 쑥덕거리느라 여념이 없었다.

　"정말?"

　"그래, 그이 친구 중에 정말 완전 킹카가 있다니까. 워낙 여자한테 관심이 없어 난공불락이긴 해도. 그 남자, 유혹할 수만 있다면 자기들 인정해 줄게."

　"그렇게 대단한 집이야?"

　"유한 병원 있지? 그 집안이야. 본인은 광고 쪽에 있긴 하지만 워낙 집안 대대로 명문 집안이라서 웬만한 여자는 눈에 차야 말이지."

　바쁘게 오가는 사람들 속에 멀뚱히 서서 괜히 발가락만 꼼지락댔다. 괜히 왔어. 스치는 사람들의 시선 속에 혼자 덩그러니 남은 난 후회만 해대고 있었다. 반갑게 아는 척을 해주어도 마뜩찮을 판에 대놓고 찬밥 신세는 좀 그랬다.

　"엄마, 우리 학교 선생들."

나만 떼어놓고 한참 수다를 떨어대던 임 선생이 그제야 바쁘게 오가는 사람들 중 한 분을 붙잡고 소개시켜 주었다.

"아, 그래요? 반가워요. 난 아까부터 계속 여기 서 있기에 심부름 온 사람인가 했지."

임 선생 닮아 곱게 화장을 한 중년의 여성은 인사를 건네며 나를 흘낏거렸다. 심부름 온 사람이란 나를 말하는 모양이다. 출근하며 대충 묶어놓은 머리카락을 습관적으로 매만졌다. 그리고 보니 오늘따라 화장조차 하지 않았다. 주중이라면 긴 수업 시간을 생각해서 파우더와 립스틱 정도는 발랐을 텐데 토요일이라 이른 퇴근에 맞춰 로션만 달랑 바르고 출근한 참이었다.

우리들의 예상과 달리 임 선생은 반갑게 음식을 내어놓는 대신 잠깐 기다려, 하더니 한복 단장을 한답시고 제 방으로 쪼르르 올라가 버렸다.

"어머니, 음식 장만을 참 많이 하셨네요. 신랑 측 친구 분들이 많이 오나 봐요?"

셋 중 가장 넉살 좋은 김 선생이 주방 쪽으로 따라나서며 친근하게 인사를 건넸다.

"뭐, 그렇지. 신랑네 집안이 워낙 그래서 좀 신경이 쓰여. 이제 곧 있음 신랑 도착한다는데. 본 적 있어요?"

"아니요. 검사라는 말만 들었어요."

"신랑네가 원래 법조계 집안이야. 외삼촌이랑 큰아버지 쪽도 전부 법원에 계신다네. 그래서 이것저것 흠 잡힐까 봐 좀 걱정이 되어야지 말이야."

임 선생의 집안은 장의사로 돈은 넘칠 만큼 있었지만 품격은 좀 없는 편이었다. 어머니를 따라 주방 쪽으로 향했던 김 선생이 어느새 쟁반 가득히 음식물을 받아 돌아왔다. 얼른 먹으라, 손짓을 했지만 손이 쉽게 나가질 않았다. 어쩐지 꼭 도둑질하는 기분이 들어 자존심이 상했다.

"왜 안 먹어?"

"배고프지가 않아서……."

아니다. 사실은 당장이라도 꼬르륵 소리가 울릴 정도로 위가 잔뜩 꼬여 있었다.

"긴장했어?"

"네, 조금."

"웃겨. 자기가 시집가? 왜 남 선생이 긴장하고 그래?"

빨리 집에 가고 싶어서요. 대답하는 대신 시계만 봤다. 벌써 오후 다섯 시가 훌쩍 넘어 있었다.

임 선생이 한복 차림으로 내려오고, 신랑이 도착했다. 자랑하지 못해 안달난 임 선생 부모의 비위를 좀 맞추어주고 나니 벌써부터 '함 사시오!' 하는 고함 소리가 울려왔다.

"얼른 이것 들고 나가봐요."

주방에서 바쁘게 음식을 장만하던 한 아주머니가 이것저것 음식을 담더니 내게 불쑥 내밀었다.

"네?"

"함 사러 온 거 아냐? 원래 음식부터 대접하는 거니까 빨랑 들고 나가 봐요."

졸지에 향단이가 되어 강제로 떠맡게 된 소반을 든 채 쫓기다시피 대문 밖으로 나갔다. 내 뒤로 김 선생과 유 선생이 쪼르르 춘향이 몰골로 따라왔다. 쳇.

골목 입구엔 무시무시하게 잘라낸 오징어 껍질을 뒤집어쓴 함진아비와 말끔한 양복 차림의 남자들이 우수수 쏟아져 내렸다. 고개 한 번 못 들고 그들이 서 있는 바로 앞에 얼른 소반을 내려놓았다. 우리에겐 대접하지도 않았던 각종 부침개들과 예쁜 떡들이 군침 돌게 놓여 있었다. 배고프다! 침이 꿀꺽, 넘어갔다.

"함 사시오!"

우렁찬 음성이 울리고 남자들의 호탕한 웃음소리가 동네 가득히 터져 나왔다. 어느새 구경나온 이웃집 사람들 덕분에 골목은 유쾌한 흥겨움이 넘실거렸다.

"얼마 주면 파실 거예요?"

좀처럼 듣기 힘든 낭랑한 유 선생의 음성이다.

"우선 술이나 한 잔 따릅시다. 이렇게 인심이 야박할 수가 있나! 목도 안 축였는데 함부터 팔라네? 에이! 기분 나쁜데 그냥 돌아가 버릴까나?"

판소리 추임새를 울리며 한 남자가 넉살좋게 대꾸했다. 호호호! 청아한 웃음이 유독 시끄럽다.

"남 선생, 술 한 잔 따라봐."

즉, 향단은 싫단다. 시시덕거릴 때는 언제고, 술은 왜 나보고 따르래? 잠시의 수선 속에 어둑해진 하늘빛으로 남자의 검은 손이 기세 좋게 내게 뻗어졌다. 내내 조용하던 함진아비는 손만 쑥 내밀어 따르라는 시늉을 했다. 굵고 검어, 어딘지 머슴처럼 믿음직스러운 남자의 손목에 나도 모르게 눈길이 멈추어 버렸다. 남자의 손목을 그렇게 유심히 바라본 건 이번이 처음이었다. 참 강인해 보인다는 생각이 먼저 들었다. 밑으로 여동생만 있는 터라 이런 장성한 남자 팔목을 볼 기회가 없었다. 왠지 심장이 통통 뛴다.

"아, 팔 떨어지겠네!"

쉽게 따르지 못하는 내 소심증에 아까의 그 남자가 갈증 난 음성으로 소리쳤다. 정작 팔 떨어지게 빈 술잔을 든 함진아비는 무심히 손만 내민 상태다. 오징어의 투박함 속에 까만 머리카락이 비단처럼 드리워져 머리카락만으로 보면 서시처럼 아름답다. 가면 뒤에 감추어진 얼굴이 어떨지 손톱만한 궁금증이 생겼다.

"여기 신부는 함 안 사시려나 보네. 왜 이리 친구 분들 인심이 박하냐?"

"남 선생! 뭐 해?"

저는 손 하나 까닥하지 않은 김 선생이 완연히 짜증 섞인 음성으로 재촉했다. 남자가 내민 술잔에 쪼로록 술을 따랐다.

왜 왔을까?

후회하며 비어진 술잔에 또다시 술을 따르고, 웃기지 않은 남자의 넉살에 맞장구를 쳐주느라 웃는 입가에 경련이 일었다. 끝도 없을 것 같은 함은 신부 측에서 준비한 허연 봉투를 사뿐히 즈려밟고 앞으로, 조금씩 이동하기 시작했다. 밤이 더욱 깊어질수록 더욱 기괴해진 오징어 가면으로 차마 눈조차 돌리지 못한 채 거의 기계처럼 술을 따라댔다. 남자들과 수작하는 건 올곧이 김 선생과 유 선생의 몫이었다. 어차피 한몫을 해야 한다면 그나마 이게 더 나았다. 생전 처음 보는 사람들에게 나오지 않은 웃음을 파는 건 도무지 자신이 없었다.

퍼억!

둔탁한 소리를 내며 함진아비가 대문 입구에 놓아둔 둥근 박을 깨뜨리자, 드디어 함이 끝났다. 아직은 서늘한 저녁 기온이었지만 이마에 송골 땀이 맺혔다. 언제쯤 집에 갈 수 있을까? 내가 바라는 유일한 바람은 이 긴 시간이 마법처럼 후딱 지나가는 것이었다.

거실의 넓은 창 너머 시커먼 먹물 같은 하늘을 바라보며 흐른 땀을 식히는 사이, 유 선생이 새되게 소리쳤다.

"어머, 웬일이니! 그 얼굴을 오징어로 가리고 있었던 거예요?"

넘치다 못해 황홀한 눈빛으로 누군가를 바라보는 두 사람 곁에서 지친 몰골로 힘 빠진 팔을 주물럭거렸다. 시계를 보니 언뜻 열 시가 넘어서 있었다. 너무 늦었다. 지금 출발하지 않으면 전철이 끊길 텐데, 하는 생각에 조바심이 일었다. 유 선생과 김 선생을 흘끔거렸지만 거대한 남자의 등에 가려 그녀들의 모습은 보이지 않는다.

엄격한 부모님들은 아니지만, 늦은 귀가는 내 스스로가 그리 좋아하는 편이 아니다. 그러나 내 의지와 달리 두 사람은 아직 떠날 기미가 없어 보였다. 많은 신랑 친구들 속에서 유독 한쪽에 몰려 시시껄렁한 소리만 해대고 있었으니까. 낮은 한숨을 쉬며 또다시 시계를 바라보는 내 목덜미로 갑자기 짜르르한 전기가 흘렀다.

뭐지?

스멀스멀, 거미가 올라타듯, 야릇한 감촉이 예민하고 날카롭게 살갗을 찌른다. 떼어내려 애를 쓸수록 더욱 달라붙은 끈끈함까지 있는 미묘한 느낌에 고개가 절로 꺾어졌다.

찌릿!

돌린 내 시선에 한 남자의 검은 눈동자가 콕 박혀왔다.

"키가 꽤 크시다. 190㎝는 되죠?"

김 선생의 질문이 못내 귀찮은 표정이면서도 남자는 뚫어지도록 나를 쏘아보고 있었다. 불쾌하기보다는 좀처럼 벗어나지 않은 시선이 불편하고 당혹스러워 습관적으로 손가락을 꼼지락거렸다. 그건 어렸을 때부터 지녔던 작은 버릇이다.

남자는, 무어랄까? 굉장히 강한 선을 가지고 있었다. 굵은 눈매와 흑빛의 눈동자가 아니라 해도 남자가 쏘아대는 오로라는 강하고 집요했으며 매력적이기까지 했다. 물론, 내게는 가당찮은 매력이었겠지만.

주춤하는 내 시선에 남자가 피식거리며 제 머리카락을 쓸었다. 형광등 불빛에 검은 손목과 까만 머리카락이 연한 빛을 냈다. 어딘가 익숙한 자태이다. 그제야 그가 오징어 가면을 쓴 남자라는 걸 알았다. 바보처럼.

집요한 남자의 시선에 이리저리 눈알을 굴렸다. 거리에 스치는 잘생긴 남자도 제대로 쳐다보지 못하는 소심함으로는 당연, 이런 시선은 난감 그 자체였다. 나에 대한 강렬한 호감이 내재되어 있다는 독특함도 한몫을 하고 있었다.

불툭 튀어나온 김 선생의 시선이 우리 둘 사이에 박혔다. 고급스런 실크 정장을 입은 유 선생의 등 뒤로 살짝 몸을 숨겼다. 그러나 남자의 시선은 강철도 꿰뚫을 듯, 뜨겁게 작열했다. 온몸이 뜨거워 몸살을 앓았다.

"함진아비 하시는 거 보니까, 결혼하신 거예요?"

대답없는 남자를 향해 김 선생은 의미없는 질문을 계속 던졌다.

"아, 그 녀석 총각이에요. 요즘 한창 잘나가는 중이라 함진아비 시킨 거지. 신랑 녀석이 처음 스타트를 끊어서 아직까지 유부남이 없네요."

남자 대신 저쪽에서 술 한 잔 걸치던 다른 친구가 아는 척을 해주었다. 남자는 대답할 생각도, 관심도 없어 보였다. 그 대신 내게 단 한 순간도 시선을 떼지 않은 채, 훌쩍 술 한 잔을 비운다. 빈 남자의 잔에 유 선생이 재빠르게 술을 따랐다. 함 팔 때엔 양팔을 꼭 낀 채 코끝으로만 지시하더니, 오징어 가면을 벗은 남자의 잔은 유 선생과 김 선생의 싹싹함에 비어질 틈조차 없었다. 그렇게 잘할 거면 애초 함진아비 할 때부터 잘 따라주든지. 혼자 구시렁댔다.

"어머, 그래요? 뭘 하기에 그렇게 잘나간대요?"

"광고 쪽인데. 인하 광고 기획이라고 들어보셨어요?"

"아, 나 거기 아는데. 드라마 표지 타이틀 하지 않아요?"

"주로 광고 쪽인데 드라마는 가끔, 하죠."

대변인인가? 넉살 좋은 친구가 계속 설명하는 동안 남자는 또 한 잔의 술을 그대로 들이 마셨다. 독한 양주인데도 얼굴 색 하나 변하지 않는다.

비켜주면 좋겠다. 왜 저렇게 꼼짝없이 바라보는 걸까? 표정도 없이 바라보는 시선이 촘촘한 쇠 그물처럼 답답하다. 얼마나 시간이 흘렀을까? 시계를 보고 싶었지만 남자의 시선에 꽁꽁 얽매여 손가락 하나 내 마음대로 할 수가 없었다. 그와 나 사이에 투명한 벽이 있어서 세상에 고립된 것 같다. 한마디로 꼭 집을 수 없는 미묘한 전류가 둘 사이로 흘렀다. 난감하고 불편하지만 그래도 잘생긴 남자의 시선이 그리 나쁘지는 않았다. 어찌 되었든 묵묵한 그의 시선에서 자유로울 수 없는 난 그물에 잡힌 문어처럼 꼼지락거렸고, 그 순간 갑자기 남자의 입술이 알리바바의 문처럼 스르르 열렸다. 열려라, 참깨!

붉은 입술 사이로 반짝이는 하얀 이가 밝은 형광등 아래 처연한 빛을 내고 싱그러움이 안개처럼 퍼져 갔다.

아름답다.

문득 그런 생각이 들었다. 이제껏 남자를 향해 한 번도 느껴보지 못한 감탄이었다. 살짝 드러난 이마가 얼음처럼 서걱거린다. 연한 빛 속에 은은한 빛을 내는 수면처럼 남자의 눈빛은 어딘지 관능적인 감이 있었다.

"남 선생!"

긴 침묵 속에 남자가 내 이름을 불렀다. 아니, 정확히 말하자면 내 호칭을. 갑자기 파르르 심장이 떨려왔다. 단지 내 이름을 불렀을 뿐인데, 그 순간 이상한 무섬증이 들었다.

아레스의 날카로운 창에 찔린 작은 날짐승처럼…….

다음날, 오후에 있는 결혼식엔 일부러 조금 늦게 도착했다. 솔직히 어제 그 남자가 몹시 신경 쓰인 탓도 있었다. 호텔로 들어서는데 커다란 거울이 눈에 들어왔다. 연분홍 원피스와 손뜨개로 만든 작은 레이스 볼레로. 무난하다. 어제 심부름 온 사람인 줄 알았다던, 임 선생의 어머니도 별로 흠잡을 데가 없는 차림새다. 오늘은 미용실도 들렀다. 찰랑하게 굽이치는 머리카락이 어깨에서 한들거린다. 한결 여유로운 마음으로 먼저 도착해 있을 다른 선생님들을 찾아 서둘러 홀 안으로 들어서는 내 앞으로 무언가 딱, 멈추어 섰다.

헉, 그 남자다!

"왜 이제 와?"

아직 축의금도 안 넣었는데.

미처 무어라 하기도 전에 남자는 내 팔을 덥석 잡은 채 홀 안으로 질질 끌고 가기 시작했다. 멀리 신랑이 보인다. 어제 함도 받고 했으니까 인사라도 건네고 와야 하는데.

신랑 쪽을 돌아보느라 미적거리는 날 기다리다 못해 남자가 안다시피 한 테이블로 이끌더니 털썩 의자에 주저앉혔다.

"앉아."

"네?"

"여기 앉으라고. 내 옆 자리이니까."

왜 반말이야?

순간적으로 고개를 바짝 들었다가, 절로 눈꺼풀을 찔끔거렸다. 강렬한 선홍빛 시선이 찌를 듯 나를 노려본다.

"아직, 축의금도 못 냈는데요."

작게 불만을 터뜨리는 내게 남자가 씨익 미소를 지었다.

"어차피 돈 많은 녀석인데 축의금 하나 없어도 별문제 없을 거
야."

그래도 그건 성의였다. 그들에겐 작은 돈이라 해도 무시당할 이
유는 없는데 불쾌한 기분이 들었다.

"게다가 전 자리가 따로 있어서……."

"알아. 그래도 여기 앉아."

아직 남자에게 잡힌 손이 빠져나오지 못하고 있다. 힘을 주었지
만 남자의 강인한 힘에는 어림도 없었다. 남자의 손가락이 의도적
인지는 모르겠지만 잡힌 내 손목의 핏줄을 슬쩍 쓸었다. 찌릿한
감촉이 발끝으로 흐르며 온몸에 돌기가 돋아났다. 낯선 사람들 속
에 있으려니 그렇지 않아도 어색한 내겐 정말 죽을 맛이었다.

"아, 어제 오신 일행이구나. 우리 몰라요? 같이 함 팔았잖아요."

테이블 건너편의 남자가 아는 척을 해왔다. 그리고 보니 어제
함진아비 옆에서 술 따르라 곤혹스럽게 소리치던 그 사람이다.
아, 네. 뻘쭘하게 인사를 건네는데 옆의 남자가 의자를 탁! 쳤다.
덕분에 빙글, 몸이 돌아 내 앞엔 그 남자만이 보인다. 뭐 하자는
짓인지.

다시 의자를 반듯하게 틀어 학교 측 일행을 찾기 시작했다. 이
선생님이라면 한눈에 이 곤란한 상황을 알아차리겠지.

"어머, 남 선생! 혼자 여기서 뭐 해?"

아직 찾지 못한 이 선생님 대신 유 선생이 톡 튀어나왔다. 그래

도 반가운 기분이 들었다. 정말 몹시 곤란했던 모양이다.

"그렇지 않아도 자리를 찾고 있었어요."

화려한 붉은 원피스가 태양처럼 어지럽다. 원래 남다른 패션 감각을 가지고 있긴 했지만 오늘따라 유독 현란하다. 유 선생이 나타난 계기로 주춤 자리에서 일어섰다. 작은 안도의 숨이 새어나왔다. 그러나 그건 내 마음뿐이었나 보다. 일어서던 몸이 뒤뚱, 볼썽사납게 흔들리더니 어느새 도로 제자리로 주저앉혀지고 말았다. 대체 뭐 하자는 짓인지……. 거즘 울상이 된 얼굴로 손목에 둘러진 남자의 검은 손마디를 바라보았다. 어제의 짙은 감색 슈트와 달리 화사한 은빛의 정장을 걸친 남자는 신이 난 표정이었다. 짙고 검푸른 눈썹이 이마 끝까지 치켜올려져 장난스런 빛을 띠는 그에게 놓아주라 애원하는 것도 서글프다.

"저기, 일행을 찾은 것 같은데 놓아주실래요?"

"싫은데."

남자가 단칼에 잘라냈다. 미간을 확 찌푸렸다. 또다시 반말이다. 어디서 고등어 반 토막만 먹고 왔나? 장난 같은 미소에 넘어가기엔 남자의 버릇이 예상보다 나빴다. 이런 남자는 최대한 멀리 피하는 게 정신 건강에 좋을 것 같아 일껏, 예의 바른 태도로 거절하려는데 유 선생이 먼저 끼어들었다.

"뭐야, 이거 너무 차별하는 건 아닌가? 그래도 어제의 동지인데 남 선생만 챙기는 것 같다."

실속없는 농담 속에 나를 보는 유 선생님 눈초리가 매섭게 느껴졌다.

"아휴, 무슨 말씀을! 여기 앉으세요."

건너편 남자가 제 옆의 빈 의자를 권했다. 샐쭉하게 입술 끝을 올리며 유 선생이 비어진 의자에 앉았다.

"산이 씨는 언제 오셨어요? 내내 찾았는데 안 보이더라."

옆 자리에 앉은 남자는 싹 무시한 채, 번거롭게 내 손을 꽉 쥔 남자에게 아는 척을 한다. 어제 2차를 가자는 걸 거절하고 나 홀로 집으로 돌아간 사이, 이미 다른 사람들은 서로 통성명을 한 모양이었다. 유 선생의 말에 남자의 이름이 산이라 홀로 추측했다.

"남 선생 기다리느라."

말이 짧게 끝난다. 귀찮은 기색이 너무 적나라해 내가 오히려 더 민망할 지경이었다. 유 선생의 얼굴 표정도 그리 좋지는 않았다. 뾰족하게 입술을 내밀며 산을 살짝 흘겨보는 품이 예사롭지가 않다.

"이름이 뭐야?"

유 선생의 시선을 싹 무시한 채 남자가 내게 물었다.

"네?"

"남 선생이 이름은 아닐 거 아냐? 성은 남 씨이고 이름은?"

"유인이……."

대답하는 내가 좀 멍청해 보인다.

"남유인. 이름 좋네. 유인이 뭐 좋아해?"

미치겠다. 왕창 무시해야 하는데, 도도하게 '난 그런 쉬운 여자 아니에요' 오로라를 품어야 하는데 남자의 말에 왜 대답을 해주고 있는 건지. 이런 내가 답답하고 미치도록 밉다. 멀뚱하게 대답하는 내게 두 사람의 시선이 맞닿았다. 지글지글 익어대는 유 선생의 시선이 젓가락으로 살갗을 탁 집어내는 것 같고, 남자의 검은 눈동자는 도무지 떨어지지 않는다. 굳이 눈동자뿐만이 아니다. 여전히 내 손목에 놓인 손가락 역시 마찬가지였다. 슬금, 손목을 내려선 손가락은 이제 내 손등으로 내려와 있었다. 써늘한 온기가 손끝을 따라 주룩 흘렀다. 5월의 한낮은 약한 에어컨 바람이라도 쐬어야 할 정도로 후끈거렸다.

"그럼, 지금부터 신랑 김성재 군과 신부 임재희 양의 결혼식을 거행하겠습니다."

홀 저쪽 단상에서 마이크가 쩌렁 울렸다. 드디어 식이 거행되는 모양이다. 아직 눈도장도 찍지 못한 신부도 보아야 하고, 정면에서 쏘아대는 유 선생의 시선도 피해야 하는데 난 손등에서 느껴지는 서늘한 감촉에 정신이 없다. 무어라 빙글대면 차라리 낫겠다. 그러나 아무 말 없이 또렷이 나만 바라본 채, 남자는 긴 손가락으로 무심히 손등을 쓸어내리는 통에 더욱 정신이 혼미해져 왔다. 질퍽한 남자의 향이 미약처럼 허공을 떠돈다. 남자와 이토록 가깝게 앉아본 적도 드물지만, 이토록 진한 신체적 접촉도 마찬가지였다. 명백한 유혹이 담겨 있는 남자의 손길은 더욱 은밀한 추파 같아 그의 손가락이 움직일 때마다 내 심장도 미친 듯이 뛰어댔다. 제발, 이 손만이라도 놓아준다면 좋겠다.

유 선생의 씰쭉한 시선이 내게서, 다시 그를 향해 쏘아졌다. 그녀에겐 늘씬한 남자의 자태가 피할 수 없는 매력인지 모르겠지만, 내 심정은 오로지 이 자리를 벗어나 안전한 내 터전으로 가길 바랄 뿐이었다.

대체 무얼 하자는 걸까?

묻고 싶은 강렬한 충동에 이마에 땀이 번질거렸다. 그때, 하얀 종이가 부지불식간 내 이마를 침범했다.

"더워? 왜 이렇게 땀을 흘려?"

남자가 짜증을 마구 부려댔다. 땀은 내가 흘리는데, 왜 그가 짜증을 내는 건지. 한숨만 절로 샜다.

"둘이 전부터 아는 사이야?"

결혼식 대신 우리만 쳐다보던 유 선생이 물어왔다. 마구 닦아내는 남자의 손길을 피해 얼른 대답했다.

"아닌데……."

"그래? 그런데 굉장히 다정하네? 애인 사이인 줄 오해하겠어."

비꼬는 말투가 신경에 거슬렸다. 이게 아닌데.

"지금부터 애인 사이 될까 해. 괜찮은 생각이지?"

뻔뻔한 그의 말에 유 선생의 입이 떡 벌어졌다. 아마 내 입도 그녀와 같은 도형을 그리고 있으리라. 테이블에 앉은 세 사람의 시선이 일제히 남자를 향해 돌아섰다. 너 농담하지? 건너편 남자가 눈으로 그렇게 묻고 있었다. 하긴 아무리 공들여 화장을 했다 해도 어제나 오늘이나 내 외모는 유 선생에 비할 바가 못 되니까. 보통의 남자라면 나보다는 유 선생에게 먼저 다가서는 게 정상이 아닐까?

"산이 너 오늘, 농담이 무지 깊다?"

"농담, 아닌데. 유인이 마음에 들어."

“어디가?”

당사자는 보이지도 않는다. 하지만 나도 그 궁금증엔 동의하고 있으므로 조용히 귀를 기울였다.

“맑잖아. 굳이 화장 안 해도 예뻐서 좋아.”

화끈, 얼굴이 달아올랐다. 흥! 작은 콧방귀 소리가 내 자리까지 들려왔다. 오늘따라 유독 볼터치가 선명한 유 선생이었다.

“강산이야. 남유인, 잘해보자.”

“그런데…… 왜 반말 하세요?”

이런 걸 물으려고 하는 게 아니었다. 잘못 튀어나온 말에 잘근잘근 입술을 깨물었다. 사실은 벌떡 자리에서 일어나 이렇게 외치고 싶었다.

‘이것 봐요! 농담도 정도껏 해요!’

“기분 나빠?”

“네.”

“나보다 어리잖아? 난 서른다섯인데.”

임 선생의 신랑 나이가 서른다섯이니까 당연한 이야기다. 그렇지만 아무리 내가 그보다 일곱 살이나 어리다 해도, 처음 본 사람에게 대뜸 반말이라니. 조금 전부터 그의 반 토막 말에 부글부글 속이 끓던 터라 이번엔 좀 더 강력히 주장을 폈다. 예의라는 것 좀 아시지?

“그래도…….”

“불쾌해?”

“네.”

"그럼 말 내리든지. 난 그런 데 별로 신경 쓰는 성격이 아니라서."

나로서는 꽤 바싹 세운 가시가 새 발의 피도 안 된다는 듯, 그가 히죽거렸다.

"난 안심 스테이크는 사실 별로야. 핏물 뚝뚝 떨어지는 게 징그럽지?"

묻지도 않고 내 접시 위의 고기를 잘게 썰어주며 산이 물었다.

"레어로 먹어?"

"아니."

말 내리란다고 냉큼 내리는 게 그리 보기 좋지 않겠지? 만만하게 보이기 싫어 일부러 말을 똑 잘랐다.

"그럴 줄 알았어. 난 육류보단 생선 쪽이 더 좋아. 당신은 어때?"

그의 입에서 나오는 '당신'이란 호칭이 굉장히 육감적으로 들려 입만 벌린 채 대꾸조차 제대로 못했다.

"당신도 레어는 별로일 것 같아서 웰던으로 부탁했는데도 이 모양이야."

산이 접시에 썰어진 고기를 보며 들으란 듯 한숨을 내쉬었다. 먹기 좋게 잘라진 고기조각은 붉은 육즙으로 범벅이었다. 정말 핏물이 뚝뚝 떨어진 것처럼 흉물스러웠다. 보기만 해도 토할 것 같아 꿀꺽, 침을 삼켰다. 왜 저리 고기를 잘게 썰어대나, 했더니 산은 잘라진 고기 중에 핏물이 배지 않은 잘 익은 쪽만 골라 내게 내밀었다. 내 접시엔 잘 익은 고기만, 그의 접시엔 시뻘건 고기만 잔뜩 놓여 있다.

배고플 텐데.

이곳을 나서는 순간부터 뒤도 보고 싶지 않은 남자이긴 하지만 긴 예식이 치러지는 동안 혼자 쫄쫄 굶을 생각을 하니 조금 안됐다는 생각이 들었다. 게다가 잔뜩 긴장한 탓에 배가 그리 고프지도 않았고. 그래서 내 접시에 놓인 고기를 덜어 그의 접시 한쪽에 올려놓았다. 건장한 체격으로 봐선 이것도 부족할 것 같았지만.

"착하네?"

자신의 접시에 올려놓은 고기를 보며 남자가 씨익 웃었다.

또다!

번쩍이는 미소가 여기저기 터지는 카메라 플래시보다, 저기 단상에 쏟아내는 조명보다 더 환하게 눈이 부시다. 덜컥 뛰는 심장 때문에 얼른 고개를 돌렸다. 여기 더 있다간 내 심장이 버티지 못할 것 같다.

이마가 따끔, 쏘여 살짝 고개를 들다 유 선생과 눈이 딱 마주쳤다. 입맛이 쓰다. 저쪽에서 와하하하! 웃음소리가 터져 나왔다. 재치있는 사회자의 말에 초보 신랑이 벌겋게 얼굴을 붉혔다. 그 옆에서 행복하게 미소 짓는 임 선생의 얼굴이 처음으로 부러워졌다.

저렇게 결혼하는구나.

"우리도 결혼하면 저럴 거야."

산이 옆에서 속삭였다. 긴 한숨이 새어나왔다. 결혼식이 끝도 없이 길게 느껴진다.

결혼이란 건 이렇게 쉽게 결정할 수 있구나.

유인이를 보면 그런 생각이 든다. 얼른 떠 매어와 내 집에 가두어야지. 다른 녀석의 눈길이 닿지 않은 비밀스런 성벽에 가두어 매일 나만 보아야지.

미친 녀석!

친구 녀석 하나가 그랬다.

정말 미친 걸까?

그래도 좋을 것 같다. 유인에게 미치는 거라면…….

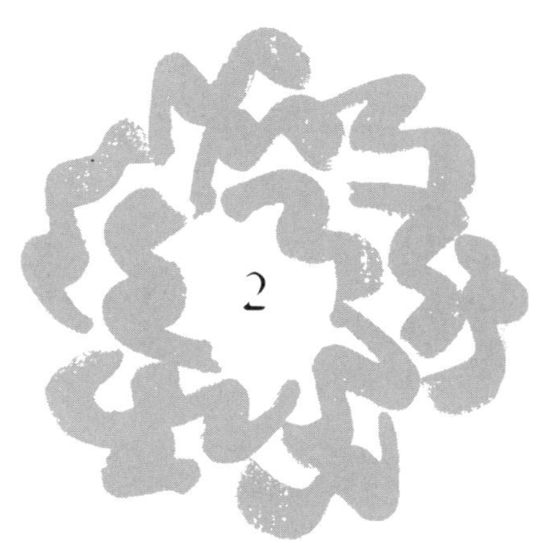

성대한 결혼식이 끝나고 교무실은 한동안 그 화려함에 대해 화제가 끊어지지 않았다. 아침부터 삼삼오오 모여, 호텔 음식이며 하늘에서 내려온 신랑, 신부의 놀란 등장까지 커피 한 잔으로 진부한 수다가 이루어지고 있었다.

"어젠 어떻게 된 거야? 안 왔어? 찾아다녔는데 안 보이더라고."

이 선생님이 옆구리를 쿡 찔러댔다. 저도 미친 듯이 찾았어요, 속으로 부르짖었다. 어제 나만큼 간절히 일행을 찾은 사람이 있을 까?

"아, 우린 따로 앉았어요."

멀리서 김 선생의 귀에 무어라 속닥거리던 유 선생이 언제 들었 는지 내 대신 대답했다. 날 보는 김 선생의 눈초리가 예사롭지 않았다. 산의 이야기를 하고 있었던 모양이다.

'쟤네들 왜 저래?' 날 선 유 선생의 음성에 이 선생님이 눈짓으로 물었다. 꽤나 곤란한 질문이라 어깨를 으쓱이며 대답을 회피했다. 이제 그를 다시 만날 일은 없으니까, 그저 잠시 무료한 일상에 벌어졌던 우스꽝스러운 해프닝이라고만 생각하자. 일단 그렇게 마음을 접었다.

"어머! 저 차 뭐야?"

5교시까지 빡빡한 수업 일정을 마친 후, 파김치가 되어 교무실로 돌아오자 한바탕 난리가 일고 있었다.

"차 한번 끝내주네!"

휘익! 한 남자 선생이 휘파람을 불었다. 웅성거리는 사람 틈 속에서 이 선생님을 찾았다.

"무슨 일 있어요?"

"그러게. 웬 차가 여기까지 서 있지? 거참, 상식없는 사람이네."

"차요?"

교문 입구에서 오른쪽으로 꺾어지면 작은 주차장이 있다. 보통 학부모들이 찾아오는 경우엔 그곳에 주차하도록 입구부터 명시되어 있어 여기 교무실 쪽에서 볼 수 있는 차량은 거의 없었다. 호기심에 선생님들이 다닥다닥 붙은 창가로 조금 다가갔다.

"어머! 강산 씨 아냐?"

헉!

창가에 붙은 무리 속에서 잔뜩 흥분한 유 선생의 음성이 울렸다. 창가로 다가서다 재빨리 몸을 뒤로 뺐다. 상식없는 사람이라,

이 선생님이 말할 때부터 알아차렸어야 했다. 다행이다. 창문을 가득 메운 사람들 몸체 덕분에 내 작은 몸 하나 정도는 쉽게 가릴 수 있었다.

오늘은 6교시까지 있는 날이다. 내 수업은 없지만 그래도 종례까지 앞으로 한 시간은 더 이곳에 있어야 하는데, 참으로 난감한 일이었다. 슬금슬금 몸을 빼, 되도록 창 쪽에서 먼 곳에 자리를 잡았다. 괜스레 관계없는 출석부만 말끔하게 정리하면서 말이다. 저쪽에 있던 사환 아이가 이상한 눈초리로 나를 흘끔거렸다. 제가 똑 부러지게 한 일을 왜 건드리냐는 눈빛이다.

"어머, 강산 씨! 여긴 무슨 일이에요?"

드르륵, 창문 여는 소리가 들렸다. 유 선생이 눈치도 없이 반갑게 인사를 건넸다.

"아……."

산의 느린 음성이 열린 창문 너머 확연히 들려왔다. 잠시 멈칫거리는 걸 보아서 유 선생의 이름을 잊어먹은 모양이었다.

"어제 보았지?"

능청스럽게 넘기기는.

"저 만나러 오신 거예요? 그렇지 않아도 어제 진현 씨가 나중에 한번 뭉치자고 하더니, 그게 오늘인가?"

"그건 모르겠고. 나, 우리 유인이 데리러 왔는데. 유인이 좀 불러줄래?"

따갑다. 잔뜩 움츠린 목 언저리로 수만 개의 화살이 다다닥, 꽂힌 기분이 들어 더욱 몸을 움츠렸다. 절로 미간이 찌푸려졌다. 이렇게 저돌적인 남자, 난감하고 두려웠다.

　난 초등학교를 제외한 모든 학교를 전부 여학교만 다녔다. 집에서도 엄마까지 여자 셋에 남자는 겨우 아빠 하나다. 신체 발달도 다른 아이들보다 느린 편이라 가슴도 중학교 1학년이 되어서야 겨우 나왔고, 첫 월경도 중3에야 시작되었다. 내가 가진 모든 것들은 늘 다른 사람들보다 한 발 뒤에서였다. 그런데 저 산이란 남자는 아니었다.

　사춘기에서부터 성년이 될 때까지 남자들과 이야기해 본 적이 손가락으로 꼽을 정도로 드문 나로서는 산 같은 남자를 어떻게 대치해야 할지 도무지 답이 서질 않았다.

　"남 선생!"

　딱딱한 교감 선생님의 음성이 울렸다. 못마땅한 투가 역력했다. 얼마 전부터 교감 선생님은 내게 자신의 아들 녀석 이야기를 줄곧 해오고 있던 터였다. 대기업 과장이라며 은근히 자랑하는 의미를 아무리 나라 해도 모를 정도는 아니어서 대충 둘러대고 있던 중인데.

　"남 선생!!"

　이젠 역정까지. 어쩔 수 없이 쪼그린 몸을 천천히 일으켰다.

　"누가 찾아왔나 봅니다. 거참, 여기가 무슨 연애장도 아니고 말이야!"

　끌! 혀까지 차는 교감 선생님과 새치름한 유 선생의 눈빛을 피해 한 발짝 창가로 다가섰다. 홍해가 갈라지듯, 인파가 우수수 옆으로 비켜섰다. 그곳에 그가 서 있다.

도망가고 싶어.

찌푸린 미간에 두통이 밀려왔다. 이 남자는 왜 이렇게 끈질기게 나를 괴롭히는 걸까?

"아직 안 끝났어?"

"……네."

괴로운 심정을 알아차리지 못한 산은 그렇게 내게 물었다.

"갑자기 웬 존댓말? 평소처럼 말 내려. 굉장히 어색해."

평소라니, 겨우 어제 한 번뿐인데.

"무슨 일이…… 야?"

무슨 일이세요? 하고 물으려다 번뜩, 쏘아보는 눈빛에 느릿, 말을 내렸다.

"데이트하려고. 영화 볼래?"

호기심 어린 시선들이 내게서 떠나질 않는다. '뭐야? 남 선생, 애인 있었대?' 여기저기 묻는 소리가 내 자리까지 들려왔다.

"아직 퇴근 시간 아닌데."

"그래? 언제 끝나는데?"

"저기…….”

제발, 이젠 관심 끊어줄래요? 난 당신과 달라서 지극히 평범한 사람이에요. 하고 말하려는데 산이 말을 뚝 잘라 버렸다.

"한 시간 기다리면 돼? 당신 만나려고 굉장히 중요한 회의까지 미루고 왔는데. 섭섭하네. 좀 반갑게 맞아주면 안 되는 건가?"

죄책감이 이유없이 들었다. 그가 굉장히, 아주 굉장히 중요한 회의를 미루고 왔다고 중얼거렸다.

"아직 수업 끝날 때까지 한 시간 남았고, 종례도 해주어야 하고⋯⋯."

웅얼대는 내 음성에 그가 불쑥 창문 안으로 고개를 들이밀었다. 느닷없이 다가선 검은 눈동자에 나도 모르게 펄쩍 뛰어 교무실 안쪽으로 물러섰다. 심장이 벌렁벌렁 뛰어댄다. 볼 때마다 느끼는 거지만 그는 언제나 말쑥한 차림이다. 특별히 멋을 내는 것 같지는 않지만 그 자체가 명품의 느낌이 흐른다고나 할까? 이런 부류의 사람에겐 적응되지 못한 나로서는 반사적으로 펄쩍 뛸 수밖에. 게다가 내 사정이나 주위의 눈치는 상관없이 무작정 들이대는 그의 압박감도 만만찮았고.

"잘 안 들려서⋯⋯."

예상치 못한 과잉반응에 놀랐는지 그가 미간을 잔뜩 찌푸린다. 왜 그렇게 놀라? 하고 묻는 품새가 처음으로 불쾌하게 들렸다. 내내 경쾌한 사람이라 그 정도의 눈치는 없을 줄 알았는데 좀 의외였다. 잠시 그가 말을 멈추었다. 살피는 눈빛이다. 한동안 침묵이 흘렀다.

─따르릉.

수업 종소리가 침묵 사이로 울렸다. 바짝 귀를 세우고 있던 선생님들이 드디어 우리에게서 벗어나 각자 수업을 위해 하나둘씩 교무실을 빠져나가기 시작했다. 그제야 참았던 숨이 터져 나왔다. 빳빳하게 굳은 어깨의 긴장도.

산과 달리 내가 신경 써야 할 것들은 단순하지 않다. 교감 선생님의 눈치와 다른 선생님들의 입방아까지⋯⋯ 미리 걱정이 들어,

아직 남아 있는 산의 존재가 점점 산처럼 무거워졌다. 에효효, 한숨이 절로 내려앉았다. 한동안, 이 스캔들을 어떻게 감당해야 할지 벌써부터 머리가 아팠다.

교무실을 나서는 이 선생님의 걱정스런 시선이 닿았다. 괜찮다고 고개를 끄덕이긴 했지만 내 속마음까지 그런 건 아니었다.

"수업 들어가야 해?"

순간 응! 하고 거짓말해 버릴까? 충동이 일었다. 하지만 저 또렷한 눈동자 앞에선 세상에 감출 수 있는 게 없을 것 같다.

"아니."

"그럼 잠깐 나올래? 아님, 내가 들어갈까?"

펄쩍!

또다시 심장이 널을 뛴다. 어딜…….

"안 돼."

내가 듣기에도 설득력이 없는 힘없는 목소리다. 제발 그냥 가 주었으면 좋겠다. 별말없이, 별 거부 없이…….

산의 눈동자가 또 일그러졌다. 그리고 가벼운 한숨 소리가 덧붙여졌다. 그도 분명 불편해지고 있는 거다. 어깨가 움츠러들었다. 지은 죄가 있는 것도 아닌데, 그의 한숨은 자꾸 괜한 죄책감과 미안함을 자극한다.

저기, 그럼 조금만 기다릴래요? 한 발 물러서려 할 때였다.

"당신, 생각보다 까다롭군."

한마디 덧붙이며 그가 먼저 뒤로 물러섰다. 창문 안으로 들어섰던 눈동자가 빠져나가자 움츠렸던 어깨가 조금 더 펴졌다.

"알았어. 그럼 여기서 기다릴게."

"저기…… 여긴 주차하면 안 되는데……."

더 큰 한숨이 터져 나왔다, 산의 입에서.

"알았어. 밖에서 기다릴게. 한 시간 후면 끝나는 거지?"

"수업은 그런데, 종례가 남았어."

"종례? 담임이야?"

그가 놀랍다는 듯 소리를 질렀다.

"응."

"대단하네!"

별로 대단할 일이 아닌데. 그러나 그의 얼굴에 갑자기 화색이 돌자 내가 굉장히 대단한 사람이 된 것 같은 착각이 일었다.

"알았어, 공주님!"

산이 눈을 찡긋거리며 거수경례를 했다. '공주님'이란 호칭에 펴졌던 어깨가 다시 안으로 움츠러들었다. 어쩐지 날 놀리고 있는 기분이 든 탓이었다. 공주님이라니, 그것처럼 내게 어울리지 않은 별명은 없었다.

"시간 맞춰 데리러 올게."

그리고 화려한 은빛의 차는 교무실 앞을 빠져나갔다. 그제야 뻣뻣하게 굳어진 다리가 휘청, 비틀거렸다. 긴장한 건 어깨뿐만이 아니었다. 대화하는 내내 바짝 곤두서 있던 몸은 산이 빠져나간 순간부터 풀려진 긴장으로 현기증이 몰려올 정도였다.

멀리 산의 차 뒤꽁무니가 보인다. 묻고 싶다.

정말, 네 주인은 어떤 사람이니?

수업 끝난 선생님들이 돌아오기 전에 후다닥 짐을 싸 교무실을 나섰다. 잠시 밖에서 숨을 고르다 교실로 들어갈 생각이었다. 나서는 뒤통수가 뜨끈하다. 생각해 보니 유 선생도 오후 수업이 없다. 유 선생 앞에서 적나라하게 그 장면을 보였다, 생각하니 가슴이 더 무거워졌다.

늦은 체육 시간이라 그런지 운동장을 힘겹게 뛰어다니는 아이들의 모습이 지쳐 보인다. 운동장과 한참 떨어진 의자에 앉았는데도 거친 모래가 여기까지 뻗어오는 것만 같다. 텁텁하다. 봄날 황사 속에 갇힌 운동장은 사막처럼 마르고 덥다.

"우와! 선생님! 아까 그거 누구 차예요? 엄청 근사하더라."

종례를 위해 교실로 들어가자 맨 뒤에 앉은 까까머리 녀석 하나가 우악스럽게 소리쳤다.

"그거 람보르기니지?"

종례를 앞둔 느슨함 때문일까? 남자 아이들이 서로 아는 척, 수선을 피워댔다. 뜨거운 이마를 짚었다. 아이들 앞에는 제발 나타나지 말아야 할 텐데.

한 발 늦었다. 평소보다 배는 빠르게 종례를 마치고 막 나가려는데 곱게 양 갈래로 머리를 묶은 반장 녀석이 나를 붙들었다. 평소 야무지고 단단한 면이 있는 아이인데, 잠깐 상담을 하고 싶단다. 흘낏, 교무실 쪽을 바라보며 반은 건성으로 대답해 주었다. 사실, 예민한 사춘기답게 상담 내용은 그리 중요한 문제가 아니었고, 그리고 지금 나로서는 교무실 앞에 떡 버티어 있을 은빛 차가 더 신경 쓰였다.

"그래? 좀 곤란하겠구나."

"네. 수업 중에 그런 장난식의 질문으로 시간 질질 끄는 거 주의를 주셨으면 좋겠어요. 쉬는 시간까지 미루어지는 것도 그렇고."

결론은 뒷줄에 앉은 정신 사나운 몇몇 남학생이 쓸데없는 질문으로 학급 분위기를 흐린다는 것이다.

"그런데, 화장실 때문에 그래?"

"네?"

반장이 어이없는 얼굴로 되물었다. 하도 황당한 얼굴이라 되려 내가 주춤해졌다.

"아니, 화장실이 급하면 걔네들이 질문하는 동안에 다녀와도 될 것 같아서……."

"화장실은 아무 문제 없어요."

반장이 단호한 어투로 대답했다. 그래? 그럼 뭐가 문제지? 고개를 갸웃거렸다.

"전 쉬는 시간에 다음 수업 준비를 하고 싶어요. 그렇지 않아도 아이들 수다도 참을 수 없는데 녀석들의 쓸데없는 질문과 농담까지 들어줄 여유가 없다구요."

아, 그제야 머리를 긁적거렸다. 쉬는 시간은 쉬라고 주는 건데.

"그냥 쉬지 그러니? 이제 겨우 1학년인데 그렇게 몰아세우면 정작 중요한 시기에 지치기 쉬워."

내 대답에 반장의 벌어진 입이 다물어지지 않는다. 반장의 머릿속에 든 생각이 뻔했다. 뭐 이따위 선생이 다 있어?

막 설명을 덧붙이려는 순간, 운동장 건너편에서 물고기 같은 은빛이 햇살 속에 번쩍! 빛을 발했다. 산이다. 내 뇌리에도 빛이 번쩍거렸다. 조금 전, 은빛 차에 대한 아이들의 지대한 관심이 떠오른 이유다.

"저, 아무튼 쉬는 시간은 쉬어주고. 미안한데 선생님 지금 가봐야겠다. 급한 일이 생겨서."

허겁지겁 가방을 짊어지고 반장을 남겨둔 채 복도로 빠져나왔다. 마음은 급한데 굼뜬 다리가 빠르게 움직여지지 않아 숨만 턱까지 찼다. 아직 채 운동장을 빠져나가지 못한 아이들이 부드럽게 진입하는 은빛 차체 쪽으로 다가서는 게 보였다. 늦었다!

저 아이들의 무리를 뚫고 산의 차에 오를 생각을 하니 벌써부터 얼굴이 벌겋게 달아올랐다. 이런 식으로 사람들의 주목을 받아야 한다는 생각에 창피스러움이 먼저 든다. 어쩌면 그는 이 모든 상황을 즐겨 만드는지 모르겠다. 그에겐 사람의 한가운데 서는 게 생활의 일부분일지 모르지만, 난 아닌데 말이다.

"어? 왜 이렇게 땀을 흘려? 나도 방금 왔는데."

허겁지겁, 다가서자 산이 내 이마를 훔쳤다. 펄쩍, 뛰다 못해 날아갈 정도다. 뜨끈하고 끈적한 온기에 잠시, 아이들 속에 있다는 걸 망각해 버렸다. 그의 향에 적응도 하기 전에 이런 신체적 접촉에 방어벽도 없이 노출되어 버리다니.

"우와!"

아이들의 환호성이 우렁차게 울렸다. 이런…… 그제야 우리를 둘러싼 아이들의 존재가 내 눈에 들어왔다. 부끄럽고 당혹스럽고 복잡한 심정이 한순간에 오르락내리락 춤을 추었다. 아직도 내 이마에 남은 손바닥을 피해 한 걸음 뒤로 물러서는데 등 뒤로 아이 하나가 닿았다. 아, 정말 진퇴양난이다. 아이들 틈바구니 속에서 은빛 차를 흘겨보며 한마디 쏘아붙였다. 솔직히 그건, 그의 이 무조심성이 아니라 남자로 인해 사랑스런 제자들을 망각했다는 나 자신의 자괴감이었다.

"여기로 차가 들어오면 안 된다고 했잖아."

"알았어. 그러니까 빨리 타. 녀석들이 엄청 몰려와서 나도 피곤해."

아이들의 인파를 뚫고 산이 내 팔을 덥석 붙든 채 우격다짐으로 차 안에 밀어 넣었다. 까무잡잡한 손가락을 탁, 쳐내고 싶은 마음을 털어내며 차에 올라섰다. 단둘이 있게 되면 단단히 말을 해놓을 셈이었다.

말끔하게 정리된 차는 먼지 하나 없이 깨끗하다. 내 스커트 자락에서 모래 먼지가 떨어질까, 조심스럽게 자리를 잡았다. 비린 가죽 냄새가 날 줄 알았는데 생각보다 상쾌한 향이 흐른다. 그에게서 나는 냄새랑 언뜻 비슷한 것 같기도 하고.

"그런데 무슨 녀석들이 저렇게 정신없이 몰려드냐?"

겨우 숨통이 트이자 산이 고개를 절레 저었다. 그러기에 들어오지 말라니까.

"그러니까 여기로 들어오면 안 된다고 했잖아."

"그래, 다음부턴 조심할게."

다음이라…… 그런 건 없을 거라 생각했지만 우선은 입을 다물었다. 어딜 갈 건지 묻지도 않고 산은 곧장 거리로 나섰다.

"영화 볼 거지?"

복잡한 차선을 능수능란하게 달리며 산이 물었다. 이건 참 미묘한 문제인데 여자가 많은 집안에서 자란 탓인가? 산에 대한 감정은 별개로 하고 편한 모습으로 차를 모는 모습이 꽤 근사해 보이긴 했다. 아버지가 차를 모시는 모습과는 사뭇 다른 남성다움이 흘러나도 모르게 흘끔 시선이 멈추었다. 그러면서도 꼬박 대답하는 것도 잊지 않고.

"아니."

또 미간이 좁혀진다. 불만스러울 땐 저렇게 살짝 미간을 좁히는 게 버릇인가 보다.

"왜? 배고파?"

"아니. 저…… 이야기 좀 할래?"

"배고프니까 밥 먹으면서 이야기해."

싫은데…….

하지만 정말 배고픈 얼굴인 것 같아서 고개를 끄덕여 주었다. 해산물 좋아한댔지? 하고 그가 묻는다. 그 말은 산, 혼자 한 말이었다. 단지 레어로 구워진 스테이크가 싫다는 말은 했었던 것 같다.

산과 함께 들어선 식당에선 커다란 가재 한 마리가 통째로 접시에 담겨져 왔다. 이걸 먹으라는 건가? 등을 쩍 갈라 살만 발라놓은 가재는 어제 내가 먹었던 붉은 피가 범벅이었던 스테이크와 하등 다를 바가 없어 보였다. 입맛이 소태처럼 쓰다. 잘 발라진 가재 살

을 그는 스스럼없이 포크로 폭! 찍어 입으로 가져갔다. 굉장히 속
도가 빠르고 굉장히 푸짐한 느낌이 든다. 신기하기도 하고, 대단
해 보이기도 해 빤히 바라보는 내 시선에 산이 씨익 웃었다. 커다
랗게 벌어진 입술로 하얀 이가 번뜩거렸다. 또다시 형광 빛이 나
를 쏘았다. 눈이 부셔 절로 눈을 깜박거렸다.

"아, 미안. 사실 배가 무지 고팠거든."

내 깜박거림을 오해했는지 산이 변명했다.

"영화 보기 전에 간단한 샌드위치라도 사가지고 갈 셈이었는데
당신 덕분에 살았어."

웃지 말았으면 좋겠다. 그렇지 않아도 앞으로 해야 할 말 때문
에 신경이 잔뜩 곤두선 상태에선 이런 낯선 미소에 대한 대책이
서지 않았다.

"배고프지 않아?"

거의 다 비워낸 그에 비해 내 접시엔 아직도 산만한 가재가 그
대로 제 뱃살을 드러내 놓고 누워 있다. 어떻게 거절해야 할지 골
몰히 생각하느라 먹을 겨를이 없었다. 위장이 곤두선다.

"저……."

"후식은 어떻게 할래?"

묻는 말에 고개를 저었다. 배도 고프지 않았고, 달콤한 후식도
지금은 부담스러울 뿐이었다. 걱정스런 빛이 잠시 스쳤다. 무어라
우길 줄 알았는데 별말없이 커피만 시킨 채 우리는 말을 잃었다.
아마 내 얼굴빛이 퍼렇게 질려 있을 것이다. 긴장하면 얼굴 근육
이 딱딱해지고 붉은 핏줄은 파란 양서류로 변해가니까.

"불편해."

대뜸 말을 던졌다. 사실, 엄청 긴장하고 있어서 앞뒤 잴 것도 없이 불쑥 튀어나온 말이었다. 뜨거운 커피를 산이 그대로 뿜어냈다. 황당한 눈빛에 후끈, 달아오른다.

"무슨 뜻이야?"

"난, 불편하다고."

"내가?"

처음 듣는 말처럼 산이 되물었다. 그만한 남자라면 여자에게 거절당해 본 적이 그리 없을 거라는 건 나도 알았다. 하지만 난 싫은데…….

"갑자기 찾아오는 것도 그렇고, 나한테 하는 태도도 부담스러워."

이젠 거의 내 천(川) 자를 그리는 이마가 나를 쏘아보았다. 내 말에 대한 의미를 곰곰이 생각하는 것 같기도 하고, 또 말속에 담긴 감정에 대해 이해하기 어렵다는 기색이기도 했다. 좁혀진 미간이 좀 더 그의 얼굴선을 예리하게 만든다. 제멋대로라 생각했던 모습이 한순간 진지하게 변모해 또 다른 선을 그렸다. 하지만 어떤 면에서 보든 그가 매력적인 외모를 타고났다는 것은 부정할 수 없었다. 도도한 유 선생이 그토록 사근하게 유혹할 만하기도 했다. 솔직히 말이다. 하지만 내겐…… 어쩐지 부담스럽다. 얇게 비웃는 유 선생의 얼굴을 떠올리며 질끈, 눈을 감았다.

이 순간만 버티면 돼. 오로지 그 생각만 하기로 했다. 거절이 어렵긴 하지만, 이건 결코 가벼운 일이 아니니까.

아…… 느릿한 음성이 길게 끌었다. 살며시 뜬 눈꺼풀 사이로 난감해하는 그의 얼굴이 보였다. 긴 손가락이 관자놀이에 놓여 있다. 내가 한 말을 심오하게 되새기는 모양이다. 꿀꺽, 굵은 침이 목 줄기를 아프게 흘렀다. 바싹 입이 마르고 잡다한 생각이 빠르게 뇌리를 스쳤다. 지금 일어서야 할까? 드라마에서 보면 근사한 포즈로 벌떡 자리에서 일어나, 전혀 어색하지 않게 쉽게도 사라지던데. 나도 그렇게 할 수 있을까? 그래야 하는데…….

엉성한 폼으로 무릎 위에 놓인 가방을 집었다. 지금 일어나야 가장 어색하지 않겠지? 그런 생각을 하며 반쯤 엉덩이를 들어 세우려는 순간, 그가 갑자기 입을 열었다.

이런! 적절한 타이밍을 놓쳤다.

"아, 굉장히 어렵군. 잠시 좀 당황했어."

난감하다. 여전히 같은 자세로 그를 바라보았다. 굉장히 어색한 순간이 흘렀다.

"첫눈에 좋아졌어. 그래서 결혼하고 싶은 생각도 들었는데, 당신은 아니었나 보지?"

당연히 그럴 리 없잖아? 대꾸하고 싶은 걸 꾹 참았다. 어떻게 처음 본 사람과 결혼하고 싶은 생각이 들 수 있느냔 말이다. 내겐 오히려 그런 산이 더 이상했다. 그의 손이 탁자 위로 쭉 뻗어 내 손을 잡았다. 덕분에 나도 모르게 털썩, 엉덩이를 내리고 말았다. 폭신한 벨벳 의자가 끼익, 뒤로 밀려가며 요란한 소리를 냈다. 잡힌 손을 얼른 잡아 뺐다. 아직도 그의 열기가 가시질 않는다. 따끔한 모기에게 쏘인 것처럼 후끈거리는 감촉이 신경을 건드렸다.

“천천히 가줄게.”

내가 말하는 의미는 그게 아니었다.

“난……”

“당신이 여린 사람이란 걸 몰랐어. 하긴 만난 지 몇 시간 되지 않았잖아?”

그런 뜻이 아니야! 짜증이 벌컥 일었다. 왜 이 남자는 자꾸 딴 말을 하는 거지?

“그리 조급한 성미는 아닌데. 신기해서…… 당신이란 여자가. 놓칠까 걱정되기도 했고.”

별로 우습지 않은 이야기인데 산은 혼자 키득거렸다. 그 모습이 어쩐지 유 선생과 김 선생을 닮았다. 왜 입맛을 잃었는지 알겠다. 접시 위의 뱃속을 훤히 드러낸 서글픈 가재가 지금 내 모습과 많이 닮았다는 생각이 들었다. 썩둑, 칼로 난도질해 시원스럽게 해치우던 산의 번들거리는 입가가 언뜻 스쳐 갔다.

그는 날 먹어치우려는 거야!

자잘한 소름이 온몸으로 퍼져 갔다. 거미줄에 꽁꽁 묶인 작은 벌레와 제가 잡은 먹이를 향해 성큼 다가서는 거대한 독거미.

어지럼증이 돌았다. 임 선생의 결혼식에 가는 게 아니었다. 아니, 애초부터 함 같은 건 받지 말았어야 했다. 평화로웠던 지난 삶이 그립다. 모든 일이 해결되었다는 듯, 편하게 미소 짓는 산을 보며 애매한 미소로 답례했다. 어떻게 할까?

갑자기 섬뜩한 기분이 들었다. 분명, 내 곁엔 유인이가 있다. 처음 스타트부터 그랬 듯이 함께 걸어왔고, 또 앞으로도 함께 갈 것이다. 그러다 문득 뒤를 돌아보았을 때, 지금껏 함께 걸어왔다, 생각했던 길에 남은 발자국이 달랑 하나다.

뒷골이 바짝 당겨지는 기분이 말할 수 없이 불쾌했다.

난 지금까지 무얼 하고 있었던 건가? 그러나 묵묵히 걷고 있는 유인이에게 무어라 할 순 없었다. 유인인 날개 옷을 감추고 있는 선녀다. 어느 순간, 내게서 훌훌 떠나 버릴 준비를 하고 있는.

그래서 차마 말을 꺼낼 수 없었다. 왜 우린 함께 걷고 있지 않느냐고…….

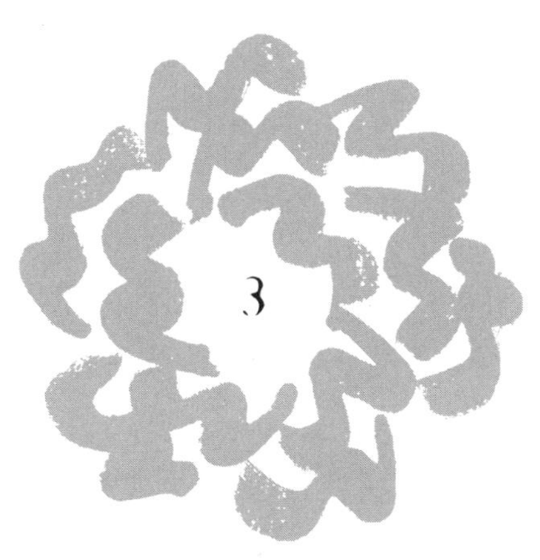

그는 블랙커피를 좋아하고, 난 시나몬을 솔솔 뿌려 시럽까지 듬뿍 친 카푸치노를 좋아한다. 그는 바다 가재를 좋아하고, 난 생선 커틀릿을 좋아한다.

그것이 우리의 차이다. 같은 나라에 살고, 같은 한민족이지만 사고의 세계는 다른.

"며칠 해외 출장을 갔다 와야 해."

매일, 학교 앞으로 찾아온 산이 드디어 사라졌다. 몹시 섭섭한 어투였지만 난 솔직히 숨이 트인 기분이었다. 매일 저녁 그와 함께 식사하지 않아도 되고, 집에도 일찍 들어갈 수 있다.

그가 없는 주말엔 오랜만에 느긋한 휴식까지 취했다. 더구나 두 번째 주, 토요일인 것까지. 행운의 여신은 결단코 내 편이었다. 보고 싶었던 책도 마음껏 읽고, 동생 유진과 시내 서점까지 다녀왔다. 유진의 팔짱을 꼬옥 끼며 난 약간 흥분되어 있었다. 갑자기 찾아온 이 평화로움도 그랬고, 무엇보다 늘 바쁘다는 핑계로 함께 외출할 시간이 없던 유진이 선뜻 외출을 허락해 주었기 때문이다. 어렸을 땐 '언니야, 언니야!' 하며 강아지 꼬리마냥 따라다니더니 요사이 좀 컸다고 제 친구들만 어울려 다니곤 했었는데.

"언니, 요즘 무슨 일 있어?"

좁은 골목길에 옹기종기 모여 있는 포장마차 중 한 곳에 들어가 어묵 꼬치를 물고 있는 내게 대뜸, 동생이 물어왔다. 컥!

커다란 어묵 조각 하나가 목에 걸려 캑캑, 거친 숨을 몰아쉬었다.

"왜, 왜애?"

"요즘 저녁밥 늘 먹고 오잖아. 지금까지 두 달에 한 번 있는 회식 때 말고는 밖에서 밥 먹는 적 없던 사람이……."

생각해 보니 그랬다.

"아홉 시 넘어서 들어오는 것도 그렇고. 언니 원래 바른생활 소녀잖아. 일곱 시 땡! 하면 출근하고 여섯 시 땡! 하면 들어오고. 학교 다닐 때부터 학교하고 집밖에 모르던 사람이 갑자기 늦게 오니까 이상해. 엄마가 무슨 일 있냐고 물어보래."

그러니까 오늘 오후, 갑자기 유진이가 서점 가자고 선뜻 나선 이유가 따로 있었던 거다. 어쩐지 의외라 했었다. 책밖에 모르는 나와 달리 유진은 피자 가게나 옷 가게 둘러보는 편이지 서점에 가는 걸 그닥 좋아하지 않는다. 들떴던 기분이 급속히 가라앉기 시작했다. 유진의 반짝이는 눈동자가 코앞까지 다가왔다. 빤히 살피는 눈빛이 여간 신경 쓰이는 게 아니다.

"무슨 일 있어?"

뜨거운 어묵 국물을 후후 불며, 두근대는 심장을 진정시켰다. 그렇지 않아도 스물여덟이 될 때까지 시집도 못 간다, 투덜대는 부모께 산의 존재를 알릴 생각은 없었다.

"정말 무슨 일 있는 거지?"

핑계거리를 생각하는 사이 유진은 바삐 대답을 재촉했다.

"남자 생겼어?"

"무슨 소리야!"

작은 종이컵에서 국물이 넘쳐 손바닥으로 쏟아졌다. 뜨거워! 남은 액체를 탈탈 바닥에 털어내곤 손수건으로 꾹꾹 자국을 눌렀다.

"왜 그렇게 소리를 질러? 깜짝 놀랐잖아! 아니면 말고. 하지만 언니 나이에 남자 친구 하나 없는 것도 이상한 거야, 있는 게 정상이지."

아무리 그렇다 해도 산은 절대 남자 친구가 될 수 없다. 애인은 더더구나! 아직 누구를 만나본 적은 없지만 내가 진실로 누구를 사귀게 된다면, 부드러운 남자가 좋다. 자박한 미소가 크림처럼 달콤하고 시나몬처럼 톡 쏘는 재치와 커피처럼 쓴 고뇌를 가진.

산처럼 거대하고 장대한 외모보다는 조금 더 소박했으면 좋겠다. 나란히 서서 팔짱을 끼기 딱 좋은 만큼의 키를 가진.

산은 나보다 한참은 위로 올라가서 옆에 서는 것만으로 위축되어서 싫다. 기름통에서 빠져나온 것처럼 반지르르한 외모와 말쑥한 차림도.

단정하게 커트 된 머리카락과 방금 샤워를 끝낸 비누향이 상큼하게 풍기는 남자가 좀 더 인간다워 좋다. 내겐 그에게서 풍기는 고급스런 향조차 인위적으로 느껴져 어색하고 부담스러웠다.

산과는 전혀 다른 이미지를 떠올리며 유진에게 굳게 대답했다.

"언젠가 나타날 거야."

"적당히 골라. 그 나이에 고를 만한 남자도 별로 없을 테니까."

"아직 운명적인 남자가 안 나타났을 뿐이야. 그 사람만 봐도 두근두근 심장이 뛰고, 짜릿한 키스의 여운에 밤잠을 설치는."

"환상 갖지 마. 키스가 뭐 별건 줄 알아? 그냥 이리저리 혓바닥 굴리다 적당히 상대방 타액 좀 삼켜주는 걸로 끝이야."

이게 나보다 열 살이나 어린 동생 입에서 나올 말일까? 너무 놀라 흉물스럽게 입이 벌어지고 말았다.

"너, 너…… 너……."

허공에 뻗은 손가락이 파르르 떨렸다. 어떻게 이제 겨우 열여덟 먹은 애가 그런 말을 할 수 있니? 하고 물었더니 유진은 어처구니없다는 듯, 피식 소리를 냈다.

"키스 정도는 이미 열다섯 살에 뗐어. 촌스럽게 왜 그래?"

열다섯! 핏기가 싸악 가셨다. 아직 나조차도 떼지 못한 첫 키스의 딱지를 동생은 열다섯에 떼었다는 충격이 아니라, 그녀가 정말 내가 아는 유진이 맞나 싶어서였다. 조물, 조물 손톱만한 주먹을 쥐고 빨갛게 떼를 쓰던 내 조그만 동생이.

어지럽다. 뜨거운 어묵 국물에 덴 손등은 벌써 빨갛게 부어 있었고, 난 유진이 던진 폭탄에 정신을 차릴 수가 없었다. 촌스럽게, 라니! 입맛이 뚝 떨어진다.

"집에 가자."

떡볶이에 이쑤시개를 꽂던 유진의 팔을 잡아 포장마차를 나섰다.

"옷 안 사줄 거야? 에이, 요즘 입을 만한 옷도 없는데."

섭섭해하는 유진에게 근처 옷 가게에서 한 벌 사주고, 곧장 집으로 돌아왔다. 한가롭던 주말이 심산스럽게 변해 버렸다. 내가 살아가는 세상은 어딘지 어긋나 있는 모양이다. 어깨쯤에서 흔들리는 팔의 움직임이 꼭 떨어진 인형 팔 같다.

이 주일 만에 임 선생이 집들이 초대를 했다. 우리 학교는 근처에서 꽤 큰 편이라 전체 인원을 초대할 수는 없고 대충 같은 또래와 임 선생이 소속된 언어교육부 선생들 몇 명만 초대하기로 했다. 거절하려야 할 수 없는 입장이었다. 난 교집합 부분이다. 같은 또래이자 같은 언어 교육부, 그것도 같은 교지 담당자이니 당연히 참석할 수밖에 없는 위치라는 말이다.

그나마 다행인 건 이 선생님 역시 포함된다는 거였다. 또래 집단인 유 선생과 김 선생이 다른 선생님들을 싣고 1차로 출발한 후, 난 이 선생님의 차에 올라 2차로 출발했다. 그것 역시 좋은 시작이었다. 산은 아직 돌아오지 않았다. 제법 긴 출장에 그의 존재가 점차 희미해지던 차였다. 예전과 다름없는 학교생활에, 이른 귀가. 일상은 그때의 시간을 잠시 뜰채로 떠놓은 것처럼 평이하게 흘러가고 있었다. 모든 게 평온하고 무난했다.

임 선생의 집은 학교와 가까웠다. 아마 맞벌이를 하는 아내의 고충을 나름 배려한 덕분인 것 같았다. 약간 이마가 벗겨지긴 했지만, 임 선생의 남편은 여러 면에서 괜찮은 점이 더 많았다. 함 받는 날, 언뜻 안면을 익혔다고 유독 반갑게 맞아주는 예의 바름도 한몫을 했고.

현관 입구부터 떠들썩하게 사 온 화장지와 분말 세제, 그리고 화려한 꽃다발을 증정식처럼 건네주고 거실 쪽으로 들어서던 발걸음이 얼음처럼 딱, 붙어버렸다.

"남유인!"

넓디넓은 거실, 화려하게 꾸며진 뷔페 테이블 사이에서 반갑게 손을 흔드는 이는 분명 산이다. 나보다 이르게 도착했던 모양인지, 가벼운 캐주얼 차림의 그는 조금 풀어진 모습이었다. 환한 미소에 절로 죄책감이 들었다. 난 그의 얼굴을 본 순간 벌써부터 불편해지고 있었으니까. 임 선생의 남편에게 건네던 웃음이 그대로 얼었다. 뻣뻣하게 굳어진 근육이 좀처럼 풀어지질 않았다. 반가워하던 산의 얼굴이 내 얼굴과 부딪치는 순간, 살짝 굳어졌다.

"어, 남 선생님도 오셨네?"

결혼식장에서, 인사를 나눈 진현이란 친구가 과장되게 손을 흔들었다. 산을 향한 그의 낯 색이 약간 어둡다. 그 역시 어색한 순간을 알아차렸다는 뜻이다.

"자기 남자 친구 아냐?"

뒤따라오던 이 선생님이 귓속말을 건넸다. 아니에요, 황급히 부정했다.

"가봐! 오라는 눈치 같은데."

옆구리를 쿡 찌른다. 운이 나빴다. 이 선생님과 늦게 2차로 출발하다 보니 다들 빽빽이 모여 앉았고 남은 건 산의 옆 자리뿐이다. 내가 올 걸 미리 알고 있었나? 그랬을 리가 없다고 생각했다. 나 역시 그가 이미 귀국한 걸 몰랐으니까.

"남 선생님, 이쪽으로 오세요. 산이 녀석이 자리 비워놓으라고 하도 엄포를 놓아서……."

진현 씨가 불러댔지만 처음과 달리 싸늘하게 굳은 산의 눈빛에 어떻게 해야 할지 몰라, 가까이에 있는 다른 선생님들 사이로 비집고 들어갔다. 오지 말 걸…….

"여기 앉아."

무거운 산의 음성이 울렸다. 싫은데…….

"저기 일행이 있어서……."

적당한 예의를 갖추며 어색하게 대답했다. 그렇지 않아도 남자 친구라 오해하고 있는 학교 선생님의 시선 속에 함께 앉는다는 건 있을 수 없는 일이었다. 설사 그가 진실로 내 남자 친구라 해도 그런 뻔뻔한 일을 할 만한 성격도 못 된다. 더더구나 그는 내 남자 친구도 아닌 데다 내 거절조차 제대로 매듭짓지 못한 상태가 아닌가. 이 상황에서 남은 오해를 더욱 깊게 할 수는 없었다. 게다가

학교를 나서는 순간, 갑자기 끼어든 교감 선생님까지 있는 자리라 더욱 입장이 옹색했다. 평소에 이런 모임은 잘 참여하지 않으시는 교감 선생님인데 임 선생의 남편이 검사라는 말을 듣는 순간, 갑자기 '그래? 거참, 대단하구만' 하시더니 나도 가볼까? 하고 주섬주섬 자리에서 일어선 것이다.

"너 정말 말 안 들을래?"

선생님들의 눈치 속에 겨우 한 자리를 찾아 비집고 앉는데 소란스런 수다 속에 산의 음성의 꽥! 울렸다. 모두 일제히 주목!

방 안에 있던 시선들이 빠르게 나를 향해 돌아섰다. 그 속에 유독 놀란 교감 선생님의 커다란 눈동자가 도드라졌다. 당혹스러움에 온몸이 화끈거렸다.

"야, 너 왜 그래? 남 선생님 놀라시게?"

성격 좋은 진현 씨가 산의 어깨를 툭 쳤다. 험악하게 일그러지는 그의 얼굴에 방 안으로 싸늘한 냉기가 흘렀다. 화끈거리다 못해 후끈거리는 얼굴로 시선을 내리깔았다. 왜 남의 집들이에 와서 저러냐? 핏기까지 가셔졌다. 진현 씨의 손짓에 더 이상 윽박지르지는 않았지만 산이 스산한 눈빛으로 분위기를 제압하며 나를 노려보았다.

"이리 와 앉아! 네 자리니까."

"그래요, 여기 앉으세요. 산이 아까부터 얼마나 기다렸는데."

마음 같아서는 됐어요! 하고 싶었지만 차마 그럴 수 없었다. 사람 좋은 진현 씨의 얼굴도 있었고, 이 싸늘한 분위기의 중심이 내게 있기 때문이었다. 이 선생님의 눈짓에 어쩔 수 없이 조금씩 몸을 움직여 그가 앉은 쪽으로 자리를 옮겼다. 그러자 선생님들이 재빠른 몸짓으로 길을 터주었다. 겨우겨우 힘겨운 몰골로 그의 옆자리에 앉으니 붉게 달아오른 산의 귀 언저리가 보인다. 부글대는 성미를 가라앉히느라 애를 쓰는 기색이었다.

"흠흠!"

헛기침 소리가 들렸다. 내게 닿은 교감 선생님의 눈초리가 매섭게 느껴졌다. 그 눈빛에 앉은 자리가 가시처럼 따끔거렸다. 깨진 유리 조각을 밟는 것처럼 산을 만난 후로 내 일상은 한 걸음, 한 걸음이 불안하고 위태롭다. 그러니 더욱 음식이 입에 들어갈 리 없었다. 산이 내 몫까지 접시에 담아 내밀었지만 손을 뻗지는 않았다. 엄청 배고팠는지 기세 좋게 그 많은 양을 몽땅 해치우는 산을 무거운 심정으로 바라보았다. 그리고 보니, 결혼식 때를 제외하고 그는 먹성이 좋은 편이었다. 왼손잡이인 산의 오른손이 내 왼손을 꽉 잡고 있어 자세가 자꾸 기우뚱하게 기울여졌다. 놓아주라는 의미로 꼼지락거렸더니, 불끈 힘을 준다.

깊은 한숨이 푹푹 나왔다. 이제 오해를 쌓일 대로 쌓여 버렸고, 나를 보는 교감 선생님의 눈초리는 마치 부정(不貞)한 며느리를 보는 그것과 같았다. 거절을 해도 받아들여지지 않고, 다른 사람의 시선조차 개의치 않는 이 남자를 어떻게 해야 할지 도무지 알 수가 없었다.

한 손으로 여전히 내 손을 잡은 채, 그는 남은 음식물을 흘리는 법도 없이 말끔하게 비워냈다. 숙여진 목 언저리의 셔츠 칼라가 참 단정해 보인다. 평소와 다른 캐주얼 차림은 가벼운 느낌이 들

뿐, 헤프게 보이지 않고 평상시처럼 흐트러짐 없는 모습이었다.

"왜 안 먹어?"

그제야 손 댄 흔적이 없는 내 접시를 보며 산이 물었다. 당신이라면 먹을 수 있겠어?

"입맛이 없어서."

"하긴 그리 맛있는 음식은 아니다. 나가서 다른 거 사줄까?"

"괜찮은데."

"나가자. 칼국수 좋아하지? 근처에 맛있는 곳 알아."

진짜 금방이라도 일어날 태세였다. 힘껏 잡힌 손을 아래로 끌었다. 이 이상 더 망신을 당할 수도, 오해 받을 수도 없었다. 다른 사람이 듣지 않게 최대한 낮게 속삭였다.

"집들이잖아. 그냥 있어."

"배고프잖아?"

"입맛이 없어. 지금 먹으면 체할 것 같아서 그래."

산 몰래 교감 선생님을 흘끔거렸다. 저쪽엔 날을 잔뜩 세운 유 선생의 시선도 있었기에 긴장이 풀리지 않았다. 서늘한 손바닥이 이마에 닿았다. 산이 잔뜩 미간을 찌푸리며 내 안색을 살폈다.

"왜? 어디 아파?"

"야! 그만 좀 해라. 옆에 앉은 노총각 눈치도 안 보냐? 손 좀 놔! 남 선생님, 어디 도망간다니?"

속닥거리는 우리 옆으로 목청 큰 진현이 끼어들었다. 신경 꺼! 대꾸하는 산에게 진현이 배슬거렸다.

"나 원 참, 늦바람이 무섭다니."

그럼 내가 늦바람이란 말인지. 쩝, 입맛을 다셨다.

정말 괜찮아? 하고 산이 다시 물었다. 사람들이 시선이 닿을까, 싶어 힘껏 고개를 끄덕였다.

"신랑, 신부! 노래 한자리 해야지!"

저쪽 자리에서 우~ 하고 소란이 일었다. 내가 앉은 자리를 제외하고 다른 사람들은 이미 집들이란 흥분에 한껏 고무된 상태였다. 어휴, 노래는 무슨…… 하고 임 선생이 손을 내저었다. 옆에 선 신랑은 뭐가 그리 즐거운지 연방 허허허! 하고 웃어댔다.

"하하하!"

산의 웃음소리가 천둥처럼 울렸다. 그네들을 바라보는 시선이 어찌나 온화한지, 깜짝 놀랐다. 하긴 나와 산의 입장은 좀 다르니까. 잠시 내게서 벗어난 산의 표정은 지금까지 보았던 것과 사뭇 다른 분위기였다. 그의 성마름은 내게만 한정되는 것 같다.

"꽤 친한 사이인가 봐."

얼떨결에 말을 걸었다. 중학교 때부터 알던 사이이니까. 산이 건성으로 대답했다.

"같은 중학교 출신이야?"

문득, 급작스런 접근 탓에 그에 대해 아는 게 없다는 생각이 들었다. 내가 아는 그는…… 조금 성질이 사납고 급하다는 게 전부였다. 먹성이 좋은 것도.

"영국에서 같은 기숙사 학교를 나왔어. 처음 그곳에서 만나기도 했고."

영국 기숙사 학교.

흠, 역시 나와 전혀 다른 세계의 사람이다. 강 하나를 건너 반대의 세상이 펼쳐지는 강남과 강북처럼.

갑자기 어깨에서 힘이 쭉 빠졌다. 가슴속으로 바람이 부는 것 같다. 왜인지는 모르지만 말이다. 전에도 느꼈지만, 우리 둘은 같은 한국인이란 공통점만 제외하면 무엇 하나 맞는 부분이 없었다. 그 몰래 잘생긴 턱 선을 훔쳤다. 이해를 못하겠다. 나로서는 한 번도 생각 못한 조기유학을 다녀오고, 괜찮은 집안이며 직장까지 흠 잡을 게 없는 주제에 왜 내게 들이대는 걸까? 어쩌면 장난일지 모른다는 생각까지 얼핏 들었다. 아니, 조금 더 확신에 가까웠다. 고심에 빠진 사이 갑자기 신혼부부에게 향해 있던 산이 내게로 고개를 홱 돌렸다. 번쩍! 또다시 강렬한 불빛이 나를 찔러댄다.

좌중들 앞에 우뚝 선 신랑은 집들이 대표곡 한동준의 '너를 사랑해'를 목 터져라 불러대고, 옆에서 맞지 않은 음정으로 따라 부르는 임 선생이 그토록 음치라는 것도 처음 알았다. 외모상으로 무엇 하나 못할 게 없어 보이는 임 선생의 음치가 조금 더 인간적으로 느껴져 그녀를 바라보는 내 시선도 산 못지않게 부드러워졌다.

"나도 한 곡 부르고 싶은데."

느닷없이 산이 번쩍 손을 들었다. 어이가 없다. 집들이 와서 손님이 노래 부르는 경우도 있나? 신랑을 향해 앙코르! 앙코르! 하고 소리치던 사람들이 몹시 당황한 얼굴로 서로를 돌아보았다. 설마

나보다 더 당황했겠는가. 어머, 왜 이러니? 허벅지를 꽉 꼬집고 싶었지만 대신 두 손만 움켜쥐었다. 제발 상황 판단을 좀 해주시지?

"그, 그래. 뭐, 답례곡도 괜찮긴 하지."

그래도 친분이 강한 새신랑이 떨떠름한 얼굴로 허락해 주었다.

"아니, 유인이한테 불러주고 싶어서."

결국은 신랑이 신부를 향해 불러주는 세레나데가 부러웠다는 말이다. 아니, 괜찮아. 작지만 분명 힘이 실린 목소리로 거절을 했건만 산의 반응은 영 신통찮았다. 아예 듣지를 못한 사람마냥, 벌떡 자리에서 일어나 내게 씨익, 성격 좋게 미소를 지어 보였다.

"이 세상에 하나밖에, 없는 둘도 없는 내 여인아. 보고 또 봐도 또 쳐다봐도 싫지 않은 내 사람아."

낭랑한 산의 음성이 집 안으로 퍼져 갔다. 꽥꽥대던 새신랑보다 한결 뛰어난 솜씨였다. 원래부터 좋은 목소리라 생각은 했었다. 그러나 노래는 그보다 더 특별하다. 저쪽 테이블에 앉아 있던 이 선생님과 눈이 딱 마주쳤다.

대박 잡았어!

말려진 입꼬리가 그렇게 벙싯대고 있었다. 아닌데…….

나는 이런 상황을 결단코 좋아하지 않는다. 더 솔직히 말하면 죽고 싶을 만큼 싫어한다는 것이다. 조용히 집들이를 끝내고, 누구나 건넬 수 있는 지극히 평범한 축한 인사를 건넨 후 무난한 모습으로 집으로 돌아가는 것이 내가 살아가는 삶이다. 그 집의 가구는 어떤 것이 좋고, 벽지는 역시 꽃무늬가 예뻤다며 종알대지만 그 수다 속에 나는 절대 포함되지 않는……. 그러나 이 집들이가

끝난 후 사람들의 입방아 오르내리는 건 분명, 상에 오른 음식이
나 집 안 가득 화려하게 치장된 이태리식 고풍 가구도 한눈에 보
아도 고급스러운 수입 벽지가 아닌, 바로 나라는 건 자명한 일이
었다. 내 스물여덟 평생 단 한 번도 없었던.

"잠시라도 떨어져선 못살 것 같은 내 여인아."

괴로운 내 속내와 상관없이 산의 낭창한 노래는 처절하게 우리
의 심금을 울렸다.

없던 위장병이 생겼다. 잠시 빈 수업 시간에 헐레벌떡, 학교 근
처에 새로 오픈한 내과로 달려갔다. 고급스런 장식으로 꾸며진 병
원은 병원답지 않게 예뻤지만 이제 막 공사가 끝난 실내는 매운
페인트와 나무 향 때문에 눈이 따끔따끔 쑤셨다. 위가 아니라 쑤
시는 눈자위 때문에 눈물이 쏟아져 새빨간 얼굴로 진료실로 들어
갔다.

"아, 실내가 좀 맵죠?"

"네."

콕콕, 쏟아지는 매운 눈물 때문에 겨우 대답이 나올 정도였다.
짧게 끝나 건방져 보였을 텐데, 의사는 친절하게 미소를 지었다.
은빛 안경테가 부드러운 조명 빛에 온화한 빛을 띠었다. 내 나이
보다 조금 더 많아 보일까? 개업의라면 그것보다는 나이가 더 많
겠지만 하얀 얼굴의 의사는 막 대학을 졸업한 사회 초년생처럼 맑
고 순수한 느낌의 동안(童顔)이었다. 문진은 하지 않고, 의사가 변
명을 했다.

"스파티필룸이랑 산세베리아를 몽땅 사다 놓았는데도 별로 효과가 없네요. 숯이 더 좋으려나?"

나한테 하는 질문인지, 헷갈렸지만 그래도 친절한 태도가 마음에 들어 필요없는 수다를 떨었다.

"숯이 더 좋을 거예요. 저희 엄마도 냉장고랑 신발장에 숯을 넣어놓았는데 정말 신기하게 냄새가 하나도 안 나더라구요."

"그래요? 역시 숯을 놓는 게 낫겠죠?"

"뭐……."

그거야 당신 마음이니까.

"그런데 어디가 아파서 오셨죠?"

"식사를 제대로 못해요."

아, 하고 의사가 대답했다. 방금 전의 미소 대신 사뭇 진지한 얼굴로 내 말을 경청한다. 몇 마디 더 물어볼 줄 알았는데 대신 말똥하게 바라보는 통에 설명을 보탰다.

"밥을 먹고 나면 위가 따끔따끔 쑤시고, 소화도 잘 안 돼요."

흠, 또다시 조용하다. 더 설명을 해주어야 하나? 고민스러워 의사를 바라보았다.

"그리고 다른 증상은 없습니까?"

"조금만 먹어도 구토기가 올라오고, 막상 토하려고 하면 위가 막 꼬이는 기분이 들어요. 굶었는데도 배가 꽉 찬 느낌이 들고."

의사가 내 배를 슬쩍 쳐다보았다.

"혹시 요즘 스트레스 받는 일이 있나요?"

물론!

"네…… 조금."

"갑자기 스트레스가 증가하면 위가 예민해져요. 잠깐 진찰 좀 할까요?"

네? 묻는 내게 의사가 다시 친절한 미소를 지었지만 아까보다는 꽤 난감한 얼굴이었다.

"저기 살짝 배를 눌러보아야 하는데."

그리고는 조심스런 손짓으로 배 위, 여기저기 눌러댔다. 여기가 아파요? 꾸욱, 힘주어 누를 때마다 미안한 어투로 묻는다. 아니요, 네, 단답형으로 대답하며 그를 관찰했다. 시선을 둘 곳이 마땅찮은 이유도 있었다. 내 시선 바로 앞에 놓인 부드러운 갈색 머리가 조명 빛을 따라 맛깔스런 윤기를 냈다. 잘 익은 고추장의 윤기처럼 말이다. 염색을 했을까? 고운 갈색이 정갈해 보였다.

"가벼운 위경련이에요. 약은 처방해 드리겠지만 되도록 스트레스를 안 받는 게 좋은데, 힘들겠죠?"

씨익, 웃는 입술이 석류처럼 붉다.

"네, 아마도."

산이 내 삶에서 사라지지 않는 한, 이 위 통증은 계속되겠지. 하하하! 의사가 시원스럽게 웃음을 터뜨렸다.

"되도록 부드럽고 소화가 잘되는 음식을 드시구요, 하루 꼬박 세끼를 챙겨 드시는 게 좋습니다."

세끼는 꼬박 먹었다. 그중 매일 한 끼를 산과 같이 먹는다는 게 문제지. 그리고 집들이의 후유증과.

다음날, 산의 나훈아 노래는 교무실 안에 쫘악 소문이 돌았다.

끼리끼리 모여 쑥덕대다가도 내가 다가서는 순간, 찬물을 끼얹듯 싸악 사라지는 침묵이 그 증거였다. 보이지 않는 이 미묘한 균열은 그렇지 않아도 날카로운 신경을 예민하게 갉아댔다. 이젠 교실 말고는 마음 편하게 있을 곳이 없었다.

"자기, 대체 어떻게 만난 사람이야?"

쑥덕대는 다른 선생님과 달리 이 선생님은 만나자마자 눈을 반짝이며 질문을 쏟아냈다.

"임 선생 함 받을 때요."

"정말? 난 훨씬 전부터 아는 사이인 줄 알았지. 임 선생, 함 받은 날이면 안 지 겨우 이 주일 정도밖에 안 됐다는 말이잖아?"

"네."

의외네? 하고 고개를 갸웃거리신다. 하긴 나 역시 의외였다. 산은, 어느 날 하늘에서 뚝! 떨어진 콜라병 같다. 자연 속에 가장 자유롭게 살아가던 부시맨에겐 굳이 있어야 할 이유가 없는 낯선 세상인 것처럼.

의사가 처방해 준 약을 달랑, 손에 들고 학교로 돌아왔다. 무슨 약이야? 걱정스럽게 묻는 이 선생님에게 '위장약이요' 하고 힘없이 대답했다. 꼬인 위 때문에 며칠 식사를 걸렀더니 대답 한마디 하는 것도 버거웠다. 사실, 병원도 산이 아니라면 가지 않았을 것이다.

처음엔 그저 소화불량인 줄 알았다. 매번 식사 때마다 제대로 넘기지 못하는 날 걱정스럽게 지켜보던 산이 드디어 선전포고를 했다.

“내일 학교로 데리러 갈 테니까 병원 같이 가자. 5교시 수업 없지?”

수업 시간표까지 좌르르 꿰고 있는 그에게 달리 댈 핑계가 없어 혼자 근방 병원에 가겠다고 단단히 약속을 했었다.

[병원 다녀왔어?]

시간을 딱 맞춰 산의 전화가 걸려왔다.

“응.”

[뭐래?]

당신 때문에 위경련에 걸렸대, 하고 말해주고 싶었지만 인간적으로 그럴 수 없어 거짓말을 했다.

“소화 불량이래.”

[그래? 다행이네. 약은 처방 받았고?]

“응.”

[언제쯤 낫는데?]

당신이 사라질 때.

“이틀 정도 처방 받았어. 금방 낫겠지.”

의사 선생님 말로는 하루 정도 상태를 보았다가, 콕콕 쑤시는 통증이 사라지면 굳이 약을 복용하지 않아도 된다고 했다.

[무슨 소화 불량이 그렇게 오래 걸려?]

“푹 쉬어야 한대. 피곤해서 그런다는데?”

[…….]

의미 모를 침묵이 흘렀다. 내 말뜻을 숙지하듯 이마를 짚고 있을 손가락이 떠오른다.

따르릉.

수업 벨이 울렸다. 끊어야 하는데 쉽게 끊질 못하고 계속 수화기를 들고 있었다.

[아, 수업 벨인가?]

대답하지 않았는데 알았어, 하고 먼저 전화를 끊는다. 끊긴 전화를 보며 묘한 기분이 들었다. 눈앞에 없는데도 내 주위를 정확히 파악하고, 굳이 말하지 않아도 모든 걸 안다. 가족이 아닌 다른 누군가가 이런 식으로 나를 알 수 있다는 것에 설명하기 힘든 감정이 일었다.

"속이 좋지 않을 땐, 사서 먹는 죽보다는 집에서 끓인 하얀 죽이 더 낫다니까 오늘은 집으로 바로 가자."

수업이 끝나자마자, 여느 때처럼 찾아온 산은 거창한 레스토랑으로 가는 대신 집으로 곧장 향했다. 피곤해서 속병을 앓았다는 데엔 그도 좀 당황스러운 눈치였다.

"나 때문이니?"

환한 햇살이 채 가시지 않은 따스한 오후에 집으로 돌아간다는 게 믿겨지지 않았다. 기쁜 마음으로 차에서 내리는 내게 산이 물어왔다. 문을 연 채 잠시 주춤거리다 다시 차 안으로 몸을 밀어 넣었다. 심각하게 걱정하는 눈빛을 두고 떠나려니 발길이 잘 떨어지지 않았다. 진지한 얼굴을 피해 발밑 쪽으로 시선을 깔았다. 그의 잘못이긴 하지만, 이렇게 말을 해도 괜찮은 걸까?

"……좀, 불편하다고 했었잖아."

그를 만난 후 항상 그랬었다. 다른 사람의 생각 따위는 전혀 신경 쓰지 않는 그의 과감한 태도를 접할 때마다 나름, 거부의 마음을 표현했었다. 저기, 그만두면 안 될까? 하지만 산은 늘 듣지 않았다. 그리고는 새삼 묻다니…… 대답하기 무지 곤란한데 말이다.

"아……."

산이 또 말을 늘였다. 곤란할 때에 하는 버릇이다. 참, 그랬었지? 다시 묻는다. 응, 하고 고개를 끄덕였다.

"천천히 가겠다고 약속까지 했었는데."

다시 되새김시켜 주었다. 아, 그랬군. 산이 머리를 긁적거렸다. 굵은 눈썹이 미간 사이에 딱 붙었다. 톡톡, 손가락이 핸들을 친다. 집으로 들어가도 될까? 눈앞에서 유혹하는 우리 집 대문을 바라보며 갈등에 싸였다. 산을 흘끔거렸다. 적당히 마른 산의 턱 선은 옆에서 보면 참 지적으로 보인다. 그래서 가끔, 이렇게 그의 장점이 보일 때면 숨이 턱 막힌다.

각진 턱을 바라보다 결국 내릴 타이밍을 놓쳤다. 갑자기 기다란 산의 팔이 내 쪽으로 쭈욱 뻗었다. 덜컥, 심장이 떨어졌다. 놀라 미처 피하지 못한 사이 무릎에 가지런히 놓인 내 손을 꽉 잡는다. 나도 모르게 움찔, 어깨가 떨렸다. 내 손등에서 방황하던 검은 손가락이 멈칫, 굳어졌다. 한동안 제자리에 멈추어 있던 그의 손끝이 결국 아쉬운 티를 여실히 내며 천천히 떨어진 후에야 들이켰던 숨을 조금씩, 간격을 두고 내뱉었다. 산이 이렇게 과감한 접촉을 하면 막을 사이도 없이 긴장해 버리고 만다.

"후우!"

긴 한숨이 귓가로 퍼져 왔다. 짜증스런 그의 손길이 제 머리카락을 흩뜨린다. 괜스레 미안해졌다. 일부러 그런 건 아닌데…….

아직 면역이 되지 않은 손길에 대책없이 긴장하는 것뿐이었다. 이런 점도 불편하다. 어쩔 수 없이 긴장하고 마는 나를 한심스럽게 바라보는 답답한 한숨 소리 말이다. 그 속에 담긴 산의 불평이 피부로 느껴졌다.

"물을 안는다는 말 들어본 적 있어?"

긴 시간이 흐른 후, 산이 낮은 음성으로 물었다. 에쿠니의 소설에서 본 기억이 있으므로 고개를 끄덕였다.

"내가 좀 그래. 조급해지고, 그래서 더 지치고 피곤해. 당신을 보면 물을 안는 기분이 들어서. 만난 지 벌써 한 달이 다 되어가는데 난 당신 손목 하나 제대로 잡기 힘들어."

고개가 수그려졌다. 난감했다. 딸만 있는 집이라 그런지 남자에게 익숙하지 않다. 한 달이라고 하지만 어느 때쯤 손목을 잡고, 어느 때쯤엔 심장이 뛰고, 또 어느 때쯤엔 키스를 해야 하는 공식도 없는데 내가 어떻게 할 수 있느냐고.

화를 내는 건가, 싶어 더 눈치가 살펴졌지만 꼭 그런 것만은 아닌 듯해 보였다. 그렇긴 해도, 참 이럴 땐 어떻게 해야 하는 건지 잘 모르겠다. 미안한 마음도 들긴 했지만 당장 이 자리에서 그의 손을 덥석 잡을 수는 없지 않은가. 그저 할 수 있는 거라고는 그의 넋두리를 들어줄 수밖에. 그리고 조그맣게 미안해, 하고 말했지만 듣지 못한 것 같다.

"분명 내 곁에 있는데, 잠시 고개를 들면 허공이지. 그게 참 힘들다."

그리고 다시 침묵이 흘렀다. 5월의 막바지에 이른 오후의 노을은 이글이글거리는 사막의 꼭대기에 선 빛바랜 태양 같다. 작은 물방울 정도는 단박에 말려 버릴 수 있는.

눈치 채지 않게 구두 속의 발가락을 꼼지락거렸다. 음악이라도 들으면 좋겠다. 온몸의 신경을 왈칵, 찢어대는 침묵이 못내 고통스럽다. 불편한 침묵 속에 이리저리 시선을 돌리다, 결국은 앞쪽으로 시선을 고정했다. 핸들을 꽉 잡고 있는 손가락의 하얀 관절이 외롭게 보인다. 담배 한 개비라도 꽂혀 있다면 덜 외롭겠다는 엉뚱한 생각이 들었다. 그리고 보니, 산이 담배 태우는 모습은 지금까지 한 번도 본 적이 없었다.

"어머니께 죽 끓여달라고 해. 당분간은 아침에 데리러 올게."

한참 후에 산이 입을 열었다. 피곤해서 소화불량에 걸렸다는 말을 그대로 믿는 눈치다. 면죄 받는 사람마냥 허겁지겁 차에서 내렸다. 그제야 허공 속에 멈추어진 그의 팔을 보았다. 차 문을 열어주려 했던 모양이다. 꽉 다문 턱 언저리 푸른 핏줄이 돋아나 있었다. 한껏 감추어둔 성질이 두꺼운 피부를 뚫지 못해 안달이 났다.

"갈게."

이빨로 잘근 깨문 산의 입술이 터질 것처럼 부풀어 올라 더욱 험상궂게 변했다. 평소보다 더욱 쌀쌀해진 몰골로 산은 매캐한 매연을 뿜어놓고 떠났다.

따끔!

가슴에 닿은 통증에 먹먹해져 떠나는 차 뒤꽁무니를 오랫동안 바라보았다. 핸들 위에 관절을 드러내는 손가락처럼 붉은 미등이 굉장히 외롭게 느껴졌다. 물을 안는다는 산의 말이 뇌리를 떠나지 않는다.

물을 안는다는 말이 굉장히 독특하게 느껴졌다. 어떤 기분일까? 혼자 상상해 보았었는데 나중에야 지독히도 고통스러운 감촉이라는 걸 알게 되었다.

분명 곁에 있는데도, 손 하나 까딱할 수 없는 무력감이 더욱 벼랑 끝으로 치닫는 그런 기분이랄까? 지극히 정상적인 서른다섯 살의 남자로서 자신의 여자를, 그것도 미치도록 반해 버린 여자를 안고 싶지 않은 남자가 있을까?

넘어가는 노을 빛 속에 비추이는 유인이의 주홍빛 뺨에 작은 입맞춤이라도 남기고 싶은 사내의 욕심. 함께 걸을 땐 나란히 어깨를 맞춰 손가락 마디를 걸어 손 잡고 싶은 욕심, 한적한 골목길의 어둠 속에서는 그녀의 부드러운 입술을 훔치고 싶은 당연한 욕심이 내 연인에겐 허락되지 않은 금기의 성역이다.

추한 내 욕정을 찬물로 씻어 내리면서도 하얗고 투명한 그녀를 떠올리는 건 죽지 못해 사는 나의 열병(熱病)이다.

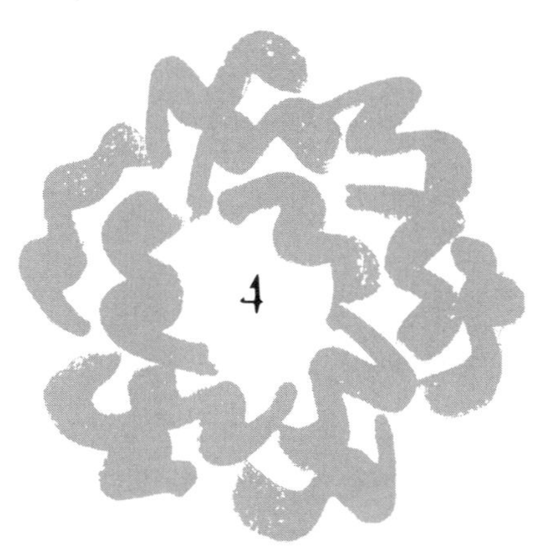

비타민을 먹기 시작했다. 의사의 말대로 하루 분의 약을 먹으니 통증과 더부룩함은 없어졌지만 가끔, 신경질적으로 콕! 통증이 왔다. 처음엔 몹시 신경에 거슬렸었는데 며칠 되고 나니 만성이 되어버렸다. 다시 병원을 찾았지만 지난번과는 달리, 이번엔 그저 고개를 갸웃거리기만 할 뿐이었다. 이상하네, 하고 중얼대면서.

처방전도 못 받고 병원을 나서는 길에 약국에 들러 포도 맛 비타민제를 샀다. 씹을 때마다 향긋한 포도 향이 풍기는 게 좋아 일부러 잘근잘근, 잘게 씹어 삼켰다. 사는 김에 이 선생님 것도 하나 더 샀다. 점심시간에 나란히 앉아 똑같이 아삭, 소리를 내며 약을 씹는 모습이 자매처럼 보여 기분이 좋았다.

"이걸로 될까?"

둥근 점박이 포도색 알약을 보며 이 선생님이 미덥잖은 목소리로 중얼댔다.

"몸에 좋잖아요."

"그렇긴 하지만 위장과는 별로 상관없는 약이잖아?"

"피로 회복에 좋대요."

부서지는 알약처럼 이 선생님이 잘게 한숨을 내쉬었다. 이 선생님은 내 병의 원인을 아는 유일한 사람이다.

"강산 씨가 자기에겐 좀 버겁긴 하지."

"그렇죠 뭐."

시큰둥하게 대답했다. 이 선생님도 그리고 나도 어쩔 수 없는 일이었으므로. 하지만 산이 무언가 바꾸려 한다는 건 알고 있었다.

[저녁에 클라이언트와 식사 약속 있어. 퇴근할 때 기사 보내줄게. 난 오늘 술을 먹어야 할 것 같으니까.]

그가 처음 학교로 찾아온 날부터 매일 함께했던 저녁 식사도 조금씩 틈이 생기기 시작했다. 산의 해외 출장을 빼고는 한 번도 어겨본 적이 없는 식사였는데 처음엔 죽을 먹어야 한다는 이유로, 그리고 며칠은 클라이언트와의 식사 약속, 그리고 다음엔 부모님과 식사 약속……

매일이었던 식사가 일주일에 세 번 정도로, 그리고 지금은 한 번 정도로 횟수가 줄었다. 그리고 퇴근할 땐 은빛의 외제차 대신 중형의 검은 세단이 데리러 왔다.

기사 딸린 세단을 보낸 다음날, 아침부터 전화가 왔었다. 비어진 1교시 수업 때였다.

[기사는 괜찮아?]

"불편한데……."

위장병이란 걸 안 후로 아침은 산과 함께, 그리고 저녁엔 기사 딸린 차라니. 차에서 내릴 때마다 어디선가 엄마가 튀어나올 것만 같아 조마조마해 간이 콩알만해졌다. 불편하다는 말에 또 산의 침묵이 시작되었다. 그리고 긴 침묵 뒤엔 반드시 작은 한숨이 들려온다. 작게 흘러나온 한숨은 전화선을 타고 눈덩이만큼 커져 내 가슴을 짓눌렀다.

[알았어. 그럼 버스 타고 갈 수 있겠어? 피곤하다면서?]

"늘 버스 타고 다녔는데 뭘."

넓은 좌석에 혼자 멍하게 앉아 있는 것보다는 콩나물시루 같은 버스 속에서 이리저리 시달리는 게 마음은 더 편했다. 그런 버스를 별로 타보지 못했을 산에게는 이해하기 어려운 일이겠지만, 그래도 어쨌든 다음날부터 기사가 데리러 오지는 않았다.

산의 출장이 또 시작되었다.

이번엔 사흘의 짧은 일정이기는 했지만 주말이 사이에 끼어 있어 한껏 게으름을 피웠다. 유진인 지난번보다 많이 떨어진 성적 때문에 비관하더니 새벽부터 도서관으로 출타 중이다. 난 유진이도 나와 같은 교사가 되길 바랐지만 유진인 인간의 질긴 살을 썩둑, 칼로 썰어대는 외과 의사가 꿈이다.

낮에 대충 국수로 점심을 해결하고 소파에서 뒹굴거리는데 결혼식에 간 부모님이 돌아오셨다.

"오늘은 약속없어?"

점심까지 집에 있는 내가 신기하다는 투였다. 전엔 나가는 걸 더 신기해하셨는데 감회가 새롭다. 마루에 털썩, 주저앉는 엄마의 엉덩이에서 뿌연 먼지가 일었다. 친구 딸 결혼식이라면서 아침부터 엄마는 장롱 속 한복까지 꺼내 입고 제 멋에 겨워했었다. 황사의 노란 모래 먼지가 묻은 한복 자락을 털어내는 엄마의 손길이 성마르다. 슬금, 엉덩이를 일으켜 자리를 비켜섰다.

"이번엔 신랑이 검사라더라."

나가던 걸음이 주춤, 멈추어 섰다. 행자 아주머니의 사위도 검사란다. 임 선생의 새신랑도 검사인데. 한 해에 쏟아지는 사법고시 합격생이 엄청 많은 모양이다. 아니면 검사들이 전부 내 곁으로 몰렸거나.

행자 아주머니와 엄마는 같은 계모임 친구다. 지난 3월엔 미순 아주머니 딸이 대기업 말단 사원과 결혼했었다. 엄마 계모임 일곱 친구 중에 이제 결혼하지 않는 사람은 세 명으로 줄었다. 그중 한 명은 유진과 동갑이고, 남은 한 명은 이제 갓 대학을 졸업한 스물네 살이니 나와는 비교될 처지가 아니었다. 남은 두 사람은 이미 손자까지 본 젊은 할머니로 한 등급 업그레이된 상태이고. 이번의 엄마 잔소리가 조금 더 길어질 것 같은 불길한 예감이 들었다.

"네가 대체 그 집 딸보다 뭐가 더 모자라니?"

나이와 미모!

엄마는 가끔 잊는 모양이지만 난 평범한 외모에, 나이도 지긋이

든 스물여덟이다. 미스 고추 아가씨 출신에다 이제 겨우 스물셋인 행자 아주머니의 딸보다 상대적으로 선택의 폭이 좁다는 말이다.

엄마의 눈길을 피해 마당 아래로 발을 내렸다. 마당 한쪽에 놓인 정원에 물이라도 뿌려줄 요량이었다. 이제 겨우 6월에 들어섰는데도 날씨는 땀이 등줄기에 흐를 정도로 후덥지근했다. 시원한 물줄기가 긴 고무호스를 따라 마당으로 쏟아졌다.

초여름으로 들어서는 마당에는 붉은 능소화나무가 화사한 빛을 내었다. 여름이면 우리 마당은 고운 새 각시처럼 화사한 단장을 한다. 선홍빛 핏빛의 능소화와 노란 물레나무, 화사한 배롱나무와 소박한 봉선화까지. 아름다운 천연색의 푸르름은 천국 같은 착각을 일으키곤 한다.

"너 정말, 남자 친구 없어?"

타다닥!

경쾌하게 떨어지는 물줄기 속으로 엄마의 불평이 터져 나왔다. 목소리의 톤도 훨씬 더 강도가 높아졌다.

"네가 뭐가 모자라? 얼굴이 곰보니, 직장이 변변찮니? 키도 그만하면 어디 가서 부끄러울 정도는 아닌데 왜 여지껏 남자 하나도 못 물어와?"

개도 아닌 바에야 길 가다 남자 하나 물어올 수도 없지 않은가? 난처한 얼굴로 괜스레 촉촉이 젖은 마당에 물만 흥건히 뿌려댔다.

"물 좀 고만 뿌려!"

엄마의 성깔이 파닥, 날갯짓을 했다.

"결혼식 잘 보고 와서 왜 괜한 애를 잡아? 아직 제 연분이 안 나타난 모양인 게지."

돌아오자마자 편한 차림으로 갈아입은 아빠가 안방에서 나오시며 한마디 보탰다. 아빠는 한때 시인을 꿈꾸었다. 이른 나이에 결혼하지 않고, 생계를 책임져야 할 동생들이 없었다면 아마도 아빠는 세상을 정처없이 헤맸을 유랑 시인이 되었거나, 자유로운 여행가가 되었을지도 모른다. 그러나 시골에서 갓 상경한 어린 청년의 수줍은 첫 연정은 이른 가장으로서의 거친 삶 속으로 내몰아 버렸고, 아빠에게 남은 건 작은 꿈의 한 조각뿐이다.

"당신이 늘상 그렇게 싸고도니까 유인이가 이제껏 남자 하나 사귈 줄 모르는 거지."

엄마의 잔소리를 피해 마당을 내려선 아빠가 내 손에서 호스를 빼내 다시 물을 뿌리기 시작했다. 엄마 몰래, 찡긋 윙크를 하며 하얗게 이를 드러낸다. 고등학교 시절 삼 년 내내, 늦은 야간 자율학습을 끝내고 타박, 지친 걸음으로 돌아오면 집 앞 골목길에 서성이며 날 기다리던 아빠의 미소도 지금과 같았다.

"힘들지?"

살찐 아빠의 어깨에 살짝 고개를 묻었다. 약간은 빛바랜 냄새가 난다.

"우리 유인이 시집가면 아빠, 섭섭해서 어떻게 하지?"

엄마 몰래 아빠가 소곤댔다. 부모님들 중 누가 더 좋아? 하고 묻는 질문처럼 어리석은 질문은 없다지만, 내 대답은 언제나 아빠! 였다.

황혼 무렵, 안방의 창문으로 비치는 아빠의 모습은 항상 책과 함께였다. 얇은 시집을 꺼내 들고 황홀한 눈빛으로 단어 하나하나를 음미하는 중년의 풍요로움. 내가 굳이 국어 교육학과를 가게 된 것도 그런 아빠의 그림자 때문이었다.

하얗게 뿌려지는 물줄기의 포말 속에 아빠의 미소가 부서졌다. 덕분에 조금 마음이 여유로워졌다. 이제 거의 한탄이 되어버린 엄마의 잔소리를 한 귀로 흘리며 난 아빠와 키득대며 잡초를 뽑기 시작했다. 가지런히 정리된 풀잎들은 부지런한 아빠의 손질 덕분이다. 책을 읽지 않을 때의 아빠의 소소한 일상은 항상 이곳 마당이었다.

"그럼, 요즘 매일 늦는 건 왜 그러는 건데?"

엄마가 불쑥 질문을 던졌다. 어찌나 놀랐는지 나도 모르게 엉덩방아를 찧을 뻔했다. 넘어지는 나를 아빠가 얼른 부축했다. 이렇게 당황한 기색을 역력히 드러내면 안 되는데.

"……교, 교지 준비 때문이라고 했잖아."

"그거 진짜야?"

예리한 눈초리가 나를 찔렀다. 찔끔, 뛰는 심장 때문에 서툴게 풀을 뽑다 살갗을 베이고 말았다. 여름이 되면 풀잎들은 더욱 억세어졌다.

"전엔 원고랑 잔뜩 들고 와서 꼬박 날 새더니?"

"이, 임 선생님이 교정 쪽 맡기로 해서 그래."

"그래?"

믿는 눈치는 아니었다. 당연하다. 이토록 티나게 버벅대는 데야……. 끙, 신음이 절로 터져 나왔다. 옆에 앉은 아빠의 손이 점점 느려지고 있었다. 바짝 세운 귀는 아빠 역시 그 문제에 대해 꽤 관심이 높다는 뜻이다.

"그럼 주말엔?"

엄마는 오랜만에 함께 있게 된 이 기회를 절대 놓치지 않을 셈인지 집요하게 물고 늘어졌다. 그동안 꼭꼭 쌓아놓았던 의문들을 풀어내는 엄마의 눈동자가 먹이를 앞둔 야수처럼 반짝거렸다.

"주, 주말?"

"그래, 주말! 요즘엔 유진이한테 놀아달라고 징징대지도 않고 아침부터 외출이잖아. 그럼 주말엔 왜 나가는 건데?"

더욱 날카로워지는 엄마의 촉각에 땀이 고였다. 어렸을 때부터 그랬다. 작은 거짓말 하나도 놓치는 법이 없는 엄마라, 유진과 달리 난 한 번도 엄마 앞에서 거짓말을 해본 적이 없었다. 참, 그리고 보니 산을 만난 후로 거짓말 하는 버릇이 조금씩 늘긴 했다.

"주, 주말은…… 우리 반에 문제아가 하나 있어서."

"문제아?"

"응."

"문제아가 왜 속 썩혀? 그래도 그렇지. 지가 아무리 문제아라고 주말마다 선생을 불러내?"

따끔! 따끔!

"그러게."

하하하! 어색하게 웃어 넘겼지만, 그렇다고 엄마가 수긍한 기색은 아니었다.

"그래서?"

"응?"

"그래서!"

"아, 그런데 녀석이 좀 특이해서, 날 좋아한다고 착각하나 봐. 안 만나주면 가출하겠다고 해서……."

아빠가 쓱쓱, 머리를 쓰다듬어 주었다. 가슴의 통증이 바위처럼 무거워졌다. 이렇게 산을 이상한 중1짜리 가출 소년으로 만들어놓다니.

"제법 교사다워졌네. 하하하!"

얼굴이 자꾸 쪼그라들었다. 꼬리가 길면 밟힌다고 했는데…….

말이 씨가 된다고 했다. 엄마에게 거짓말을 했더니 정말, 교지가 코앞으로 다가와 엄청 바빠졌다. 교지에 올릴 글을 공지에 올려놓고, 참여가 적을 만한 부분은 미리 아이를 점지해 따로 불러 설득해야 하고, 해야 할 일이 산더미였다. 게다가 원고가 들어온다고 해도 걱정이었다. 그 많은 원고를 전부 교정 봐야 할 생각만 해도 한숨부터 먼저 나왔다. 원래는 임 선생과 분담이었지만 한창 신혼 재미에 빠져 있는 임 선생보다는 아무래도 내 일이 더 많아지는 건 당연지사였다. 게다가 산을 소개해 준 유세를 톡톡히 하고 있는지라 더욱 코가 하늘에 걸렸다.

"자기, 정말 나한테 감사해야 하는 거 알지?"

틈만 나면 괜한 눈꺼풀을 찡긋거리며 생색내기 일쑤였다. 대충은 운 좋은지 알아! 내지는 사람 잘 만나서 운이 트였지! 하는 투였다. 그 옆에 찰싹 달라붙은 유 선생은 마치 얌체같은 고양이마냥, 나를 흘겨보고 말이다. 가끔 교정을 보아야 할 서류 같은 것도 슬쩍 내게 넘겼다. 한마디로 이 정도쯤은 해줄 수 있지 않느냐는 거다.

"생색 한번 톡톡하네."

또 자기 혼자 일해? 알은체하던 이 선생님이 흘낏, 유 선생과 수다를 떨고 있는 임 선생 쪽을 보더니 기어이 한소리 해주었다.

"그 정도 생색은 내도 되는 거 아닌가? 강산 씨만한 남자, 남 선생이 만나기엔 좀 어려운 상대잖아요."

저보다 열 살이나 더 많은 이 선생님에게 임 선생이 톡, 쏘았다.

"그래, 어렵긴 하지. 좀이나 저돌적이어야지. 어디 숨이나 한번 제대로 쉬겠어?"

"그러게. 남 선생, 내숭 좀 그만 떨어. 그이 말 듣기론 요즘 강산 씨, 살이 쭉쭉 빠졌대. 내가 괜한 사람 소개시켜 준 것 같아서 마음 불편해 죽겠어."

소개는 무슨…… 게다가 내숭이라는 어이없는 오명까지 덮어씌워놓고 임 선생은 오히려 내게 타박이었다. 솔직히 버겁기로 말하자면 산보다 내가 먼저였다. 이쪽 사정이야 고려하는 법도 없이 무작정 제 스케줄에 맞추라니 그것도 당해본 사람이 알 수 있는 고충이었다. 대놓고 임 선생에게 대꾸는 못하고 건네받은 원고지만 성깔있게 넘겼다. 쳇, 쳇!

"내숭이라는 것도 적당히 수준이 맞는 상대한테나 매력적인 거지. 차이가 저도 한참은 지는 상대한테 내숭 떠는 것도 볼썽사납더라. 한마디로 너무 작전 티가 난다는 거지."

유 선생이 매콤한 눈초리로 들으란 듯이 적나라하게 꼬았다. 호호호! 하고 임 선생이 커다랗게 웃어 제켰다. 열이 뻗쳐 말이 나오지 않았다.

"유 선생! 지금껏 겪어 보고서도 남 선생 몰라? 그리고 내가 강산 씨를 자세히 아는 건 아니지만 그 사람, 그 작전이라 것도 모를 만큼 미련해 보이지 않아. 설마 남 선생, 성격 모르고 속아 사귀는 걸까. 그 남자 눈엔 조용한 남 선생 성격이 굉장히 매력적으로 보였나 보지. 사랑이란 건 원래 그렇게 이해 불가능인 거야."

"모르죠. 남자란 동물이 워낙 단순해서 작전을 성격이라고 착각하는 건지, 아님 여자란 동물이 워낙 복잡해서 제 성격을 조작할 수 있는 건지."

끝내 말 한마디 지지 않는다. 유 선생의 옹이 진 말에 이 선생님이 고개를 절레 저었다.

이 선생님은 '하여간 저 버르장머리는' 하면서도 주위 선생님들의 시선이 신경 쓰였는지 더 이상 말을 잇지는 않았다. 사실, 나에게도 다행인 일이었다. 들어서던 선생님들마다 무슨 일이야? 하고 옆 사람들에게 묻는 게 조금 전부터 계속 신경 쓰이던 터였다. 나긋하고 사람 좋은 이 선생님이 목청을 높였으니 다들 호기심인 모양이었다. 사람들의 시선 속에 있으려니 그렇지 않아도 따끔거리는 위장이 더욱 따끔거려, 자리에 앉아 있기에 영 옹색했다.

자기가 참아.

눈짓하는 이 선생님에게 힘없이 웃어 보이곤 비타민을 들고 밖으로 나왔다. 뜨거운 햇살을 피해 후미진 그늘에 앉아 잘근잘근

비타민을 씹었다. 유 선생을 씹어주듯!

'그렇게 좋으면 먼저 고백해 보지 그랬어요? 왜 괜한 사람한테 트집 잡아요? 내가 작전 쓰는 거 유 선생이 봤어요?'

하고 쏘아주지 못해 더 속상하고 눈물만 났다. 산이 있었으면 한바탕 화를 내었을 텐데. 너 때문이야! 놀란 그의 얼굴을 보면 가슴이 뻥 뚫린 느낌이 들었을 것 같다.

중국에서 돌아온 산은 나름대로 바빴다. 전처럼 자주 전화를 걸지도 않았고, 매일 찾아오지도 않았다. 어쩌다 가끔, 교지 때문에 퇴근이 늦어지면 초밥을 사 오거나 근처 식당에서 함께 식사를 한 후 혼자 돌아가기도 했다. 유 선생처럼 밀고 당기는 고무줄놀이는 내가 아닌 산이 하는 것 같은데 애먼 오해까지 사 더욱 우울해졌다. 솔직히 임 선생도 좀 그랬다. 마치 중신이라도 선 것마냥 온갖 치하(致賀)를 해대지만, 요즘 뜸해진 산의 연락에 정말 우리가 사귀는 건지, 아님 한때의 변덕인 건지 갈피를 잡기 어려웠다.

유 선생에게 시달린 날, 무슨 일로 산이 저녁 식사를 제안했다. 맡았던 광고가 겨우 통과되었다며 꽤 기분 좋은 얼굴이었다. 낮에 있던 일도 그래서 내 얼굴은 더욱 굳은 상태였는데.

"부모님한테 언제 인사드릴까?"

뚱한 얼굴로 식사를 하다, 인사라는 말에 갑자기 음식이 목에 컥 걸렸다. 하필 매운 해물 찜이라 코끝까지 찡! 전기가 올라왔다.

"인사라니?"

"결혼할 거라 그랬잖아?"

혼비백산한 내 몰골에 오히려 산이 더 놀란 눈을 했다. 건네준 찬물을 벌컥벌컥, 들이켰다.

"……겨, 결혼할 거야? 정말 나랑?"

이렇게 묻다니, 바보스럽게 보이겠지만 정말 어쩔 수 없었다. 전에 잠깐, 산이 처음 본 순간 결혼을 생각했었다고는 말을 했지만, 그뿐. 그 뒤로 별말이 없어서 그저 이렇게 가끔 만나고 식사를 함께하면 되는 줄 알았다. 그리고 적당한 기회가 되면 조금씩 멀어지는.

산의 입술이 여물어졌다. 화난 얼굴이 썩둑 베일 것처럼 무섭다. 그 눈빛에 지레 겁먹어 떨리는 음성으로 변명했다.

"전에…… 천천히 가겠다고 해서."

"천천히 가고 있잖아."

가차없이 몰아세운다. 들었던 젓가락을 내려놓은 후, 다시 물 한 잔을 마셨다. 자꾸 속이 탔다. 이렇게 결혼하게 될지 모른다는 불안감에 컵을 쥔 손가락이 달달 떨렸다. 천천히, 천천히……. 산이 약속했고, 그래서 조금 느긋한 마음을 가지고 있었는데 뒤통수를 맞은 기분이었다. 왈츠를 준비하다 갑자기 지르박 음악에 춤을 추어야 하는 것처럼 말이다.

물론, 난 독신주의자는 아니다. 분명히 결혼을 꿈꾸고, 혼자보다는 둘이 행복하다는 것쯤은 알고 있었다. 하지만 내게도 꿈이 있다. 결혼을 한다면 진실로 내가 사랑하는 남자와 하고 싶다. 의심할 여지없이 분명한 감정으로 사랑을 느끼고, 그 사랑을 바탕으로 결혼을 꿈꾸는.

산은 아직 힘든 사람이었다. 어떤 감정을 채 느끼기도 전에 성큼, 다가와 겨우 한 달 조금 이 시점에서 대뜸 결혼이라니.

까맣게 타버린 속으로 내 심장은 딱딱하게 굳어 있을 것 같다. 빈 잔을 움켜쥔 손이 보이지 않게 떨려왔다. 정말 결혼하려는 걸까? 이렇게 미처 준비할 사이도 없이, 그에 대해 좀 더 알아갈 사이도 없이…….

나는 아직 그가 어떤 음식을 좋아하고, 어떤 책을 좋아하며, 어떤 시를 좋아하는지도 모른다. 영화는 어떤 장르를 좋아하고, 언제 가장 슬픈지, 그가 가진 추억도 알지 못하고, 그가 가진 소중한 비밀 상자도 모른다.

내가 아는 것이라고는 가끔 길을 지나, 다른 여자의 시선이 멈출 만큼 잘생긴 외모와 광고회사에 다니는 것, 그리고 급한 성질뿐이라는 거다. 물론, 그가 싫은 건 아니지만 결혼보다는 서로에 대해 더 궁금해지는 건 당연한 게 아닌가?

머릿속 뇌가 온통 복잡하게 헝클어진 기분이 들었다. 지금껏 내가 정의하고 있던 결혼이 상식이 아닌 비상식처럼 느껴졌다. 서른이 지난 성인이 하는 결혼은 산과 같은 식인가 보다. 내가 가진 결혼관이 유치하고 유행 지난 스커트처럼 느껴져 속이 더부룩해졌다. 산이 싫은 건 아니었다. 결혼을 해야 한다고 생각하면, 잘생기고 돈 많고 자신을 사랑해 주는 산은 나쁜 조건이 아니었다. 하지만 정말 그것만으로 전부일까?

딱!

거센 소리에 흠칫, 몸을 떨었다. 나처럼 입맛을 잃었는지 산이 성마른 손짓으로 손에 든 젓가락을 상 위에 내려놓았다. 이제 완연히 성난 얼굴이 나를 노려보았다.

"당장 하자는 말이 아니야."

그래도 결국은 결혼하게 되는 거잖아? 따지고 싶은 걸 꾹 참았다.

"우선은 부모님께 정식으로 인사드리고, 결혼식은 겨울방학에 맞춰서 하면 돼."

"꼭…… 결혼해야 해?"

하고 작은 음성으로 중얼거렸다.

"그래, 꼭!"

왜 하필 나일까? 임 선생의 말대로 잘나가는 남자라면 굳이 내가 아니어도 되는 거 아닌가? 또다시 찬물을 들이켰다. 꿀꺽, 물 넘어가는 소리가 천둥처럼 울려왔다. 질끈, 눈을 감았다. 이렇게 끌려만 다닐 수는 없었다.

"저기, 조금 더 생각할 시간이 필요해."

"왜?"

"뭐?"

왜라니? 당연한 거잖아? 답답한 음성으로 대답했다.

"어차피 결혼할 건데, 왜 생각할 시간이 필요하거냐 묻는 거야."

갑자기 멍해졌다. 벽처럼 양팔을 단단히 감싼 산이 엄격한 표정을 지었다. 그렇지 않아도 정확한 논리가 설정되지 않는 감정 문제인데, 이토록 이해 못하는 표정 앞엔 답이 없었다.

"결혼이란 건 그렇게 간단한 게 아니야. 그건 말이지……."

"5월에 널 만났어. 그리고 12월에 결혼할 거고. 팔 개월 만에 결혼하는 건데 빠르다는 건가? 네 말대로 충분히, 천천히 가고 있다고 생각해."

아닌데. 지금 그는 달음질치다 못해 날아가고 있는 추세였다.

"그래도……."

"처음부터 결혼 생각했다고 말했어. 지금까지 만나면서, 서로 잘 지냈잖아."

자꾸 말을 자르는 산에게 이 선생님처럼 '버릇없이!' 하고 말하고 싶다.

"잠깐만! 잠깐, 내 말 좀 들어봐."

곧추선 얼굴이 매섭게 다가섰다. 그리고 보니, 임 선생 말처럼 조금 말라 보인다. 정말 나 때문에 살이 쭉쭉 빠진 건가? 하던 말을 멈추고 멍하게 그의 얼굴을 바라보았다. 참, 미련스럽게도…….

"우리 키스할까?"

잠시, 멍하게 바라보는 사이 불쑥, 산이 물었다. 헉!

"무, 무, 무슨 소리야!"

나도 모르게 소리가 커졌다. 행여 누가 듣지 않았는지 허겁지겁 사방을 살폈다. 산이 이렇게 대담해지면 정말 대책이 없다. 어, 어떻게! 정말 어떻게 이 많은 사람들이 식사를 하는 곳에서 그런, 낯뜨거운 말을 쉽게 내뱉을 수 있는 건지 내 상식으로는 도무지 이해하기 힘들었다. 느린 내 속도에 나름 애를 쓰는 그에게 안쓰럽다가도 이렇게 안하무인으로 굴 때면 정이 뚝, 떨어졌다. 다행히 다들 듣지는 못했지만 근처에 놓인 몇 테이블 손님들이 놀란 얼굴로 우릴 돌아보았다. 울고 싶다. 아님, 벌떡 자리에서 일어서 이곳을 나가 버리든지.

하하하! 산이 커다랗게 웃었다. 그제야 농담이란 걸 알았다. 참, 농담도 징그럽게 한다. 폭삭 가라앉은 안도감에 십 년은 폭삭 늙어진 기분이 들었다.

"우리 키스 한 번도 못해봤잖아? 키스하면 결심이 설까 봐."

갑자기 웃음을 뚝, 그친 산이 진지한 얼굴로 대꾸했다. 웃음기를 잃은 얼굴이 더욱 푸석하게 보였다. 나 때문에 말랐다는 임 선생의 말이 떠올라 묵직해져 왔다.

"……그래도 결혼은 당사자만 하는 게 아니잖아."

그래서 나가는 말이 조금 더 부드러워졌다. 학생들을 이해시키듯 조곤조곤 설명해 주었다.

"부모님들 의견이라는 것도 있고, 또 서로의 가정환경이라는 것도 있으니까. 원래 당사자가 죽고 못 살아도 부모님들 때문에 헤어지는 경우도 있대."

그의 부모님은 아마 이 결혼 반대해 주지 않을까?

"굉장히 듣기 좋아."

한 손으로 턱을 고인 채 산이 한껏 고무된 얼굴로 엉뚱한 소리를 했다. 어떤 선생님은 수업하다 이렇게 딴청을 부리는 녀석에게 가끔 머리를 콩, 쥐어박기도 한다.

"듣고 있어?"

"응. 우리 공주님, 목소리 참 예쁘네. 학생들한테 인기 좋지? 그렇게 친절하게 설명해 주면 모르는 문제가 없겠다."

휴우!

한숨이 터져 나왔다.

"집에 갈래."

어차피 서로 입맛을 잃은 터이니 지금 일어서도 별 무리는 없겠지 싶었다. 왜? 의아한 얼굴로 묻는 산을 재촉해 식당을 나섰다. 지끈 몰려오는 두통 때문에 이젠 구토기까지 몰려왔다.

"우리 부모님은 별 문제가 없는데."

차에 오르자 산이 말했다.

"무슨 말이야?"

"우리 부모님 쪽은 괜찮다고. 먼저 당신 부모님 뵈어야 될 것 같아서."

절대 NO!

아빠라면 모를까, 엄마는 절대 만나서는 안 될 존재였다. 그렇지 않아도 성화인데다, 아무리 봐도 산은 엄마의 이상형에 가까웠다. 돈 많지, 잘생겼지, 키도 크지. 산의 이런 대책없음도 결단성으로 둔갑해 엄마를 유혹할 게 뻔했다.

"언제쯤이 좋을까?"

"나중에."

눈을 감은 채 지친 목소리로 겨우 대답했다. 먹은 음식이 위에서 일어서는 것만 같아, 속이 매슥거리고 몹시 피곤했다.

"피곤해?"

산이 걱정스런 질문에 별 대답 없이 고개만 끄덕였다. 잠시 그의 시선이 감은 눈꺼풀 위에 머무는 게 느껴졌다. 그리고 무거운 한숨도⋯⋯.

부드럽게 출발하는 차의 움직임과 함께 낮은 음악 소리가 들려왔다. 내가 피곤해 보일 때면 가끔 틀어주는 바흐의 곡이다. 느리고 무겁게 흐르는 음률에 조금씩 졸음이 몰려왔다. 선선한 실내의 온도와 규칙적인 차의 율동에 내 졸음은 점점 깊어졌다.

"응?"

잠결에 작은 음성이 들려왔다. 무슨 말이야? 수마에 빠졌는지 손가락 하나 까닥하기가 힘들다. 게다가 깊어진 잠 때문에 입술이 달싹거렸지만 말하는 것도 천 근처럼 무거웠다. 무언가 촉촉한 것이 입술을 간질여 키득, 웃음이 새었다. 간지러워. 뭐지? 전에 키웠던 강아지 녀석이 곧장 내 입술에 제 혀를 날름거렸었는데. 그때의 기억이 새삼 떠올라 키득거리다 순간, 벌떡, 눈을 뜨고 말았다. 솜처럼 무거운 몸이 섬뜩한 기분 탓에 빠르게 사라져 갔다.

이제 그 녀석은 없는데!

아직 초점이 잡히지 않은 시선에 검은 그림자가 어른거렸다.

뭐, 뭐야!

부릅, 눈에 힘을 주며 그림자를 추적했다.

"이제 일어났어?"

어둠 속으로 가라앉은 음성이 울렸다. 산? 잠긴 목소리가 생소하게 들렸다.

"깊이 잠들었더라고."

어쩐지 산의 얼굴이 빨갛게 보인다. 착각인 걸까? 언뜻, 눈동자에 부끄러움이 스친 것 같기도 하고. 바짝 다가선 그의 얼굴 때문에 뒤로 한껏 몸을 뺐다.

"……깨, 깨우지 그랬어?"

괜히 수줍어하는 산 때문에 내 목소리까지 덤으로 떨려왔다. 너무 바싹 다가선 그의 몸체도 부담스럽다. 좀 비켜줄래? 하고 겨우 물었다.

"부모님과 상의해서 날짜 잡아봐."

흠흠, 헛기침을 하며 산이 다시 한 번 상기시켰다.

시간을 좀 달라니까!

할 생각이었는데 이상하게 잠긴 산의 목소리와 붉은 얼굴, 그리고 야릇한 떨림에 뇌리가 멈추었다. 생각해 볼게. 하고 대충 대답한 다음, 후다닥 차 문을 열었다.

어? 대문이 바로 앞에 있다. 놀란 얼굴로 화들짝 쳐다보았다.

"골목 입구에서 안 세웠어?"

"응. 피곤해 보여서 그냥 집 앞까지 왔어. 왜?"

"골목 입구에 세워달라고 했잖아!"

절로 언성이 높아졌다. 이건 규칙 위반이야. 한마디 덧붙였다. 산이 또다시 얼굴을 굳혔다. 이번엔 약간의 화가 실려 있었다.

"피곤해 보였어."

어쩜 정말…….

"유, 유인이니?"

순간, 거짓말처럼 아빠의 목소리가 들려왔다. 나도 모르게 흠

첫, 몸을 떨었다.

"유인이? 정말, 우리 유인이란 말이에요?"

그리고 흥분으로 올라선 엄마의 목소리까지.

꼬리가…… 밟혔다.

화난 산의 눈동자가 찬찬히 가라앉았다. 그 뒤로 빠른 미소가 언뜻 사라진 듯한 착각마저 일었다. 그래, 착각이겠지. 그렇게까지 산을 매도하고 싶지는 않았다.

"안녕하십니까?"

나보다 한 걸음 먼저 차에서 내린 그가 싹싹하게 허리를 굽혔다. 겨우 한 발만 내려선 채 차마 차에서 내리지 못하고 엉덩이를 반쯤 걸쳤다. 너무해!

"누구세요?"

아빠는 진중하게 그를 바라보았고, 엄마는 노골적인 호기심을 드러내고 있었다.

"유인이 애인입니다. 그렇지 않아도 조만간 뵐까 의논 중이었는데, 이렇게 만나 뵙게 되어서 죄송합니다."

능청스럽기도 하다. 왠지 산의 덫에 걸린 것 같은 이 기분은 결코 과장이 아니었다. 아까 산의 미소도 착각만은 아닌 것 같고, 모든 게 불신스러워졌다.

잠깐이나마 그를 믿었던 내 발등을 쾅쾅 찍고 싶다. 잠이 든 나를 깨우지 않은 그의 세심한 배려를 약간이나마 고마워했던 내 어리석은 순수함도 함께! 쳇, 결국은 섬세한 배려가 아닌 단지 철저한 계산일 뿐이었다니…….

나쁜 자식!

속으로 이를 갈았다.

"애인? 어머, 우리 유인이는 별말 안 하던데?"

엄마가 산과 나를 번갈아 훑어 내리며 내숭을 떨었다. 얼굴엔 반색이 하나 가득이면서 말이다. 아빠의 표정은 어둑해서 잘 보이지 않았다.

"마침, 유인이 마중도 할 겸, 애 아빠랑 산책 나오는 길이었는데."

"네. 미리 인사를 드렸어야 하는데 늦어서 죄송합니다."

하하하! 허공 속에 우렁차게 울리는 산의 웃음이 먹이를 앞에 둔 사자의 포효 소리처럼 들렸다. 온몸에 소름이 돋았다. 나에게 쏟아지는 엄마의 눈빛은 앙큼해 보일 정도로 반짝거렸다.

너, 집에 가서 봐!

하지만 분명코, 산이 엄마의 심장을 사로잡은 것만은 확실하다. 내게, 그리고 아버지에게도 묻지 않고 반은 질질 끌다시피 산을 집 안으로 이끌었으니까. 어부의 그물에 걸린 나는 그대로 팔딱거리며 배 위로 끌어 올려지고 말았다. 앞이 깜깜해졌다. 그물에 걸린 그 순간부터 내 숨은 어부의 손에 달린 거니까.

정말 이런 식은 아니었다. 이렇게 빨리, 이렇게 준비 운동도 없이.

산을 원망스럽게 노려보며 질질 집 안으로 끌려갔다. 느리게 가겠다, 그 스스로 말했다. 그토록 시간을 달라고 부탁했는데 산은 끝내 내 부탁을 저버렸다.

스물여덟.

이제 막 시작될지 모르는 우리의 결혼은 엄마의 원치 않는 개입
과 산의 무신경한 방심으로 처음부터 삐걱거리기 시작했다. 몹시
유감스럽게도!

거울 속에 내가 보인다. 어제보다 더 나은 얼굴이다. 아니, 요사이 부쩍 얼굴에 윤기가 돌았다.

“유인아!”

거울 속의 나를 보며 큰 소리로 유인의 이름을 불렀다. 헤벌쭉 웃음이 터져 나왔다. 아침에 일어나 거울 속의 나에게 유인의 이름을 부르는 건 하나의 습관이다.

이제 곧, 그녀가 내 곁에 선다.

이렇게 이름을 부르는 것만으로도 매일 아침, 유인과 함께 일어나는 기분이 든다.

“대체 뭐가 그렇게 좋냐?”

유인의 동료 선생과 결혼한 성재 녀석이 물었다.

하하하! 그걸 어떻게 설명할 수가 있을까?

친구의 동물병원에서 햄스터와 놀고 있는 유인이를 보다 심장이 덜컥, 바닥으로 내려앉았던 그 순간까지, 유인에 대한 모든 일들은 다 설명 불가능이다. 손톱만큼 작은 햄스터에게 손가락으로 장난을 걸며 꺅꺅 웃어대는 유인이가 꼭 그 하얀 햄스터로 보여 절로 주먹에 힘이 갔다. 그대로 옴팍, 투명 케이스에 넣어 하루 종일 내 방에 가두어놓고 싶은 욕망을 참느라 죽을 맛이다.

만성이 된 위장병은 언젠간 분명 폭발해 버릴지도 모른다.
엄마와 산의 새 중간에 낀 내 심정이 그렇다.

"아직은 아니야."

결국 부모님의 열화와 같은 성원을 얻은 산이 집으로 돌아간
후, 남은 찻잔과 쟁반에 질척한 물을 떨어뜨리고 있는 수박 쪼가
리를 보며 선언했다.

"뭐가 아직 아니야. 네 나이나 적어?"

"그래도 엄마! 결혼은 신중하게 해야 하는 거잖아?"

처음으로 엄마에게 대들었다. 잠시 소강상태를 보였던 위가 또
다시 콕콕 쑤셔왔다.

하하하!

산의 웃음이 망령이 되어 나를 비웃었다. 조용하고 시인 같은 아빠까지 그것에 맞춰 너털웃음을 터뜨리다니, 솔직히 좀 충격적이었다.

"강 서방이 싫어?"

어느새 산의 호칭마저 바뀌었다. 하긴 들어서자마자 어머니! 하고 부르며 넙죽 큰절을 올리는 모습은 영락없이 사위의 그것과 같았다. 더더구나 엄마가 그토록 원했던 훤칠한 몰골로 무조건 '결혼하겠습니다!' 했으니. 어머, 웬일이니? 놀란 엄마의 얼굴은 거의 희열에 차 있었다. 무엇 하나 부족한 게 없이 구미에 딱 맞는 산은 엄마 입장에서야말로 넝쿨이 아니라 그대로 밭째 들어온 호박임에 분명해 보였다. 그러니 당연, 내 작은 항의는 발끝에도 미치지 못할밖에.

묻는 말마다 척척 대답하는 산을 보고 꼴딱 넘어선 엄마는 그가 하는 말마다, 그렇지, 그렇지, 연발이었다.

"도대체 왜 싫다는 건데?"

엄마가 대답을 채근했다.

"싫은 건 아니고."

한풀 기세가 꺾였다. 싫은 점을 말하자면, 굳이 짚을 만한 것도 없었다. 내 수준에 맞지 않게 집안 좋은 것도, 내겐 부담스러운 썩 괜찮은 외모도, 싹싹하다 못해 넉살 좋은 성격도, 저돌적인 행동력도 어떤 면에서는 모든 게 장점이었으니까. 물론 엄마의 관점에서 말이다. 솔직히 그런 점이 부담스러울 때도 있긴 하지만 그래도 가끔 보이는 산의 자상함을 생각하며 우물거렸다.

성질이 좀 급해. 그런다면 당장 남자는 그래야 큰일을 하지! 하고 냉큼 쏘아대시겠지? 내겐 너무 부담되는 상대야. 이것 역시 엄마에겐 배부른 투정이겠고.

"그럼 뭐가 문제인데?"

"아직 그 사람을 다 아는 것도 아니잖아. 그리고 결혼이라는 것도 천천히 생각해 볼 필요도 있고."

"결혼하기 싫어?"

옆에서 아빠가 물었다. 솔직한 내 대답은 응! 이었다. 지금까지 살아온 패턴을 송두리째 뒤집는 게 이토록 어려운 건지 미처 몰랐었다. 그리고 자꾸 들이대는 산의 성격도 그랬고.

"너 그러다 강 서방 놓쳐. 그만한 사람 구하기 쉬운 줄 아니? 네 미모에, 네 나이에?"

행자 아줌마 딸의 결혼식에 갔다 왔을 때와는 말이 천양지차로 다르다. 어떻게 그런 식으로 말할 수 있어? 하고 울상을 지었다.

"아무리 엄마라고 해도, 내 딸 상태까지 모르는 건 아니지. 안 그래요, 여보?"

답답한 내 몰골에 혀를 쯧쯧, 차더니 결국은 아빠에게 원조를 요청했다.

"우리 유인이가 어때서? 강 서방이 넘치는 건 사실이지만 그래도 무언가 유인에게 반할 만한 구석이 있으니 저렇게 결혼하자는 거겠지."

혀를 내둘렀다. 아빠까지 강 서방이라니, 정말 산의 능력에 놀라울 따름이었다.

"아무튼 몰라! 산 때문에 그렇지 않아도 힘들어 죽겠는데 엄마까지 너무하잖아?"

투덜대며 거실에 덩그러니 남은 그릇들을 치우기 시작했다. 어쩌자고 대문 앞까지 와서 사람 고생시키는 거람? 속으로 타박했다.

"어차피 할 거면 사람 있을 때 해."

주방까지 쫓아와서 엄마가 끝내 한마디 보탰다.

"결혼이라는 건 하고 싶을 때 하는 거야. 사람이 나타났다고 무작정 하는 게 아니라."

"그러다 좋은 사람 다 놓쳐! 아무튼 강 서방 말대로 겨울방학 때 식 올려. 시기도 딱 좋구만. 얼마나 급하면 방학식 하자마자 식 올리자고 하겠니? 것도 너 복이야."

복은 무슨.

수세미로 엄마가 제일 아끼는 찻잔을 힘주어 빡빡 문질렀다. 찻잔 한 세트를 백화점에서 삼만 원이나 주고 산 것이라 행여 흠집이라도 날까, 부드러운 스펀지로만 닦는 우리 집 최고급 찻잔이었다. 속으로는 굉장히 아까웠을 것 같은데 엄마는 찻잔 대신 나를 살살 구슬렸다.

"너한테는 그런 사람이 딱이야. 남자라면 그 정도 박력은 있어야지."

"난 아빠 같은 남자가 좋아."

"에구, 이것아!"

엄마가 등짝을 짝! 하고 후려갈겼다.

"아빠 같은 남자랑 지금껏 살았으면 다른 남자랑도 살아봐야지. 지겹지도 않아?"

"엄마, 난 부드러운 남자가 좋아. 산은…… 솔직히 좀 무서워."

문득, 어느 순간 무방비 상태에서 돌아보면 이글대는 눈빛에 마주칠 때가 있다. 껍질만 벗겨 통째로 삼켜 버릴 것 같은 눈빛에 온몸이 빳빳하게 굳어지는 것도 한두 번이 아니었다. 그런 그와 매일 함께 얼굴을 보며 살아가야 하다니! 그와 키스를 해야 한다는 생각만으로도 심장이 오그라드는데 말이다.

"그런 남자가 살기엔 더 편한 거야. 세상 사람 보기에 부드럽고 좋은 남자가 너한테도 좋을 것 같지? 천만의 말씀이야. 남들한테 좋은 소리 듣는 남자가 제 집에서는 더 까다롭고 제멋대로 구는 경우가 더 많아. 아니면 무능력하거나. 엄마가 세상을 더 많이 살아봐서 아는데 강 서방 같은 사람이 오히려 제 마누라한테는 치즈처럼 말캉한 법이라니까."

그러더니 치맛자락을 휘감고는 후다닥 거실로 뛰어갔다. 아빠는 세상 사람들에게도 좋고, 내 집안에서도 좋은데 그럼 무능력한 건가? 주방 문 너머 아빠 쪽을 흘끔거렸다. 희끗한 머리카락이 맥 빠져 보인다.

우리 집은 분명 부유하지 않다. 동사무소에서 근무하는 아빠는 빚보증만 서지 않았다 뿐이지, 젊었을 때는 박봉으로 셋이나 되는 동생들을 가르쳤고, 지금은 그때 진 빚을 조금씩 갚아나가며 겨우 살림을 꾸릴 정도이다. 그래도 나나 내 동생 대학까지 잘 보내주고, 작은 집까지 있는데.

내겐, 이 작지만 소박한 삶이 행복했다. 부유하지는 않지만 이 세상에서 우리 집만큼 행복한 집은 없다고 생각하며 살았었다. 그런데 내내 방실대던 엄마도 사실 아빠를 무능력하게 보았다는 건 꽤 충격적이었다. 세상을 나보다 더 많이 산 엄마의 시선엔 아빠보다 산이 훨씬 더 근사한 남자라는 건가? 헷갈렸다. 정말 내가 옳은 길을 가고 있는 걸까?

"행자니? 나야, 산옥이. 신혼여행 간 딸을 잘 도착했어? 그래? 잘됐네."

늦은 저녁인데도 엄마는 어디론가 바삐 전화를 걸기 시작했다. 전화기를 붙든 채 거실에 나앉은 엄마는 펑퍼짐해 보였다.

"아니, 다른 게 아니고, 12월에 시간 괜찮지? 별일은……. 그냥, 우리 큰애 말이야, 유인이. 결혼하게 될 것 같아서."

"엄마아~"

미약한 음성으로 엄마를 불렀다. 아휴, 자랑은. 야들하게 웃어대며 엄마가 조용하라, 손짓을 해댔다.

"자랑은 무슨, 남자 측에서 하도 결혼을 서둘러 대느라 대충 날 잡았지 뭐. 신랑? 본인은 광고회사 조그만 거 하나 해. 뭐, 사장 사모님? 호호호! 요즘엔 구멍가게도 다 사장이잖아. 참, 유한 병원 알지? 그 집 아들이라는데…… 혹시 그 병원 알아?"

내가 알기론 얼마 전에 친구 한 분이 그곳에서 허리 디스크 수술을 했다며, 병문안을 다녀오신 적이 있었다. 돈 많은 집이라 확실히 다르다며 근사한 1인실에서 입원해 있더라는 말도 했었다.

몹시 부러운 어투로.

"그 병원이 그렇게 유명해? 어머, 호호호! 난 몰랐지."

알고 있었으면서.

"몰라, 그냥 사윗감이 워낙 괜찮아서. 처가 좋으면 처갓집 말뚝 보고 절한다고, 어찌나 곰살맞게 구는지, 그것 하나 보고 시집보내는 거지."

깔깔깔! 침 튀기며 산의 칭찬을 해대는 엄마의 수다를 피해 방으로 돌아왔다.

—뻐꾹!

방으로 들어서자마자, 전화기의 뻐꾸기가 요란하게 울어댔다.

〈됐지? 결혼하는 거다!〉

산의 메시지다. 모니터 속에 박힌 글자들이 약 올리듯 반짝거린다. 정말, 왜 이러니? 잠시나마 생각할 시간을 주지 않는 산이 원망스러웠다. 기다려 준다고 하고는 말과 행동이 정반대다.

"흠흠!"

방문 밖에서 아빠의 기침 소리가 들려왔다. 아빠는 노크 대신 가벼운 기침으로 대신한다.

"엄마는 아주 자랑하느라 시간 가는 줄 모르는구나."

방으로 들어서자마자 아빠가 쓴웃음을 지었다. 내 입에선 더 큰 한숨이 새어나왔다.

"왜, 걱정되나?"

아빠가 물었다. 그나마 내 속을 알아주는 사람은 아빠뿐이다.

"결혼하는 거 사실은 좀 무서워요."

아빠는 조용히 내 말을 경청했다. 그래, 하고 고개를 끄덕이면서.

"하긴 원래 사람이란 게 익숙한 생활 패턴을 버리는 게 쉽지 않아서."

"게다가 산은 만난 지도 얼마 안 되었잖아. 그런데 자꾸 결혼 이야기만 하니까 더 이상해. 정말 이상한 사람이야."

절로 입술이 삐죽 튀어나왔다. 난 아빠 같은 남자랑 결혼했으면 좋겠어. 하고 말하자 아빠가 허허허! 하고 기쁜 얼굴로 웃었다. 아빠의 웃음은 선하다. 유유자적하고 바쁨과는 거리가 먼 여행자 같은 느낌이 배어 있어, 곁에 있으면 나도 세상을 벗어난 느릿한 여유를 가진다. 아빠의 어깨에 편하게 머리를 기댔다. 낡지만 익숙한 향이 풍겨왔다. 연한 구름 냄새도. 하루 종일 사무실에서 일하는 아빠인데도 몸 한구석에 남은 자연의 향이 불가사의하다. 눅눅한 낙엽의 향과 어딘지 절향 같은 독특한 냄새를 담은 아빠는 이곳이 아닌 하늘 속에 사는 사람 같다.

"나도 우리 딸이 이렇게 갑자기 시집가 버리면 너무 섭섭해."

아빠가 뺨을 어루만져 주었다. 마르고 파삭한 주름이 살갗을 스쳐 약간 따끔거렸다. 그렇죠? 하며 아빠의 손바닥을 꼭 쥐었다.

"나중에, 아주 많은 시간 동안 천천히 생각해 본 후에 결혼하면 좋겠어."

“하지만…… 벌써 스물여덟이라.”

“그게 어때서요?”

“내년이면 스물아홉인데, 원래 아홉수엔 결혼 안 하잖니. 그렇게 훌쩍 한 해를 넘기면 벌써 서른이고. 부모 마음이야 더 좋은 시기에 짝 맞춰 보내면 더할 나위 없지.”

미간이 좁혀졌다. 아빠 산이 마음에 들어요? 물었지만 돌아오는 대답에 심장이 쿵! 내려앉았다.

“너한테는 그만한 짝이 없지. 원래 결혼은 성격이 전혀 다른 사람과 살아야 좋아. 나와 똑같은 사람을 만나면 편하고 좋을지 몰라도 삶이 지루해질 수도 있거든. 싹싹한 데다 진솔해 보여서 제 안식구 하나는 잘 건사할 듯 보이더라. 아빠는 그 점이 제일 마음에 들어.”

대견하고 흐뭇한 시선에 숨이 꽉 막혀왔다. 엄마라면 몰라도 아빠가 산을 마음에 들어하는 것에는 정말 할 말이 없었다.

“정말 결혼하면 좋겠어? 그 강산과?”

다시 한 번 물었다.

“아니, 아빠는 유인이가 원하는 사람과 결혼하면 좋겠어.”

그 말이 더 강한 긍정처럼 보여 사방이 꽉 막힌 기분이었다. 쉬어, 하고 어깨를 툭툭, 치며 아빠가 일어섰다. 한없이 넓었던 아빠의 등이 오늘따라 작고 좁아 보였다. 아직은 떠나기 싫은데. 서글픈 심정으로 작은 내 방을 둘러보았다.

작년 가을, 아빠와 엄마 셋이서 함께 고른 도배지로 힘들게 꾸며놓은 방은 연한 핑크빛이다. 우연히 텔레비전 드라마를 보다,

주인공 방에 발라진 도배지가 예뻐 보여 시장을 헤매 겨우 구해 바른 도배였다. 솜씨 좋은 아빠가 만들어놓은 거칠고 단순한 책상과 엄마가 동대문에서 끊어 바느질한 이불.

허름한 세간 살림에 유진은 별 감흥이 없었지만 이 이불이 만들어지던 날, 난 밤새 눈물이 났다. 나를 위해 고심해 골랐을 천과 바느질 한 땀까지. 이 이불엔 감히 담을 수조차 없는 아빠의 사랑과 엄마의 정성이 담겨 있었다. 보송한 이불을 쓰다듬으며 내가 언젠가 결혼을 하게 된다면 이렇게 살아가지 않을까, 막연히 꿈도 꾸었다.

거대한 백화점보다는 사람의 향이 배인 재래시장이 더 어울리고, 비싼 옷을 걸치기보다는 아내가 정성 들여 짠 스웨터가 더 어울리는 남자. 이른 저녁 퇴근해 마당 한가운데 놓인, 평상에 앉아 하늘에 뜬 별을 바라보고 갓 쪄낸 옥수수를 소담스럽게 베어 먹으며 내 무릎을 밴 채 잠든 아이들에게 하느작 부채를 부쳐 주는 자상한 아빠이자 다정한 남편을 말이다.

아무리 내 상상력이 창조적으로 날갯짓을 한다 해도 산은 그 속에 단 하나도 맞춤인 게 없었다. 가볍게 차린 옷마저도 한눈에 고급스럽게 보이고, 백화점이 아닌 재래시장에서 장바구니를 든 산은 도저히 상상할 수 없었다.

답답하고 갑자기 눈물이 핑 돌았다. 이곳을 떠나기엔 아직도 이른 시간인데······.

늦은 한밤중에 돌아온 유진이 집 안을 온통 휘젓고 다녔다.

"언니! 결국 결혼한다면서?"

환하게 웃는 동생에게 맞장구를 쳐줄 수 없었다. 아빠가 떠난 뒤, 이불을 뒤집어쓰고 엉엉 운 탓에 얼굴이 벌겋게 부어올라 있었다.

"어이구! 아빠랑 헤어지기 싫어서 통곡을 했구나? 언제 어른 되니, 우리 언니. 아무튼 축하해!"

부은 얼굴로 멍하게 동생을 바라보았다. 하루 종일 여러 번 충격을 먹는다. 유진이 말처럼 난 아직도 소녀에서 벗어나지 못한 걸까? 열여덟 탱탱한 동생의 얼굴이 세상을 몽땅 다 살아버린 중년의 여인처럼 보였다. 전의 키스 사건부터 내 어린 동생은 쑥쑥 자라 나보다 더 큰 성인이 다 되어 있었다. 어른이 된 건 내가 아니라 유진인 모양이다.

"언니 그만 건드려! 그렇지 않아도 복잡한데 왜 자꾸 집적대?"

방문을 쾅, 닫으며 엄마가 유진을 끌고 나갔다.

"결혼 안 한다고 고집 피우면 어쩌려고 그래?"

행여 내가 들을까, 작은 목소리로 타박하는 소리가 방 안까지 들려왔다. 어이없어 벌어진 입이 다물어지질 않았다. 정말 기가 막혀서…….

사건이 터졌다. 하얗게 질린 반장이 교무실까지 뛰어와 내 손을 잡아끌었다.

"인호가 유리에 베었어요."

"이, 인호가 유리에? 왜?"

고함을 치는 내 얼굴은 반장보다 더 하얗게 질려 있었다. 유리에 베이다니, 생각만 해도 끔찍한 사고였다. 복도를 마구 뛰어 교실까지 가는 동안 심장이 벌렁벌렁 뛰다 못해, 울렁거려 왔다. 제발, 깊은 상처는 나지 말아야 하는데…….

그러나 교실에 들어서는 순간, 내 기우는 결코 허상이 아님이 밝혀졌다. 피가 뚝뚝! 그야 말로 뚝뚝! 떨어져 마치 거대한 육식 동물이 사냥한 짐승을 먹어치운 꼴처럼 교실이 난장판이었다. 핏기가 싸악 가셔 달달 떨리는 손으로 다친 인호의 팔을 붙들었다. 보기에도 흉물스럽게 쩍 벌어진 상처 속에서 피가 좔좔 흐르고 있었다. 구역질이 치밀어 오르는 걸 겨우 누르며 인호를 달랬다.

"괘, 괜찮아. 서, 선생님이 낫게 해줄게. 벼, 병원에 가자."

머리가 하얗게 비어 119도 학교 이층에 마련된 보건실도 떠오르지 않았다. 내가 바라는 유일한 건 저 시뻘건 피가 한시라도 빨리 그쳐 주는 것뿐이었다. 허둥지둥 인호를 끌고 밖으로 뛰쳐나갔다.

"선생님, 너무 걱정하지 마세요."

옆에서 함께 뛰던 반장이 침착한 목소리로 말을 걸었지만 내 귀엔 아무 소리도 닿지 않았다. 복도를 따라 뛰면서 무어라 계속 중얼거렸던 것 같다. 제발, 멈추어야 해!

어쩌다 그랬니? 하고 물을 시간도 없었다. 정신없이 내달리다 보니 초록색 병원 간판이 보였다. 이것저것 가릴 것 없이 무작정 접수실로 다가섰다.

"어머, 선생님!"

"아이가 피가, 피가 줄줄 흘러서……."

"네?"

접수실 안의 간호사 인상을 찡그리며 난해한 말을 해독하려 애를 썼다. 숨이 차서 그런지 말이 자꾸 끊어졌다. 다시 설명하려 애를 썼지만 그럴수록 말은 더욱 앞뒤를 헤맸다.

"피가 엄청 흘러서…… 교실이 난장판인데요. 이만큼 쩍 벌어져서……."

"네?"

"아이가!"

자꾸 늦된 간호사의 이해력에 짜증을 벌컥 내느라 소리가 쩌렁 울렸다.

"저희 반 남자애인데요, 운동장 쪽에서 공이 날아와서 유리창을 깼어요. 깨진 유리 조각이 바닥으로 떨어지면서 팔을 벤 것 같아요."

허둥거리는 내 대신 차분한 음성으로 반장이 설명해 주었다.

"꿰매야 하는 건가요? 피가 꽤 많이 흘렀는데."

그제야 조금 정신이 들었다. 이제 겨우 열네 살짜리 아이 앞에서 추태를 보일 수는 없었으니까. 인호의 팔을 들여다보던 간호사의 얼굴에 당황한 빛이 스쳤다. 심장이 쿵! 내려앉았다. 제발, 깊은 상처가 아니어야 되는데…….

"잠깐만요, 우선 응급으로 넣어드릴게요."

기다리는 환자에게 미처 양해도 못 구한 상태로 간호사가 진료실 안으로 우리를 밀어 넣었다. 진료실 안에 있던 환자 하나가 놀란 얼굴로 우리를 돌아보았다.

"또 위가 아파서 오셨어요?"

그 환자만큼 당황한 그가 말끔한 얼굴로 나를 올려다보았다. 이런, 속으로 혀를 찼다. 낯익은 선한 미소에 비로소 정신이 들었다. 이 위급한 상황에 외과와 내과를 구분 못하고 무작정 달려오다니. 이런 내가 바보 같아 말조차 나오지 않았다.

"아, 죄송해요. 외과로 가야 하는데……."

"잠깐만요!"

떠듬거리며 뒤로 물러서는 나를 의사가 불러 세웠다. 앞섰던 간호사가 인호의 팔을 보이며 의사에게 설명을 해주고 있었다. 해맑게 웃던 의사의 얼굴이 단박에 굳어졌다. 또다시 구역질이 밀려왔다. 벌어진 살은 잔혹하기 그지없었다.

"우선 아이 상태를 좀 봅시다."

조금 전, 선한 미소 대신 한층 진지해진 얼굴이다. 인호의 상태를 살피는 의사의 표정이 점점 심각해짐에 따라 내 얼굴도 점점 심각해졌다. 학교에서 벌어지는 사태에 대한 책임은 별개로 하고, 제발 큰 상처만은 아니었음, 좋겠다. 어린 인호가 감당할 수 있는 딱 그만큼의 상처만.

"우선은 꿰매야 할 것 같네요."

다친 팔 부위를 살피던 의사가 단호한 어조로 진단했다. 화초에 대해 수다를 떨고, 선하고 나긋한 미소만 보이던 그의 모습은 온데간데없었다.

"준비 좀 해줘요."

지시를 한 후, 인호에게 아프지는 않을 거야. 마취할 건데 견딜 수 있지? 하고 묻는다. 자박한 음성에 당황했던 내 심장도 조금씩 가라앉기 시작했다. 진지한 그의 모습이 묘한 안도감을 불러일으켰다. 정말 실력있는 의사 같다. 종합병원에서 보는 하얀 얼굴의 의사와는 좀 차원이 달랐다. 동네 의사라 그런가? 편하고 스스럼이 없는 얼굴이라 인호 역시 조금씩 안정을 찾아가고 있었다. 물론, 반장은 처음 그대로 침착한 모습이었지만.

간호사가 주사기와 붉은 솜들을 들고 나타나자 잠시 가라앉았던 심장이 다시 벌떡벌떡 뛰기 시작했다.

난 주사를 맞는 걸 세상에서 가장 싫어한다. 어렸을 때, 아장아장 걷던 유진인 씩씩하게 주사를 맞았지만 난 언제나 엉엉! 울며 의사의 애를 먹이기 일쑤였다. 오죽해야 병원에서 주사 처방을 안 내렸을까? 가루약을 못 먹는 것도 마찬가지였다. 엄마가 늘상, 나 하나 키우는 것보다 유진이 열 키우는 게 더 쉬울 거라고 노래를 부를 정도로 병원 쪽으로는 젬병이었다. 요즘 처방전이 전부 알약이라는 게 나로서는 얼마나 다행인지 몰랐다.

"선생님 괜찮으세요? 꿰매면 괜찮다잖아요."

하얗다 못해, 퍼렇게 질린 내 안색을 반장이 걱정스럽게 살폈다. 이젠 구토기가 참을 수 없이 치밀어 올랐지만 두 눈에 부릅, 힘을 주었다. 아이 앞에서 겁먹은 표정을 지을 수는 없었다. 내가 이토록 겁에 질려 있다면 인호는 얼마나 더 무섭고 두려울까? 그 생각만으로 겨우 버텼다.

"흡!"

기다란 주삿바늘이 인호의 팔을 뚫기 시작하자 반사적으로 신음이 터져 나와 재빨리 입을 막았다.

"잠깐 마취가 돌 때까지 기다렸다가 꿰매야 하는데, 선생님은 나가 계시죠."

"아, 아닙니다. 흡!"

사실은 웩! 하는 구토가 새었다. 다시 입술을 꽉 깨물었다.

"아무래도 제가 신경 쓰여서 그렇습니다. 신경을 집중해서 해야 하는데 주위에 사람이 많으면 집중력이 흐트러지거든요. 거기 학생, 선생님 모시고 밖에서 기다려요. 금방 끝나니까."

"조, 조용히 있을게요."

흡! 또 샌다. 그때까지 느끼지 못했던 병원 소독약 냄새가 역겹게 코를 찔렀다. 괜찮다고 꿋꿋이 버티는 내 팔을 반장이 억지로 잡아끌었다.

"선생님, 그냥 나가 있어요. 자꾸 선생님이 웩웩거리니까 인호도 신경 쓰이는 것 같아요."

반장 말에 앞에 앉아 있는 인호를 바라보았다. 참는 기색이 역력했지만 녀석이 보내는 미소가 처음보다 많이 일그러져 있다. 눈살을 찌푸리는 간호사의 눈치를 보다 슬금 진료실을 나섰다.

"그렇게 티났니?"

대기실에서 기다리며 반장에서 살짝 물었다.

"네."

계집애, 쌀쌀맞기는.

"피 잘 못 보세요?"

“뭐…… 그냥.”

차마 주삿바늘이 무서워서, 라는 말은 못하고 대충 얼버무렸다. 그래도 나름 애를 쓴다고 눈까지 부릅, 떴는데 별 소용이 없었나 보다.

“그나저나 내과에서 이런 거 꿰매도 되나?”

매사 딱 부러지는 반장이 못 미더운 듯 중얼거렸다.

“응급이라 어쩔 수 없죠. 죽을 정도로 피는 흘리지 않겠지만, 그래도 빨리 꿰매는 게 더 낫죠. 게다가 우리 선생님 원래 외과로 있다가, 내과로 다시 전향한 분이세요. 덕분에 개원이 좀 늦어졌지만.”

커피를 건네주던 간호사가 냉큼 끼어들었다. 어쩐지 눈매가 좀 불쾌하게 느껴졌다. 우리 쪽에서도 그리 기분 좋을 건 없었는데. 어쨌든 우리가 하는 말을 엿들었다는 거 아닌가.

“왜 남의 말 엿들어요?”

성마른 질풍노도의 반장이 발딱, 간호사에게 대들었다. 어우, 야! 하며 반장의 팔을 끌었다.

“어머! 쬐그만 게 되게 당차네.”

엇! 뜨거라! 하는 얼굴로 간호사가 반장을 쏘아보았다.

“뭐예요?”

한마디 더 쏘는 반장을 겨우 자리에 앉히는데 진료실 문이 열리며 인호가 나타났다. 후다닥 뛰어 꿰맨 팔을 잡았다. 하얀 붕대가 시리도록 부셔서 눈물이 핑 돌았다.

“아이들은 한창 자랄 때라서 금방 아물어요. 여름이니까 소독만 부지런히 하면 별 탈은 없을 겁니다. 예쁘게 꿰맸으니까 흉터도 별로 남지 않을 거예요."

눈물을 글썽이는 나를 다독이며 의사가 친절히 설명해 주었다. 진료실 밖의 싸늘한 냉기는 아직 알아채지 못한 듯하다.

겨우, 진정해 인호와 반장을 옆에 낀 채 터덜터덜 학교로 돌아왔다. 오후라 해도 여전히 쨍한 햇살에 땀이 줄줄 흘렀다. 하긴 그렇게 뛰어댔으니.

아이들에게 아이스크림 하나씩 들려주고, 나도 한 개 입에 물고 교무실로 들어가니 이 선생님이 산이 전화했다고 일러주었다.

"인호는 괜찮대?"

"네. 열다섯 바늘 꿰맸어요. 아무리 남자 아이라 해도 흉터 남으면 안 되는데 걱정이에요."

"그러게. 성형외과로 갔어? 그래도 이왕이면 그쪽이 더 예쁘게 꿰맬 텐데."

이 선생님과 몇 마디 주고받는 사이, 성급한 전화벨이 시끄럽게 몸살을 쳐댔다.

[대체, 왜 전화는 안 받는 거야?]

여보세요, 하고 묻기도 전에 산이 벼락같이 소리쳤다.

"일이 좀 있었어."

인호 때문에 엄청 놀라 전화기도 놓고 병원으로 뛰었었다.

[얼마나 전화했는지 알아? 전화도 안 받고······.]

갑자기 산의 말이 뚝! 끊어졌다. 뭐? 하고 물으려는데 조그맣게

……한 줄 알았잖아? 하는 소리가 들렸다. 무슨 뜻인지. 한숨을 내쉬는데 옆에서 이 선생님이 입술 모양으로 '강산 씨야?' 하고 묻는다. 네, 하는 대답에 예의없게도 킥킥, 입을 가리고 웃기 시작했다. 도대체 영문을 모르겠다.

[옆에 누구 있어?]

귀도 밝다. 이 선생님의 웃음소리를 들었는지 산이 불쾌한 어투로 물어왔다.

"이 선생님. 그런데 무슨 일이야?"

[잊었어? 오늘 모임 있다고 했잖아!]

또 신경질이다. 어찌나 성질이 급한지 제 전화 제때에 받지 않으면 먼저 고함부터 터져 나오고, 자신과의 약속을 잊은 눈치만 보여도 성질부터 부려댔다. 엄마에게는 박력이겠지만 내게는 신경질 이상은 절대 아니다. 미안해, 하고 순순히 사과를 하고 나서야 겨우 전화가 끊어졌다. 지금 출발할게. 한번 못을 박은 후이긴 했지만. 오늘따라 습한 날씨가 더욱 지치고 힘겹다.

"하여간, 정말 따라잡기 버거운 사람이라니까."

전화를 끊자마자 이 선생님이 후후, 웃음소리를 냈다. 아까부터 계속 터지는 웃음을 못 참는 기색이었다.

그러게요. 힘없이 대답하고는 주섬주섬 짐을 쌌다. 놀란 가슴으로 어찌나 뛰어댔는지 이마가 땀에 흠뻑 젖어 머리카락이 목 언저리에 끈적하게 달라붙었다.

"아까부터 일 분 간격으로 전화한 것 같아. 자기 전화 안 받으니까 교무실로 전화해서 다들 한 번씩은 받았을걸?"

못살아.

"남 선생이 도망간 줄 알았나 보지."

웃음기를 참지 못한 이 선생님의 얼굴이 개구쟁이처럼 보인다.

"아무리 다가가도 손에 잡히질 않으니 애가 안 닳아? 전화는 안 되지, 학교에는 없지. 만나기 싫어 도망간 줄 알았을 거 아냐? 잘 해줘. 남자는 애 같아서 여자가 제 손에 안 잡히면 팔딱, 숨이 넘어가거든."

교무실을 나서는 등 뒤로 이 선생님이 농담을 던졌다. 왠지 농담처럼 느껴지진 않았지만. 산과 약속한 교문으로 향하며 있는 힘껏 미간을 찌푸렸다. 도대체 왜 다들 산에 대해 그토록 관대한 건지 도무지 이해하기 힘들다. 그의 어떤 점이 그토록 매력적인 걸까? 심지어 이 선생님까지!

산이 가진 결혼에 대한 관점이나 행동력이 진실로 정답인 걸까? 느린 걸음으로 조금씩 사람을 알아간다는 것, 그것이 적용되지 못하는 산에게 나는 몹시도 버거운데 말이다.

솔직히 이 선생님 말처럼 도망갈 수 있으면 도망가고 싶기도 했다. 내가 맡은 학생들과 말 한마디 주고받는데도 한 달의 시간이 걸리는 터에 처음 만나는 그의 친구들 모임에 참석해야 한다는 생각만으로도 가슴이 답답했다. 낯선 사람들과 만나는 자리도 부담스럽고 이렇게 조금씩 산의 삶 속에 늪처럼 빠져드는 것만 같아 자꾸 주춤거려졌다. 안 가면 안 될까? 목구멍까지 말이 차 올랐지만, 날치름하게 노려보는 시선에 결국 수그리고 마는 내가 정말 미치도록 짜증스럽고 화가 난다.

매사 말하기도 전에 알아차리는 주제에 이럴 땐 무신경한 사람처럼 구는 산의 태도도 불만스럽고. 쳇! 쳇!

괜한 운동장만 차대며 불평을 털어냈다. 중요한 모임이라 신신당부했던 약속을 잠시나마 잊었던 미안함도 이미 사라진 후였다. 약속 시간이 다가올수록 더욱 무거워지는 불편함에 자꾸 짜증만 일었다.

비단 산에 관해서만은 아니다. 항상 그랬다. 친구들과도 제대로 싸워보지 못하고 늘 당하는 입장이 나였다. 집에 돌아오면 그때 했었어야 할 말이 청산유수로 떠오르는데 새삼, 그렇게 따지기엔 시간이 어중간하게 지나 버렸고. 그래서 이불을 뒤집어쓴 채 끙끙대느라 꼬박 날을 샜었다.

정말 바보 같아.

구시렁대며 교문 앞에 섰다. 서쪽으로 넘어서는 주홍빛 햇살이 눈 사위를 찔러댄다. 어느새 여름이다. 한낮의 햇살이 비출 땐 수업이다, 교지다, 바빠 어느덧 계절을 잊다가도 이렇게 홀로 남게 되면 계절은 성큼 피부 밑으로 다가와 있다.

남은 더위를 피해 그늘 밑에 선 채 우울한 몰골로 산을 기다렸다. 이렇게 여름이 지나고 시간이 흘러 겨울이 오면 난 산의 아내가 되어 있을 거다. 정말 이대로 괜찮을까? 이렇게 나와는 전혀 다른 남자와 연애 시절부터 삐거덕거리는 감정으로 결혼을 해도 잘 살아갈 수 있을까? 끝없는 의문이 속에서 치밀어 올랐다.

도망치고 싶어……

요즘 항상 달고 다니는 말이었다.

"선생님, 누구 기다리세요?"

지나가던 반 아이 하나가 경쾌한 음성으로 인사를 건넸다. 으응, 뭐. 대충 얼버무리는데 멀리서 경적 소리가 울렸다.

빠아앙~

"많이 기다렸어?"

반갑게 인사를 건네는 산에게 떨떠름한 표정을 지었다. 날쌘 제비처럼 재빨리 차에서 내려 조수석 문을 여는 깔끔한 매너를 보면 썩 괜찮은 남자 같기도 하다. 산은 굉장히 복잡한 사람이다. 내 말 따위는 하나도 들어주지도 않은 채 만날 때마다 환하게 웃으며 반가워한다. 이토록 날 좋아하는 사람을 맞장구 쳐주지 못하는 내 스스로에게 죄책감이 들 만큼. 그가 싫은 건 아니지만 늘 느린 내 마음은 아직도 산에 대해 분명히 정의 내리지 못하고 있다. 그래서 산을 보는 게 어색하고 불편하다.

"오랜만에 보는 거지?"

일주일도 오랜만이라고 할 수 있는 걸까? 잠시 생각하는 사이 차 안에 담겨졌다.

"잠깐 어디 들렀다 가야 하는데. 괜찮지?"

"응."

"친구가 동물병원 하는데, 부탁해 놓은 약이 있어서."

"그래."

별로 불편할 것도 없는데 유독 산의 말이 많았다. 그리 과묵하지는 않아도 말이 많은 편은 아니었는데 오늘은 어딘지 허공 속에 부유하는 것처럼 붕 떠 보였다. 그러다가 어느 순간 깊은 침묵이 흘렀다. 불안하게 감도는 눈빛이 바닥으로 내려앉아 있다. 뭐야? 의문이 생겼다. 더할 나위 없이 기분 좋아 보이더니, 막상 차에서 보는 그의 눈빛은 한없이 음울하고 고독해 보였다. 무슨 일 있나? 감정의 기폭이 너무 들쑥날쑥해 도대체 종잡을 수가 없다.

갈등이 일었다. 무슨 일인지 물어보고 싶었지만, 스스로 먼저 말하지 않은 사적인 감정까지 건드리는 건 아닌가 싶어 조심스러운 탓이었다. 미적거리는 사이, 차가 도로 변 제법 큰 규모의 동물 병원 앞에 멈추어 섰다.

"여기인데, 차에서 기다릴래?"

묻는 산의 눈빛이 어딘지 슬퍼 보여 아니, 하고 고개를 저었다. 차에서 내리는데 나를 보는 그의 얼굴이 살짝 붉어졌다.

밖에서 본 것처럼 병원 안은 넓고 쾌적했다. 왔냐? 하고 반색을 하는 친구에 비해 산은 여전히 어둑했다.

"약 구했어?"

"그래, 들어와! 설명해 줄게. 정말…… 괜찮겠어?"

친구가 묻는다. 뭐…… 하고 산이 말을 끌었다. 저렇게 소심한 그는 본 적이 없는데. 산이 친구와 조곤조곤 이야기를 나누는 동안, 병원 안을 돌아보았다. 임시방편으로 마련해 놓은 작은 공간 속에 여러 동물들이 피곤한 휴식을 취하고 있었다. 그곳에서 햄스터를 보았다. 좁은 상자 속에 막 태어난 것으로 보이는 손톱만한 햄스터들이 물레방아를 중심으로 옹기종기 모여 있다. 분홍빛 혀를 내밀며 상자에 내려진 물을 허기지게 빨아 먹는 녀석도 몇몇 있었고. 그중 한 녀석이 내 시선을 끌었다. 눈처럼 하얀 털에 회색 줄무늬를 가진 작은 새끼 햄스터였다.

"저기."

불쑥 말이 튀어나왔다.

"네?"

칸막이 안쪽에서 이야기를 나누던 친구가 고개를 삐쭉 내밀었다.

"이거……."

손가락으로 햄스터를 가리켰다.

"네."

"……같이 놀아도 돼요?"

어안이 벙벙한 두 사람의 표정에 괜한 말을 꺼낸 것 같아 후회가 일었다. 얼굴이 뜨겁다. 아, 아니에요. 주춤, 말을 삼키는데 다행히 친구가 선선히 허락해 주었다.

"그러세요. 밖으로 빼놓지만 말아요. 어찌나 재빠른지 다시 잡아놓기가 힘들거든요. 뚜껑은 열어도 괜찮으니까 같이 놓아주어도 돼요. 이왕이면 흰색이 좋구요. 더 순한 녀석이라서."

그리고는 다시 머리를 맞대고 무언가 쑥덕거렸다. 두 사람의 시선을 피해 조심스럽게 플라스틱 상자의 뚜껑을 열었다. 뚜껑을 벗겨내자, 녀석들이 쪼그맣고 까만 눈동자로 신기한 듯 나를 바라보았다.

귀여워!

흘끔, 산 쪽을 훔쳐보다 손가락 하나를 쑤욱, 상자 안에 넣었다.

아까 점찍었던 하얀 녀석 쪽으로 내밀었더니 작고 앙증맞은 이빨로 냥냥, 손가락을 씹어본다. 친구 말대로 순한 성질이었다.

"캬아! 간지러워!"

감촉이 생소해 바싹, 손을 당기며 나도 모르게 소리를 질러댔다. 낯선 곳에서 갖는 소심함은 이미 벗어던진 후였다. 작은 생물에 반해 내가 선 곳을 잠시 잊은 탓이었다. 내민 손가락을 살짝 들어올렸더니 한 녀석이 대롱, 매달려 왔다.

"나 몰라! 어쩜 이렇게 귀엽냐? 산! 산도 봤어? 이 녀석이 대롱대롱 매달려 올라와. 이거 새끼죠? 인형 같아."

몹시 흥분했다. 그럴 수밖에. 이토록 귀여운 녀석을 보고 어찌 흥분하지 않을 수 있겠는가.

"어머! 애, 이빨로 깨무는 것 좀 봐!"

호기심 많은 녀석이 손가락 이쪽저쪽을 마구 깨물며 나에 대해 탐색을 했다. 까만 점만한 코를 찡긋거리며 내 체취를 맡아도 보고. 조용한 병원 안으로 내 목소리가 요란하게 퍼져 갔다.

"깔깔깔. 원래 설치류는 딱 질색인데 진짜 순하다. 그렇지?"

햄스터와 노느라 두 쌍의 눈동자가 얼빠진 양, 내게 향해 있다는 것도 눈치 채지 못했다. 어쩌냐, 너무 귀엽다. 깡, 깨물어주고 싶을 만큼! 입이 귀에 걸릴 정도로 한껏 벌이며 마구 웃었다.

"집에 가서 키우고 싶다. 얘네들, 해바라기씨 먹던가? 아니다, 당근인가? 요 조막한 입으로는 뭘 먹어도 귀여울 것 같아."

"……응, 귀여워."

병원 안으로 묵직한 음성이 울렸다. 평소보다 훨씬 가라앉아 허스키하게 잠긴 산의 음성이었다.

갑자기 말이 뚝 끊어졌다. 온몸에 소름이 돋아나며 문득, 내가 선 곳을 인지했다.

이런…… 잘근 입술을 깨물었다. 미묘한 감촉이 슬금, 내 몸을 훑어 내린다. 명치끝이 쭈뼛 일어서며 심장이 두근두근, 뛰어댔다. 반사적으로 천천히 고개를 돌렸다. 공포 영화를 볼 때 그렇다. 비명을 지르며 두 눈을 감추는데도 손가락 사이로 화면 저쪽을 바라보는 것. 분명 잔인하고 끔찍한 장면이라는 걸 알면서도 굳이 확인을 해야 하는 지독한 호기심 말이다. 반쯤 접혀진 칸막이를 찢어발길 듯 움켜쥔 산이 눈을 부릅뜬 채 서 있었다. 싸한 고요가 흐르고 꿀꺽, 침 넘어가는 소리가 천둥처럼 울렸다.

지글지글, 불판에서 익어대는 산의 뜨거운 눈길이 태울 듯이 나를 노려보았다. 곧이라도 삼켜 버릴 듯, 뚫어지게 바라보는 시선에 옴싹달싹할 수가 없었다. 산이 뿜어내는 뜨거운 열기가 거미줄처럼 나를 움켜쥐었다. 왜 그랬는지 모르겠다. 정말 우연이었는지 모르지만 산의 시선을 피해 아래로 내려서던 눈길이 하필, 탄탄한 허벅지 쪽으로 향했다.

보지 말았어야 했는데…….

뒤늦은 후회를 했지만 이미 내 시선은 약간 부풀어 오른 산의 바지춤에 멈춘 후였다. 헉! 거친 숨을 몰아쉬며 재빨리 눈동자를 굴렸다. 그러나 비굴하게도, 남자의 적나라한 욕구를 정면에 둔 내 순결한 눈동자는 부푼 바지춤과 벌겋게 익은 산의 얼굴을 제멋대로 헤매고 말았다.

이 난감한 상황에서 일그러진 두 남자의 얼굴이 화등잔만하게
나를 짓누른다.
미치겠다…….

이러다 숨이 멎는 게 아닐까, 하는 생각이 든다. 회사에 앉아서도 하루 종일 멍하다. 결제를 받으러 왔던 김 이사가 '괜찮으세요?' 하고 물었다. 네? 하고 되물었더니 요즘 사장님이 자주 멍하게 계셔서…… 하고는 얼버무렸다.

죽을 것 같습니다.

하소연을 할까, 하다 그만두었다.

문득, 앞에 선 김 이사가 유인의 까맣고 말간 눈동자로 보여 나도 모르게 두 눈을 깜박이고 말았다. 숨이 멎기 전에 먼저 미쳐 버린 모양이다. 더욱 미치는 건 내 마음은 첫사랑에 빠진 것처럼 더욱더 깊어지는데 유인은 언제나 같은 자리라는 거다. 아무리 다가서도 잡히지 않고, 포기할까 돌아서려 해도 그 까만 눈동자가 나를 붙들고 놓아주지 않는다.

결혼 날짜만 꼽아볼 뿐.

언제나 이 지루한 기다림이 멈추어질까?

허공 속에 박힌 그녀의 시선을 꽁꽁 묶어 내 곁에만 두고 싶다.

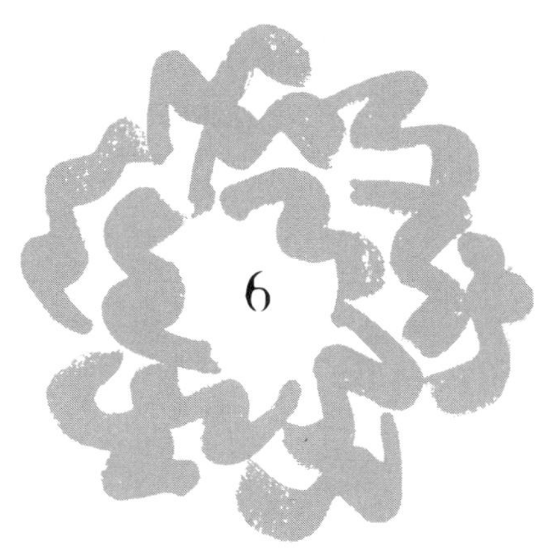

6

차 안으로 괴괴한 침묵만 흘렀다. 버럭, 소리라도 지르면 좋으련만 죽을상을 쓴 채 앞만 보는 산 때문에 더욱 숨 쉬기가 버거웠다. 무릎 위의 햄스터가 작게 찍찍, 소리를 냈다. 어린 녀석이 홀로 떨어져 답답한 공간 속에 갇히자 계속 우는 소리를 냈다. 사실은 몇 마리 더 가져오고 싶었지만, 산이 단호하게 잘라내어 겨우 한 마리 손에 들고 병원을 나선 참이었다.

"햄스터는 수명이 짧아서……."

얼굴을 잔뜩 굳힌 산 대신 그의 친구가 변명했다. 작은 반항을 좀 했다. 언젠가 햄스터는 혼자 살면 외로워 죽는다는 말을 들은 것 같아서다.

"그래도 혼자 있으면 외로울 것 같은데……."

"같이 있으면 오히려 덩치 큰 녀석이 잡아먹어. 그냥 한 마리만 키워. 그것도 나중엔 가슴에 박힐지도 모르는데."

계속 미련을 버리지 못하는 내게 어찌나 타박을 하는지 결국 한 마디 보태지도 못하고 달랑, 흰 녀석 한 마리만 들고 나왔다. 아까 함께 놀던 녀석이다.

찍찍거리는 소리가 신경에 거슬렸던지 산의 시선이 몇 번, 이쪽으로 머무르다 금세 사라졌다. 어쩐지 못마땅한 시선 같다. 그렇게 불평이면 나나 주든지.

"정말 내가 데려가면 안 되나?"

일부러 약간 크게 중얼거렸다. 햄, 이라고 이름 지은 이 녀석은 내가 아닌 산의 소속이다. 한 마리 겨우 얻어온 주제에 기어이 키우지도 못하게 그가 고집을 피웠다.

"안 돼!"

역시나 단호한 음성이다. 인정머리없기는. 속으로 구시렁댔다. 나 좋은 꼴은 죽어도 못 보지.

"나 준 건데……."

"그러니까 내가 키우잖아. 나중에 결혼하면 같이 키울 건데 몇 달을 못 참아?"

끝내 이 결혼을 진행시키려나 보다. 속으로 울상을 지었다. 하얀 털 속으로 순한 까만 눈동자가 애원하듯 나를 빤히 바라보았다. 햄도 산과 같이 사는 것이 싫은 게 분명했다. 그가 잘 키울 수 있을까? 톱밥도 잘 갈아주어야 하는데. 생각보다 햄스터는 깨끗한 동물이라 더러운 곳에서는 잘살지 못한다고 그랬다. 산의 친구가.

"산은 늦게 퇴근하잖아. 혼자 외로워서 죽어버리면 어떻게 해?"

"그래도 치우는 건 내가 치워. 키우던 녀석이 죽으면 얼마나 가슴에 박히는지 알아?"

아까에 비해 말하는 음성에 힘이 실리지 않았다.

"산도 애완동물 키워?"

처음으로 산에 대한 질문을 했다. 항상 그가 먼저 물었지, 내가 먼저 그에 대해 궁금증을 느껴본 적이 별로 없던 것 같다. 그러나 야심찬 내 질문에 산은 대답이 없다. 또다시 산의 얼굴이 어둑해졌다. 키우던 녀석이 죽으면 가슴에 박힌다는 말이 내 심장에 박혔다. 그저 단순한 협박이 아니라 그의 진심인 것 같아 가슴 한끝이 찌르르 울린다. 산에게도 슬픈 추억이 있는 걸까?

"고양이 녀석."

한참 후에야 느릿 들려오는 대답에 아, 하고 별로 수긍하지 않는 태도로 고개만 끄덕였다. 솔직히 앙큼한 고양이보다는 매섭고 독한 사냥개 정도가 어울릴 것 같다. 비즐라나 살루키 같은?

"왜, 그것도 불만이야?"

흘끔거리던 산이 톡 쏘았다. 오늘따라 신경이 꽤 날카롭다. 내가 뭘 어찌했다고. 억울했다. 산의 그것이 서버린 게 내 탓이냔 말이지.

"어머니께서 보자고 하셔."

"응?"

"이번 주말에 집으로 오라는데, 불편하면 다른 곳에서 약속 정하고."

“뭐?”

숨이 턱! 막혔다. 찌푸린 미간으로 옅은 통증이 몰려왔다. 삶이 내 의지와 다른 곳으로 저 혼자 데굴데굴 굴러간다.

“……만나야 해?”

“그럼, 결혼식장에서 시어른 뵐 거야?”

산이 또다시 윽박질렀다. 그런 뜻이 아니잖아, 작게 항의했다. 딱딱한 옆얼굴이 나를 짓누른다. 일체의 반항도 허용하지 않겠다는 고집이 담겨 있었다. 결혼 문제에서만큼은 산은 절대적이다. 무조건 그의 지시에 따를 것! 반항이나 두려움, 그리고 망설임을 거부한다. 결혼이란 골인점을 향해 100m 달리기처럼 쉼없이 달려야 하고 잠시의 목마름도 허락되지 않는. 그가 정해놓은 결승선에 도달할 때까지 내겐 물 한 잔 마실 여유도, 주위를 돌아볼 틈조차 없다. 짙은 시름이 새었다. 이럴 때마다 정말로 도망치고 싶다. 독방에 갇힌 죄수처럼.

“그만 깨물어! 입술이 다 터졌잖아.”

불뚝한 산의 음성에 그제야 내가 습관적으로 입술을 잘근, 씹고 있는 걸 알아차렸다. 산의 까칠한 태도에 더욱 위축되었다. 그저 조금은 걱정스럽거나 다정하게 말해줄 수도 있지 않은가. 집에 가고 싶다. 그렇지 않아도 그리 마음 가지 않은 모임 자리인데 산까지 이러니 갈 길이 첩첩산중이었다. 벌써부터 진이 빠졌다. 낮게 한숨을 새는데 끼익, 소리와 함께 차가 도로 가장자리에 멈추어 섰다.

또 왜 그러나? 얼른 눈치를 살폈다. 헉헉, 숨 찬 소리를 내며 산이 핸들에 머리를 박고 있었다.

"잠깐만, 좀 쉬자."

그리고는 내 대답도 듣지 않고 냉큼 차 밖으로 나가 버린다. 뭐, 뭐야! 황당한 얼굴로 냉정하기 짝이 없는 넓은 등짝을 노려보았다. 어둑해진 저녁 빛으로 빨간 불이 손끝에서 타오른다. 담배를 피우나? 가늘고 긴 손가락에서 뿌연 연기가 흐르는 걸 신기한 눈으로 바라보았다. 담배를 안 피우는 줄 알았다. 지금까지 담배 피우는 걸 본 적이 없는 데다 가끔, 아빠에게서 나는 담배의 진한 냄새도 없었고.

금방 들어올 줄 알았는데 그보다 조금 더 긴 시간, 산은 들어오지 않았다. 몇 대의 담배가 불붙여졌다. 불안한 내 마음이 전해졌는지 햄도 끄응, 끄응, 죽는 소리를 낸다.

"치우는 건 내가 치워!"

산의 목소리가 울렸다. 어떻게 이 깜찍한 녀석을 물건처럼 취급할 수 있을까? 찬 서리 같아 가슴이 서늘해졌다. 고양이도 키운다면서 햄에게 그토록 매몰찬 말을 하다니. 잠깐! 고양이라면 쥐를 먹을 텐데.

"고양이가 잡아먹으면 어떻게 해?"

매캐한 담배 냄새를 풍기며 차 안으로 들어선 산에게 대뜸 따졌다. 느닷없는 내 말에 산이 황당하단 표정을 지었다.

"뭐?"

"산의 고양이가 햄, 잡아먹으면 어떻게 하냐고! 같은 쥐잖아."

"안 잡아먹어!"

산이 툴툴댔다.

"어떻게 알아? 고양이 눈에는 얘도 쥐처럼 보일 텐데. 산 없을 때 상자 확, 뒤집어서 먹어버리면! 그냥, 내가 데리고 갈게. 어차피 나 준 거잖아."

"안 잡아먹는다고 했잖아!"

쩌렁, 고함 소리가 터졌다. 성난 산의 눈동자가 불꽃을 튀겼다. 한 대 맞는 게 아닐까, 겁이 날 정도로 노려보는 눈빛이 장난 아니게 살벌했다. 왜 화를 내고 그러냐? 움찔, 어깨가 떨려왔다.

"먹을 수도 없어."

커다랗게 벌어진 눈앞에 산의 얼굴이 바짝 다가왔다. 깊이 가라앉은 눈매가 물기에 젖어 있다. 그 속에 박힌 그의 심장이 보였다.

"그 녀석…… 곧 죽을 거니까."

말하는 목소리가 슬프게 가라앉아 나도 모르게 힘이 쫙 빠졌다. 가슴이 뭉클해졌다. 슬픈 산은 상상조차 해본 적이 없었다.

"죽을 거니까?"

"그래. 그 녀석 곧 죽을 거야."

불룩, 튀어나온 주머니가 눈에 들어왔다. 병원을 나서는 그에게 친구가 건네준 약병이 그 속에 담겨 있다. 그 약으로 죽일 거야? 작은 목소리로 물었다. 잔인하다는 생각이 먼저 들었다. 어떻게 죽일 수 있어? 산이 키운 동물이잖아.

"너무 늙어서 너무 고통스러워해. 그러니까…… 햄 같은 거 잡아먹을 수도 없다구."

낮게 설명하는 목소리가 몹시 고통스러워 그의 어깨를 덥석 끌어안았다. 바위 같은 근육이 연한 내 살을 찔렀지만 꾹 참았다. 단단하고 차가울 줄 알았던 그의 가슴은 생각보다 따스하고 부드러웠다. 얼굴 근육이 조금 풀렸다. 다 자란 어른이 키우던 고양이 때문에 슬퍼할 수 있다는 게 어쩐지 굉장히 근사해 보였다. 아주 잠깐, 산도 사실 따스한 사람인가 봐. 하는 생각이 스쳤다.

뺨에 닿은 어깨가 약간 나긋하게 풀어졌다. 바싹 긴장한 듯하면서도 어딘가 풀어진 것처럼 머뭇거리더니 조용히 입을 열었다.

"결혼…… 서두를까?"

"뭐?"

놀란 마음에 안고 있던 어깨를 확, 밀어 젖혔다.

"신혼여행은 겨울방학에 가고, 결혼식은 쉬는 토요일에 하든지. 아니면 일요일도 좋고."

"왜 뭐든 당신 마음대로야?"

화가 치밀어 약이 바짝바짝 올랐다. 잠시나마 가깝게 느껴졌던 게 아득했다. 결국 그는 달라진 게 없었다. 언제나 같은 자리에서 날 내려다보고 있었던 거야.

"날 싫어해?"

산이 단도직입적으로 물어왔다. 그의 이 제멋대로인 점이 싫다. 그리고 성질 급하게 버럭 소리 지르는 것도. 하지만 철면피가 아닌 바에야 어떻게 본인 앞에 당당히 말할 수 있느냔 말이다. 묻고 있는 사람이 더 미련스러운 거지.

"그것보다는 애초에 조금 더 시간을 갖기로 약속했잖아."

"알아! 하지만 당신을 보면 조급해져. 할 수만 있다면 지금 당장, 내 집에 갖다 놓고 싶다고! 알아? 이런……."

뒷말은 아마도 빌어먹을, 아니면 젠장! 이었을 거다. 씩씩대는 품새가 그랬다. 가끔, 아주 흔치 않은 순간, 짬짬이 호감을 가질 만하면 이렇게 결혼 문제로 몰아치는 그가 답답하고, 논리적인 대화보다는 윽박부터 지르기 일쑤인 태도에 화가 치밀었다.

차 밖으로 뛰쳐나가고 싶은 건 나였다. 담배라도 피울 줄 알았다면 산이 피워낸 담배의 세 곱절은 피워대면서 혼자 분을 삭였겠지. 나보다 훨씬 뛰어난 두뇌를 가진 것 같은데 결혼 문제에 대해서만큼은 왜 이렇게 원시인처럼 단순해지는지 남자란 정말 알 수 없는 동물임에 분명했다. 옆에서 콧김을 뿜어내는 산을 바라보다 깊게 숨을 들이켰다. 찬찬히 대화로 풀어가는 게 우선은 급선무였다.

"그런 문제가 아니야."

"그런 문제가 아님! 나와 결혼하기 싫은 이유 있어?"

있어. 그렇게 몰아치는 거!

"……좀 생각해 보고."

"내가 싫은 거야, 아니야?"

제발 윽박지르지 않으면 좋겠다. 사람에 대해 어떻게 처음부터 좋고 싫음을 가늠할 수 있냐고요! 상대가 싫지 않다는 이유만으로 결혼하는 여자는 없다. 가끔은 그의 다정함에 물컹해지기도 하지만, 이렇게 윽박지르면 도망치고 싶어지고……. 지금의 나는 몹시 혼란한 상태다. 그런 내게 단순한 흑백의 논리로 설명하라는 건 절대적으로 무리였다.

"……싫은 건 아니야."

마지못해 대답했다. 아직 싫어할 정도로 그를 아는 것도 아니니까. 물론 좋아한다고도 말할 수 없지만 말이다. 내 대답에 산의 표정이 한결 편안해졌다.

"독신주의자도 아니지?"

물론!

"어차피 하는 결혼, 약간 당기는 것뿐이야."

아까보다 목소리까지 말랑해졌다. 거세게 뿜어나오는 에어컨에 멀미가 올라와 지잉, 창문을 내렸다. 미지근한 공기가 느릿한 속도로 들어섰다. 후덥지근한 대지의 열기가 차갑게 얼은 뺨을 데웠다. 긴장한 데다, 계속 에어컨 바람에 노출된 탓에 습한 저녁의 열기가 오히려 따스하게 느껴졌다.

"난 산과 좀 다른 성격이라, 아직은 좀 복잡해. 아직 당신이란 사람에게 적응하지도 못한 데다 지금까지 결혼에 대해서 한 번도 생각해 보지 못했거든. 갑자기 산이 나타나서 결혼까지 무작정 몰아치니까 갑작스럽기도 하고."

"적응은 결혼한 후에 하면 돼."

왜 내 이야기를 듣지 못하는 걸까? 내가 정말 두려워하는 건 내 의지와 상관없이 롤러코스터처럼 달려가는 삶의 변화이다. 산처럼 급하고 자신만만한 사람은 빠른 변화에 활력이 넘치겠지만 나처럼 느린 사람에겐 멀미날 정도로 현기증이 이는 걸 왜 모르는지.

“조금만 천천히 가면 안 돼?”

맥 빠진 음성으로 애원했다. 열심히 설명을 했는데 결국 엉뚱한 답을 내어놓은 학생처럼 산이 답답하고 한숨이 절로 샜다. 대체 어떻게 설명을 해야 내 심정을 이해시킬 수 있는 걸까? 내게 필요한 건 아니, 정확히 말하자면 우리 둘에게 필요한 건 이렇게 미친 듯 무작정 결혼에 골인하는 게 아니라 충분한 시간을 두며 생각한 후, 옳은 선택을 하는 것이다. 우리가 긴 세월 동안 함께 인생을 공감하며 살아갈 수 있는지. 내겐 겨울방학까지의 시간도 촉박했다. 심지어 이미 모든 게 결정난 후 결혼식 날짜만 미룬 경우라면 더욱더!

“정말, 산과 결혼할 운명이라면 언젠가는 하게 될 거잖아. 하지만…… 아니면 어떻게 해? 이렇게 서두르다 나중에 정말 후회하게 되면 어떻게 하느냐구! 그러니까 조금 더 생각해 보고 아니면, 서로 다른 사람…….”

“누굴 죽일 셈이야!”

또다! 버럭 고함치는 소리에 질끈 눈을 감았다. 키우는 고양이를 위해선 눈물까지 흘리는 주제에 내겐 늘 이렇게 소리 지르고, 화를 낸다. 그러면서도 왜 결혼은 굳이 하자는 건지…….

“네가 아니면 안 돼! 알아?”

산의 긴 손가락이 어깨를 파고들어 통증이 뼛속까지 스몄다. 게다가 버럭버럭 질러대는 고함 때문에 심장이 달달, 떨려 핏기까지 가셨다. 그와 살다간 심장병에 걸려 먼저 죽을 것 같다. 시퍼런 눈빛에 머리까지 텅 비어 생각이 그 자리에서 멈추어 버렸다. 움켜쥔 어깨를 흔들며 산이 또! 소리를 질렀다.

"다른 남자 따윈 보지도 마! 다른 남자와 사랑 같은 건 생각하지도 말라고!"

산의 손길을 따라 기계적으로 고개를 까닥거렸다. 텅 빈 껍질이 되어 더 이상 말을 잃었다. 머릿속으로 맴맴 도는 건 그에게서 벗어날 수 있는 길은 없다는 것뿐이었다. 내가 아니면 안 된다는데, 여기에서 도망치면 내가 아닌 그가 죽어버릴 것만 같았다. 그의 이 지독한 집착에 내가 할 수 있는 건 아무것도 없었다. 이대로 결혼하는 것밖에는.

명치끝이 망치로 맞은 것처럼 쿡쿡 아파왔다.

"결혼식은 내가 양보할게. 하지만 두 번 다시 후회한다는 말은 하지 마!"

하얗게 질린 나를 싣고 산은 그대로 집으로 향했다. 친구들 모임은? 맥없는 목소리로 물었다.

"지금은 갈 여유가 없어. 좀 쉬어야 할 것 같아."

군더더기가 없다. 그래, 하고 겨우 대답했다. 사실, 나도 너무 충격적이라 온몸이 물 먹은 솜처럼 푸욱 가라앉아 있었다. '햄'이 든 플라스틱 상자를 쥔 손마디가 하얗게 질려 있다. 내 의지와 상관없이 파들파들 떨리는 손가락에 겨우 힘을 주어 꼿꼿이 앞을 바라보았다.

남아 있는 내 삶을 포기해 버리면 바로 이런 기분이 들까?

어디론가 끝없이 달리는 차 속에서 무릎 위의 상자를 부서지도록 움켜쥐었다. 왜 내가 임 선생님 집에 갔을까? 하필 그날……

내 발등을 쾅쾅 찍어 누르고 싶을 뿐이다.

"퇴근 안 해?"

나가려던 이 선생님이 돌아보았다. 그리고는 책상 위에 너저분하게 널린 원고들을 보곤 한심스럽다는 표정을 지었다. 정말, 한심스러운 건 내 스스로가 더했다.

"그거 임 선생 일 아냐?"

"오늘 시댁 모임 있다고 해서……."

말끝을 흐리며 이 선생님의 눈치를 살폈다. 소심한 내 성격을 모르는 것도 아니면서 다른 사람이 행여 그런 식으로 나를 보지 않을까 살피게 된다.

"자긴 어떻게 그리 거절을 못 하니?"

그러게요. 대답하는 내가 바보스럽게 느껴진다.

실은 나 역시 오후엔 산의 부모님과 약속이 있다. 전에 이야기했던 대로 기어이 이번 주 토요일에 약속을 잡아버려 어쩔 수 없었다. 그러나 미처 뭐라 하기도 전에 '미안, 그래도 알잖아? 시댁 어려운 거' 마치 너도 곧 결혼하니 내 신세와 별반 다를 게 없지 않냐는 투로 임 선생이 원고를 떠넘기는 통에 입도 뻥긋할 수 없었다.

"하필 토요일에 그게 뭐니?"

끌끌대는 이 선생님 앞에서 괜히 원고만 들썩였다. 그래도 뭐, 거절하는 것보단 더 나으니까. 속으로 위로하면서 말이다. 땀을 뻘뻘 흘리며 거절하기 위해 변명을 해대느니 차라리 그냥 도와주는 게 오히려 더 속이 편했다.

"오후에 약속 있으니까 기다리는 김에 하죠 뭐."

괜히 허세를 부렸다. 원래 계획대로 하면 잠깐 집에 들러 옷을 갈아입고 갈 요량이었지만 이럴 바엔 대충 여기서 시간을 때우다 가는 게 더 용이하게 되어버렸다.

"하여간 약삭빠른 건 알아주어야 한다니까."

이미 떠나고 없는 임 선생에게 모진 소리를 하며 이 선생님은 안타까운 눈빛으로 원고를 훑었다. 어깨를 으쓱이며 힘없이 미소를 지었다. 이렇게 걱정해 주는 것보다 차라리 모른 척 떠나주는 게 더 나은데. 이렇게 괜히 모자란 사람마냥, 눈치를 살피는 것도 고역이었다. 거절하지 못한 게 죄는 아닌데, 자꾸 위축이 되었다.

"어떻게 하니? 나도 오늘 시댁 제사 때문에 일찍 들어가야 하는데. 혼자 할 수 있겠어?"

"괜찮아요. 저도 조금만 하다 가려고 했어요."

냉큼 대답을 했지만, 그래도 쉽게 떠나지 못한 이 선생님을 떠밀다시피 내쫓은 후 텅 빈 교무실에 홀로 남았다. 그제야 조금 숨이 트였다. 윙윙 돌아가는 선풍기도 지친 듯 더운 바람을 내며 털털댔다. 덕분에 땀에 젖은 블라우스를 식힐 사이도 없이 원고를 뒤적거렸다. 원고가 들어올 때마다 조금씩 교정을 보아야 나중 일정에 여유가 생긴다.

[나 좀 늦을 것 같은데…….]

터덜대는 선풍기 바람 속에 원고의 반 정도를 해치웠을 때, 산의 전화가 왔다.

"괜찮아."

대답하는 목소리가 잔뜩 쉬었다. 이제 제 기운을 다한 선풍기 바람이 먼지를 한가득 뿜어내는데다, 등줄기로 땀이 계속 흘러내려 목도 따끔거렸고 기운도 없었다.

[어디야? 집 아니야?]

"학교."

[학교? 아직 퇴근 안 했어?]

"일이 좀 남아서. 금방 퇴근할 거야."

전화기 너머 성난 그의 침묵이 느껴졌다. 왜 그렇게 요령이 없니? 하고 따지고 싶은 걸 꾹 참는 눈치다. 어느 정도는 이런 내가 답답한 것 같기도 하고.

자신의 감정에 대해서는 분명한 산이라 소리없는 침묵에도 쉽게 생각을 알아차릴 수 있었다. 그의 한숨에 더욱 힘이 빠졌다. 이렇게 한심해하는 것 말고 그냥 수고하지? 하고 위로해 주면 좋을 텐데, 하는 섭섭한 마음이 들었다.

[지금 출발할 테니까. 기다려.]

"늦게 온다면서?"

[금방 출발할 거야.]

그리고는 무례하게 전화를 뚝 끊어버린다. 끊긴 전화를 섭섭하게 바라보는데 머리가 멍했다. 감기가 오려는 건가? 입에서 새는 숨조차도 선풍기 바람처럼 텁텁하다.

흘낏 남은 원고를 보다 과감히 접어 책상 속에 잘 갈무리를 했다. 오늘은 이만 일을 접을 생각이었다. 머리도 지끈거리고 맥 빠

진 선풍기 바람에도 오슬해졌다. 어디 한 군데 짚을 수 없이 쑤셔
대는 몸살에 이미 자리에 없는 임 선생에 대한 미움이 뒤늦게 들
었다. 거의 탈진한 선풍기를 끄고, 교무실을 나섰다. 벌써 두 시가
다 되어 있었다.

한적해진 운동장 저쪽에 몇몇 아이들이 축구를 하느라, 노란 모
래 먼지가 바람을 일으켰다. 이 땡볕에 덥지도 않은지 벌겋게 달
아오른 얼굴로 열심히 공을 차는 아이들이 푸릇해 보여 절로 미소
가 스민다. '안녕히 가세요!' 멀리서 꾸벅 허리를 굽히는 아이들에
게 반갑게 손을 저은 후 교문으로 향하는 그 짧은 거리에도 땀이
비 오듯 쏟아졌다. 이번 여름은 정말 징글맞게도 더웠다. 운동장
에 뛰는 저 아이들은 또 얼마나 더울까? 아이스크림이나 사서 건
네줄 생각에 근처 아파트 상가 쪽으로 향했다.

"남유인 씨!"

가게 앞쪽에 놓인 아이스크림 냉장고에 얼굴을 처박는 나를 누
군가가 반갑게 불러댄다. 낯선 남자의 음성에 의아한 얼굴로 돌아
섰다.

"이제 끝났습니까?"

아리송한 내 표정에 남자가 수줍게 미소를 지었다. 그제야 낯익
은 얼굴이 드러났다. 가운을 벗은 모습은 처음이라 잠시 헷갈렸
다. 아, 하며 아는 척을 하자 남자가 조금 더 스스럼없이 다가왔
다.

"아이스크림 드시게요?"

"저기 운동장에 아이들이 좀 있어서……"

“선생님이 사주시는 건가요? 좋아하겠네. 원래 사내 녀석들은 처녀 선생님이 사주는 아이스크림이 최고거든요.”

그리고는 소년 같은 얼굴로 웃음을 터뜨린다. 웃음소리가 찌는 무더위 속에 작은 청량제 같다. 그에게 답례로 미소를 지은 후 사 놓은 아이스크림을 들고 학교로 돌아갔다. 의사의 말 때문인지는 몰라도 시꺼먼 땀을 줄줄 흘리며 환호성을 지르는 아이들 때문에 조금 전의 우울함이 싸악 가셨다. 한결 가벼워진 걸음으로 교문을 나서는데 누가 나를 향해 하얀 손을 마구 흔들어댔다. 그 의사다.

“아이스크림 드시지 않을래요?”

아이들의 열렬한 환영을 뒤로하고 학교를 나서자 의사가 아는 척을 해왔다. 가게 앞, 평상에 앉아 달랑달랑 팔을 흔드는 그의 손에 두 개의 아이스크림이 들려 있었다. 하얀 속살을 드러낸 바닐라 아이스크림이 먹음직스럽게 보였다. 두 번이나 학교를 왔다 가려 했으니 그렇지 않아도 따끔거리던 목이 더 말랐지만 그와 나란히 앉기가 어색해 거절을 했다.

“괜찮아요.”

“저 혼자 두 개 먹기는 배부른데. 이 시간까지 학교에 남아 있었던 거예요?”

조르지도 않고 한 개의 아이스크림을 먼저 덥석 베어 문다. 살짝 입가에 묻은 부드러운 아이스크림에 침이 꿀꺽 넘어갔다. 목마르다.

“일이 좀 남아서 하다 보니 그렇게 됐어요.”

“힘들겠어요. 학교가 원래 잔업이 좀 많죠?”

"교지 담당이라 일이 밀릴 땐 정신이 없어요. 함께 일하는 선생님이 시댁 일로 바빠서 대신 떠맡느라 더 늦어졌어요."

"원래 서로 도우며 사는 거죠. 날씨가 꽤 덥네요. 오늘따라 유독 퇴근 시간만 보아지더라고요. 하루 종일 앉아만 있었더니 온몸이 뻐근하기도 하고."

쭈욱 팔을 뻗으며 내게 아이스크림을 건넨다. 어느 사이 주춤, 그의 곁에 앉은 터라 받지 않기도 애매한 상황이었다.

"그때, 다친 아이는 어때요?"

그가 건네 아이스크림의 껍질을 까 한입 크게 베어 물었다. 목을 타고 넘는 부드러운 바닐라 맛이 더할 수 없이 달콤했다.

"많이 좋아졌어요, 아직은 좀 빨갛게 자국이 남긴 했지만."

"여름이라 상처가 쉽게 아물지 않거든요. 그래도 생각보다는 흉터가 많이 남지 않을 거예요."

흉터가 남지 않을까, 실은 걱정했었는데 그의 말에 찔끔했다. 왠지 그의 실력을 믿지 못한 것처럼 들릴까, 신경 쓰이기도 했고.

"좋은 선생님이시네요, 작은 것까지 세심하게 챙기시는 걸 보니."

하지만 덤덤하게 말하는 표정은 그리 나빠 보이지 않았다. 아이스크림을 야금야금 핥아 먹는 동안, 잔잔한 침묵이 흘렀다. 따스하다 못해 따끔거리는 햇살을 피해 그늘 밑에 자리한 평상으로 더운 바람이 불어왔다. 아이스크림을 먹는데도 끈끈한 땀이 흐른다. 옆에 앉은 그 역시 이마가 번들거리는 것으로 보아 무척 더울 것 같은데 수선스럽게 훔쳐 내거나 손수건으로 꾹꾹 누르는 방정은 떨지 않는다. 여름을 있는 그대로 받아들인다고나 할까? 그를 따라 조금씩 두 발을 흔들며 나도 흐르는 땀을 방치했다. 그러자 굉장히 근사한 기분이 들었다. 뭐랄까? 장자의 무위 낙도처럼 말이다, 자연을 있는 그 모습대로 사랑하는.

아삭한 아이스크림콘이 더운 공기 속에 맛있는 소리를 냈다. 나 역시 조심스럽게 남은 콘을 잘게 씹었다. 이 한적함이 좋다. 어색한 대화를 잇느라 궁리할 필요도 없이 그저 순간의 시간을 흘려보내는 나긋한 태도도 그렇고.

"이연희입니다."

"네?"

놀란 내게 그가 벙싯 미소를 지었다. 입가에 작은 보조개가 패였다. 맑은 피부 탓인지, 뺨에 박힌 보조개가 꽃처럼 예쁘다. 잘생겼다기보다는 맑고 청순한 이미지에 절로 호감이 가는 인상이었다.

"이름이요."

"네?"

"제 이름 몰라서 못 부르신 거 아니에요? 난 아까 유인 씨 이름 불러주었는데."

그가 내 이름을 부르자 꽃이 되었다. 하나의 몸짓에 지나지 않은 것이 이름 하나로 꽃이 되는 김춘수의 시가 왜 갑자기 생각이 나는지. 입만 벙긋대는데 그가 또 씨익 웃었다. 이거 중독되는 거 아닌가? 하얗게 부서지는 그의 미소에 나도 모르게 눈을 찡긋거렸다.

“진료 안 하세요?”

그리고 보니, 이미 점심이 지났을 것 같은데 연희 씨는 들어갈 생각이 없어 보였다.

“우리 진료 시간 토요일은 한 시까지예요.”

“보통은 다섯 시까지 하던데.”

“저도 좀 쉬어야죠. 하하하!”

또 웃는다. 참, 자주 웃는 사람이다. 다 비어진 아이스크림 종이를 괜스레 이리저리 접어댔다. 다 먹었으니 자리에서 일어나야 하는데 여전히 같은 자세로 앉아 있는 연희 씨 때문에 어떻게 해야 할지 난감했다.

“유인 씨는 왜 집에 안 가요?”

“누굴 만나기로 해서.”

아, 하고 고개를 끄덕인다. 곱실거리는 머리카락이 목 언저리에서 기분 좋게 흔들렸다. 멀리 하늘을 바라보는 눈빛이 참 순하다.

“답답하지 않아요?”

그가 말을 이었다.

“네?”

“여기, 서울은 내겐 좀 그래요. 맞지 않는 구두를 신는 기분이랄까? 어색하고 보조를 맞추려 해도 늘 한 박자 늦는 그런 느낌이에요. 답답하게 올라선 고층 아파트들도 그렇고. 맑은 하늘을 본 지도 꽤 오래되었죠?”

하고 묻는다. 대답해 주어야 하나? 고민하는데 그가 갑자기 벌떡 일어섰다.

"조심히 들어가요. 혹시 또 위가 아프면 다시 한 번 오시구요. 내시경 해보게요."

그리고는 빠르게 사라진다. 마치 백일몽 같다. 그 가벼운 존재 감에 쉽게 시선이 떨어지지 않아 오랫동안 그의 뒷모습을 바라보았다. 이런 남자는 처음이었으니까. 고개를 갸웃거리는 상념 속으로 날카로운 음성이 울렸다.

"남유인!"

아, 언제 이렇게 시간이 된 걸까? 한참 퇴근 시간이라 좀 막힐 줄 알았는데 생각보다 이른 도착이었다.

"꽤 빨리 왔네?"

"빨리는. 퇴근 시간이라 시내 곳곳이 꽉 막혀서 속 타 죽는 줄 알았어. 당신은 지루하지 않았나 보지?"

어쩐지 묻는 어투가 그리 살갑지가 않다. 산의 말에 꽤 많이 흘러 버린 시계를 보며 깜짝 놀랐다. 연희 씨와 함께 있느라 시간 가는 줄 몰랐다. 긴장된 마음도 조금 풀려 있었고. 사실, 그의 부모님을 만난다는 생각에 잔뜩 긴장해 있었는데 말이다. 아마도 홀로 기다려야 하는 나를 배려한 모양이다. 그로서는 기다림이 지루하지 않도록 배려한 거겠지만 내겐 오랜만에 갖는 느린 여유였다. 산을 만난 후로 일상들이 마치 단거리 달리기를 하듯 마구 내달렸으니까.

딴생각에 빠진 내 팔을 산이 붙들었다. 약간의 힘이 실린 거친 손짓이었다. 이유를 몰라, 멍하게 올려다보았다. 정면으로 부딪치는 햇살 때문에 그의 얼굴이 까맣게 보인다.

"타. 혼자 기다렸어?"

"응, 뭐."

낮은 음색이 어딘지 성나 있다. 또 왜 이리 화가 난 걸까? 내심 걱정이 되었다. 그래서 굳이 데리러 올 필요 없다고 했는데.

"……심심했겠네?"

"뭐, 별로."

그래? 하고 묻는 동그란 머리통이 깔끔하게 잘라져 있다.

머리 잘랐어? 하고 물었더니 기분 나쁜 얼굴로 한참을 있다가 일주일 되었어, 하고 대답했다. 쌀쌀맞은 대답에 엄청 미안해지고 말았다. 그동안, 그의 급한 보조를 맞추느라 정작 본인에겐 눈길 조차 제대로 준 적이 없었다. 결혼할지도 모르는 사람인데 너무 무심했던 건 아닌가 싶어, 더욱 마음이 무거워졌다. 잠시 느긋했 던 마음이 바짝 날을 세웠다.

"그거 뭔데 그렇게 소중하게 들고 있어?"

응? 산의 고까운 어투에 무릎에 놓인 손을 보았다. 운전하면서 도 어찌 그리 눈썰미가 좋은지, 그제야 아직도 내 손에 고이 접혀 진 아이스크림 껍질을 보았다. 쓰레기 아냐? 묻기에 얼른 가방 속 에 넣었다.

"뭔데, 그렇게 소중하게 간직하는 건데?"

오늘따라 바늘처럼 산의 신경이 날카로웠다.

"그냥 쓰레기야."

"그런데 왜 가방에 넣어?"

"그냥. 나중에 집에 가서 버리려고."

무어라 한소리 더 할 줄 알았는데 이상하게 말이 없다. 앞을 잔뜩 노려보는 미간이 깊은 내 천(川) 자를 그려 험상궂게 변해 있었다. 괜히 산의 신경만 건드리고 만 것 같아 마땅히 버릴 만한 곳을 찾았지만 차 안은 숨 쉬기조차 미안할 정도로 깔끔해 마땅히 버릴 만한 곳이 없었다. 산 몰래 한숨을 내쉬었다. 눈치 채지 못하게 조금씩, 숨을 내뱉으면서 말이다.

산의 부모님이 기다리는 곳은 시내 한복판에 있는 호텔이었다. 평소엔 호텔 옆에 딸린 백화점조차 가본 적이 없는데 위풍당당한 호텔 입구에 들어서려니 발뒤꿈치가 움찔거렸다.

"그래, 결혼한다고?"

미용실에서 금방 나온 것 같은 머리를 한 그의 어머니가 물었다. 우아한 크림 빛 투피스에 중견 여배우들이나 하는 고급스런 진주 목걸이까지 걸친 어머님의 차림새에 괜스레 목에 걸린 가는 14K 목걸이만 만지작거렸다. 옆에 앉은 아버님이 그런 나를 흘끗, 내려다보았다. 무심한 표정이 화날 때의 산과 많이 닮았다. 문득, 내가 알지 못하는 세상에서의 그의 모습이 궁금해졌다. 내 앞에서가 아닌 그는 어떤 표정으로, 어떤 미소를 지으며, 어떤 모습으로 다른 사람을 대할까? 임 선생의 말에 의하면 꽤나 능력가라고 하니까 내게서처럼 성마른 태도는 없을지 모르겠다.

"결혼하면 곧장 분가할 겁니다."

아, 네. 미끄덩하게 대답할 때였다. 옆에서 산이 버릇없는 태도로 툭 끼어들었다. 새로 맞이할 며느리 목소리도 듣기 전에 벌써부터 분가 이야기를 꺼내는 그가 못내 못마땅한지 그렇지 않아도 차디찬 어머니의 눈초리가 더 날카로워졌다. 먹던 음식이 속에서 곤추선다. 산을 많이 닮은 그의 아버지는 여전히 표정이 없었다. 무슨 생각을 하시는 건지, 도무지 짐작하기 어려운 터라 내겐 오히려 노골적으로 혀를 차는 어머님보다 아버님이 더 어렵고 눈치가 보였다. 앉은 의자가 따끔거려 엉덩이를 들썩거렸다. 그렇지 않아도 어려운 자리가 산 때문에 더 팽팽해졌다.

가슴 언저리에 꽈악 막힌 체증과 쑤셔오는 위 통증에 정말 연희씨, 말대로 내시경이라도 해봐야 하는 게 아닌가, 하는 생각을 했다. 이제 대화는 나와 아버님을 제외한 두 사람으로만 한정되어 제멋대로 흘러가고 있었다.

"성북동 집, 말이야?"

"아니요, 학교 근처로 얻을 겁니다. 그 집은 넓기도 하고 주택이라 관리하기가 힘들잖아요."

솔직히 난 아파트보다는 주택이 더 좋다, 곳곳에 화초가 숨을 쉬고 계절마다 한껏 자태를 자랑하는 화사한 꽃들을 심을 수 있는.

"학교 근처라면 가양동? 거긴 네 회사하고 한참은 멀잖니. 한 시간 정도는 걸릴 텐데?"

"차 타고 가는 건데요 뭘. 유인이 운전 못해서 버스 타고 다녀야 하는데 차 있는 제가 더 낫죠."

조금 더 큰 소리로 혀 차는 소리가 들렸다.

"그게 더 합리적이긴 하지."

옆에서 그의 아버지가 한마디 보탰다. 꽤 의외였다. 내내 조용히 계시기에 나름, 못마땅한 기색인가 보다 생각하던 터였었다. 산의 의견에 동의하는 건 아니지만, 최소한 아버님이 보여주는 건 내게 대한 호의였다. 덕분에 가시 같던 속이 조금 가라앉았다. 아직 결혼조차 실감이 나지 않는데 집 문제까지 끼어드니 엄청 당혹스러운 상태였었다.

"네 생각은 어떠니?"

아버님까지 동조하고 나서자 어머님이 조용한 나를 걸었다. 당연 어머님 뜻대로, 인 입장이다. 결혼을 하게 된다면 말이다. 막 입을 여는데 또 한 번 산이 끼어들었다.

"부모님 상견례는 다음 주에나 할까, 합니다."

에? 너무 놀라 입을 쩍! 벌리고 말았다. 아직 여름방학도 오지 않았는데 상견례라니……. 곤란한 표정으로 산을 노려보았다. 도무지 내게는 답할 기회가 없었다. 다소곳하게 앉아 있을 바에야 차라리 모든 걸 다 결정한 후 통보하지. 혼자 구시렁거리며 툴툴 댔다. 게다가 산의 이런 일방적인 것도 불만이었다. 그만은 내가 이 결혼을 얼마나 부담스러워하는지 알고 있지 않은가 말이다.

그런데 집 문제이며, 부모의 상견례까지, 그가 약속했던 느린 걸음은 도무지 찾아볼 수 없는 행태였다. 당사자인 내 의사는 철저히 무시된 채, 겨울방학으로 결혼식은 정해져 버렸고, 모든 준비도 발등에 떨어진 불이 되어버렸다.

"너무 빠르지 않을까?"

부모님 귀에 닿을까, 조그만 목소리로 속삭였다. 대꾸가 없어 몰래 옆구리를 찔렀다. 그런데도 움쩍도 하지 않은 채 아까부터 굳어져 있던 얼굴은 여전히 그대로였다. 대체 왜 하루 종일 저기압인지 모르겠다. 낮에 통화할 때만 해도 이 정도로 상태가 나쁘지는 않았는데.

"아직, 우리 허락도 없는데. 좀 생각할 시간을 줘야지."

탐탁지 않은 결혼이라는 티가 노골적이었다. 나 역시 같은 생각이긴 했지만, 그래도 당사자 앞에서 그대로 드러내는 거절은 좀 속이 상했다. 산의 손이 덥석 내 손등을 덮었다. 냉방이 잘된 찻집인데도, 불처럼 뜨거운 열기가 후끈거려 왔다. 어머님을 쏘아보는 그의 눈빛 역시 손만큼이나 뜨겁고 이글거린다.

"제가 언제 여자 만나는 거 보셨습니까? 서른다섯 살에 처음 결혼하겠다는 건데, 무슨 생각이 그리 깊으세요? 유인이 허락 받는 것도 버겁습니다. 어머니까지 보태지 마세요."

헉!

찔끔거리는 날 그의 어머니가 싸늘히 노려보았다. 네가 뭔데 감히 내 잘난 아들을 퇴짜 놓는 거냐? 하는 눈초리였다. 산의 허벅지를 손가락으로 쿡! 찔렀다. 탄탄한 근육이 작은 접촉에 펄쩍, 튀어올랐다.

"뭐, 뭐……."

놀란 세 사람의 시선이 일제히 산에게 쏟아졌다. 전처럼 얼굴이 시뻘겋다. 달끈, 달아오른 얼굴에 다들 어안이 벙벙해지고 말았다. 그중 가장 놀란 건 나였다. 대체 뭘 어찌했다고 손 하나 까닥이는 것으로도 저렇게 불을 뿜어대는지, 원!

토마토처럼 빨갛게 익은 얼굴이 새파래졌다가 다시 하얗게 질려갔다. 파리하게 질린 얼굴에 까만 눈썹이 더욱 진한 색을 띠웠다. 잔뜩 힘을 준 산의 눈동자가 맞은편에 앉으신 아버님에게 향했다. 한동안 복잡한 여러 감정들이 테이블 위로 소리없이 난무했다. 결국, 아버님이 먼저 이 난해한 침묵을 깨뜨렸다.

"결혼은 네가 하는 거니까, 그 집안 어른들께 먼저 상의해서 날짜 정해라. 나나 네 엄만, 별 상관없으니까."

"여보!"

어머님의 날 선 반대는 가볍게 묵살되고 일은 그렇게 우선 일단락이 되었다. 산은 더 이상 일언반구가 없었다.

"두 번 다시 함부로 손대지 마!"

돌아오는 차 속에서 산이 으르렁거렸다. 평상시보다 한층 더 말이 없어진 그가 유일하게 내뱉은 말이었다. 알았어. 기죽은 목소리로 대답했다. 내 뜻과 상관없이 멋대로 상견례 날짜를 언급한 문제는 뒷전으로 퍼렇게 질릴 만큼 화가 치솟은 산 때문에 괜히 눈치가 보인 탓이었다. 모르는 사이, 혹시 그에게 상처를 주는 말을 했나? 혼자 고민했다. 아님, 허벅지를 찌르는 행위가 산의 어떤 예민한 부분을 무신경하게 건드렸는지도. 어찌 되었든 의도하지는 않았지만 나로 인해 산이 몹시 불편한 것만은 사실이라 오늘은 조용히 관망하기로 했다.

서로 얼굴을 돌린 채, 침묵만 맴도는 사이 차는 어느새 집 앞에 도착해 있었다. 그냥 내려도 되는 걸까? 흘끔거리는 시선 속에 미간을 잔뜩 찌푸린 산의 얼굴이 들어왔다. 하얗게 질린 얼굴색은 아직도 파리했다. 살짝 허리를 굽혔다. 까만 차 속이라 표정이 잘 보이지 않은 탓이었다. 어디, 아픈 건가? 조금 걱정이 되었다.

"어디 아파?"

내 물음에 숙여졌던 얼굴이 바짝 들렸다. 속을 알 수 없는 눈동자가 지독히도 까맣다. 산의 매력 중의 하나는 이 진하고 깊은 눈동자다. 보통, 동양인이라 해도 완전한 까만색이기보다는 짙은 갈색을 띠기 마련인데 산은 공장에서 찍어낸 것처럼 흠집 하나 없는 흑색이다. 잠시, 내가 그에게 화났다는 것도 잊은 채 멍하게 그 눈동자를 바라보았다. 최면술이라도 익힌 걸까? 왠지 몽롱해지는 기분이 든다. 심장마저 두근두근.

그의 얼굴이 바로 코끝에 다가와 있다. 나도 모르게 절로 손이 올려졌다. 만지고 싶다. 곧게 뻗은 콧날과 반듯한 이마가 마치 만든 것처럼 반질거려 현실처럼 느껴지지가 않았다. 그의 뺨 위로 거의 손이 뻗었을 때였다. 갑자기 산의 눈썹이 꿈틀, 움직였다.

이런.

하마터면 그의 뺨을 어루만질 뻔했다. 남자를 만지다니. 평소의 나라면 도저히 생각조차 할 수 없는 일이었다. 굉장히 어색한 폼으로 허공에 뻗힌 손을 슬그머니 내렸다. 다행히 아직 산의 뺨에 닿지는 않았다. 볼이 화끈거렸다. 이 무슨 추태람!

"가, 갈게."

산을 피해 차 문으로 손을 뻗었다. 그 순간이었다. 전광석화처럼 뻗쳐진 산의 손이 내 얼굴을 붙들더니 말캉한 혀가 내 입 안으로 쑤욱 들어왔다. 거친 그의 손길에 기우뚱 몸이 기울어졌다.

헉!!

놀라 벌어진 내 입술 안으로 침범한 혀는 마구 들쑤시며 이리저리 헤매기 시작했다. 불덩이 같기도 하고, 미끈덕거리는 물고기 같은 것이 내 혀를 휘감으며 어찌나 너울대는지 혼이 쏙 빠져나가는 것 같다. 입 안이 해를 품은 것처럼 뜨겁게 달아올랐다.

"키스가 뭐 별건 줄 알아? 그냥 이리저리 혓바닥 굴리다 적당히 상대방 타액 좀 삼켜주는 걸로 끝이야."

입 안 가득 산의 혀를 담으며 유진의 말이 생각났다. 정말, 이리저리 마구 굴리는 산의 혀끝에서 타액이 내 목구멍으로 훌떡 넘어갔다. 뭐, 뭐야.

어찌나 놀랐는지 감긴 혀를 쏙 빼냈다. 이젠 감상조차 느낄 여유가 없었다. 얼른 그의 혀가 빠져나갔으면 좋겠다는 생각뿐이었다.

불편하기 짝이 없는 자세도 마찬가지였다. 잡은 고개를 아무리 흔들어도 도무지 비켜서지가 않았다. 마치 내 모든 것을 빨아들이려는지 산은 더욱 강하게 밀착해 들어왔다. 숨 막혀! 단단한 가슴을 마구 두드렸다. 자꾸 넘어오는 타액을 어떻게 처리해야 할지도 알 수 없어 헤매는 사이, 숨 쉴 타이밍은 점점 어긋나기 시작했다.

이러다 죽을 수도 있다는 생각이 들어 있는 힘껏 거대한 몸을 밀어 젖혔다. 그제야 고문기구 같던 족쇄가 조금씩 풀려나며 옥죄어오던 힘에 약간 틈이 생겼다.

"콜록!"

꽉 막힌 기침이 터져 나왔다. 겨우 떼어낸 몸체를 벗어나 일그러졌던 폐로 허겁지겁 산소를 들이켰다. 숨이 턱 끝까지 차 올랐다.

"다른 남자 보지 마!"

매운 기침을 해대는 귓가에 진득거리는 목소리가 들려왔다. 끈끈이주걱처럼 착착 달라붙은 야들한 음성이었다.

비릿한 놈!

또다시 덤벼들까, 서둘러 차에서 내린 후 야멸차게 째려보는 내게 처음으로 산이 씨익 웃었다. 하얀 이가 어둠 속에서 늑대의 송곳니처럼 번뜩거렸다.

고달픈 대면식과 산의 집요한 키스 덕분인지 집에 오자마자 위 속에 든 걸 몽땅 토해내고 말았다. 허옇게 질린 얼굴로 자리보전해 누운 나를 유진이 야릿한 시선으로 바라보았다. 무언가 본 것처럼 느껴져 절로 가슴이 뜨끔거려졌다.

유인의 머리카락은 유독 까맣고 윤기가 흐른다. 하얀 여름 태양 속에 부서지는 파도의 흔적처럼 번뜩 빛을 내기도 하고.

그 빛에 반해 멍하게 바라보다, 예고없이 쏟아진 총알에 심장을 관통당했다. 내겐 그토록 인색하기 짝이 없는 그 환한 미소를 내가 아닌 다른 녀석이 받고 있다.

토요일인데도 학교에 늦게까지 남아 있는 유인이 때문에 서둘러 회의를 마무리하고 학교로 달려갔다. 빡빡한 퇴근 시간이라는 걸 알면서도 홀로 남아 있을 유인이 때문에 속이 상했고, 그래서 더 화가 치밀었다. 왜 이리 서울엔 차가 많은 거야? 앞에 선 차들을 몽땅 부숴 버리고 싶은 충동을 짓누르며 마구 도로를 질주했다. 혼자 남은 유인의 모습은 싫다. 그녀 스스로는 느끼지 못하는 외로움이 내게는 절실하고, 그래서 할 수만 있다면 늘 그녀 곁에 함께 있어주고 싶은 마음이었다.

막힌 도로를 무법자처럼 횡단해 겨우 유인에게 도착해서야 겨우 숨을 쉴 수가 있었다. 반가운 마음으로 차에서 내려서다, 그대로 돌이 되어버렸다. 저기 멀리 선 그녀가 처음 보는 미소로 환하게 웃고 있었다. 내가 아닌 낯선 남자에게……

순간, 심장을 가격당했다. 처음 본 순간 반했고, 그래서 애가 닳도록 그녀의 주변을 헤맸었다. 내 여자로 만들기 위해 이글대는 욕심도 짓누르며 끝없이 간구했다. 그런데 왜 내가 다른 녀석인가!

내 앞에선 언제나 주눅들고, 고개조차 들지 못하는 주제에 더할 수 없이 다정한 모습으로 나란히 앉아 있는 두 사람의 사이엔 끼어들 여지 조차 없어 보였다.

치미는 질투를 참지 못해 오랫동안 차 안에 갇혀 있었다. 차에서 뿜어나오는 에어컨 바람이 뜨거워질 정도로 이글거렸다. 당장이라도 뛰쳐나가 내 여자를 향한 그 녀석의 미소를 지워내고 싶었지만…… 할 수 없었다.

햇살을 손에 담을 수 있을까?

그 남자를 향해 수줍게 미소 짓는 유인은 햇살이다. 내가 결코 담을 수 없는.

급체는 오랫동안 나를 괴롭혔다. 토요일 저녁, 그렇게 다 토해놓고 결국은 한밤중에 응급실로 실려갔다. 제발, 그만두라고 애원까지 했는데 엄마는 기어이 산에게 전화를 걸었다. 자다 왔는지 잔뜩 헝클어진 몰골로 허겁지겁 뛰어온 산은 내 몰골을 보더니 어이없어했다.

그리고는 대뜸,

"키스 한 번 했다고 이러는 거야?"

하고 물어서 내가 더 어이가 없었다. 솔직히 첫키스가 상상했던 것보단 훨씬 현실적인데다 고난이도여서 몹시 당황스럽긴 했지만 의사가 말한 직접적인 원인은 스트레스성 위궤양이었다. 위가 꼬이면서 체한 데에는 우선은 불편한 식사가 원인이었고, 또 난생처

음 경험하게 된 적나라한 키스 때문이겠지만 산이 이토록 한심스
럽게 말할 건 아니었다. 키스는 나 혼자 했냔, 말이지.

"그래, 난 산처럼 키스가 일상생활이 아니라서 그래!"

톡 쏘아붙였다. 내 성깔에 산의 인상이 더욱 험악하게 일그러졌
다. 그리고 아빠와 엄마는 벌겋게 얼굴을 붉혔다. 야, 남유인! 엄
마가 소리를 질렀지만, 유진은 킥! 소리를 냈다. 성난 얼굴로 외로
고개를 틀었다. 쳇!

"입원해야 됩니까?"

링거액을 조정하러 온 간호사에게 산이 물었다. 한심스럽게 볼
땐 언제고 간호사에게 묻는 음성이 제법 진지했다.

"아니요. 급성 위궤양이라 잠시 쉬었다가 퇴원하시면 돼요. 스
트레스가 원인이라 푹 쉬는 게 좋아요. 이거 다 맞으시면 처방전
만 받아가세요."

간호사 입에서 스트레스란 단어가 나오자 산의 단정한 이마가
종잇장처럼 확 구겨졌다. 못마땅한 기색이 여실했다. 뒤늦게 자신
이 스트레스의 원인이란 걸 알아챈 모양이었다.

"제가 함께 있겠습니다. 먼저 들어가시죠?"

그래도 될까? 속으로는 쾌재를 불렀으면서 괜히 미안한 기색만
띠는 엄마를 먼저 집에 보낸 후 둘만 달랑 남았다. 뭐라 더 한소리
할 줄 알았는데 의외로 산은 굳게 입을 다문 채 침묵을 지켰다. 윽
박지르지도 않고, 빙글 놀려대지 않는 모습이 진지하다 못해 서걱
해 보여 나 역시 조심스럽게 입을 다물었다. 아까, 산의 매정한 말
에 성이 난 한소리를 하긴 했는데, 기분이 어찌나 나빠 보이는지

더 이상 말을 꺼냈다가는 본전도 못 찾을 것 같았다. 산에게 등을 돌린 채 몰래 숨을 내쉬었다. 산이 이토록 침묵하고 있으면 숨 쉬는 것조차 눈치가 보였다.

세 시간 정도 링거를 맞는 사이 산이 입을 연 건 '화장실 가고 싶지 않아?' 하고 물은 게 전부였다. 포도당이라 그런지 아까부터 복부가 팽팽해져 있었지만 그냥 고개를 저었다. 아직은 참을 만했다. 산 앞에서 화장실까지 다녀올 주변머리도 못 되고, 집에 가면 편한 게 볼일 보지 뭐, 하는 속셈이었다.

똑. 똑.

한적한 응급실에 링거액 소리가 유난히 크게 울렸다. 응급실이라 복잡할 줄 알았는데 생각보다 사람이 적은 병실엔 저쪽 침대에서 다섯 살 정도의 아이 하나가 쌕쌕, 소리를 내며 잠들어 있다. 아이의 손에 꽂힌 링거 줄이 어찌나 애절해 보이는지 보는 내가 더 마음이 아플 정도였다. 산의 시선이 나를 따라 아이에게 잠시 멈춘다.

한참의 시간과 침묵이 흐른 후에야 지친 걸음으로 터덜터덜 다가온 간호사가 손등에 박힌 링거 바늘을 빼주었다. 침대에서 일어서는데 다리가 후들거렸다. 손가락으로 대충 팔을 붙든 산이 발이 땅에 닿자마자 재빨리 손을 뗐다. 아무리 그래도 그렇지. 티 나게 싫은 기색을 내는 데엔 기분이 나쁘다 못해 섭섭한 마음이 들 정도였다. 입구 쪽에서 간호사가 처방전과 치료비 청구서를 내밀었다. 환자라 가져온 돈이 없어 몹시 난감해하는데, 산이 먼저 계산을 자청했다.

“약은 언제쯤…….”

“오늘은 이미 문을 내렸을 테니까 내일 아침에 가시면 받으실 수 있어요. 응급…….”

주의사항까지 꼼꼼히 챙기는 산의 옆에 어정쩡한 포즈로 섰다. 아까부터 참아온 배가 계속 방광을 눌러댄다. 서서히 한계에 도달은 요의에 슬쩍 눈치를 살폈다. 산은 한껏 굳은 얼굴로 간호사의 말을 경청하고 있었다. 불필요한 말까지 주절대는 간호사의 미소를 뒤로한 채 얼른 화장실로 뛰어갔다.

“어디 간 거야?”

다시 응급실로 돌아오자 산이 눈치없이 물어왔다. 그냥, 답답해서. 하고 대답하는데 산의 미간이 더욱 좁혀졌다. 아무리 내 대답을 시원찮아 해도, 화장실이라는 말은 죽어도 못하겠다.

“당신은…….”

산의 고함에 찔끔, 어깨를 움츠렸다. 따다다다! 곧장 쏟아낼 것 같더니 이상하게 말이 없다. 치켜뜬 시선으로 꽉 다문 얼굴이 보인다.

집으로 돌아오는 차 속에서도 여전히 불편한 기색이 감돌았다. 덕분에 그렇지 않아도 꼬인 위가 더 꼬여왔다. 이럴 바엔 차라리 오지나 말지. 창밖으로 시선을 돌리며 한숨만 내쉬었다. 아마도 이 스트레스는 장기간이 될 것 같은 예감이 든다.

급성 위궤양의 후유증은 다음 주 내내 계속되었다. 엄마가 싸준 흰 죽을 식사 시간마다 챙겨 먹느라 보통 고역이 아니었다. 옆에서 풍겨오는 된장국의 구수한 냄새가 어찌나 유혹적이던지 이 선생님만 아니었다면 된장국에 흰밥을 푹 말아, 후루룩 마셔댔을 것 같다.

"참아! 그거 오래가면 한 달 내내 갈 수도 있어. 병원엔 언제 또 가야 해?"

얄밉게도 토실한 고등어조림에 젓가락을 푹 찍으며 이 선생님이 물었다.

"며칠 먹을 약은 있는데 그래도 아프면 그냥 앞에 있는 내과에 가보려구요."

"아, 전에 자기 반 애 꿰맨 병원?"

"가까운 데는 거기밖에 없어서……."

어째 핑계처럼 들리는 건 무시했다.

"거기 실력있어?"

"뭐, 대충."

그래? 나도 요즘 속 안 좋은데. 하고 이 선생님이 중얼거렸다. 속이 뜨끔했다.

하루 종일 흰죽과 씨름을 한 후, 평소보다 늦은 시간에 학교를 나섰다. 얼마 전 기말고사가 끝나 아이들 시험 성적도 내야 했고, 여름방학이 얼마 남지 않은 탓에 할 일이 산더미였다. 쓰린 위를 움켜쥔 채 퇴근을 하다 보니 벌써 일곱 시가 넘어섰다.

"이제 퇴근해요?"

학교 앞 상가에서 아이스크림을 사고 있던 연희 씨와 마주쳤다. 요즘 들어 자주 보는 것 같다.

"얼굴이 수척해졌어요. 어디 아팠나요? 위?"

"며칠 전에 응급실 실려갔어요. 위궤양이라는데."

같이 퇴근하던 이 선생님이 대신 아는 척해주었다. 연희 씨의 얼굴이 살짝 일그러졌다. 낮에 잠깐 그의 이야기를 했던 터라 여간 쑥스러운 게 아니다. 어설프게 고개 인사를 건네는데 옆에서 이 선생님이 바삐 걸음을 재촉했다. 네 살배기 아들 하나를 둔 이 선생님은 어린이 집에 아이를 데리러 가야 해서 늘 걸음이 바쁜 편이다. 이 선생님을 따라 걸음을 옮기는데 연희 씨가 붙들었다.

"내시경은 해봤어요?"

"그냥, 문진하고 청진기로만……."

"또 아프면 내시경 해보자고 했는데, 왜 안 왔어요?"

질책하는 건가? 다른 병원으로 가려고 그랬던 건 아닌데.

"한밤중이라 집 근처로 가느라 정신이 없었어요."

변명을 하느라 미적거리는 나를 두고 이 선생님이 결국 먼저 인사를 건넸다.

"나 먼저 갈게. 오늘까지 지각하면 어린이 집에서 쫓겨날 것 같아."

허풍을 떨어대며 서둘러 이 선생님이 떠나고 나자 혼자 뻘쭘하게 남았다. 더 이상 할 말도 없는데 같이 가시지. 버스정류장을 향해 잰걸음으로 걷는 이 선생님의 등을 바라보다 그럼, 하고 마침표를 찍었다.

"더운데 물 한 잔 하고 가지 않을래요?"

"네?"

멍청하게 되물었다. 손에 들린 아이스크림도 아닌, 물이라니.

"위궤양인데 아이스크림은 무리일 것 같아서."

내 표정에 연희 씨가 그제야 설명을 했다. 아, 하고 바보처럼 고개를 끄덕였다. 괜찮아요, 거절하려 했지만 이미 연희 씨는 가게 안으로 들어간 후였다. 정말 괜찮은데.

"밖에 내어놓은 거니까, 차진 않아요."

금방, 나온 연희 씨는 녹차 페트병 하나를 내밀었다. 실은 녹차를 좋아하지 않지만 일부러 차지 않은 걸로 사 온 성의를 봐서 받았다. 미지근한 녹차는 비릿하고 밍밍하다. 그의 손에서 줄줄 녹아 흐르는 아이스크림을 흘끔거리며 맹숭한 녹차를 홀짝거렸다. 애매모호한 몰골로 있자니 손끝이 간질간질하다. 내겐 미지근한 녹차보다는 집이 더 나았다. 좋아하지도 않은 녹차를 들고 나란히 앉아 있으려니 몹시 난감하다. 늦은 하교를 하던 아이들이 꾸벅 인사를 하며 지나쳤다.

"선생님, 데이트하시는 거예요?"

전에, 연희 씨 병원에서 팔을 꿰맸던 인호가 지나가며 큰 소리로 야유를 퍼부었다.

"그래, 그러니까 모른 척 지나가 주라."

그 뒤로 몇 번 치료하다 친해졌다며 연희 씨가 편하게 농담을 받아주었다. 네, 끄덕이는 고개가 땀으로 끈적거렸다. 수선스럽던 아이들이 지나가고 노을과 함께 한적한 오후가 찾아왔다. 참, 느린 사람이다. 뜨거운 햇살에 금방 녹아내리는 아이스크림을 성급하게 핥아대지 않고 반은 흘리면서도 천천히 음미하면서 먹는다.

아무 말 없이 말이다. 그의 머리끝으로 하얀 햇살이 부서진다. 우리 집 마당에 흩뿌려지는 호수의 물줄기처럼. 떨어지는 햇살 속에 앉은 그의 모습은 붉은 능소화를 닮았다.

"그때, 내시경 해볼 걸 그랬죠?"

한참 후에 그가 말했다.

"조금 나아졌는데 저번 주 토요일에 급체를 해서……."

"아, 약속 있었던 날 말이죠?"

기억력도 총총하긴.

"스트레스를 많이 받나 봐요?"

"뭐……."

결혼 때문이라 차마 말할 수 없어, 애매하게 웃으며 얼버무렸다. 요즈음 심정이 복잡하긴 했다. 제 부모님과 이야기할 땐 당장이라도 상견례를 할 것처럼 들썩이더니, 이번 주는 이상하게 잠잠하다. 연락도 뜸했고, 무엇보다 엄마 역시 별 눈치를 주지 않는다는 거였다. 결혼 문제로 위궤양에 걸린 내 꼴이 어처구니없긴 하지만 다들 당분간은 내버려 두자는 눈치였다. 유진이만 빼고.

"하여간, 별스러워. 언니, 소심한 것도 그 정도면 중증이거 알지? 아마 형부 속은 시꺼멓게 썩다 못해 재가 됐을 거야. 키스 한번 했다고 이 난리 법석이니, 섹스는 어떻게 할래? 정말 애 시집보내는 것 같아서 형부한테 미안해 죽겠어. 성교육 좀 받아서 가. 섹스는 어떻게 하는 줄 알기는 해?"

열여덟, 귀여운 동생의 말에 뻘건 얼굴로 한마디 대구도 못하고 어버버 손짓만 하고 말았다. 섹스라는 말에 벌써부터 숨이 턱 막

했다. 산과 함께 집에 온 후, 유진이 타타타, 쏘아대던 말이 떠올라 어깨에서 힘이 쭉 빠졌다. 정말, 산과 결혼할 일이 암담하다. 시꺼멓다 못해 재가 된 산의 속은 차치하고 재조차 되지 못하고 훨훨 날아가 버린 내 심장은 어쩌라고. 분홍빛 결혼에 대해 한창 꿈을 꾸어야 할 시기에 산은 내 손만 닿아도 펄쩍 뛰어대고, 유진은 섹스가 어쩌고저쩌고, 운운이니. 분홍은커녕 내게 있어 결혼은 결코 적응하기 힘든 붉은 네온사인이었다. 요염하고 성적(性的) 유혹이 난무하는 윤락가처럼.

"참, 좋은 선생님이에요. 유인 씨."

"네?"

뜬금없는 말에 좀 놀랐다. 결혼과 좋은 선생님의 상관관계는?

"아이들을 가르친다는 건 참 무거운 일인 것 같아요. 내 가르침이 한 아이의 평생 지표가 될 수도 있는 거니까."

"아……."

연희 씨의 말에 얼굴을 붉혔다. 요즘 결혼 문제로 아이들에게 많이 소홀해지는 나를 부끄럽게 만든다. 스트레스의 원인이 다른 이유라 말하지 못해 어설픈 미소를 지었다.

"인호 녀석이 선생님 자랑 많이 해요."

"그리 좋은 선생이 아닌데."

겸손하게 대답했다. 인호 녀석은 그리 성적이 좋지 못하다. 수업 중에도 산만한 기가 있어 공부에 방해가 될 때도 있지만 그래도 늘 밝은 녀석이라 반 분위기 메이커였다. 스스럼없는 성격이라 선생님들 사이에서도 인기가 좋았다.

"예쁜 선생님이라 좋고, 따스하고 친절해서 더 좋고. 무엇보다 처녀 선생님이라서 더 좋대요. 하하하!"

그의 농담인지, 진담인지 알지 못할 말에 하.하.하. 멋쩍은 웃음을 지었다. 개구쟁이 녀석이라 특별히 손 많이 간다, 생각했던 게 미안해졌다. 그렇게 친절한 건 아닌데.

홍조 어린 얼굴로 반쯤 남은 녹차 병을 빙글 돌렸다. 오후라 해도 환했던 햇살이 어느새 금방 넘어가 푸른 어둠이 돌았다. 더위가 한풀 꺾인 저녁 시간에 한적한 학교를 바라보는 건 색다른 운치가 있었다. 혼자라면 제법 민망했겠지만 다행히 연희 씨가 있어 잠시 소녀적인 감상에 젖었다. 그와 있으면 이런 점이 좋다. 혼자인 듯하면서도 혼자가 아닐 수 있는 독특한 분위기. 그건 연희 씨만이 낼 수 있는 독창성인 것 같다.

연희 씨가 다 먹은 아이스크림 겉 종이를 반듯하게 접어 쓰레기통에 버렸다. 보통 남자 선생님들처럼 멀리서 농구공 던지듯 돌돌 말은 껍질을 휙, 내던지는 게 아니라 일부러 몸을 일으켜 가게 입구에 놓인 쓰레기통까지 가는 수고를 아끼지 않는다. 작은 행동 하나하나가 참 반듯하고 흠잡을 데 없는 남자였다. 소소한 일상도 진지하고 바른생활 사나이처럼 정갈하다.

"참, 영화 볼래요?"

다시 제자리로 돌아오며 연희 씨가 제안했다. 네? 묻기도 전에 품속에서 영화 티켓 두 장을 꺼내어 보여주었다.

"실은 윤 간호사가 애인이랑 보라며 선물하네요."

"애인이랑 같이 가시지."

"그러게. 그냥 애인 없는데, 하고 말하면 될 걸 괜히 자존심 상하더라구요. 지금까지 애인 하나 없는 고루한 사람처럼 보일까 봐. 실은 꽤 괜찮은 애인이 되어줄 자신이 있는데 여자 분들이 아직 눈치를 못 챘나 봐요."

이런 농담도 할 줄 아나? 의아하긴 했지만 참, 그다운 농담이라 실쭉 웃었다.

"그래서 그냥 혼자 보려고 했었죠. 시간이 좀 남아서 아이스크림이나 먹고 갈까, 하던 참이었어요. 같이 갈래요?"

한마디로 떨어진 떡고물이란 말이다. 제목이 궁금해 몰래 티켓을 훔쳐보았다. 이번에 새로 개봉한 영화다. 얼마 전 유 선생이 보고 왔다며 한참을 떠들어댔긴 했는데, 유 선생 때문이 아니라 여자 배우가 마음에 들어 계속 마음속에 찜해두었던 거였다. 견물생심이란 이런 건가 보다. 처음엔 거절할 생각이었는데 막상 눈앞에서 흔들리는 공짜 표 앞에선 어쩔 수 없는 유혹이 들었다. 그냥, 혼자 보는 것처럼 조용히 영화만 보고 올까?

"이런 거 좋아해요?"

남자는 보통 이런 영화 싫어하지 않나? 로맨틱 잔혹물이라는 생소한 장르를 기억하며 물었다.

"실은 제가 그 여배우 팬이에요."

얼굴이 예뻐서? 하고 통속적으로 생각했는데 연희 씨가 얼른 설명을 덧붙였다.

"전에 우연히 드라마를 보다 그녀의 연기 모습에 반했죠."

하긴 나도 그녀가 얼마 전에 출현했던 드라마를 보고 좋아하게 되었다. 그래서 지금 갈등하고 있는 중이고. 연희 씨라면 함께 간다 해도 그리 부담스러울 것 같아 저울이 한쪽으로 더 무게가 실렸다.

"어차피 혼자 가려고 했었으니까 거절해도 괜찮아요."

자상한 얼굴에 더 미안해졌다. 이왕이면 이 선생님과 함께 갈 수 있다면 좋겠지만, 아이와 남편이 동시에 있는 이 선생님과 영화를 본다는 건 회식이 아니면 좀처럼 기회가 나지 않았다. 아직도 남은 녹차를 든 채 결단력있게 불끈, 일어섰다.

"그럼…… 식사는 제가 살게요."

환하게 웃는 그와 함께 나란히 영화관으로 향했다. 영화는 예상했던 것보다 훨씬 더 유쾌했고, 여주인공은 정말 예뻤다. 하하하! 옆 사람들과 함께 호쾌한 웃음을 터뜨리는 연희 씨 때문에 나도 마음껏 소리를 내어 웃었다. 어찌나 장면이 코믹하던지, 절로 소리가 밖으로 터져 나왔다. 잔혹하기 그지없는 살인 장면에서도 무표정하게 말하는 배우의 능청스런 대사와 상대 배우의 천진난만함 때문에 더욱 그랬다. 혼자 보러 왔다면 이렇게 제 목소리를 내지 못했겠지만, 연희 씨의 웃음에 묻어 오랜만에 마음껏 웃었다.

"크림수프면 괜찮죠?"

그동안 쌓인 스트레스가 몽땅 풀린 탓에 영화가 끝난 후 레스토랑으로 들어갔을 때엔 위의 통증도 느끼지 못할 정도로 흥분되었다. 메뉴판을 아직 살피지 못했는데 연희 씨가 물어왔다. 요사이 죽이라면 신물이 날 정도라 반가운 주문이었다. 어차피 된 음식은 아직 무리였고, 그나마 죽보다는 수프가 더 나았다. 연희 씨가 자신을 위해 주문한 건 매콤하기 짝이 없는 해물 스파게티였다. 이름만 들어도 침이 꼴깍 넘어갔다.

"시중에서 파는 죽은 감미료가 들어가서 오히려 위에 부담이 돼요. 어차피 밖에서 먹는 거라면 수프가 괜찮을 것 같아서."

묻는 그에게 고개를 끄덕였다. 의사이니 잘 알겠지.

음식은 금방 나왔다. 죽만 먹은 탓에 몹시 허기진 배에 반가운 일이었다. 진한 소스가 잔뜩 묻은 연희 씨의 해물 스파게티를 훔쳐보며 부드러운 크림수프를 훌쩍였다. 부드럽기는 하지만 뭔가 2% 부족하다.

"영월이요?"

식사를 하며 그는 언젠가는 영월에서 작은 의원을 차리는 게 꿈이라 말해주었다.

"그곳에 있는 별마로 천문대에서는 우리나라에서 가장 아름다운 별을 볼 수 있어요. 맑고 청량한 하늘 아래에서 살아가는 것도 꽤 근사할 것 같아서."

"하지만…… 그럼 여긴……."

이해가 가지 않았다. 그럼 왜 이곳에 개원을 했을까?

"일종의 보상 차원이죠."

"보상이요?"

"저희 집이 그리 부유한 편이 아니거든요. 제가 의대로 진학한 덕분에 동생들이 전부 전문대로 진학했어요. 막내는 의상 디자이너가 꿈이었는데 생활 때문에 간호 전문대를 갔죠. 그것도 3년제라는 이유만으로. 그러다 보니, 어깨가 좀 무거워요. 모두 오빠가 성공하길 바라고 있죠."

쓸쓸한 표정을 짓는다. 가족들의 입장에서야 당연하겠지만 그의 본인으로 생각하면 나 역시 가슴이 무거워졌다. 말간 얼굴이라 세상에 대해서도 늘 밝을 거라 혼자 상상했었는데. 약간의 미안함과 책임감이 묻어 있긴 했지만 그래도 역시 그의 목소리엔 가족들에 대한 애정이 물씬 담겨 있었다. 솔직히 무엇 하나 빠진 게 없이 완벽한 산에 비해 훨씬 정감이 가기도 했다.

"동생들, 결혼할 때까지 기반을 잡았어야 했는데 제 욕심 때문에 외과에서 내과로 전과를 하다 보니 시기도 늦춰지고."

아, 하고 고개를 끄덕였다. 전에 그곳 간호사의 말을 들은 적이 있었다.

"아는 선배가 그곳에서 작은 의원을 하고 있어요. 가끔 놀러가곤 했는데 갈 때마다 참 욕심이 나요. 이런 곳에 살고 싶다는."

마치 고향을 그리는 여행자와 같은 표정이었다. 아련하고 그리움이 잔뜩 그의 표정이 순례자처럼 숭고해 보인다. 그가 갖는 그 그리움이 당치 않게도 부러워졌다.

난 여행을 그리 좋아하지 않는다. 기껏해야, 아빠의 여름휴가 계획에 맞춰 2박 정도 가족 여행을 가는 게 전부였다. 행선지 역시 여름이다 보니, 대부분 바닷가 쪽이었고. 학교 다닐 때에는 대전에 있는 외가댁에 다녀오는 걸로 끝이었다.

"가을엔 특히 별빛이 맑아서 곧장 머리 위로 쏟아질 것 같아요."

영월을 이야기하는 그의 눈동자에 흠모의 빛이 가득했다. 생기가 뺨 위로 돌아 활기차 보일 정도로. 그의 열정 탓일까? 지중해의 그 어떤 휴양지보다 아름답고 푸른 시골의 모습이 머릿속에 그려졌다. 한 번쯤, 그곳에 가보고 싶다는 생각이 들었다. 솔직히 지금까지는 내가 사는 집 근처 반경만 제외하고는 특별히 어딘가 가보고 싶다는 생각을 해본 적이 없었었다. 이것도 그만이 가진 매력일까? 아님, 그가 꿈꾸는 삶이 안빈낙도를 꿈꾸는 처사(處士) 같이 보여서일까? 어찌 되었든 산이 뜨거운 피가 들끓는 장수와 같다면 연희 씨는 한적한 자연을 벗 삼아 유유자적하는 서생에 더 가까웠다.

"부모님께 작은 집 하나 마련하고, 동생들에게도 약간의 여유 자금을 줄 만큼만 될 수 있다면 다음엔 제 삶을 살아볼까 해요."

자신의 꿈을 갖고 있는 사람은 아름답다. 불빛 속에 그가 환하게 미소를 지었다. 반짝반짝 빛이 난다. 그 빛이 낯설지 않아 한참을 빤히 바라보았다. 어디서 보았을까?

"다음에 사줘요. 첫 데이트에 여자 분에게 부담 드릴 순 없죠."

내가 계산하겠다는데 기어이 자신의 카드를 꺼내 들고 그가 만류했다. 데이트라니, 괜한 소리라는 걸 알면서도 두근, 심장이 뛰었다. 곧 결혼할 사람이 있다고 말을 했어야 했는데 미처 할 사이가 없었다.

어느 사이, 쑤셨던 위가 많이 가라앉아 있었다. 부드러운 크림 수프가 한몫을 했을까? 내일부턴 약을 끊어야겠다는 생각을 하며 집으로 향하는 발걸음이 솜털처럼 가볍다. 벌써 열대야가 시작되는 여름밤인데도 말이다.

주말, 산이 집으로 찾아왔다. 처음, 엄마에게 강제적으로 끌려 온 후로 그가 우리 집으로 온 건 이번이 처음이었다. 저녁에 갑자기 커다란 꽃다발과 묘하게 생긴 용과라는 과일을 들고 찾아와 엄청 놀랐다. 연락도 없이 오면 어떻게 해? 하고 핀잔을 주다 되레 엄마에게 혼만 났다. 용 비늘처럼 생긴 과일을 들고 엄마는 텔레비전에서만 봤지 실제로 보는 건 처음이라며 수선을 떨어대며 산을 반겼다.

"위는 어때? 많이 좋아졌어?"

그렇지 않아도 작은 방이 190㎝의 덩치로 꽉 찼다. 낮은 천장 때문에 어깨를 구부정하게 구부린 모습이 난쟁이 집에 찾아온 거인처럼 보였다. 그의 곁에 서서 발가락을 꼼지락거렸다. 남자가 내 방에 오는 것도 처음이지만 미처 예상하지 못한 탓에 말끔하게 치워지지 못한 작은 먼지들이 못내 신경이 쓰였다. 아침 일찍 청소를 하긴 했는데, 그래도 워낙 깔끔한 산이라 감추어진 먼지까지 그대로 잡아낼 것 같아서였다. 그의 집에서는 솜씨 좋은 도우미 아줌마가 항상, 막 닦아놓은 방처럼 깔끔하게 정리할 텐데. 방을 둘러보는 그의 눈빛이 가까이 선 빛 때문에 잘 보이지 않아 속내를 짐작하기 어렵다. 많이 지저분하지는 않겠지?

"약은 아직도 먹어?"

산이 다시 물었다.

"아니. 이젠 많이 좋아져서 밥도 먹어."

그래? 잘됐네. 하는 목소리가 음울하다.

어색한 포즈로 바닥에 마주 앉았다. 그가 먼저 말을 내지 않으니 나 역시 침묵할 수밖에. 이상하다. 연희 씨와 함께 있을 땐, 이런 침묵도 편안하게 느껴지는데 산의 침묵은 무겁고 불편하기 짝이 없어, 숨 쉬기가 힘들다. 콩닥콩닥 심장 소리가 서라운드 스테레오처럼 울렸다. 미치겠다. 산이 듣지 못했으면 좋겠는데…….

아무 말이 없는 산 때문에 내 심장 소리만 방 안 가득 울려댔다. 내 앞에 앉아 있는 산은 마치 매일 이곳에 오는 사람처럼 편한 모습이었다. 웃지만 않을 뿐. 화가 난 걸까? 왜?

"어휴, 방이 작은 줄 몰랐는데 강 서방이 앉으니 꼭 상자처럼 보이네."

엄마의 수선이 이토록 반가울 줄은 몰랐다. 덜컥 열리는 방문에 벌떡 자리에서 일어났다. 시원한 화채와 수박, 그리고 산이 사 온 용과가 괴상한 모양으로 놓인 접시를 얼른 받았다.

"이런 걸 처음 먹어봐서 당최 자르는 모양새를 알아야지. 대충 잘라 왔으니까 그러려니 하고 먹어."

"네."

나와 있을 때와는 딴판으로 싹싹하게도 대답한다. 멀뚱하게 앉아 있는 내 허벅지를 엄마가 또 쿡, 찔렀다. 어쩌라고? 성난 눈짓을 했다.

"참, 곧 상견례 하자고 하지 않았어? 이번 주말에 하려니 했더니 연락이 없네?"

"아, 그게……."

산의 얼굴이 또 붉어진다. 수줍음과 미안함이 잘 버무려진 붉은

빛이다.

"사실, 그 문제를 상의드리려고 왔습니다. 제 생각엔 여름방학 때, 상견례 겸 약혼식을 했으면 해서……."

내 눈치를 살피는 시선이 느껴졌다. 그러나 고집스럽게 바닥만 노려보았다. 어머? 하고 엄마가 놀란 소리를 냈다. 약혼식이라는 말에 반갑기도 하면서, 그 비용에 대해 걱정하는 마음이 고스란히 담겨 있었다.

"그럼…… 어디서?"

"본가에서 소유하고 있는 호텔이 하나 있습니다. 가족 행사에 대해서는 무료로 제공되고 있어서 그곳에서 할까 합니다."

그래? 하고 묻는 목소리에 화색이 돌았다. 비용은 한수 접었다는 티가 너무 노골적이었다. 아빠의 박봉으로 이나마 우리가 자랄 수 있었던 건 엄마의 이런 억척스러움이 때문이겠지만, 그래도 산 앞에서까지는 좀 그랬다. 엄마, 하고 미약한 음성으로 불렀다.

"그래. 뭐, 사돈들의 의견이 어떠신지?"

"유인이만 괜찮다면 전 그렇게 하고 싶습니다. 어머님께서 더 좋은 곳이 있으시면……."

"아니! 그런 의미가 아니고. 아휴, 우리야 좋지."

엄마가 얼른 손사래를 쳤다. 숙인 뺨에 산의 시선이 닿았다. 약혼이라, 다음 주면 벌써 방학인데 그럼, 채 몇 주가 남지 않았다는 말이다. 약혼이라는 말이 생소하게 느껴졌다.

앞에 앉은 산에게 시선을 맞추었다.

정말, 이젠 결혼을 하는구나. 이 남자와 남은 내 평생을 함께할 수 있을까?

자신이 서지 않았다. 그건 비단 그와 같은 침대에 누워 살아간다는 의미가 아니다. 긴 세월 살면서 후회하지 않고, 살아갈 자신이 없다는 말이다. 산이 정말 내 인연인가 하는 생각도 들고, 정말은 내 인연이 아닌데 이렇게 떠밀려 결혼하다가 나중에, 진실로 내가 사랑하는 사람을 만나게 되면 어떻게 되는 걸까? 하는 두려움. 하지만 또 언젠가, 지금 내가 그를 놓아버린 걸 후회하지 않을까?

정답도 없다. 난 그것이 두렵다. 이제까지는 언제나 해답이 있는 삶만을 살아왔다. 공부를 열심히 하면 성적이 올랐고, 성적이 오르면 내가 원하는 대학을 갈 수 있었다. 사범대학이다 보니, 진로도 한정되어 당연히 선생으로서의 길로 들어섰고.

그런데 결혼은 정말로 복잡하고 어려운 문제였다. 인생에 있어 또 하나의 탄생이 되는 이 엄청난 선택의 기로에서 확실한 끝이 보이지 않다니. 옳은 길을 가고 싶은데 정말 답을 모르겠다. 그래서 더 불안하고 확신이 서지 않는다.

불안한 시선으로 산을 바라보았다. 산은 이 결혼의 정답을 알고 있어? 묻고 싶다. 정말 산은 후회하지 않을 자신이 있어?

"천천히 이야기하다가 가. 난 유인이 아빠에게 상의해 봐야겠네."

엄마가 바삐 방을 나가자 방안은 금세 침묵으로 둘러싸였다. 드드득, 장판 위를 긁은 손톱 소리가 날카롭게 울렸다.

"걱정돼?"

묻는 산의 얼굴은 담담했다. 방금 전 폭탄선언을 한 주제에 어찌 이리 태연자약할 수 있는지. 산에게 있어 삶의 모든 문제는 정해진 수학공식인가 보다. 그의 눈빛엔 여러 가지 감정이 섞여 있긴 했지만 나처럼 두려움이나 후회는 없었다. 산은 그야말로 단호하고 당당했다.

"산은 어때?"

하고 되물었다. 어떻게 그는 이토록 나에 대해 확신을 가질 수 있는 걸까? 그건 산이라는 한 남자보다 더 알 수 없는 궁금증이었다. 그의 조건에 비하면 나라는 여자는 티끌처럼 미비한 존재이다. 설사, 내가 그와 하등의 기울임이 없는 동등한 입장이라 해도 그렇다. 어떻게 한눈에 반해 결혼까지 생각할 수 있는지……. 처음 만난 이후로 우리의 운명적 고리에 대해 산은 확고한 의지를 바꾼 적이 없었다. 남자는 원래 그런 걸까?

"왜 내게 먼저 의논하지 않았어?"

"사실은 너에게 먼저 말할 생각이었어. 어머님이 먼저 들어오지만 않았다면."

결국은 타이밍의 문제라는 말이군. 하지만 타이밍도 결국은 산의 의지잖아? 하고 따지고 싶다. 그래도 결국은 산의 의지대로 될 테지만 말이다. 또다시 산의 시선이 닿았다. 키가 큰 사람이라 시선이 이마가 아닌 정수리 쪽에서 느껴진다.

"공주님, 또 뭐가 문제야?"

"산은……."

왜 모든 제멋대로야? 따지려다 말이 그대로 혀끝에 걸렸다. 응?

하고 산이 바짝 내 쪽으로 고개를 튼 탓이었다. 헉! 뭐냐? 정말 놀랐다. 갑자기 반질한 그의 얼굴이 예고없이 닥치는 바람에 할 말들이 머릿속에서 까맣게 사라지고 말았다.

"왜?"

산이 다시 물었다.

"산은……."

산은 정말 잘생겼다. 깎아놓은 밤처럼 흠잡을 데 없이 말끔하기도 하지만 그것보다 어딘지 시선을 끌 수밖에 없는 독특함이 있다고나 할까? 그건 그가 가진 자신감에서 비롯되는 매력인 것 같다. 얼굴로 보면 솔직히 연희 씨가 더 나은 편이다. 연희 씨가 단정하고 맑은 꽃미남이라면, 산은…… 굉장히 강인하게 생겼다. 약간 콧날이 중간 어귀쯤에서 틀어져 있긴 하지만 볼썽사나울 정도는 아니고, 무엇보다 이마가 넓고 시원스럽다. 언제나 깔끔하게 정리된 단정한 머리카락도, 흐트러짐 없는 옷차림도. 좀 인정하기 언짧기는 해도 임 선생 말대로 내겐 과분하다 못해 넘치는 사람임에 분명했다.

"계속해."

내 시선이 불편했는지 흠, 작은 기침을 하며 재촉했다.

"왜 나와 결혼하려고 해?"

잘난 그의 얼굴을 보니 궁금증이 더욱 증폭되었다. 당신처럼 잘난 남자가 왜 평범한 집안에 평범한 외모, 게다가 소심하기 짝이 없는 나와 결혼하려고 하는 거야? 언젠가 그는 후회할지 모른다. 더 잘난 배경에 더 예쁜 여자와 결혼할 걸! 볼품없는 내게 쉽게 질릴지도.

어쩌면 미래의 난, 나로서는 도저히 어떻게 해볼 수 없는 아름다운 여자들에게 둘러싸인 남편을 멀리서 바라볼 수밖에 없는 초라한 조강지처의 몰골이 되는 건 아닐까? 그런 생각을 하니 몹시 겁이 났다.

무슨 바보 같은 소리야! 하고 소리라도 지를 줄 알았는데 산은 의외로 조용했다. 내 질문을 듣지 못한 게 아닐까, 싶을 정도로 긴 침묵이 흘렀지만 다시 물을 용기가 없었다. 검지손가락으로 괜한 장판만 긁었다.

한참 후, 낮은 한숨이 터져 나왔다.

"땅이 아무리 탄탄해 보여도 이미 배에 오르면 그걸로 끝이야. 남은 건 이미 오른 배에서 즐거운 시간을 보내느냐, 아니면 떠나 온 땅에 대한 미련으로 여행을 망치느냐, 둘 중 하나지. 난 즐겁게 시간을 보내는 편이야. 가다 보면 다시 땅을 밟겠지. 내가 떠나 온 땅은 아니겠지만……."

결국, 우리의 결혼은 이미 오른 배란 말이다. 내 미래가 바람둥이 남편만 바라보는 해바라기 조강지처라 해도 어쩔 수 없이 이 결혼을 밀고 나가야 한다는 뜻인가? 이미 오른 배이니까!

"그럼, 난 여전히 땅에 미련을 두는 거네?"

"신혼여행은 어디가 좋아?"

엉뚱한 산의 말에 갑자기 소름이 쫙 돋았다. 유진이 말했던 섹스라는 단어가 연상적으로 튀어나왔기 때문이다. 멀고 확실치 않은 미래보다 당장은 발등에 떨어진 불 때문에 펄쩍 뛰었다.

그와 나!

오로지 둘만을 위한 시간. 나도 모르게 시선이 그의 입술 쪽으로 향했다. 그날, 지독히도 끈끈하던 키스가 그의 입술 위에서 춤을 춘다. 지우고 싶던 그 적나라한 현실의 키스 말이다. 유진의 말대로 결국은 혓바닥을 이리저리 굴리다 적당히 타액을 삼키고 말았던.

그리고 하나 더! 내 안에서 마구 헤집고 삼켜 버릴 듯 강하게 흡입하던 그의 강인한 힘.

이젠 단순히 키스로 끝날 일이 아니었다. 산의 긴 손가락이 여과없이 내 알몸을 더듬고, 나 역시 그의 알몸을 보게 될지도 모른다는 생각으로 머리가 쭈뼛거렸다.

결혼이라는 건 단순히 한 남자의 곁에 선다는 말이 아니다. 정신적이 아닌 육체적으로 내 모든 것을 준다는 거다. 난, 난…… 지금껏 누구에게도 주지 않았던 내 순결을 줄 만큼 그를 사랑하는 걸까? 그의 이글대는 시선 앞에 알몸으로 서 있을 생각만 해도 심장이 뛰고 온몸이 빳빳하게 굳어지는 데 말이다.

지친 그의 얼굴이 대답을 기다리고 있다. 깜빡이는 형광등 탓일까? 서른다섯의 얼굴이 마흔을 넘은 중년의 남자처럼 푸석하고 마르다. 침을 꼴깍 삼켰다. 산의 알몸은 아마도 꽤 근사할 것 같다. 저 말끔한 얼굴처럼.

"가까운 곳으로 갈까?"

다시 묻는다. 그의 알몸이 눈앞에 어른거려 마구 머리를 흔들었다. 사라져 줘, 제발!

“생각해 볼래? 뭐, 시간은 넉넉하니까.”

대답 안 할 거니? 하고 메마른 음성이 물어왔다. 그의 재촉에 목소리가 더 안으로 숨어들었다. 요란한 소리를 내는 선풍기만이 방 안을 이리저리 헤맨다. 선풍기가 빙글 돌아 바람을 뿜어낼 때마다 짧은 그의 머리카락이 흐트러졌다. 그의 입김에서 뜨거운 김이 샐 것 같다. 거친 숨소리와 함께.

겨우 목소리를 쥐어짰다.

“정말…… 나와 결혼할 거야?”

별 볼일 없는 여자와 결혼한 걸 후회하지 않을 자신 있어? 내가 당신과 결혼한 걸 후회하지 않도록 해줄 수 있어? 당신이 내 평생의 운명이라고 말해줄 수 있어?

수많은 질문들이 허공 속에 사라져 갔다. 아마 그를 바라보는 내 눈빛만은 이 의문들을 그대로 보여주었을 것 같은데……. 그는 보았을까?

“그래. 후회없이!”

산이 단호한 음성으로 대답해 주었다. 이 결혼에서 아마 가장 행복할 사람은 산일지 모른다는 생각이 들었다. 하긴 이제와 새삼 결혼을 무를 수도 없었다. 산의 말처럼 떠나 버린 배에서 남은 건 여행을 즐기느냐, 청승스럽게 떠나온 땅에 대한 미련을 가질 것이냐는 거니까. 물론, 대답은 하나였다. 여행을 즐기는 것.

알았어. 생각해 볼게. 대답하자 산이 어깨를 움찔거렸다.

“유인아.”

자리를 일어서던 산이 나를 불렀다. 응? 대답하며 그를 바라보

았다. 남은 말이 있는지 한참을 바라보는 눈빛이 까맣게 내려앉았
다.

"왜?"

"아냐, 갈게. 내일은 아침쯤 올 테니까, 준비하고 있어."

"내일?"

"그사이 바빠서 데이트 할 시간도 없었잖아. 네가 아프기도 했
고."

어째 내 책임이라는 말로 들렸다. 아픈 것도 내 탓인가? 산을
따라 방 밖으로 나섰다. 방뿐만 아니다. 그가 서자 집조차 작아 보
인다. 거대한 키 때문도 있겠지만, 그는 어딘지 우리 집과는 동떨
어진 사람 같아 보인다.

대문까지만 배웅할까, 했는데 엄마의 재촉에 차가 선 골목까지
쫄래쫄래 따라갔다. 더운 공기가 습하게 코를 찔러왔다.

"이거……."

운전석 쪽으로 가는 줄 알았는데 뜻밖에도 조수석 쪽 문을 열더
니 무언가를 꺼내 건네주었다. 커다란 테디베어다.

"이건 공주님 선물이야."

그리고는 천진한 웃음을 지어 보인다. 머리끝에 하얀 불빛이 쏟
아져 내렸다. 눈이 부셔 눈을 깜박거렸다. 가로등을 등진 산의 그
림자 탓에 그의 눈동자가 보이지 않는다. 품에 안긴 테디베어를
바라보았다. 갈색의 커다란 눈동자가 순하게 나를 마주 본다.

"내 거?"

"응. 아까 들고 가기엔 좀 부피가 커서……."

하고 얼버무리는 품새가 꽤나 곤혹스러워 보였다. 이런 거 좋아해? 쑥스럽게 덧붙인다. 킥, 산 몰래 소리를 냈다.

"이렇게 큰 곰은 처음이야."

"그래? 다행이네."

씨익, 시원스럽게 그려지는 입술을 홀린 시선으로 바라보았다. 뭐, 뭐야? 훌쩍 뛰어 뒤로 물러섰다. 이런 그의 모습엔 아직 면역 체계가 서지 않았는데.

"갈게!"

아직 두근거리는 심장을 진정시키지 못한 사이 산이 훌쩍 차에 올랐다. 멀어지는 빨간 미등을 바라보며 한참을 서 있었다. 정말 알 수 없는 사람이다. 내가 알고 있는 산의 모습은 몇 개나 될까?

그녀가 물었다.

"왜 나와 결혼하는 거야?"

심장이 덜컥 뛰어 대답하지 못했다. 내 사랑이 유인의 눈에는 보이지 않는 걸까? 왜 보지 못하니? 하고 묻고 싶었지만 목이 꽉 잠겨 말할 수 없었다. 실은 손만 내밀면 닿을 곳에 앉은 유인의 허술한 모습 탓도 있었다. 경계하지 않고, 느슨하게 풀어진 눈동자는 자신의 집이기에 보여주는 특별한 모습이었다. 그 모습에 반해, 아무 말 하지 못한 채 멍하게 바라만 보았다. 그녀는 내게 태양인데…….

왜 너는 날 사랑하지 않는 거니?

문득, 유인이 수줍은 미소로 바라보던 남자가 떠올라 가슴이 섬뜩해졌다.

태양과 달은 다른 혹성일까? 유인에게 묻고 싶었다.

태양과 달은 각기 다른 곳에 자리하지만 하나의 빛으로 제 모습을 드러낸다. 태양은 제 스스로의 빛으로, 달은 태양의 빛으로…….

유인의 달은 누구일까? 나일까, 아니면 그 남자일까?

태양을 안는 방법을 아니? 하고 물었다. 아니, 찰랑이는 머리카락을 흔들며 대답한다. 그건, 제 몸을 다 태워 안는 수밖에 없어. 하고 속으로 대답했다. 그 의미를 알까?

8

다음날, 찾아온 산은 상당히 괜찮은 모습이었다. 더 진실에 가깝게 말하자면 연분홍 셔츠, 그리고 하얀 마 바지가 연속극에서 방금 빠져나온 배우처럼 말쑥하고 어울렸다. 아침부터 나보다 더 가슴 뛰어하며 엄마가 꾸며준 하늘거리는 스커트가 너무 티가 나는 것 같아 쑥스럽게 미소를 지었다.

"편하게 입고 올래?"

내심, 다행이다 싶었지만 엄마의 실망스런 표정에 그냥 고개를 저었다.

"아니, 괜찮아. 오히려 치마가 더 편해."

실은 아니다. 청바지에 가벼운 티 하나 입는 정도로도 충분하다, 생각했다. 민망해하던 엄마가 그래, 여름엔 오히려 치마가 더 시원하지. 하고 얼른 거들어 굽 낮은 플랫 구두만 신고 차에 올랐다.

상쾌한 향이 풍겨왔다. 아마 휴일이라는 양념과 화사한 태양 때문이었겠지만 다른 모습의 그에게서 좋은 향이 난다. 내가 그렇게 말하자 산이 시큰둥하게 대답했다. 에르메스야. 처음엔 무슨 말인지 잘 몰라 어리둥절했다.

"향수. 향수 물어본 거 아니었어?"

아, 하고 고개를 끄덕였다. 그런 의미는 아니었는데. 복잡한 서울 도로를 벗어나 차는 국도 위를 달린다.

"어디 가는 거야?"

"중남미 문화원."

그런 곳이 있었나? 주차장에 차를 세운 후 들어선 문화원은 벌써부터 독특한 이국의 향취를 풍겼다. 선명한 색감들의 조망이 풍부한 감각을 일깨워 절로 입가가 벌어졌다. 문화관 안으로 들어가는 고개가 이리저리 촌스럽게 휘둘렸다. 천천히 구경하자. 산이 말했다.

"이런 곳을 어떻게 알았어?"

"광고를 하다보면 이곳저곳 많이 돌아다니잖아."

그리고 보니, 광고회사 쪽에서 일한다고 했었다.

"연예인들도 많이 보겠네."

"같이 일하니까."

약간 귀찮은 어투라 더 이상 묻지 못한 채 그대로 입을 다물고 말았다. 종종걸음으로 앞장선 산을 따라잡았다. 늦은 걸음으로 걷는 내게 맞춰 산의 걸음도 느릿해졌다. 어깨를 나란히 천천히 걷는다 해도 더위는 어쩔 수 없는지 숨이 조금씩 가빠졌다. 한낮의 찌는 더위가 그에게만은 비껴가는지 산은 더운 숨조차도 뱉는 법이 없었다. 그를 따라 박물관을 지나 미술관을 지날 때까지 우린 아무 말도 하지 않았다. 언어라는 건 이곳에서만큼은 불필요한 존재가 분명하다. 푸른 풀잎들과 이국적인 벤치들, 그리고 그 잔디밭에 놓인 조각품들까지. 형언할 수 없는 예술품 앞에서는 그저 감탄만이 터져 나올 뿐이었다.

"이건 인생 경로를 그린 탈이래."

탈 전시관에서 처음으로 산이 입을 열었다. 그가 가리킨 건 세 개의 얼굴이 겹친 탈이었다.

"제일 가운데가 젊음, 그리고 노년, 마지막 가장 자리가 사후라는데 이걸 보면 참 진실되다는 생각이 들어."

응. 하고 대답했다. 산의 깊은 시선이 그 탈 앞에 한참을 머물렀다. 무슨 생각을 하고 있는 걸까? 궁금해졌다. 옆선으로 드러난 얼굴이 깊은 세월을 담은 탈처럼 진지하기 그지없다.

"당신은 이게 마음에 들어?"

내 시선을 끈 건 옆에 줄지어 선 화려한 원색의 가면이었다. 산이 내 등 뒤에 닿았다. 후끈거리는 열기가 그대로 쏟아진다. 조금 등을 뗐다. 이대로 더 있다간 산의 열기에 하얀 재가 될 것 같다.

"이 가면을 쓰면 잠시라도 다른 사람이 될 수 있다고 믿었대."

산의 설명에 고개를 끄덕였다. 나도 다른 사람이 될 수 있으면 좋겠어. 내 말에 산이 조금 놀란 얼굴을 했다. 왜?

"내 성격이 가끔은 질릴 때가 있잖아. 이 선생님은 요령이 없다고 그러는데."

산이 어깨를 감싸며 낮은 웃음을 냈다.

"다른 성격의 당신은 좀처럼 상상이 안 돼."

"그래도 난 좀 바뀌었으면 좋겠어. 세상 살아가는 요령도 적당히 알고, 나중에 후회하는 것보다는 딱 부러지게 거절할 줄도 알고. 다른 사람들 보면 제 할 말 또박또박 잘하고 사는데, 난 그게 왜 그렇게 어려운지 모르겠어."

"하하하!"

조금 더 큰 웃음소리가 터져 나왔다.

"모두들, 다른 사람이 되었으면 하는 욕망이 있어. 그러니 저런 가면도 만들었겠지. 하지만 넌 다른 사람이 되지 마. 찾기 힘드니까."

여름의 태양 때문인가 보다. 아님, 그 태양 아래서 더욱 선명히 원색을 드러내는 이 세계 탓이던지. 내게 말을 하는 산의 모습이 신의 형상처럼 거대하고 웅장해 보인다.

"그런데 여긴 왜 온 거야?"

점심으로 타코를 먹으며 물었다. 보통, 데이트라고 하면 영화를 보거나 놀이동산에 가는 게 정석 아닌가?

"놀이동산에 가는 거 좋아했어? 당신은 그런 곳 싫어하는 줄 알았어."

산이 의아한 목소리로 말했다. 그의 말이 맞다. 고소 공포증이 있어 높이 올라가는 놀이기구는 딱 질색이었다. 특히 끼익, 끼익 울리는 기계음은 거의 공포에 가까울 정도라 탈 수 있는 기구는 기껏 범퍼카나 회전목마가 전부였다. 범퍼카도 뭐 그리 좋아하지는 않지만.

놀이동산을 싫어하는 걸 어떻게 알았을까? 생각했던 것보다 산은 나에 대해 꽤 많은 걸 알고 있다는 생각이 들었다. 난 아직 그에게 적응조차 제대로 하지 못했는데 말이다. 타코에 고기를 얹어 아삭, 씹었다.

"아직 신혼여행은 못 정했어?"

먹던 타코가 목에 탁, 걸렸다. 병에 걸린 것 같다. 산이 신혼여행이란 말을 꺼낼 때마다 자꾸 알몸의 그가 상상이 된다. 나도 어쩔 수 없이.

"그럼, 다음엔 프랑스 문화원으로 가볼까? 여기보단 덜하겠지만."

결국은 신혼여행 조사차 왔다는 말이다. 각 나라의 문화원을 돌며 내게 신혼여행의 사전 조사를 시키려.

말똥, 산을 쳐다보았다. 대체 내 어떤 점이 이 사람을 이토록 끌어들이는 걸까? 이해하기 힘든 남자다. 난 좋은 말로 포장을 한다 해도 그리 매력적인 편이 못 된다. 살랑이는 애교도 없고, 특출 난 미인도 아니다. 활달해서 누구 나와 쉽게 말문을 트이는 화통함도 없는 주제에 둥글게 이것저것 넘어가는 성격도 아니고. 소심하고 까다롭기 그지없으며 지금까지 남자 친구 하나 사귀어보지 못한 숙맥일 뿐인데, 왜 산은 나와 결혼하고 싶어 이 안달일까?

"왜?"

산이 물었다. 가슴이 먹먹해졌다.

"그냥…… 도시락이라도 싸올 걸 싶어서."

괜히 딴 소리만 했다. 다 먹은 타코가 청승맞게 빈 몸을 드러내었다. 그래도 나들이인데 가벼운 샌드위치라도 싸올 걸, 싶다. 딴에는 가벼운 차림으로 한껏 기분을 낸 그에게 미안한 마음이 들었다. 보통, 이런 나들이엔 손수 만든 도시락이 제격이던데.

"이걸로 부족해? 주중에는 빠에야라도 먹을 수 있는데."

바보 아냐?

이건 배고픔과는 다른 문제다. 정성껏 마련한 야외 도시락은 이런 데이트에 빠질 수 없는 낭만이다.

"나들이 나올 땐 원래 도시락이 기본이야. 직접 돌돌 말아온 김밥이랑 예쁘게 잘라온 샌드위치, 과일 뭐 그런 거. 아무것도 없이 오니까 어쩐지 좀 쓸쓸해."

"나중에 해줘. 그땐 아이랑 같이 오면 좋겠다."

의자에 기대어 팔을 쭉 뻗는다. 산의 아이라, 명치끝에 가시가 콕 박혔다. 산과 있을 때면 그렇다. 바쁜 일상 속에 살다 보면 멀리 떨어진 이야기처럼 느껴지다가도 문득문득 그가 내뱉는 말을 듣다 보면 결혼은 성큼 다가와 있다. 의자에 기대어 산은 나른한 눈빛으로 하늘을 보고 있었다. 발끝으로 바닥을 차댔다. 이렇게 그가 근사한 폼으로 한껏 멋을 부릴 때면 어떤 표정을 지어야 할지 좀처럼 가늠하기 어렵다.

"나 정도면 괜찮은 남자이지 않나?"

"응?"

내 속을 들여다본 것 같아 일부러 모른 척했다.

“그만 속 썩이라고. 요즘, 공주님 때문에 술만 늘었어.”

아, 고개를 끄덕였다. 외모를 말한 게 아니라서 할 말이 없었다. 외모를 말한 거라면 그냥 가볍게 ‘왕자 병 아냐?’ 하고 놀렸을 텐데. 가벼운 어투이긴 하지만 농담 속에 박힌 진담 같아, 그럼 관두지. 하고 중얼거렸다.

“태양을 안는 방법을 알아?”

아니. 고개를 저었다. 태양을 어떻게 안을 수 있겠어? 바보 같은 질문이라 약간 톡 쏘았다. 내 대답에 산이 빙글 웃었다. 햇살에 비친 그의 모습이 아폴론처럼 뜨겁다. 하얗게 반사되는 빛에 살짝 눈을 찡그렸다.

“방법이 뭔데?”

“나중에 말해줄게.”

그게 뭐야, 라며 투덜대는 내게 산이 번쩍이는 윙크를 하더니 벌떡 자리에서 일어섰다. 가자. 쉽게 털어내면서 말이다.

돌아오는 차 안에서는 좀 졸았다. 외출하는데 익숙지 않은 탓이다. 유진이 ‘방콕’이라 늘상 놀려댈 정도로 난 좀처럼 밖에 나가는 법이 없었다. 한가한 주중이면 모를까, 이렇게 바쁜 휴일에 어디론가 떠나는 건 부딪치는 사람의 숨결만으로 금세 물 젖은 김처럼 몸이 푹 가라앉는다.

“피곤해?”

지친 몰골로 거의 뻗은 내게 산이 물었다. 조금, 하며 대답하는 데도 힘이 없었다.

산의 장점 중 하나는 급하지 않는 운전 솜씨다. 가끔 속도를 확

인해 봐도 100km/h을 넘는 적이 별로 없고, 시내에서도 거친 운전은 삼가는 편이잖다. 산이 낮게 흥얼대는 소리를 들으며 고개를 까딱거리는데 아랫배에 불쾌한 통증이 느껴졌다. 요즘 날 선 위장의 신경이 예민하게 외국 음식에 반기를 드는 모양이다. 처음엔 참을 수 있을 정도의 통증이었다. 제발, 서울까지 버티면 좋겠는데. 금방이라도 쏟아낼 것 같은 통증이 잠깐 멈추었다 싶으면 다시 쏟아지는데 점점 그 속도가 빨라진다. 산 몰래 시계를 훔쳐보았다. 지금, 어느 정도도 달려 온 걸까?

"왜?"

콧노래를 부르던 산이 눈치 빠르게 물어왔다. 하긴 스스로 느끼기에도 땀이 삐질, 이마에 솟구치고 있긴 했다.

"어디 아파?"

"아, 아니."

사실은 기관총을 쏘아대듯 꼬인 위에 통증이 쏟아지고 있는 상태였다.

"땀까지 흘리잖아. 왜, 위가 아파?"

당연, 내 말을 믿는 눈치가 아니었다. 고개를 저을 뿐, 대답이 제대로 할 수 없었다. 너무 고통스러웠고, 또 말을 하는 순간 내 힘으로는 도저히 제어될 수 없을 것 같아서였다. 미련스럽게 남은 약을 챙기지 못한 것도 후회가 되었다.

날카로운 시선이 자꾸 내게로 향했다. 이러다, 사고 나면 안 되는데……. 제발, 이대로 곧장 서울로 향했으면 좋겠다.

"화장실 가야 할 정도야?"

제발…… 묻지 말고 달려줘.

"언제까지 참을 수 있겠어?"

지금, 당장!

"괜, 괜찮다…… 니까."

"조금만 더 참을 수 있겠어?"

괜찮아. 하고 말하고 싶었지만 곧장 쏟아질 것 같은 불쾌감 때문에 입술만 잘근 씹어댔다. 미치겠다, 정말.

곤혹스럽게 노골적으로 물어오는 산의 질문이 이중으로 나를 괴롭혀, 정신이 혼미할 지경이었다. 사정없이 배를 짓누르는 통증이 더 이상 견딜 수 있는 한계를 넘어서 이대로 쓰러지지 않을까, 싶을 때였다.

갑자기 차가 급격한 속도를 내기 시작했다. 반포기 상태가 되었다. 이젠 감출 수도 없었다. 뻔히 내 속을 알아차린 마당에야, 어떻게 좀 해봐. 속으로 애원하며 산만 바라보았다. 어떻게든 이 상황을 모면하게 해줄 수 있지 않을까? 기대하는 심리도 있었다. 산이 처음으로 엄청난 속도를 내며 도로를 질주하기 시작했다. 꽉 다문 입술이 잔뜩 굳어져 고통스러운 건 내가 아닌 그처럼 보였다. 엄청난 속도로 내달리던 차가 갑자기 옆으로 휙, 틀어지더니 먼지를 휘날리며 커다란 공터에 멈추어 섰다.

"내려."

산이 멈춘 곳은 근처의 화려한 예식장이었다. 결혼식을 치르기엔 꽤 늦은 시간이라 하객들이 모두 빠져나간 예식장은 맥 빠진 가족들만이 지친 땀을 식히고 있었다.

"왜, 왜?"

여기서 뭘 어쩌라고?

"화장실 가야 한다며?"

배를 움켜쥔 채 주위를 두리번거렸다. 예식장으로 오기엔 마땅치 않은 차림인데, 티 나지 않을까? 화장실이 급해 오는 사람으로.

"난, 저기 예약실로 가 있을 테니까 그쪽으로 와."

"거, 거긴 왜……."

"우리 결혼식 예비 조사 좀 하려고."

뭐? 여기서?

붙잡을 사이도 없이 산은 예약실이라 적힌 사무실로 뚜벅, 걷기 시작했다. 이렇게 먼 곳에서 결혼식을 하려는 생각인 걸까? 등 돌린 산을 바라보다 허겁지겁 화장실로 향했다. 뭐, 나중에 물어보면 되겠지.

급한 볼일을 해결하고 꼼꼼히 손까지 씻고 나오니 산 역시 막 예약실에서 나오던 참이었다.

어떻게 말을 해놓았는지, 유니폼을 입은 아가씨가 홀 입구까지 나와 꾸벅 인사를 건넸다.

"그럼, 신부님과 상의해 보시고 연락 주세요."

솜사탕처럼 녹아나는 미소에 어리둥절할 뿐이었다.

"여기서 결혼할 거야?"

아니! 여지도 없이 딱 잘라낸다.

"그럼 여긴 왜 왔어?"

"해결은 잘했어?"

대답은 없이 짓궂은 농담을 건넨다.

"여긴 너무 멀잖아."

그럼 왜, 하고 바보처럼 묻다 입을 다물고 말았다. 얼굴이 후끈 달아올랐다.

"다음부턴 잊지 말고 약 챙겨와. 자꾸 그렇게 위가 예민해서 어떻게 하니?"

차에 오르며 산이 당부를 잊지 않았다. 능숙하게 핸들을 조작해 다시 도로로 들어서는 그의 얼굴을 몰래 훔쳐보았다.

'나 정도면 괜찮은 남자 아냐?'

묻던 산의 음성이 떠오른다. 정말, 이 정도면 결혼해도 괜찮지 않을까? 부끄러운 사건이긴 했지만, 그래도 산이 있어 다행이긴 했으니까. 산의 저 뻔뻔함이 아니었다면 그대로 실신할 때까지 화장실에 가지도 못했을지 모른다.

집에 도착하자마자 궁금증을 참지 못한 엄마가 대문까지 튀어나왔다.

"잘 다녀왔어? 어때? 괜찮았지?"

뭐가? 엄마가 진실로 궁금해하는 게 무언지 모르겠다. 산, 아니면 산과의 데이트?

저녁 식사를 권유하는 엄마의 말에 산이 흘깃 나를 보았다. 아까의 일 때문일까? 그의 얼굴을 쉽게 보지 못하겠다. 바닥으로 숙여진 귓가에 울림 좋은 산의 웃음이 들려왔다.

"아닙니다. 유인이가 꽤 피곤한가 봐요. 다음에 약혼식 끝나고 한 끼 대접해 주십시오."

어머, 당연하지. 호호호! 높은 엄마의 웃음과 산의 웃음소리.
비어진 위장이 콕! 쑤신다.

고등학교 시절, 정말 이겨보고 싶은 친구가 있었다. 그건 약간,
어떤 정의에 관계된 문제인데 유독 내 친구와 그 아이가 함께 엮
어졌다. 친구란 건 원래 공통분모이다. 내 친구가 그 아이의 친구
일 수도 있다. 나와 그 아이가 전혀 친분 관계가 없다고 해도 말이
다. 그런데 그 아이는 이상하게 내게서 친구를 온전히 빼앗아야만
직성이 풀렸다. 한마디로 간단히 말하자면 교묘한 왕따였다. 처음
엔 우연인가 보다 했었다. 둔한 성격이다 보니, 몇 번 반복되지 않
는 한은 쉽게 눈치 채지 못한 탓도 있었다. 그 다음엔 몇 달을 고
민했다. 어떻게 해야 할까? 떠나 버린 친구들에게 이 미묘한 갈등
을 설명하기도 난처했고, 그래서 한번 정도는 그 아이를 이겨보고
싶은 충동을 받았다.

당사자인 그 아이는 아마 신경조차 쓰지 않았을지 모르지만, 난
정말 열심히 공부를 했다. 하루에 세 시간을 채 자지 않았다. 나중
엔 내가 정말, 무엇 때문에 이토록 매달리는지조차 헷갈릴 정도였
다. 그때, 비록 그 아이를 끝내 이기지 못했다 하더라도 최소한 내
노력만큼의 결실만 보였다면 조금은 더 나았을지 모르겠다.

그러나 결과는 참패였다.

분명, 점수는 올랐으나 반 등수나 전교 등수는 오히려 지난번보
다 2등 정도 떨어졌고 여전히 그 아이는 나보다 한참은 앞에 있었
다. 이상하지? 왜 그토록 쉽게 포기해 버렸을까? 다음에 한 번 정

도는 더 시도해 볼 수도 있었다. 그러나 난 깨끗이 포기했다. 그게 나았다. 바보스런 참패자.

여름방학이 시작되자마자 미처 알아차리기도 전에 난 고운 분홍 드레스를 입고 산 옆에 서 있었다. 크리스털로 번쩍이는 샹들리에 아래, 환하게 웃는 산에게 손가락을 내밀며 무슨 생각을 했는지 기억조차 나지 않는다. 난 또다시 참패했고, 포기했다.

그래, 산이라면 그리 나쁜 선택은 아니니까.

그게 내가 할 수 있는 유일한 위로였다.

"무슨! 나중에 결혼식에나 와. 약혼식은 원래 간단히 하는 거잖아. 글쎄, 강 서방이 본가 소유 호텔이 하나 있다고 해서 작은 건가 보다 했지. 백제 호텔인 줄 누가 알았겠어? 그러게, 아마 결혼식도 그곳에서 하지 않을까, 싶어. 그때 거기로 와. 호호호!"

아예 수첩을 내놓고 사방에 전화를 거는 엄마 역시.

내 인생에 한 번쯤은, 아니, 두 번쯤이다. 사범대학에 합격하고 교사의 길은 간 것으로 한 번은 있었다고 치면 엄마가 친구들 사이에서 또 한 번 근사하게 폼을 잴 수 있는 것으로도 이 결혼은 그만한 값어치가 충분했다. 객관적으로 나보다 훨씬 우위에 선 자가 이토록 결혼을 원하고, 부모님들은 모두 흡족해하고 있었으니까. 유진에게도 합격이었다. 까다롭기 그지없는 유진은 처음 본 순간부터 산의 영원한 추종자가 되어버렸다. 나중에 자신이 결혼을 한다면 형부와 같은 남자를 만나고 싶단다. 유진이 산과 부부가 되는 모습은 도저히 상상이 되지 않았지만, 어찌 되었든 이토록 내 가족에게 환영받을 수 있는 남편감은 드물다는 생각은 했다.

약혼식을 어찌어찌 끝내고 산의 집을 처음으로 찾아갔다. 유진에게 제발 같이 가달라고 졸랐지만 냉정한 동생은 도서관 가야 해! 하고 칼같이 잘라 버렸다. 집으로 데리러 온 산과 스치며 동생이 살짝 윙크를 하는 걸 보았다. 무언가 모종의 합의서가 있었던 건 아닐까? 의심스런 눈초리로 둘을 쏘아보았다.

"햄은 잘 있어?"

커다란 대문만으로도 위압감이 느껴져 괜한 안부를 물었다. 대문 하나가 우리 집 마당만하다. 높기는 또 얼마나 높은지, 도둑이 들려고 해도 사다리 하나는 있어야 넘어설 것 같은 집이었다.

"햄? 햄 먹고 싶어?"

엉뚱한 대답을 하는 산 때문에 심장이 뚝 떨어졌다. 혹시 그 고양이가 먹어버린 거 아냐? 산 말로는 너무 늙어서 그럴 힘조차 없다고 했지만 마지막 영양분 섭취로 햄을 상납했을지 어떻게 아느냔 말이다.

"농담이야. 허옇게 질리긴."

놀란 나를 보며 킬킬대다니! 정말 이럴 땐 조금 어처구니가 없다.

"피자 무덤이야."

피자?

고양이. 하고 대답하며 정원 한쪽을 가리켰다. 초원처럼 넓은 정원 한곳에 봉긋 솟아오른 작은 무덤이 보였다. 산의 눈동자가 금세 가라앉았다. 고양이를 이야기할 때의 산은 평소와 다른 모습이다. 뭐랄까? 사람의 냄새가 풍긴다고나 할까? 무엇 하나 빈 곳이 없는 그가 유일하게 틈을 보이는 틈새시장 같은 거다.

"약 먹으니까 편안하게 죽었어?"

"아니, 햄 데리고 집에 오니까 이미 죽어 있었어."

편하게 죽어서 다행이라 위로했다. 동물이든 사람이든 죽는 순간 평화롭게 생을 다하는 것만큼 축복받은 일이 없다고 생각한다. 우리 할머니는 바싹 말라서 미라처럼 죽어갔다. 뼈와 가죽만 남은 자신의 몸을 보면서 할머니는 엄청 울었다. 죽음을 서서히 느끼면서 죽다니, 그것처럼 고통스러운 건 없다고 생각한다.

현관문을 열자마자 수문장처럼 그의 어머니가 서 있었다. 약혼식 때에도 내내 인상을 찡그린 사람은 그의 어머니뿐이었다. 사 온 꽃바구니를 조심스럽게 내밀다, 거실 한 중앙에 화려하게 꽂혀 있는 꽃꽂이를 보았다.

"어머니께서 플로리스트야."

당황한 내게 산이 설명했다. 진즉에 말해주지. 살짝 입가를 올리는 어머니의 눈빛이 써늘하다.

"부모님들께서는 다들 무고하시지?"

네. 대답하는 목소리가 파르르 떨렸다. 나에 대한 반감 탓인지 어머님의 안부 인사에도 어깨가 쪼그라들었다.

"차는 위층으로 주세요."

산의 말에 어머님이 게슴츠레한 눈으로 나를 쏘아보았다. 산이 무슨 말을 할 때마다 왜 나를 쏘아보는지 모르겠다.

"나도 오랜만에 보는 건데 여기서 이야기 좀 하다 올라가지 그러니?"

"유인이가 햄 보고 싶다고 해서 먼저 인사시키구요."

"햄?"

"제가 키우는 햄스터요."

아, 하고 말씀하시는 표정이 꽤나 한심스럽다는 투였다.

"어른한테 인사드리는 것보다 햄스터 보는 게 더 중요하니? 그런 건 나중에 얼마든지 볼 수 있잖아."

"금방 내려올게요."

그러면서 차는 왜 위층으로 달라고 하는 건지.

계단으로 향하는 발걸음이 자꾸 뒤로 쳐졌다. 햄을 보고 싶은 마음과 어머님의 눈치가 올라가는 내내 갈등을 일으켰다. 물론, 쥐눈이 콩 같은 까만 눈을 보기 전까지다.

햄은 전에 샀던 상자보다 더 큰 곳에 담겨져 있었다. 워낙 잘 돌아다니는 녀석이라 답답하지 않게 넓은 상자를 새로 구해놓았단다. 두툼하게 깔린 톱밥은 새로 갈아놓은 지 얼마 되지 않아 마른 나무 냄새가 풍겼다. 산이 시키는 대로 상자 안에 손을 넣고 가만히 기다렸다. 순한 녀석이라 그러더니, 낯선 이의 침입에 코를 찡긋거릴 뿐, 사납게 울거나 물지는 않는다.

"잠깐, 옷 좀 갈아입고 올게."

산이 자리를 비켜서자 슬금, 상자 쪽으로 더 몸을 기댔다. 호기심이 많은 녀석이다. 코를 찡긋해 보기도 하고, 냥냥, 이빨로 물어 보기도 한다. 처음 맡은 향을 기억하는 걸까? 살짝 손바닥에 올려 놓았는데, 별 앙탈 없이 뽀로로 올라 왔다.

으, 귀여워!

녀석의 머리를 쓸어 올리는데도 마치 강아지마냥 가만히 있는 품새가 보통 애교쟁이가 아니었다. 가지고 싶어 죽을 맛이다. 이대로 폭, 치마폭에 담아 집으로 가져가고 싶은데.

무서워할까 봐, 감히 얼굴은 대지 못하고 가슴 언저리에 조그만 녀석을 포옥 안았다. 두근거리는 심장 소리에 놀란 모양인지 쫑긋, 귀만 세운 채 가만히 쪼그린 녀석에게 정말 한눈에 반해 버렸다.

꽤 긴 시간 있었던 것 같은데 산의 기척이 나지 않아, 살짝 뒤를 돌아보다 그대로 굳었다. 음흉스럽게도 내 하는 양을 몰래 훔쳐보다니!

"어, 언제부터 와 있었던 거야?"

어찌나 놀랐는지 목소리가 새되게 올라섰다. 가만히 방문에 기댄 채 나를 빤히 바라보는 검은 눈동자가 공격적으로 빛을 냈다. 대답이 없다.

두근두근.

"……긴장하지 말고 와서 차나 마셔."

한참 만에야 묵직한 음성이 울려왔다. 홍해처럼 갈라진 음성에 심장이 더 콩닥댔다. 남자의 허스키 보이스가 이토록 음흉스럽게 들릴 줄은 몰랐다. 그렇지 않으려 했는데 언뜻, 시선이 허리 아래로 뻗었다. 이러면 안 되는데.

"나중에 보여줄 테니까, 너무 그렇게 노골적으로 바라보지 마! 또 서버리면 책임질 거야?"

헉!

후다닥, 뛰어 얼른 의자에 앉았다. 거실 하나가 우리 집 전체만 한 터라 커다란 산의 덩치가 적당히 배치된 가구처럼 느껴졌다. 우리 집에선 한 치수 작은 옷처럼 꽈악 조이더니.

안고 먹을 거야? 하고 짜증을 내기에 얼른 햄을 상자에 넣어놓고 조신하게 다리를 모았다. 꼴깍, 넘기는 찻물 소리가 허공 속에 커다랗게 울렸다. 유진이가 있었으면 좋겠다. 유진이 있었다면 이 어색하기 짝이 없는 침묵이 조금이나마 진정되었을 텐데. 약혼자인 나와 달리 유진은 산과 곧잘 농담을 주고받는 편이었다.

"신혼여행은 정했어?"

만날 때마다 신혼여행 타령이다. 결혼식도 아직 한참 남았는데, 왜 벌써부터 이렇게 볶아대는지 알다가도 모르겠다. 솔직히 여행지라면 나보다 그가 잘 알 게 아닌가? 광고 촬영이라는 게 원래 근사하고 이국적인 곳에서 할 텐데, 왜 자꾸 내게만 묻는 건지.

산이 신혼 여행지를 물을 때마다 궁지에 몰린 쥐가 된 것 같다. 등 뒤로는 벽이 가로막고 바로 앞에는 꺄르릉 기분 좋게 울어대는 고양이가 있는.

왜 내겐 지금 산이 웃고 있는 것처럼 보일까? 코너에 몰아넣고 흐뭇해 마지않는 고양이 말이다.

"아, 아직……."

"지금까지 가보고 싶은 곳도 없었어?"

문득, 영월이 떠올랐다. 별빛이 커튼처럼 쏟아지는 곳. 신혼여행으로 가기에 괜찮을까?

"영월……."

"영월?"

"응. 별마로 천문대가 있는데, 가을이면 별빛이 하늘에서 곧장 쏟아지는 것 같다고 그래서."

"누가?"

하고 심드렁하게 묻는다. 지나가는 어투라 그냥 어깨만 으쓱거렸다. 별 시답지 않기는. 하고 산이 말했다.

"왜? 까만 밤하늘 속에 반짝이는 별이 보석보다 더 아름답다고 생각하는 사람들도 많아. 도시에서 사는 것보다 시골에서 작은 병원을 운영하며 소박하게 사는 게 꿈인 사람도…… 화려한 것만이 전부는 아니잖아?"

"하!"

시니컬한 눈동자가 나를 쏘았다. 속내를 그대로 짚어낼 것 같은 집요한 눈빛이었다.

"누군데?"

"……뭐, 뭐가?"

"누가, 그런 식의 삶을 행복하다고 하는지 궁금해져서."

시원한 에어컨 바람에도 뜨거운 입김이 새어나왔다.

"뭐, 그런 사람이 많다는 거지."

"그래? 네 주위에 그런 사람이 누가 있을까? 유진인 절대 아닐 것 같고."

그건 나도 동의다.

"굉장히 궁금해지네."

빌빌 꼬아대는 산의 음성이 심상치 않다. 괜한 말을 꺼냈다. 산의 입장에서 연희 씨의 존재는 그리 반가울 리 없을 텐데, 얼떨결에 나온 말이 실수가 되어버렸다. 그냥 모른다고 할 걸.

후회를 하며 시원한 오미자차를 홀짝였다. 갑자기 산이 긴 팔을 내 쪽으로 쭉 뻗었다. 움찔, 어깨를 움츠렸다. 내려오던 손이 허공에 멈추었다.

한쪽 눈을 슬며시 치켜떴다.

산과 정면으로 시선이 마주쳤다. 블랙홀 같은 그 까만빛에 나도 모르게 잠식되어 간다. 산의 눈동자가 유리에 반사되는 태양보다 더 뜨겁게 이글댔다. 내 모든 것을 태울 것처럼!

며칠 전, 산이 물었던 질문이 떠올랐다.

"태양을 안는 방법을 알아?"

모르겠다. 태양을 안는 방법이라니. 하지만 저토록 이글대는 까만 눈동자가 태양이라면 안을 수 있겠다는 생각이 들었다. 온몸을 타 태워 재가 남은 상태로 말이다. 이대로 재가 되는 건 아닌지. 그 태양 빛에 온통 넋을 잃는 사이, 잠깐 멈추었던 손이 서서히, 다시 내려오기 시작했다. 어딘지 유혹적인 향이 풍긴다. 뚝 떨어진 손은 등 뒤로 드리워진 머리채를 살짝 흔들었다. 한 갈래로 땋은 머리카락이 분수처럼 흩어졌다. 토도독, 온몸에 돌기가 퍼져 갔다.

"머리는 풀어놓는 게 더 예뻐."

귓가에 울리는 음성이 어찌나 질척대는지 부르르, 몸을 떨었다.

느물스럽기 짝이 없어 멀미가 날 정도였다.

"익혀 먹을 거야? 눈빛이 너무 이글대서 옆에서 보기만 해도 숨 막혀. 힘 좀 빼!"

어디선가 굵직한 음성이 톡 튀어나왔다. 놀라 소파에서 반은 튀어 올랐다. 뭐, 뭐야!!

"동생이야."

놀라다 못해 허옇게 질린 내게 산이 무표정하게 설명해 주었다. 둘만의 은밀한 시간을 방해당한 불만 탓인지 히죽대던 음성이 싸늘하게 식었다. 산의 말에 헐떡대며, 소리 난 쪽으로 바라보았다. 이제껏 그에게 동생이 있는지조차 몰랐다. 산보다는 순한 얼굴의 한 남자가 막 샤워를 했는지 물기를 털어내며 서 있었다. 내력이 그런가? 아래서 보니 한참은 쭉 위로 시선이 올라갔다.

"유인이?"

이런, 버릇없는!

"형수님!"

산이 따끔하게 쏘았다. 그러나 전혀 기죽음 없는 미래의 시동생은 이리저리 내 몰골을 살펴댔다. 마치 플라스틱 상자 속의 햄이 된 기분이었다.

"아직은 아닌데 뭘. 나이도 스물여덟이라며. 동생이네? 어린애한테 눈 부릅, 뜨는 거 교육상 안 좋아."

거침없는 말투가 산보다는 유진을 많이 닮았다. 동생들이란 다 이런 걸까?

"나중에 정식으로 결혼하면 형수님이라고 꼬박꼬박 불러줄게.

그전에 도망치지 않으면 다행이지만. 하하하!”

젖은 머리카락을 흩날리며 사라지는 넓은 등을 멍하게 바라보았다. 정말 감당 안 되네.

혀를 내두르며 풀어진 머리카락을 다시 단정히 잡아 하나로 묶었다.

“목이 아직도 빨개!”

김샌 몰골로 산이 소파에서 일어섰다. 조금 전, 몹시도 난감한 분위기는 처음으로 되돌아간 상태였다.

너 때문이잖아!

소리치고 싶은 걸 꾹 참고 자리에서 일어섰다. 내게 등을 돌린 채 무심히 햄과 장난치는 손길이 꼭 나사 빠진 무엇처럼 성의가 없었다. 아직, 별마로의 이야기가 끝나지 않았다는 걸 직감적으로 알아차렸다. 집요한 그의 성격으로는 연희 씨에 대해 기필코 알아낼 것 같은 불길한 예감이 든다.

잠깐!

그가 알아낸다고 해서 무슨 상관이지? 바람을 피운 것도 아니고 양다리를 걸친 것도 아닌데 말이다. 용기 백배, 눈동자에 힘이 섰다.

“안 내려갈 거야?”

“왜?”

“어머님이 기다리시잖아.”

“궁금하면 내려가 보든지.”

뭐냐! 부릅, 눈 없는 등만 째져라 노려보았다. 얄밉게 돌아설 줄 모르는 그를 한 번 더 노려보고, 일부러 쿵쿵, 소리를 내며 아래층으로 내려갔다.

어머님은 내가 사 온 꽃을 꽃병에 꽂고 있었다. 역시, 직업이다 보니 손길이 보통이 아니다. 평범했던 꽃바구니가 점차 생명력을 되찾고 있었다. 그리고 그 옆에 선 동생!

"유인이는 처음 보는 거지? 산이 동생이야. 군의관으로 강원도 쪽에 있어."

아, 아하.

"강효인입니다."

제 이름을 소개하는 효인에게 유인이 동생도 의대 진학하는 게 꿈이란다. 하고 어머님이 덧붙였다.

"뭐 하게?"

효인이 한껏 건방진 폼으로 물었다.

넌 왜 갔는데?

"외과의가 꿈이래요."

핏!

건방지게도 콧방귀를 뀐다. 유진이 있었다면 한 대 갈겼겠지만, 힘없는 나는 애써 미소를 지었다. 형제가 참 많이 닮았다.

"참, 너희들 살 집은 가봤니?"

"아니요."

벌써 집까지 사놓았다는 말은 금시초문이었다. 황당해하는 내게 그래? 하고 어머님이 대수롭지 않게 대꾸했다. 산의 속도는 늘 이렇게 따라가기 벅차다. 언제 집까지 다 마련을 해놓았는지. 산을 보면 마치 결혼이 코앞에 닥친 것처럼 급박한 느낌이 들었다.

"학기 중엔 시간 내기 힘들 테니까, 방학 중에 가구랑 미리 보는 게 좋겠지? 내가 아는 가게가 있으니까 언제 시간 한번 내라."

어머님이 아시는 가게가 결코 내 수준과는 어울릴 것 같지가 않아 애매한 미소만 지었다. 어머님이 따가운 눈초리로 못마땅한 기색을 드러냈다. 어쭙잖은 대답이 성에 안 차시는 거다. 살짝, 어깨를 치켜올렸다.

"그리고 예단 문제인데. 뭐, 산이 말로는 친척들 중에 옷 필요한 사람 있냐고 예단 같은 거 없는 걸로 하겠다는데, 그래도 저 낳아 준 부모 예단까지 없는 걸로 하는 건 좀 그렇지 않니?"

어머님이 하고 싶어하신 이야기의 가름을 그제야 대충 알 수 있었다. 간단하게 내 건 한복하고 아버님은 양복을 하자꾸나, 하고 말씀은 하셨지만 어머님께서 단골이라고 말씀하신 한복집은 가끔, 연예 프로나 잡지에서 볼 수 있는 디자이너의 이름이었다. 새어나오는 숨을 겨우 눌렀다. 모아놓은 돈이 얼마나 되더라?

이제 겨우 사 년 조금 못 된 호봉으로 모아놓은 돈이 얼마 되지 않을 텐데. 옆에서 입술 끝을 올리는 효인의 눈빛이 서리처럼 차갑다. 그도 어머님과 같은 생각일까?

"저희 나가요."

어머님이 줄줄 열거하는 폐물과 시계 브랜드까지 전부 듣고 났을 때 위층에서 산이 득달같이 내려오더니 덥석, 내 손을 잡았다.

"애! 아직 이야기도 안 끝났어."

소리치는 어머님을 뒤로하고 산이 저도 데이트해야 돼요! 하고 무작정 밖으로 내달렸다. 정원으로 빠져나오자 막힌 숨이 터져 나왔다. 시원한 실내의 공기보다 후덥지근한 밖의 공기가 훨씬 상쾌했다.

"영화 볼까?"

차에 오르며 씨익 웃는다. 하얀 이가 햇살 속에 부시도록 빛을 냈다.

"샤워했어?"

아직 채 마르지 않은 검은 머리카락이 그 햇살에 물방울을 튕겨냈다. 별로 덥지도 않더만.

"더워서."

이글대는 열기가 창가에 부딪혀 마른 빛을 쏟아낸다. 대체, 얼마나 들까? 어머님이 불러준 브랜드의 이름을 떠올리며 내 머릿속은 주판알을 튕기고 있었다. 옆에서 산의 흥겨운 콧노래 소리가 들린다.

'눈 뜨라고 부르는 소리가 있도다!'

지금 진실로 눈을 떠야 하는 건 내가 아닐까? 심각한 고민이 들었다.

　두 번째의 우연은 운명이다. 유인과 함께 있는 그 남자를 두 번째로 마주쳤을 때, 운명임을 느꼈다. 내 인생에 결코 반갑지 않는 불청객!

　활짝 웃고 있던 유인의 미소가 나를 본 순간 얼음처럼 얼었다. 명치 끝이 아렸다.

　속으로 유인에게 물었다.

　'대체 넌 그 녀석의 어디를 보고 있는 거니?

　집으로 향하는 내내, 내 뇌리 속에 박힌 건 비어 있는 유인의 손가락이었다.

　약혼반지를 왜 빼어놓았을까?

　핸들을 잡은 내 손등이 눈에 들어왔다. 작은 보석이 비꼬듯 번쩍거렸다. 약혼식을 치른 후 한 번도 떠나지 않은 반지였다. 불길한 예감에 가슴이 싸늘히 식어져 내렸다.

　언젠가는 이 시절을 떠올리며 웃을 수 있을까? 유인의 곁에서 말이다.

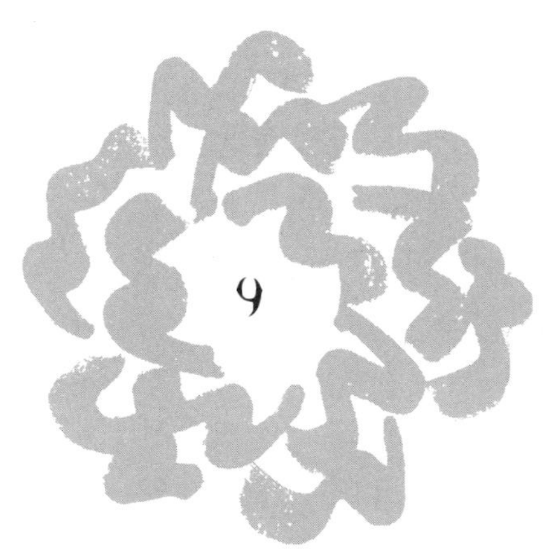

휴가 한 번 떠나지 못하고 방학이 그대로 지나가 버렸다. 조르고 또 졸랐지만 유진은 기어이 고집을 꺾지 않았다. 고2에게 무슨 휴가가 있냐는 말엔 할 말이 없었다. 하긴 의대에 진학하려면 남들보다 단 일 분이라도 더 공부에 매달려야 하니, 도움이 못 되는 주제에 방해까지 할 수야 없지.

산의 어머님 말씀을 전해 들은 엄마는 뭐, 그 집안에서 당연히 그렇겠지. 하고 애써 아무렇지도 않는 표정을 지었지만 그래도 한숨은 잡지 못했다. 언뜻, 그런 곳에서 한복 하려면 얼마나 들까? 하고 아빠에게 묻는 걸 한밤중에 엿듣고 말았다. 가슴이 찌르르하다. 걱정스런 엄마의 목소리보다 묵묵부답인 아버지의 대답이 더 가슴 아팠다.

내게 걸맞지 않은 상대와 결혼을 하는 건 결코 표면적으로 드러나는 모습만 있는 게 아니다. 잘난 남자 소개시켜 준 임 선생은 마치 인생 하나 구제해 준 양, 제 값을 톡톡히 하지만 원래 결혼은 저와 걸맞는 집안과 하는 거라고 했다. 작은 예물이지만 서로 정성껏 준비하고 그 마음에 감사하는.

방문 너머 부모님의 모습을 훔쳐보며 긴 한숨을 내쉬었다. 집안 기둥을 몽땅 흔들어놓고 기어이 이 결혼을 진행시켜야 할는지, 걱정을 넘어 갈등이 일었다. 내게 맞지 않는 신발을 신느라 부모님의 머리가 하얗게 세는 건 원치 않았다. 이렇게까지 결혼을 꼭 해야 하는 걸까?

그래서 며칠 동안 굉장히 우울했었다. 가실 줄 모르는 더위도 그랬고. 그래서 덜렁, 지갑 하나만 든 채 집을 나섰다. 내일쯤엔 마지막 태풍이 온다더니, 간만에 선선한 바람이 불어 습한 공기만 제외하면 나름, 괜찮은 날씨였다.

유진과 쇼핑을 겸하지 않을 때 보통 이용하는 서점은 버스로 두 정거장쯤 걸어야 있다. 우리 동네에 있는 서점은 대부분 아이들 참고서 위주라 일부러 그곳까지 찾는 편이었다. 저쪽에서 뿌연 매연을 날리며 달려오는 버스가 보였다. 탈까, 아니면 그냥 산책 삼아 걸을까, 갈등하는 사이 버스는 기다리지 못하고 금세 저만큼 달려가 버린다. 쳇!

결국은 어쩔 수 없이 하냥 걸을 수밖에 없었다.

뭐, 어차피 걸을 셈이었으니까. 위로를 하긴 했지만 그래도 선택할 사이도 없이 횡, 하게 떠나 버린 버스가 괘씸했다. 말이 두

정거장이지, 여름에 걷기엔 그리 짧은 거리가 아니라 서점에 도착했을 땐 등짝이 눅눅해져 있었다.

벌겋게 익은 뺨을 식힐 셈으로 서점에 도착하자마자 커다란 에어컨 쪽으로 후다닥 다가갔다. 축축한 옷자락에 냉한 바람이 한기가 들 정도로 세차게 불어왔다. 기분 좋은 소름이 돋았다. 마치 얼음 계곡에 뜨겁게 달구어진 발바닥을 담그었을 때 느껴지는 소름 말이다.

방학이라 그런지 서점은 평소보다 두 배 정도는 북적거렸다. 적당히 땀을 식힌 후 휘적휘적 서점 안으로 깊숙이 들어섰다. 베스트셀러 코너도 한번 훑어보았지만 지난번과 그리 달라진 게 없다. 새로 나온 코너로 돌아섰다. 전에 한 번 읽었던 작가의 신간이 나온 걸 신문 광고에서 본 적이 있었다. 미리 점찍어둔 책을 찾는데, 문득 시선이 요리책 코너 쪽으로 향했다. 결국은 어쩔 수 없는 건가 보다. 한정식 조리사로 이름을 날리는 낯익은 얼굴들이 다투어 내어놓은 책들을 뒤적이는 이 한심한 몰골이라니.

그중, 그나마 자주 요리할 수 있는 책을 한참 몰두해 보고 있을 때였다.

"요리 좋아해요?"

갈색 머리카락보다 깔끔한 비누 향이 먼저 와 닿았다. 낙엽 빛의 눈동자가 유머러스하게 날 바라본다. 요리책과 내가 그렇게 어울리지 않나? 하지만 그의 손에도 얇은 요리책이 들려 있었다. 표지의 남자가 당차게 나를 쏘아본다. 넌 이런 요리도 못하니?

"뭐, 그냥. 심심해서."

"저도 딱딱한 책이 지루해지면 가끔, 요리책을 뒤적거리긴 해요. 사진도 예쁘고."

음식 사진은 예쁘기보단 식욕을 자극한다. 괜한 허기를 불러오기도 하고.

"요리책 사시게요?"

들고 있는 요리책을 눈짓으로 가리켰다. 남자가 들고 있는 요리책은 뉘앙스가 다르다. 여자가 들고 있는 요리책은 삶과 밀접한 연관성이 있지만, 남자의 손에 들린 요리책은 페미니즘과 우아한 취미가 곁들여진 고상함을 풍긴다. 순대와 샐러드 같다고나 할까.

"혼자 사는데 아무래도 사 먹는 것보단 만들어 먹는 게 낫지 않을까, 싶어서요. 윤 간호사가 이 책을 추천해 줬어요. 남자가 만들기도 했고 재료값도 저렴하다는데 대충 봐도 꽤 어렵네요."

여기 봐요. 하고 손가락으로 턱! 하고 설명서를 짚는다. 그러나 자잘한 문자판보다는 예민하고 날렵한 손가락에 먼저 눈에 들어왔다. 깔끔하게 잘려진 손톱 끝이 청결해 보인다.

"대체 굴 소스가 뭔지 알 수가 있어야죠. 새우젓은 또 어디서 사야 되는 건지."

하도 안쓰러운 낯으로 말을 해서 우리 집 냉장고에 박힌 새우젓을 훔쳐다 주고 싶을 정도였다.

"그냥, 소금으로 간해도 돼요. 국간장이 더 그윽한 맛이 나긴 하지만, 소금으로 해도 깨끗한 느낌이 들어요."

국간장? 어려운 영어 단어라도 들은 듯 잔뜩 미간을 찌푸린 표정에 킥! 소리를 냈다. 계산을 한 후 서점을 나서는데도 그의 불평은 그치지 않았다.

"대체 소시지를 볶는데 왜 굴 소스가 필요한 거지?"

하긴 나 역시 같은 생각이다. 소시지를 볶는데 왜 굴 소스를 꼭 넣어야 할까? 간 없이 그냥 볶아도 맛있던데.

"곧 개학이죠?"

고개를 끄덕였다. 그는 여전히 학교 앞 가게에서 아이스크림을 먹고 있을까? 잠깐 궁금증이 일었다. 혼자 먹으면 심심할 텐데.

"전 이번 주부터 휴가예요."

그리고 보니, 오늘은 평일이다. 예상치 못한 만남이라 주중이라는 것도 잊었다.

"휴가 기간에 요리 몇 개 배워놓고, 영월에도 다녀올까 해요. 유인 씨는 방학 동안 여행 많이 다녔어요?"

모르는 소리. 방학이라 해도 학생들과 달리 우린 교육이다, 일직이다, 일이 좀 있다. 게다가 겨우 아버지의 휴가에 맞춰놓은 일정도 유진 때문에 틀어졌고.

"동생이 고2라 못 갔어요. 아무리 졸라대도 여의치가 않네요."

단칼에 거절당하고 무안만 탔다는 말은 생략했다.

"당찬 고교생이네."

연희 씨는 세련된 도시적인 외모와 달리 가끔, 말투가 아저씨 같을 때가 있다. 고교생이라니.

"뭐, 의대를 지원하는 중이라서……."

연희 씨가 눈썹을 치켜올렸다. 아, 그거 굉장히 힘든 공부인데. 한다. 효인보다는 훨씬 진지한 반응이라 호감이 증폭되었다.

"어렸을 때부터 의사가 되겠다고 노래를 부르던 녀석이라 저희 가족 모두 그냥 그러려니 하는 것 같아요. 난 사실, 선생이 되길 원했는데."

하하하!

연희 씨가 커다랗게 웃음을 터뜨렸다. 왜 웃는지는 모르겠지만 말이다.

서점 근방이 집이라는 연희 씨가 두 정거장을 걸어서 집까지 바래다주었다. 덕분에 지루하지는 않았지만 더위만은 피할 수 없었다. 이제 오후로 넘어선 하늘이 더 까무룩했고, 물기를 머금은 날씨는 습해 끈적거렸다. 그래도 가끔 살랑, 불어오는 바람이 그의 머리카락을 휘날리는 게 근사하게 보여 수줍게 그와 보조를 맞추었다.

그의 걸음은 느렸다. 양반걸음이라고 해야 하나? 책을 뒷짐 지고 한발한발, 성의있게 발을 내디딘다. 그와 보조를 맞추려니 자연, 내 걸음도 느려질 수밖에. 그의 걸음을 흉내 내어 발끝을 약간 벌리고 여덟 팔(八) 자를 그렸다. 커다란 그의 단화엔 꽤 그럴싸하게 보이더니 날렵한 내 샌들의 끝은 꽤 방정맞게 보인다. 연희 씨 몰래 작은 웃음소리를 냈다.

"유인아!"

"아!"

선하게 주름 잡힌 연희 씨의 눈꼬리를 훔쳐보다 그대로 굳어버렸다. 대문 앞에 등을 기댄 산이 표범처럼 몸을 쭉 편다. 덩치에 비해 날렵한 걸음으로 어느새 우리 앞으로 바짝 다가서는 모습을 멍청하게 바라보았다. 그리 좋은 풍경은 아니었을 것 같다.

눈썹을 잔뜩 세운 산이 연희 씨를 위아래로 훑어 내렸다. 산보다 한 뼘은 작은 연희 씨 역시 만만찮았다. 허공에 부딪히는 두 사람의 눈빛이 붉다 못해 퍼런빛을 냈다. 그 냉기에 손에 든 책을 꼭 움켜쥐었다. 결국 연희 씨는 자신이 고른 요리책을, 난 신문 광고에서 보았던 작가의 책을 샀었다. 끔찍한 고요가 흘렀다.

"서점에 갔었니?"

느긋한 산의 음성은 멀리 뛰기 위한 개구리의 움츠림처럼, 먹이 앞에 제 몸을 숨기는 사자의 본능처럼 위협적이고 스산한 피 냄새가 배어 있다.

"으, 응."

꿀꺽, 침을 삼켰다. 산의 긴 손가락이 천천히 제 머리카락을 쓸어 올렸다. 꺼먼 먹빛 속에 작은 빛이 번쩍거렸다. 우리의 약혼반지다. 산이 알아차리지 않도록 몰래 비어진 약지 손가락을 덮었다.

"왜…… 여기서 기다렸어?"

떨리는 음성을 겨우 짓눌렀다. 떨림을 알아차린 연희 씨가 의문스러운 눈빛으로 나를 돌아보았다. 이 남자 누구죠? 하고 묻는 것 같다. 산은…… 여전히 모호한 표정이었다.

"여기에 서면 골목 끝이 잘 보여서."

왜 화를 내지 않는 걸까? 펄쩍 뛰다 못해, 날뛰어도 마땅할 이 애매한 상황에서, 산은 더욱 차갑고 냉정했다. 오소소, 한기가 들었다. 한여름인데도, 한겨울 꽁꽁 언 얼음 밑줄기 같은 한기가 돌아 방금 전 느꼈던 더위가 싹 가셨다.

화내지 않는 산, 그리고 여전히 말이 없는 연희 씨. 두 남자의 무신경한 신경전에 내 신경만 바싹바싹 말라갔다.

"아, 아……."

하고 연희 씨가 길게 호흡을 내뱉었다.

"이연희입니다."

하고 손을 내민다. 이 상황에서 맞는 행동인 건가? 하지만 산의 눈치를 살피느라 무어라 말할 여력도 없었다. 화가 많이 나면 오히려 말을 잃는 스타일인가? 제발 그러지 않았으면 좋겠다. 얼음의 산은 불같은 산보다 더 무섭다.

"휴가 끝나고 오면 개학이네요."

내민 손을 끝내 산이 무시하자 대신 내게 싹싹하게 말을 붙였다. 네, 뭐. 하고 어색하게 대답했다.

"들어가요. 함께 갈 수 있으면 좋을 텐데. 플레아데스 성단을 보여주고 싶었거든요."

세상에서 가장 아름다운 보석이죠. 하고 덧붙인다. 생전 처음 들어보는 별이었지만 산이 신경 쓰여 대충 고개만 끄덕여 주었다. 금방이라도 '그 시답잖은 녀석이었군' 하고 빌빌 꼬아댈 것만 같다. 힘차게 손을 흔들며 연희 씨가 사라지자 으드득, 뼈 가는 소리가 들렸다. 턱 선을 따라 힘줄이 울그락 튀어 오른다. 잔뜩 제 성질을 누르는 기색이었다.

"반지는 어디 있니?"

한참 만에야 산이 입을 열었다. 금방이라도 비가 쏟아질 듯 하늘은 까맣게 변해 있었다. 물기 어린 바람이 얼굴을 스쳐 갔다. 괴기 영화에 등장하는 괴수처럼 험악한 몰골에 입이 더욱 떨어지지 않았다.

"무거워서……."

변명처럼 들리겠지만, 평소엔 시계조차 잘 끼지 않는 편이라 손가락에 걸린 묵직한 반지가 여간 신경에 거슬리는 게 아니었다.

"성재 녀석이 중매 노릇을 톡톡히 받으려는 모양이야."

"응?"

"한턱내라고 해서, 저녁에 친구들과 만나기로 했어. 함께 갈까, 하고."

성재? 누군지 몰라, 어리둥절해하는 내게 덧붙인다. 결혼식 때 보았잖아?

임 선생 남편 이름이 성재였던 모양이다. 얼른, 고개를 끄덕였다. 더 이상 산을 자극하는 일은 그만 하고 싶다.

"오늘 저녁?"

"일곱 시에 약속했어."

시간이 얼마 안 남았다.

"서둘러야겠네. 미리 연락하지 그랬어?"

"전화를 안 받았어. 집엔 없고."

그리고 보니, 서점에 갈 때 지갑만 들고 갔었다. 서둘러 집으로 들어서는 내 등을 산이 붙들었다.

"공주님, 다른 남자는 보지 마. 전부 부서뜨리기 전에."

그가 예전에 했던 경고가 떠올랐다. 다른 남자 따윈 보지 마! 아마, 처음으로 키스를 했던 그날 같다. 등줄기를 따라 그의 시선이 흘러내린다. 겨우 내디딘 발끝이 벼랑으로 치닫는 기분이었다.

그날, 아마 산은 보았는지 모르겠다. 내가 연희 씨와 아이스크림을 먹는 걸.

가슴에 뜨거운 낙인을 안은 채 외출 준비를 서둘렀다. 마치 나를 부서뜨리듯, 핸들을 꽉 쥐고 있는 그의 손가락에서 반지가 차갑게 번쩍거렸다.

태풍이 그쯤 몰아쳤다. 산 대신 세상을 부숴 버리기라도 할 셈인지 거센 비바람이 거리를 강타했다. 높게 매달린 간판들과 가로수들이 위협적으로 제 몸을 흔들어대는 거리를 산은 거침없이 헤쳐 나갔다. 눈길 한 번 주지 않고 곧장 앞만 쏘아보는 그의 얼굴 위로 번쩍! 번개가 스쳤다. 그리고 울리는 천둥소리.

내일쯤 올 거라던 태풍은 생각보다 빠른 속도로 서울을 침범했다.

검게 변한 어둠 속에 조금의 동요도 없이 운전해 나가는 산의 얼굴이 하데스처럼 깊고 스산스럽다. 차 안에서도 거대하게 울리는 빗방울의 소음이 밀턴이 노래했던 불꽃의 강 플레게톤 같아 마음이 무겁게 내려앉았다.

죽음을 건너는 영혼은 플레게톤에서 분노를 정화시킨다고 하는데, 내가 바라는 것 역시 같았다. 무거운 산의 표정이 더 이상 견디기 힘들다. 숨 막히고, 불처럼 뜨거웠다. 내 몸을 다 태울 것처럼.

굳어진 얼굴 속에 가려진 건 아마 상처일지 모르겠다. 반지가 사라진 내 손가락인지, 아니면 연희 씨인지, 정확한 이유를 집어 낼 수 없다고 해도 친구들 사이에서 힘겹게 제 감정을 감추는 산을 보며 그런 생각이 들었다. 당신, 상처 입은 거야?

"야, 야! 결혼 앞둔 소감이 어때?"

한턱내라던 성재 씨 대신, 친절한 진현 씨가 옆에서 수선을 떨어댔다. 임 선생 곁에서 마냥 행복하게 웃는 성재 씨의 시선이 그 순간, 날카롭게 나를 훑었다. 외모는 달라도 사람을 꿰뚫어 보는 예리한 눈빛이 산과 닮아 보였다. 산 주위엔 산 같은 사람들이 많은 모양이다. 내 주위엔 별로 없는데.

"숨차!"

숨이 차? 내뱉은 산의 말에 다들 어리둥절해했다.

"유인이가 하도 도망 다녀서 잡느라 숨차, 죽을 것 같다."

산의 너스레에 한바탕 웃음보가 터졌다. 편하게 웃는 웃음이 단지 농담으로만 들리지 않아 절로 딱딱하게 굳어졌다. 그게 아닌데…….

"원래 남 선생이 좀 그래요. 보통 느긋한 남자 아니면 결혼하기 힘들 거라고 다들 그랬다니까. 호호호!"

임 선생이 끼어들었다. 느긋한 남자라, 산이 중얼거렸다. 아마, 모르고 한 소리일지 모르겠지만 그건 임 선생이 자신도 모르게 찌르고 만 우리의 아킬레스였다. 그들 중에 유일하게 성재 씨만이 걱정스런 눈빛이었다. 검사답게 정황에 꽤 민감한 눈치였다.

산의 술잔은 빠르게 비워졌다. 노란 액체가 독한 냄새를 풍겼다. 자식, 왜 저래? 하고 친구들이 숙덕거렸지만 아랑곳하지 않았다. 점점 자리가 불편해져 갔다. 산의 손은 이곳에 도착한 순간부터 내 손에서 떠나지 않는다. 끈적한 땀이 손가락 사이를 타고 흘렀다. 꼼지락거렸지만 어림도 없었다. 흥겹던 분위기가 조금씩 경직되기 시작했다. 산을 둘러싸던 이들이 하나둘, 떨어져 나가 제각각 귓속말을 주고받았다. 우리 쪽으로 향한 성재 씨의 눈초리가 더욱 매서워졌다. 임 선생 역시.

"집에 안 갈 거야?"

고슴도치처럼 온통 가시 박히기 전에, 얼른 집으로 돌아가고 싶다.

"왜?"

"많이 취한 것 같아 보여."

"하하하!"

산이 느닷없이 커다랗게 소리를 냈다. 조용히 이야기를 나누던 일행들이 놀란 눈으로 일제히 우리를 향해 돌아본다.

"하하하! 우리 공주님, 또 겁을 먹었니?"

"공주님? 야, 강산! 너 늦바람 연애하더니, 많이 능글맞아졌다!"

맞은편에 앉은 진현 씨가 속없이 놀려댔다. 임 선생의 실쭉한 입술도 보인다.

공주님이란다, 공주님!

옆 친구에게 수선을 떨던 진현 씨가 내게 말했다.

"유인 씨! 우리 산이 그만 애 좀 끓이시죠? 이런 녀석이 아닌데. 워낙 제멋대로인 녀석이라 처음, 유인 씨 점찍을 때에도 다들 엄청 놀랐거든요. 그날 일찍 들어가셨죠? 유인 씨 가고 난 다음에 이 녀석이 대뜸 선포했잖아요. '남 선생 넘보지 마라!' 라고, 그때 우리들 모두 뒤로 다 넘어갔어요."

얼굴이 홍당무처럼 붉어졌다. 진현 씨의 농담이 과장이라 해도, 듣기에 보통 민망한 말이 아니었다.

"자식, 아예 꽉 잡혔구나, 잡혔어!"

진현 씨 덕분에 잠시 화기애애한 분위기가 돌았다. 물론, 그 속에서도 산은 제외였지만. 진현 씨의 목소리가 들리지 않는지, 산은 무표정한 얼굴로 제 앞에 놓인 잔을 꿀꺽, 비워 버린다. 나더러 어쩌라고. 민망한 말은 저 혼자 다 한 주제에 수습은 내게 몽땅 남겨놓다니…….

"공주님! 제 잔도 한 잔 받으시지요?"

진현 씨가 놀리며 잔에 술을 따랐다. 억울했다. 난 산의 공주님이 되려던 게 아니다. 그 별칭만큼 내게 어울리지 않는 게 없었고, 공주님보다는 오히려 시녀가 더 어울리는 삶을 살았었다. 공주님은 내가 아닌 임 선생에게 더 어울리는 말인데.

진현 씨가 쨍! 소리를 내며 잔을 부딪쳐 왔다. 절로 이맛살을 찌푸렸다. 냄새만으로도 꽤 독한 술이다.

"저기……."

거절하자니 공주님이라 놀릴 것 같아 몹시 난감했다. 그때였다. 불쑥, 산이 손을 뻗어 내 앞에 놓인 잔을 그대로 입에 털어 넣었다.

"우리 공주님 술 못 마셔!"

애고고.

날 선 표정에 진현 씨가 자식, 머쓱한 소리를 내며 임 선생 부부 쪽으로 몸을 틀었다.

"야, 신혼부부! 너네들이 한 잔 비워라. 공주님은 술을 못 마신단다."

농담이란 걸 알면서도 기분이 울적해졌다. 산에게 잡힌 손으로 시선을 내렸다. 불빛 아래 다이아몬드가 찬란하게도 빛을 낸다. 산이 손가락으로 반지 위를 쓸어 내렸다. 금속 위인데도 뜨거운 열기가 그대로 느껴졌다.

"넌…… 왜 나와 결혼하니?"

산이 물었다.

"당신이 하자고 그랬잖아."

조그맣게 대답했다. 왜냐니, 꽤 바보스런 질문이라 생각했다. 남은 한쪽 팔이 목 언저리에 닿았다. 고혹적이며 농후한 손길로 곱게 세팅한 머리카락을 부드럽게 쓸어내렸다. 아랫배가 뜨끈해졌다. 내 안에 담긴 무언가가 후드득, 쏟아지는 느낌이라고나 할까? 작은 세포 하나까지 전부 기억하려는지 천천히, 둥글게 쓸어 내리는 손길에 빳빳하게 얼어붙었다. 온몸에서 힘이 빠져나가 꼼짝할 수가 없었다. 어떤 동물은 그렇단다. 자신의 천적을 만나면 온 세포가 뻣뻣하게 굳어져 그대로 먹이가 되어버리는.

그렇게 심장이 멎었다.

"그래, 내가 원해서 결혼하는 거라……."

느릿하게 대답이 들려왔다.

"그렇게 나와 결혼하고, 내 아이를 낳고, 평생을 함께 늙어가겠지."

산의 말에 먹먹해져 왔다. 사촌언니가 결혼했을 때, 엄마가 그랬다. 여자는 뒤웅박 팔자라고. 어떤 남자를 만나느냐에 따라 인생이 달라진단다. 어렸을 때부터 손이 야물다 칭찬받았던 언니는 별 볼일 없는 남자와 사랑에 빠져 별 볼일 없는 결혼식을 올렸다. 고모가 결혼식 내내 울던 모습이 꽤 충격적이었다. 난 부모의 반대에도 불구하고 자신의 사랑을 찾은 언니가 용감하고 대단하게 보였는데 어른들이 보는 세계는 나와 달랐다.

내가 산과 살게 되는 삶은 어떤 뒤웅박이 될까? 슬쩍 산의 옆모습을 훔쳐보았다. 독한 술을 몇 잔이나 들이켰는데도 얼굴색 하나 변하지 않은 단정한 얼굴이 바로 앞에 있다.

난 이렇게 당신과 결혼해도 되는 걸까?

미래가 두렵다. 그의 말대로 그의 아이를 낳고, 그와 평생을 함께 늙어갈 수 있을까? 후회없이?

산의 등 뒤로 까만 어둠이 펼쳐진 창문으로 시선을 돌렸다. 세차게 내리는 비가 창문을 두드려 댄다. 우리가 앉은 자리까지는 빗소리가 들리지 않았지만, 굉장히 거센 비였다.

"그 녀석인가 보지?"

"뭐?"

"전에 이야기했었잖아. 시골에 작은 병원을 운영하고 싶어하던…… 그 남자, 의사야?"

연희 씨 이야기다. 절대로 그냥 넘어가지 않을 거라 예측은 했었다. 그저 우연히 만난 것뿐인데, 변명이라 생각하겠지?

"넌 언제나 도망갈 곳만 찾지."

역시!

맥 빠진 몰골로 고개를 저었다. 그가 싫어 도망간 건 아니었다. 단지 확신이 서지 않았을 뿐이다.

"산…….."

"내가 원해 결혼하는 거라, 늘 도망갈 생각만 하는 거야? 내가 아닌 다른 세계에 갇혀서, 내가 아닌 다른 사람만 보면서, 내가 아닌 다른 사람에게 환한 미소를 지으면서!"

벌떡 자리에서 일어선 산의 눈동자가 죽일 듯 나를 노려보았다. 말짱한 목소리에 비해, 취기 어린 눈동자가 붉게 충혈되어 있었다. 조용하던 홀 안이 더욱 싸해졌다. 뭐야? 놀란 눈길이 우리에게 쏟아졌다. 볼이 확확 달아올랐다. 이제 저 사람들은 두 번 다시 보지 못하겠다.

벌겋게 얼굴을 붉힌 채 고집스럽게 앉아 있는 내 팔을 산이 거칠게 잡아 일으켰다. 잡힌 팔이 떨어져 나갈 것처럼 아파왔다. 그렇지 않아도 차이가 지는 키인데, 이렇게 선 채로 잡아끄니 겨드랑이까지 통증이 찌르르 몰려왔다.

"많이 놀다 가라. 계산은 내가 할게."

"왜? 아직 시간이…….."

"태풍이 온다잖아. 우리 공주님 집에 가봐야지."

"자식, 뭐야? 태풍이 너희들한테만 온다냐?"

친구들의 야유가 쏟아졌다. 테이블 위엔 이미 꽤 많은 빈병들이 굴러다니고 있었다. 우리가 있다고 해서 그리 분위기가 흥겨울 것 같지는 않는데 그의 친구들은 끈질기게 우리를 붙들었다. 나로서는 이제 그만 떠나는 게 더 나았다. 산의 곁이 가시처럼 따끔거렸고, 성재 씨의 눈초리는 그리 호의적이지 않았으며, 임 선생은 실쭉한 몰골로 나를 흘겨보고 있었으니까. 공주님이란 호칭이 산의 입에서 나온 순간부터 모임 자리가 진즉에 불편해지던 참이었다. 다행히 산은 단호하게 친구들의 팔을 떨쳐 냈다.

"우리 공주님 귀가 시간이야. 결혼 전까지는 고이 모셔다 드려야지."

"산아! 바래다줄까?"

그나마 술에 취하지 않은 성재 씨가 산의 팔을 붙들었다. 괜찮아, 하고 성재 씨의 손을 떨쳐 내는 품새가 위태롭게 흔들거린다. 숨결을 뿜어낼 때마다 술 냄새가 진동을 했다.

들어올 때보다는 한결 흐트러진 자세로 비틀비틀 문 쪽으로 나서는 산을 따라나섰다.

"산."

미약하게 불렀지만 듣지 못한 것 같다. 가게에서 불러준 택시 안에서 내내 산은 말을 잃었다. 창밖으로 고정시킨 시선 탓에 옆선으로 보이는 그의 얼굴이 나에 대한 거부감처럼 느껴졌다. 그에게 잡힌 손을 물끄러미 바라보았다. 가게에서부터 떨어지지 않도록 굳게 잡은 내 손이 뒷자리 중앙에 경계선처럼 자리를 잡고 있다. 또다시 손가락을 움직여 보았지만, 산은 더욱 꽉 붙들 뿐이다. 어쩔 수 없이 산을 따라 차창으로 시선을 돌렸다.

빗줄기는 더욱 거세지고 있었다. 마치 절규하듯 창문에 부딪히는 빗방울을 바라보는 내 심장도 함께 절규를 했다.

"산, 미안해."

우연히 마주친 동네 의사와 집까지 걸어온 게 그토록 잘못된 걸까? 하지만 산의 화가 풀릴 수만 있다면 사과 한 번쯤은 아무것도 아니라는 생각이 들었다.

"듣고 싶지 않아."

산이 칼처럼 잘라냈다. 울컥, 감정이 솟았다. 억울해서 눈물이 나는 경우도 있다던데, 그래서인가? 눈물이 핑 돌았다. 산의 손가락이 반지를 핑글, 돌렸다. 결혼은 자유의 구속이라고 하지만, 너무 하다. 이런 작은 우연까지 허락되지 않는 구속은…… 숨이 막힌다.

"산……."

더 이상 대답은 없었지만, 그렇다고 좀 전처럼 싸늘한 반응은 아니었다. 쫑긋거리는 그의 귀를 보며 조심스럽게 말을 이었다.

"산은 왜 그렇게 결혼에 집착하는 거야? 그렇게 결혼이 급해?"

"남자는 결혼을 위해서 사랑하지 않아. 여자는 다른 모양이지만."

퉁명스런 목소리가 나를 비꼬았다. 단단히 꼬인 타래를 먹었나? 그냥 궁금해 물은 건데 하는 말마다 가시가 돋아 있다.

"싫어하는 거 아닌데……."

혼자 중얼댔다. 사랑하지 않기 때문이 아니라, 사랑에 대한 확신이 설 때까지 결혼을 천천히 생각하자 했을 뿐이다. 결혼에 대해 성마르게 달려가는 건 내가 아니라 산이다. 난 언제나 말했다. 천천히, 천천히…….

또 침묵이 찾아왔다. 택시기사 아저씨마저 바짝 긴장한 눈길로 앞만 뚫어지게 바라보는 통에 차 안은 내쉬는 숨소리만 고고하게 울렸다. 하긴 워낙 빗줄기가 세차 바로 앞 도로도 제대로 보이지 않을 상황이었으니까. 그렇게 묵묵히 집 앞까지 도착했다. 차에서 먼저 내린 산이 우산을 받치고 나를 기다려 주었다.

차에서 내리다 잠시 그를 바라보았다. 행동이 재빠르고, 생각은 그보다 더 빨리 있는 남자. 그는 언제나 나보다 한 발짝 더 앞에 서 있고, 난 언제나 이 자리에 서 있다. 우린 정말 결혼할 수 있을까?

"난……."

거센 빗줄기 때문에 목소리가 잦아들었다. 응? 우산에서 물이 떨어지지 않게 조심하며 산이 내 쪽으로 고개를 숙였다. 단정한 머리카락에서 에르메스의 향이 난다. 고급스럽고 청쾌한 향.

"상처 줄 생각은 없었어."

겨우 목소리를 냈다. 하하하! 산이 웃었다. 그렇다고 해서 그 소리만큼 유쾌하다는 뜻은 아니다. 아무도 날 상처 줄 수는 없어. 하고 그가 말했다. 진실일까?

"실은……."

"들어가."

떠미는 등에 힘을 꽉 주었다. 사랑하지 않는 남자와 결혼한다는 오해를 남긴 채 이 결혼을 할 수는 없었다. 불끈, 용기가 솟구쳤다. 차라리 이 순간, 용기있게 결혼을 미루는 게 낫겠다. 내가 그를 사랑하다는 확신이 설 때까지.

"난…… 난, 결혼할 수 없어, 산!"

등에 닿은 손이 인두처럼 이글댔다. 받쳐 든 우산 위로 두두두! 빗방울이 요란한 소리를 내며 떨어졌다. 택시는 이미 골목을 빠져나간 후다. 택시 잡기 힘들 텐데…….

바람을 동반한 폭풍우는 우산을 뚫고 산의 어깨를 순식간에 적셨다. 꼴깍, 침을 삼켰다. 일 분이 억만 년보다 더 길게 느껴지는 순간이었다. 한참 후에 겨우 산이 느릿하게 물었다. 무섭도록 까만 눈동자가 나를 쏘아 보았다. 마녀의 뿔처럼, 소름이 돋았다.

"왜?"

"우, 우린…… 많이 달라."

"어떤 점이?"

어깨 끝으로 굵은 빗물이 떨어졌다. 내 어깨를 감싼 산의 소매도 흠뻑 젖은 후였다. 주춤, 뒤로 물러섰다. 차라리 비를 맞으면 좋겠다. 시원스럽게 맞는 빗물에 이 눅눅함이 사라지도록. 주춤거리는 나를 산이 제 품 안으로 확 끌어당겼다. 비에 젖잖아! 성질까지 내면서.

"결혼할 수 없는 거니? 아니면…… 아직은 결혼하기 두려운 거니?"

천둥소리가 요란하게 울리더니 한참 만에야 불빛이 번쩍, 강하게 내리쳤다. 어둠 속 산의 모습이 더욱 거대하게 부풀어 올랐다. 절로 몸이 떨려왔다. 번개와 천둥, 그리고 산.

모두 한 몸처럼 나를 짓눌렀다.

"둘 중 뭐가 문제야?"

"······두, 둘 다······. 나, 난 소박하고 작은 게 좋아. 천천히 사랑하면서 그렇게······."

"난 널 충분히 사랑해. 아무 생각 없이 결혼하는 사람이라고 생각하니?"

"그, 그런 문제가 아니잖아."

내가 생각해도 설득력없는 말처럼 들린다. 덕분에, 더욱 목소리가 안으로 숨어들었다. 왜 산 앞에서는 논리적인 설명이 불가능할까?

"부모님 상견례에, 이미 일가친척 모두에게 알려져 있을 텐데. 이 결혼식, 깰 자신 있어?"

자신 없다. 산의 말처럼 결혼은 둘의 문제가 아니니까. 그의 말에 더욱 위축이 들었다. 내 자신이 더없이 어리고 철없게 느껴진다. 처음, 산이 결혼을 이야기했을 때 강력히 거절했어야 했는데······.

왜 난 이렇게 바보 같을까? 미련스럽고 행동까지 느린 바보!

"유인아."

산이 내 이름을 불렀다. 질척거리고 온몸을 휘감는 그만의 독특한 음색이다. 입술이 천천히 내게로 쏟아졌다. 절로 눈이 감겼다. 잠시 찾아온 한기 속에 뜨겁고 술 향이 밴 입술이 내려앉았다. 말랑하고 야들거린다. 전처럼 혀가 입 안을 헤집지 않고 조금씩, 내 입술을 쓸어, 그의 안에 가둔다. 아랫입술이 떨어져 나갔나 보다.

느껴지는 건 나를 한아름 삼켜 버린 그의 뜨거운 입술뿐!

주륵, 눈물이 뺨 위로 흘렀다. 긴 손가락이 뺨을 타고 흐르는 눈물을 정성스럽게 쓸었다. 그 다정함이 더 가슴 아팠다.

"이 작은 공주님을 어떻게 하면 좋니."

산이 낮게 한숨을 내쉬었다. 내 한숨은 입이 아닌 가슴에서 새는 것 같다. 한탄스럽고 절로 복받치는…… 왜 그때 거절하지 못했을까?

"더 이상 천천히 가면 난 미쳐 버릴 것 같다. 지금까지로도 부족하니?"

"난…… 사랑을 하고, 그 사람에게 익숙해지고, 오래된 연인이 된 후에 긴 세월이 지나 자연스럽게 결혼하고 싶어."

"그러기엔 너무 느리지 않아?"

"아니! 결혼이란 건 그렇게 하는 거 아냐?"

절도있게 부정하는 고갯짓에 실망감이 몰려왔다. 난 아마 영원히 그를 이해하지 못할지도 모른다. 그 또한 역시.

이런 우리가 왜 결혼이란 출발선에 같이 서 있는지 모르겠다. 진실로!

"서로 조금씩 보조를 맞추는 거야. 어차피 이미 시작된 결혼이니까. 하지만!"

엄한 눈빛이 나를 꾸짖었다.

"다른 남자 보지 마! 그건 반칙이야."

보지 않았다. 연희 씨는 정말 우연히 마주쳤고, 편한 분위기에 쉽게 젖었던 것뿐이었다.

"남자의 질투가 세상을 멸망시킬 수도 있어."

그라면 그럴 수 있을 것이다. 새어나오는 한숨을 꾹 눌렀다.

"왜!"

내게 우산을 건네주고 거센 비를 몽땅 맞은 채 돌아서는 그에게 소리쳤다.

"왜, 날 사랑해?"

"콩깍지가 씌었나 보지."

핑글 웃는다. 그게 뭐야! 불평해 대는 내게 산이 물었다.

"궁금하니?"

그래, 당근!

힘차게 고개를 끄덕였다. 빗줄기에 젖은 머리카락이 이마에 착 달라붙는데도, 그의 잘난 미모는 감추어지지도 않는다. 잠깐, 그의 미모에 한눈을 판 사이, 산이 씩씩하게 대답했다.

"결혼한 후에 말해줄게."

하고는 씨익 웃는다. 나 참, 어이가 없어서······.

나를 보며 환하게 웃는 유인의 미소에 심장이 녹아버렸다.

처음이다, 그녀가 나를 보며 이렇게 웃어주는 건.

별을 보고 싶어하던 유인이를 위해 급한 회의를 미루어두고 충동적으로 영월로 떠났다.

사무실을 나서는 뒤통수가 따끔거렸지만 후회하지는 않는다.

여름에 바라보는 별처럼 아름다운 게 있을까? 많은 시인들은 하늘 위의 별들을 노래했지만 내게는 유인의 저 밝은 미소가 저 별빛보다 더 황홀하고 아름답다.

한 여자가 이토록 아름다울 수 있을까?

남 몰래 투덜대는 조막만한 입술도, 간혹 내게 멈추어진 그녀의 의미 모를 눈빛도, 차갑게 돌아서는 냉정함도, 땅을 연모하는 수줍은 미소도 내겐 모두 설렘이다.

왜 날 사랑해?

하고 유인이 물었다.

어떻게 널 사랑하지 않을 수 있니?

달은 어쩔 수 없이 태양을 사랑하지 않을 수 없는 거야. 바보 공주님!

10

다음날 전화가 걸려왔다.

[오후에 데리러 갈게.]

"왜?"

고개를 갸웃거렸다. 어제 약속한 기억이 없다.

[휴가 아직 안 갔잖아.]

"나한텐 방학이 휴가인데 뭘."

바보 같은 질문이라고 생각했는데, 전화선 너머 한숨이 들려왔다. 요즈음 산의 한숨이 잦아졌다. 나도 따라 한숨을 쉬었다. 함께 한숨을 쉬는 약혼자라니, 독특한 관계다.

[나랑은 아직 안 갔잖아. 오후에 집으로 갈 테니까 준비하고 있어.]

며칠 갈 것 같던 태풍이 예상외로 일찍 사라진 후라지만 난데없
는 휴가 일정에는 좀 당황했다. 게다가 오후에 출발이라니…… 오
늘 올 수 있을까? 먼저 걱정이 앞섰다.

"오늘 올 거야?"

[내일 새벽 정도?]

"잠은?"

[왜, 같이 자고 싶어? 후후후.]

그리고는 작은 웃음이 들려왔다. 내 대답을 뻔히 알면서 하는
짓궂은 농담.

먼저 선수를 쳤다.

"내일 가평 운악산에 가기로 했어."

[거긴 왜?]

"당연히 등산 때문이지."

대답하면서도 그러는 내가 바보 같아 보였다. 바보스런 질문에
바보스런 대답을 하는 바보.

[뭐 하러 거기까지 등산하러 가? 내 위로 올라오면 되잖아.]

껄껄껄! 내 위로 올라오면 바로 등산 아닌가? 라더니 한참을 혼
자 웃어댔다. 아빠는 출근하고 엄마는 동네 마실 나간 사이 거실
에 앉아 나 혼자 얼굴만 벌겋게 붉혀댔다. 산의 농담이 점점 원초
적으로 변해간다. 욕구 불만인가? 그러더니, 갑자기 웃음이 뚝! 그
쳤다. 혼자 웃는 것도 민망스러울 테지.

[못 간다고 하면 안 돼?]

안 되는데…….

거절할까, 잠시 고민했다. 평소라면 '다같이 한 약속인데 어떻게……' 하며 한소리를 했겠지만 어제 비를 맞고 돌아서던 청승스런 등짝이 떠올라 그대로 꿀꺽, 삼키고 말았다. 유진이었다면 발로 차주고 싶은 등짝이라며 낄낄 농담했을 것이다. 솔직히 그 농담에는 동의다. 술에 취한 몰골로 몰아치는 태풍을 휘적휘적 걷는 그의 모습은 평상시와 달라 어젯밤 내내, 내 속을 후벼 팠으니까.

[저녁 식사는 그곳에 가서 할까 하는데. 아참, 가벼운 겉옷 챙겨와. 조금 추울 거야.]

침묵을 승낙으로 받아들였는지 아까보다는 목소리에 힘이 생겼다. 알았어. 대답하는 내 목소리엔 힘이 더 빠졌고.

언어교육부 선생님들의 모임은 매년 산에서 치러졌다. 지금까지 한 번도 빠진 적 없는 모임에 어떤 핑계를 대야 할지 벌써부터 머리가 지끈거렸다. 부장 선생님께 집안에 사정이 생겨서 못 간다고 전화를 걸었다. 몹시 걱정하는 투로 그럼, 다음날로 연기할까? 눈치없이 묻는 통에 더 난감해졌다.

[박 선생이 그러는데 집에 일이 있다며? 안 좋은 일이야?]

부장 선생님과 친한 이 선생님이 득달같이 전화를 걸어 사태가 약간 우회전을 했다.

"……아니, 좀 사정이 생겨서……."

[왜? 박 선생이 굉장히 걱정하던데. 그 사람, 원래 정이 많은 사람이잖아. 남 선생 혼자만 빼고 다들, 가평 가는 거 마음에 걸려 죽겠대. 다음날로 미뤄도 괜찮다는데 괜히 눈치 보지 말고 날짜 미루지 그래?]

산과 휴가 가기 위해서 다른 사람의 일정까지 미루는 일은 도저히 할 수 없었다. 그 정도로 양심이 없어서야.

[내가 대신 이야기해 줘?]

"아니에요. 그냥 저 빼고 가셔도 돼요."

큰일인가 보네. 하기에 어쩔 수 없이 솔직히 털어놓고 말았다.

[깔깔깔! 정말 연애하는구나, 우리 남 선생이. 그래! 즐거운 휴가 보내야지. 아직까지 같이 안 가고 뭐 했어? 내일모레가 개학인데. 가서 금방 오지 말고 며칠 푸욱 쉬다 와. 미리미리 궁합 좀 보고.]

"당일로 올 거예요!"

이 선생님의 농담에 정색을 하고 소리쳤다. 끊어진 전화 너머 키득거리는 소리가 가시질 않는다. 산 때문에 붉어졌던 얼굴이 이젠 목까지 붉어졌다.

방학을 겨냥해 미리 사놓았던 책을 몇 권 해치우고, 엄마랑 시장까지 갔다 오니 얼추 약속 시간이 되어 있었다.

"오늘 회사 갔었어?"

오후 세 시에 휴가 가자고 찾아온 사람치곤 말쑥하기 짝이 없는 정장 차림이다.

"아, 잠깐 일 좀 봐줄 게 있어서."

하고 변명하는 그의 귓불이 살짝 물들어 있다. 휴가 갈 사람이 그렇다고 정장 차림으로 회사에 들렀다 오나? 하고 의심스런 생각이 들었지만 별말은 안 했다. 난처해하는 표정이 역력한 탓이었다.

“영월?”

차가 들어서는 표지판에 ‘영월’이란 지명이 적혀 있었다.

“별 보고 싶다며? 어제 태풍이 와서 하늘이 맑겠다.”

무심한 어투이긴 했지만 내심, 엄청 감동했다.

“감동했지?”

하고 묻기에 순순히 고개를 끄덕여 주었다. 정말 감동했으니까.

윤기 흐르는 송어 회와 매운탕으로 저녁을 한 후, 천문대로 올랐다. 조용한 숲 속 길에 풀벌레 소리가 잔잔하게 울려 굳이 천문대까지 오르지 않는다 해도 영월은 그 자체만으로 참으로 운치가 있다. 조용한 산골 마을은 작은 풀잎까지도 감동이었다. 산, 역시 아무 말이 없었다. 해발 800m라더니 연희 씨가 말했던 플레아데스 성단이 아니라 해도 남색의 하늘에 뿌려진 구름이 너무나 맑아 절로 감탄사가 터져 나왔다.

“너무…… 아름답지 않아?”

감동스런 자연의 자태에 목소리까지 떨린다. 그래. 대답하는 음성이 머리 위에서 울렸다. 그의 목소리가 듣기 좋다. 푸른 자연 속에 낮고 갈라진 음색이 미묘하게도 어울렸다. 나란히 내 곁에 어깨를 댄 산의 얼굴 위로 노을이 넘어간다. 주홍빛으로 물들어진 그림자가 금방이라도 사라질 것처럼 아릿해져 눈을 깜박거리고 말았다. 남빛의 어둠 속에 듬직하게 버티어 선 그의 모습이 넓고 푸른 바다에 높게 뻗은 고대 석상처럼 보인다. 웅장함이 느껴진다고나 할까?

또다!

지끈거리는 심장을 재빨리 손바닥으로 가렸다. 왜 자꾸 뛰는 걸까?

"내년, 이맘때쯤 이렇게 또 나란히 이곳에 올 수 있을까?"

뛰어대는 심장을 짓누르며 물었다. 내게로 돌아선 얼굴이 어둠에 가려 표정이 보이질 않는다. 안타깝게도…….

"내년에도 올 수 있으면 좋겠어. 이렇게 아름다운 곳은 처음이야."

내년에 이곳에 다시 올 때엔 좀 더 사랑이 깊었으면 좋겠다. 의심하지 않고, 서로 사랑이 충만해 몇십 년을 산 노년의 부부처럼 다시 추억을 찾을 수 있으면 얼마나 좋을지. 내 말에 산이 고개를 끄덕였다. 처음으로 우린 서로를 향해 미소를 지어 보였다. 커다란 손이 내 손을 꽉 쥐었다. 아프지는 않았지만 남자다운 힘이었다.

"산."

"응?"

"어제 대답, 정말 결혼 후에 해줄 거야?"

"하하하!"

산의 기분 좋은 웃음에 조금 기대를 했다. 그가 왜 나를 사랑하는지, 대답을 들을 수 있을까? 어제부터, 아니, 처음부터 늘 궁금했던 문제였다.

"엘비스가 그랬대."

"뭘?"

"Like a river flows surely to the sea. Some things are

meant to be.”

영국에서 학교를 나왔다더니 딱딱 끊어지는 발음이 무척 우아했다. 내가 제일 좋아하는 배우가 휴 그랜트다. 그의 사생활이야 어찌 되었든, 천진한 얼굴로 발음하는 독특한 영국식 억양이 굉장히 매력적이라는 건 부인할 수 없으니까. 그러나 산에게서 흘러나오는 영국식 영어는 휴 그랜트의 매력을 덮고도 남는다. 휴처럼 선이 곱지는 않았지만, 잔주름이 자르르 잡히는 느물스런 미소도 못지않았고, 무엇보다 그는 다니엘 클리버보다는 마크 다시에 더 가깝지 않은가!

“해석해 와.”

“뭐?”

“그게 답이라니까, 공주님!”

“그게 뭐야?”

“늦으면 못 봐! 서둘러야겠다.”

그러더니 대답없이 성큼, 천문대 위로 올라가 버린다. 저쪽에 섰던 연인들이 우리를 보며 히죽거리는 게 어둠 속에서 환히 비쳤다. 엘비스라니…….

멍청하게 서 있다, 산에게 질질 끌려 주 관측실로 올라섰다. 관측실엔 엄청 커다란 반사망원경이 한가운데 놓여 있었다. 벌써부터 흥분이 밀려왔다. 굳이 망원경을 보지 않아도 까만 하늘에 자잘하게 박힌 빛의 향연에 탄성이 터져 나왔다.

“유인아, 이리 와봐!”

산이 이끄는 대로 망원경 쪽으로 다가섰다. 살갗에 닿은 찬 기운에 서둘러 가져온 카디건을 걸치다 문득, 뜨거운 시선이 느껴졌다. 가끔, 산에게서 느꼈던 익숙한 감촉이었다. 그 시선을 따라가다 낙엽 빛깔의 눈동자와 마주쳤다. 부드러운 눈동자가 오늘은 어딘지 쌀쌀한 가을 날씨처럼 서걱거린다.

"……연희 씨?"

작은 목소리였는데, 맹수처럼 산의 검은 머리가 빠르게 돌아섰다. 아, 아……. 느린 속도로 산이 입술 끝을 올렸다. 산에게 잡힌 손에 고통스런 압력이 가해졌다. 말하지 않아도 그의 야릇한 심정이 이해되는 손길이었다. 그러나 산을 바라보지는 않았다.

왜 그런 눈으로 봐요? 산이 없었다면 그렇게 물어보고 싶을 정도로 마주친 연희 씨의 눈빛이 너무나 깊고 음울한 탓이었다. 그 눈빛에 나도 모르게 산의 손을 털어내고 말았다.

피할 생각 하지 마!

그 순간, 경고의 눈빛과 함께 산이 내 손 대신 어깨를 거칠게 끌어안았다. 그리고는 칼날처럼 싸늘하게 연희 씨를 노려보았다. 연희 씨가 천천히 한 발을 내디뎠다. 난감하고 당혹스러운……. 꽤나 복잡한 감정이 고스란히 실린 얼굴이었다.

내 감정 역시 그 못지않게 복잡해졌다. 실상, 그에게 미안할 것도, 새삼스러울 것도 없었다. 그러나 어쩐지 미안해지고, 어쩐지 새삼스러웠다.

이젠 바로 앞으로 다가선 그에게 힘들게 미소를 지었다. 어깨에 닿은 산의 손이 갈퀴처럼 나를 붙들었다. 살점이 떨어져 나갈 것처럼 아파 절로 눈살을 찌푸렸다. 연희 씨의 눈길이 꽉 붙들린 내 어깨와 찌푸려진 미간 사이를 훑었다. 내게 닿은 그 시선에 창피함이 먼저 앞섰다. 약혼자와 사이 좋은 모습도 아니고, 이렇게 덫에 걸린 노루 꼴로 만날 줄은 몰랐다.

깊은 눈매와 달리 편한 목소리로 연희 씨가 먼저 인사를 건넸다. 산의 음성이 잘 단련된 오케스트라의 연주와 같다면 연희 씨의 목소리는 시골 할머니의 손가락에 걸려 있는 털실 같다.

"여기서 보게 될 줄은 몰랐어요."

나도 역시……. 하지만 조금만 더 생각했다면 알 수 있었을 거다. 그때, 휴가라고 했으니까. 그리고 나에게 플레아데스 성단을 보여주고 싶다고도 했었다. 그런 그가 여기 있는 건 어쩌면 내가 여기 서 있는 것보다 더 자연스런 일이 아닐는지.

네…… 겨우 대답을 하는데 산이 성미 급하게 재촉했다.

"가자. 벌써 돔이 열렸어."

철저히 연희 씨를 무시하는 태도였지만 그는 별로 기분 나빠하지 않았다. 아니, 오히려 슬퍼 보였다고나 할까? 등 뒤에 남은 그가 작은 한숨을 내쉬는 것 같은 착각이 일었다.

"그럼, 서울에서 봐요."

연희 씨에게 인사를 건네고 산을 따라나서며 귀를 바짝 세웠지만 움직이는 기색은 없었다. 그 자리에 선 채 내가 사라지는 모습을 지켜보았다는 뜻이다. 목 언저리에 불기가 일었다. 그리고 어깨에도……. 뒤통수에 박힌 연희 씨의 아련한 시선과 이글대는 산의 강인한 손길 사이에서 어느 것이 더 나를 아프게 했는지는 모르겠다.

절로 한숨이 새어나왔다. 남겨둔 그와 내 곁에 선 산.

둘 모두에게 가슴이 눅눅해졌다. 연희 씨의 눈동자처럼…….

내 나이 스물여덟까지 남자 한 번 사귀어보지 못했다. 물론 로망까지 없었다는 말은 아니다. 나름대로 사랑에 대한 로망도 꿈꾸었고, 결혼에 대한 로망 역시 꿈꾸었다. 그러나 내게 닥친 현실은 로망과는 너무나 거리가 멀었다. 미처 정신을 차릴 사이도 없이 난 약혼자를 둔 여자가 되어 있었고, 편하게 생각했던 한 남자는 내게 슬픈 눈길을 보낸다.

왜 행운은 한꺼번에 몰려오는 걸까?

하나씩, 하나씩 제 맛을 음미할 수 있게 다가오면 좋을 텐데.

조금 전, 산과 함께 맛보았던 노을의 마법이 사라진 지금, 하늘에서 반짝이는 성단은 더 이상 매력적일 수 없고 단지 주위의 별로부터 빛을 받은 아름다운 가스와 먼지일 뿐이다.

"플레아데스는 여행을 의미하죠."

자박한 음성이 귓가에 깃털처럼 내려앉았다. 네? 하고 묻기도 전에 빠르게 사라지는 동체는 분명 연희 씨였다. 산도 들었을까? 재빨리 눈치를 살폈다. 딱딱해진 이마가 그 역시 들었음을 알려주었다. 잡힌 어깨가 부서질 듯 아팠다. 조금 전, 짧은 순간이나마 마주 웃던 기분 좋은 저녁은 이미 사라진 지 오래였다.

대충 시늉만 하고 서둘러 천문대를 내려섰다. 무언가 말을 붙이고 싶었지만 굳은 표정이라 좀처럼 말 건네기가 힘들었다. 하긴 막상 말을 붙인다고 해도 뭐라, 할 말이 없긴 했다.

"미안해……."

이마에 접힌 주름이 지쳐 보였다. 난 왜 자꾸 사과할 일만 생기는 걸까? 연희 씨와 우연히 마주치는 것도 미안한 일이고, 산의 눈치를 살피게 하고 만다.

"뭐가?"

그냥……. 그러나 이 목소리가 들렸을 것 같지는 않다. 집으로 향하는 차 속은 무덤보다 더 어둡고 고요하다. 지친 심신에 잠시 쉴까, 눈을 감았다. 감겨진 눈꺼풀 위로 따가운 헤드라이트가 번쩍거렸다.

—Wise men say only fools rush in…….

틀어진 CD에서 노래가 흘러나왔다. 산의 노랫소리도 함께 어울러졌다. 그 다음 가사는 나 역시 알고 있다.

—But I can't help falling in love with you…….

사랑은 결코 적당한 시기와 적당한 이유와는 상관없이 오는가 보다. 나를 사랑한다는 산 옆에서 내가 할 수 있는 유일한 길은 잠든 척하는 것뿐이었다. 내 사과는 효력을 잃었고, 산의 노래는 행복하지 않다. 혼란스럽고 복잡했다. 이런 우연한 만남까지 실금을 그을 정도로 우리의 사랑은 단단하지 않다는 걸 알기 때문이다. 그럼에도 불구하고 우리는 브레이크 없이 결혼을 향해 질주하고 있다.

개학한 날, 학교 앞 상가에서 또다시 연희 씨와 마주쳤다.

"아이스크림 같이 드실래요?"

아직 남은 여름 햇살 아래 연희 씨가 반갑게 아는 척을 해왔다. 그날, 영월에서 보았던 눈빛은 까맣게 잊은 듯, 평소와 다름없는 태도였다. 그가 말하지 않았다면, 잠시 꿈이었나? 했을 정도로.

"그건 반칙이죠."

"네?"

연희 씨가 건네준 아이스크림 껍질을 벗기다 황당한 얼굴로 쳐
다보았다.

"플레아데스 성단은 내가 주는 별이었는데."

씨익 웃는 그의 미소에 가시가 박혔다. 전혀 다른 두 사람이 같
은 소리를 하다니…….

"언니, 그거 알아?"

유진이 물어왔다. 갑자기 무슨 소리야? 거울 앞에서 로션을 치
덕이며 대꾸했다. 요즘 산과 연희 씨 때문에 자꾸 얼굴에 뾰루지
가 돋았다. 톡, 짜고 싶은 유혹을 누르며 괜스레 로션만 축내고 있
는 중이다.

"여자가 결혼할 때 가장 행복한 순서를 아냐구?"

두꺼운 무라카미 하루키의 책을 들고 묻기엔 참으로 생뚱맞은
질문이었다.

"뭔데?"

"우선 일 순위는 조건 좋은 남자와 진하게 연애를 하다, 적당한
갈등을 겪은 후에 결혼하는 거."

어이가 없군.

"왜 갈등이 있어야 하는데?"

"편하게 결혼하면 매력없잖아. 사랑은 장애가 있어야만 뜨겁게

타오르는 법이거든.”

말 된다.

“그 다음은?”

“조건 좋은 남자와 중매해서 결혼하는 것. 그건 어느 정도의 위
험 부담을 안고 있으니까 아무래도 2%가 부족해.”

“위험 부담?”

“겉에서 보이는 조건만으로는 성격을 전혀 알 수 없다는 거지.
나중에 결혼했더니 천하의 난봉꾼이거나 노름을 즐겨할 수도 있
는 거잖아? 그건 두말할 것도 없는 이혼 사유니까, 이혼녀가 될 수
있는 부담을 안고 하는 거지.”

유진이에겐 아무래도 무라카미 하루키는 아닌 것 같다. 좀 더
소녀적인 취향의 소설로 책을 권해볼까, 심각한 고민이 들었다.
‘상실의 시대’는 저 나이에 읽기엔 너무 삭막하고 우울하다.

“다음은 조건은 상관없이 무조건 사랑만으로 결혼에 골인하는
것. 그리고 사랑도 없고 조건도 별 볼일 없는 남자와 결혼하는 게
제일 마지막이래.”

이젠 마르다 못해, 선인장처럼 가시만 남았나 보다.

“넌 어떤 결혼을 하고 싶은데?”

“난 포기!”

하고는 유진이 손을 번쩍 들기에 내 심장도 덜컥, 떨어졌다. 하
나밖에 없는 동생이 독신주의자라니…….

“왜, 왜?”

심장이 벌렁 뛰어, 말까지 벌렁 뛰었다.

"내가 결혼하고 싶은 사람은 이미 결혼했거든."

머리가 핑 돈다. 뱅글 몸을 돌려 유진의 손을 덥석 붙들었다.

"있지……."

"왜, 언니?"

맑은 눈동자에 침이 꿀꺽 넘어갔다. 두근두근, 뛰어대는 심장이 그대로 입 밖으로 튀어나왔다. 아무리 사랑이란 허울을 뒤집어쓴다 해도, 해서 될 것과 안 될 것이 있다.

"그런 사랑은 하는 게 아니야, 유진아. 아무리 사랑이라고 말을 해도 그건 결코 사랑이 아닌 거야. 지금은 그 사랑이 전부인 것 같지? 하지만……."

"대체 무슨 말을 하는 거야?"

"넌 아직 어려! 굳이 유부남이 아니라 해도 세상엔 좋은 남자들이 싱글로도 많아."

"유부나암?"

유진이 눈을 동그랗게 떴다. 그리고는 깔깔, 바닥을 뒹굴기 시작했다. 뭐냐? 황당한 얼굴로 나뒹구는 유진을 쳐다보았다.

"순진한 우리 언니, 시집가서 어떻게 살아가니? 깔깔깔!"

"노, 농담이었어?"

가슴 철렁한 농담이라 오만상이 찡그려졌다. 어쩜, 그럴 수 있니? 타박하는데도 유진의 웃음은 그칠 줄 몰랐다.

"그럼, 누굴 말한 건데?"

억울한 심정으로 따져 물었다.

"아빠랑 형부."

아빠는 이해하겠다. 나 역시 아빠 같은 남자라면 두 번 고민할 것도 없다. 하지만…… 산은 좀 의외였다.

"넌 산이 좋아?"

"기본적으로 아빠 같은 잔잔한 남자가 좋기는 하지만, 가끔은 자극적인 햄버거가 먹고 싶을 때도 있잖아."

자극적인 햄버거라…….

"형부 너무 힘들게 하지 마! 내 친구 언니가 연애할 때 엄청 튕기더니, 나중에 결혼하고 나서 무지 고생했대. 형부가 결혼하느라 참았던 성질을 있는 대로 부려서."

그 말에는 쉽게 수긍이 가는 터라 덜컥, 겁이 났다. 그렇지 않아도 감당하기 힘든 성질인데 있는 대로 부리면 대체 얼마나 솟구치는 걸까?

요사이 산은 언제 터질 줄 모르는 활화산 같다. 영월에 다녀온 후 계속 그랬다. 매사 날카로운 태도에 말 한 번 붙이기조차 어렵고 조그만 일에도 눈치 보기 일쑤였다. 질투로 세상을 멸망시킬 수 있다는 그 대단한 남자의 질투와 현실로 닥친 결혼의 실체에 그렇지 않아도 작은 새 심장이 콩닥콩닥, 널을 뛴다.

정말, 이 결혼을 끝까지 밀고 나가야 하나. 미간이 좁혀졌다. 요즘 들어 더욱 가슴이 무겁고 숨이 답답했다. 체한 듯 소화가 잘되지 않고 식욕도 떨어졌다.

어머님이 골라놓은 한복집은 예상대로 우리의 수위를 훨씬 넘어섰고, 가구 역시 마찬가지였다. 보는 전자제품마다 전부 외제라 엄두조차 나지 않아, 어머님 전화는 그야말로 스트레스 그 자체가 되어가고 있었다. 물론 내 한숨과 함께 아빠의 한숨도 더 깊어졌지만 말이다. 산은 모든 것에서 제외였다.

따로 어머님이 전화를 거는 걸, 산에게 이야기할 수도 없는 탓이었다. 남자가 무얼 아니? 하고 말하시는 데야, 더 이상 군소리를 붙일 수 없었다.

혼수에 생각이 모아지자 좁혀진 미간은 더욱 각을 세웠다. 다른 사람들은 대체 어떻게 혼수 준비를 그렇게 뚝딱뚝딱 해치우는지 부러울 뿐이었다. 나에게는 산과 꾸려야 할 결혼 생활보다 더 큰 문제가 바로 혼수였다. 따로 모아놓은 비상금까지 몽땅 털어냈지만 도무지 계산이 되지 않아, 결국은 금액도 얼마 되지 않는 작은 유산까지 거론되는 중이다.

"정 부족하면 남원 땅이라도 팔지 뭐."

어머님이 골라놓은 혼수품 목록을 보며 전자계산기를 두드리는 내게 아빠는 대범한 태도로 장담을 하셨지만 솔직히 그리 위로가 되지는 않았다. 남원 땅은 할아버지가 돌아가실 때 물려주신 유일한 재산이다. 원래는 그 근동 땅이 전부 할아버지의 땅이었다는데 부족한 것 없이 자란 만석꾼 3대 독자는 술과 노름, 그리고 여자에게 몽땅 제 재산을 탕진하고 말았다. 그나마 얼마 남지 않은 땅조차도 장남인 큰아버지의 몫으로 떨어지고 아빠는 겨우 다섯 마지기 정도의 땅만 받았다. 그리고 이젠 내 결혼 때문에 그 땅마저 팔게 되다니. 팔린다고 해봐야, 겨우 전자제품 정도나 살까 말까 한 땅을 말이다.

"개학한 지 언제인가 싶더니 벌써, 가을이네."

또다시 엎드려 책을 보던 유진이 발을 까딱이며 심상스럽게 중얼거렸다. 그러게…… 하고 풀 죽은 목소리로 대답했다. 가을이 깊어지면 겨울방학이다. 또 한 번 한숨이 샜다.

가을 초입 무렵, 일찍 찾아온 추석에는 양가집을 오가는 선물을 들고 산과 분주히 오갔다. 낡은 한복은 어깻죽지에 꽉 끼어 한없이 불편했고, 부모님이 보낸 소박한 배 선물에 비해 주렁주렁 딸려오는 어머님의 선물은 과분하다 못해 넘칠 정도라 오히려 가시방석이었다.

"어머, 웬 갈비가 이렇게 많아?"

뚜껑을 열자마자 잘 손질되어 차곡차곡 쌓인 갈비짝들과 줄지어 매달린 채 혀를 쑥 내민 통통한 굴비를 꺼내며 애써 수선을 떨었지만 엄마의 목소리는 힘이 좀 빠져 있었다. 솔직히 나 역시 그랬다. 이미 그 집에 두고 온 배 상자를 당장이라도 쫓아가 다시 찾아오고 싶을 만큼.

그 뒤로 계속 그랬다. 산은 음울해지고, 난 탈출을 꿈꾼다.

[오늘 시간 되지?]

오후에 마당에 심어놓은 석류나무에서 제법 영글어진 석류를 따고 있을 때 어머님의 전화가 왔다. 어머님은 늘 그렇게 물으신다. '시간 있니?' 가 아닌 '시간 되지?' .

'있니?' 와 '되지?' 의 차이는 크다. 네, 어머님! 하는데 손에서 방금 딴 석류가 툭, 떨어져 바닥으로 굴렀다. 투명한 붉은 과실이 까만 흙 속에 박힌다. 아까워라! 하기도 전에 짜증스런 어머님 소리가 울렸다.

[내 말 듣고 있니?]

대답 대신 고개를 끄덕인 걸 알아채곤 얼른 네! 하고 기립했다.

[저번에 본 가구가 아무래도 마음에 걸려서. 아직 가양동 집에 안 가봤지?]

벌써 가구 집만 가본 게 네 군데다. 그중 어느 것 하나 호락하지 는 않았지만.

"네…… 아직……."

[진성아파트라더라. 한 십 분쯤 후면 도착할 것 같으니까 그곳 으로 바로 올 수 있지?]

그리고는 뚝!

후다닥, 방으로 뛰어들어 가 대충 머리를 묶었다. 삐죽, 하늘로 뒤집어진 머리카락에 물 묻힐 시간도 없었다. 진성아파트라면 지 금 당장 출발해도 빠듯한 십 분이었다.

도착해 보니 어머님은 이미 입구에서 서성이고 있었다. 박 기사 아저씨에게 꾸벅 인사를 건네는데 이마에 맺힌 땀이 발끝으로 뚝 떨어졌다.

"아무래도 다시 사이즈랑 재서 정하는 게 나을 것 같아서 말이 다. 저번 가게는 좀 품위가 없어 보이고, 지난주에 갔던 '블라스' 가 더 나을 것 같다."

그중 제일 가격이 셌던 가게다. 네…… 하는 대답이 한숨보다 더 짙다. 어머님을 따라 아파트 안으로 들어섰다. 지은 지 삼 년이 채 안 된 아파트는 넓게 조성이 되어 있어 반듯하고 가지런한 느 낌이었다.

"이 정도면 사는 데 불편은 없을 것 같고……."

안으로 들어서며 중얼대는 어머님과 달리 내 입은 그 자리에서 떡 벌어졌다. 이게 사는 것에 불편함이 없을 정도인가? 미로처럼 꼬인 넓은 공간은 우리 둘만이 살기엔 길 잃기 십상일 정도였다. 너무 넓고, 너무 크다. 진실로 내겐 너무 벅찬 집이라는 거.

"인테리어는 편한 대로 대충 내가 해놓았다. 얼마 전에 공사가 끝났다더니 말끔하기는 하구나."

흠잡을 데 없이 완벽한 집!

내 감상은 한마디로 그랬다. 그래서 더욱 내게 안 맞는 옷처럼.

"뭐 하니? 치수 안 재니?"

어머님의 재촉에 그제야 주머니에서 줄자를 꺼내 기계적으로 이곳저곳을 재기 시작했다. 대체 얼마나 많은 가구들을 사야 이 넓은 곳을 다 메울 수 있을까?

"산이 옷이 꽤 많을 텐데……."

하시기에 방 하나를 드레스 룸으로 정해 옷장 사이즈도 넉넉하게 재어놓았다. 부엌은 끝없이 길어서 10인용 식탁을 놓아도 헤엄치겠다. 점점 커지는 계산 때문에 바위를 삼킨 듯 무겁다.

[오늘 뭐 했어?]

어머님과 헤어져 터덜터덜 집으로 오니 산의 전화가 왔다. 그는 지금 마닐라에 있다. 아니, 해외 순방 중이다. 마닐라 일정이 끝나면 홍콩, 그리고 더 멀리 돌아 파리까지 경유한 다음에 돌아온다고 했다. 탈출을 꿈꾸는 건 나인데, 탈출 중인 건 산이다. 불공평하다.

"집에 갔다 왔어."

[집?]

"진성아파트."

아하! 뒤늦게 아는 척을 하는 산이 원망스럽기 그지없었다. 왜 그렇게 큰 집을 샀어?

"집이 너무 커서 좀 놀랐어."

대신 이 정도만 투정을 부렸다. 잔소리가 길어지면 산의 한숨도 길어지고, 그 후 내 불면은 무한대 제곱으로 늘어날 테니까.

[아이 태어나면 그것도 좁을지 몰라.]

62평이나 되는 집이 좁을 수 있나? 아직 태어나지도 않은 아이를 위해 그 넓은 집을 메울 생각을 하니 짜증이 더 솟구쳤다. 62평이 아이 키우는데 작다고 생각할 우리나라 국민이 대체 몇 퍼센트냔 말이다. 아이가 집 한 번 기어다니는데도 하루 종일은 걸리겠다. 운동장에서 아이를 키울 것 같음, 아예 학교 하나를 통째 사지 그래? 혼자 고시랑댔다.

[또 뭐가 불만인 거야?]

예리한 지적에 찔끔거렸지만, 속상하긴 나도 마찬가지였다. 산처럼 결혼에 당당하지 못하고, 그래서 더욱 이 결혼을 미적일 수밖에 없는 내 입장이 나도 속상하고 싫다. 이제 사랑은 나중의 문제다. 당장은 내 분수에 맞는 혼수를 하는 게 더 급선무였다. 부모님의 작은 유산까지 털어 넣어야 하는 혼수 말고!

[말해.]

산이 쌀쌀맞은 음성으로 대답을 재촉했다. 왈칵 눈물이 솟았다. 그는 아마 내 심정을 알 수 없을 것이다. 원한다면, 그가 해줄 수 있다는 걸 알면서도 차마 말하지 못하는 내 작은 자존심을 말이다. 당신은 대체 뭘 보고 있니? 속으로 물었다.

산의 전화를 붙든 채, 마루 건너편을 바라보았다. 맞은편, 안방 불이 달처럼 환하게 빛을 낸다. 지금, 부모님들은 열심히 주판알을 튕겨보고 있을 것이다. 잘난 사위 만났다, 잠시 자랑도 잠시뿐. 대신 엄청난 혼수 비용을 메우기 위해 서로 이마를 맞대고 있을 부모님의 주름살에 심장이 먹먹해져 왔다.

"가을인가 봐. 서걱거려."

대신, 가을 탓을 했다. 늘 가을인가 보다. 그래서 자꾸 눈물이 난다. 아빠의 자상한 미소와 엄마의 귀찮은 잔소리, 그리고 쌀쌀맞은 내 동생, 유진이. 나만의 삶으로 떠나는 노정이 두렵고 남겨 놓은 가족들로 인해 가슴이 찌르르하다. 산과 결혼하기 위해 가진 돈을 다 털어야 하는 설움과 그럼에도 당당할 수 없는 내 부족함들이……

그 모든 것들이 가을처럼 울적하고 서걱한 소리를 낸다.

[뭐?]

어처구니없다는 뜻이다. 지난번, 양가 어른들과 함께 식사를 했던 날 매섭게 노려보던 그의 눈빛이 떠오른다. 마른 낙엽처럼 생기 하나 없이 번쩍거리기만 하던 눈빛.

사라지고 싶어.

속으로 속삭였다. 이젠 침묵 속에 간간이 숨소리만 들려왔다.

난 이렇게 거대한 결혼 싫어! 내가 원하는 건 작고 소중한 결혼이야. 산, 듣고 있어?

[그럼, 여기로 올래?]

무슨 뜻이야? 묻자, 여긴 여름이니까 하고 답한다. 참, 산다운 대답이었다. 작은 웃음이 터져 나왔다. 그는 결국 아무것도 알지 못한다. 전화선 너머 흐르는 숨죽인 내 눈물까지. 난 그의 작은 한숨조차 신경이 쓰이는데…….

이것이 그의 한계일까? 나를 사랑하지만, 나를 슬프게 할 수밖에 없는. 반은 포기한 마음으로 '잘 자' 하고 전화를 끊으려는데 산이 다급한 음성으로 덧붙였다.

[다른 것들은 신경 쓰지 마. 가구들은 이미 아는 곳에 맞춰놓았고 다음 주에 돌아가면 전자제품들이랑 함께 들어올 거야. 이불만 준비해 가지고 와. 그릇들은 같이 보러 가는 게 좋고.]

"뭐?"

[방학 중에 같이 보려고 했는데, 바빴잖아.]

연희 씨를 의미하는 걸까? 영월을 다녀온 후, 산의 연락이 끊어졌었다.

[마음에 안 들면 다시 바꿔도 되니까…….]

덧붙이는 말에 더 가슴이 답답해졌다. 어떻게 당신에겐 이 모든 게 그렇게 간단하고 쉽지? '그래' 하고 쉽게 대답하지 않은 건 내 자존심이었다. 끊긴 전화기를 한참 동안 손에 쥔 채, 거실 위의 하늘을 바라보았다.

짧아진 가을의 밤은 별 하나 없이 어둑하다. 영월에서 보았던 붉은 노을과 반짝이는 별빛들이 아득한 옛날처럼 떠올랐다. 아무리 황홀하도록 빛을 낸다 해도, 결코 내가 잡을 수 없는 것들이다. 날아오를 수 없는 하늘을 동경하기보다는 굳건히 딛고 있는 땅에 꿋꿋이 버티는 것! 그것이 지금까지 살아온 방식이었는데, 난 지금 억지로 새들의 날개를 뜯어 날아오르려 하는 다이달로스다. 끝내 아들 이카로스를 죽게 만들었던…….

"안 잘 거야?"

미닫이 문 너머 유진이 소리친다. 석류나무 꼭대기에 따지 못한 석류 하나가 희미한 불빛 속에 살포시 제 모습을 드러냈다. 돌아보는 마당은 촉촉하게 젖어 한껏 물기를 머금은 채 늦은 잠에 조울거린다. 낡고, 허름하지만 제 각각의 사연이 담긴 우리들의 작은 집.

"……도망치고 싶어."

하지만 들려오는 건 산의 목소리뿐이었다.

도망치지 마!

유인이와 정말 결혼할 수 있을까?

마닐라의 푸른 바다 앞에서 회의에 젖어들고 있다. 놓아주어야 하는 건가? 전화선 너머 떨리는 목소리를 들으며 잠깐, 그런 생각이 들었다.

뭔가, 어긋나고 있다는 느낌.

전화를 하다 뒤늦게 깨달았다. 혹시 울고 있는 건가? 그 상상만으로 가슴이 터져 버릴 것 같다. 내가 그녀를 울릴 수 있다니!

남자들 속에서 고개 한 번 들지 못한 채 종종걸음으로 부지런히 음식을 나르고, 성질 사나운 동료 선생들의 구박에 혼자 입술만 삐죽거리는 소심함, 짓궂은 진현의 농담에 싫다는 소리 제대로 못하는 그 여린 모습이 좋았다. 까맣게 흐르는 머리카락과 하얀 얼굴에 붉게 물드는 수줍음도…….

한눈에 반했고, 저런 여자면 결혼해도 재미있겠구나 생각했다. 그러다…… 사랑을 하게 되었다. 키스를 꿈꾸고, 내 안에 담긴 유인의 알몸을 상상하며 첫 몽정처럼 가슴이 뛰었는데 내가 그녀에게 불편한 존재라는 걸 지금에 와서야 깨닫게 되다니…… 이런 바보 같은!

유인이를 위해 마련했던 집도, 가구들도, 반지들도 그녀에겐 오히려 구속이 되는 모양이다. 굳이 말하지 않아도 버거워하는 숨소리를 느낄 수 있었다.

아마, 유인이는 내게 말하고 싶었을지 모르겠다.

‘도망치고 싶어!’

그래서 철저히 모른 척했다. 놓아줄 수 없으므로.

도망치지 마! 하고 말하고 싶었지만 그것조차 말하지 못했다. 얼른 시간이 흘러 서로에게 익숙한 노년의 부부가 되어 있으면 좋겠다. 하다 못해 중년의 부부라도…….

"**결**혼 준비가 힘드나 봐?"

이 선생님이 걱정스런 기색으로 물어왔다. 점심도 겨우 몇 숟가락 뜨다 말았으니. 요사이 3kg이나 빠졌다.

"이것저것 살 게 많지?"

"뭐, 그냥……."

사실은 별로 없다. 산이 미리 사놓은 살림에 어머님은 못내 불만인 눈치였지만 별말은 하지 않았다. 그게 오히려 더 신경 쓰이고 불편했지만.

결국 이불만 사 오라며 한발 물러선 어머님과 함께 가게에 갔다가 산처럼 쌓아놓은 이불 가짓수에 허걱! 했다. 단순히 침대보만 염두에 둔 터라, 줄줄이 사탕처럼 꿰어져 나오는 이불 종류들에는 절로 입이 벌어졌다. 전통적으로 한식 이불 세트와 겨울에 덮을 오리털 이불에 삼베 이불 세트, 게다가 낮잠 이불까지…….

대체 낮잠 이불은 왜 필요한 걸까?

필요한 건 몇 개의 침대보와 베개뿐이었는데. 하지만 싸늘한 어머님의 눈초리에 그 자리에서 엄청난 금액을 지불하고 말았다. 염치도 없이 신랑 측에게 몽땅 세간 살림 떠맡긴 별것없는 며느리라 싫은 내색을 할 수가 없었다. 그렇지 않아도 무서운 어머님이 더욱 무서워지고 눈치만 살살 살피게 되어 내 몰골은 더욱 초라해져 가고 있다.

산은 아직도 귀국 전이다. 산이 없는 사이, 남은 혼수 준비를 마칠 셈인지 매일 이리저리 몰아치는 어머니 덕분에 교지는 뒷전이라 아침마다 교감 선생님 앞에 불려가 혼나는 게 일상의 시작이었다.

"결혼은 원, 혼자 하나?"

그렇게 자리로 돌아오면 다음은 임 선생이 기다리고 있다. 하긴 할 말이 없기도 했다. 요즘 들어서 교지 일은 몽땅 임 선생 차지였다. 일을 맡아도 제 시간에 끝난 적이 없으니 당연 임 선생에게 돌아갈 수밖에.

"산 씨는 언제 온다고 했지?"

"이번 주 금요일이요."

그가 오면 조금은 숨통이 트일까? 기다려진다. 아직 오후 수업 시작 전이라 운동장 끝에서 커피를 마시고 있는 중이다. 힘들지? 이 선생님이 위로했다.

사실, 정말 힘들다. 어머님 전화가 올 때마다 심장이 툭 떨어져서 이러다 심장병에 걸리지 않을까, 싶을 정도로 전화 용건이 대부분 쇼핑인데다, 어머님이 아시는 가게를 가다 보면 언제나 최고의 명품이기 일쑤였다. 오늘은 얼마나 돈이 나갈까? 매번 나가기 전엔 그 걱정이 먼저 앞섰다. 산의 시계 하나 사는데도 천만 원에 가까운 돈이 왔다 갔다 한다. 전시된 것 중 그나마 싼 가죽 줄로 보았는데도 벌써 육백만 원이 넘는 가격을 부르기에 얼른 가게를 나오고 말았는데 어머님은 좀 오해를 하신 것 같다.

"네 생각에도 별로지? 저런 가죽 줄은 고급스런 맛이 없어."

가격표도 없는 스테인리스 시계를 쭉 훑으시는데 소름이 쫙 돋았다.

"딸 시집보내느니 내가 간다는데, 그쪽에서 알아서 신경 써주니 고맙지 뭐."

거의 매일 파김치가 되어 돌아오는 내게 엄마가 위로하며 하는 말이다. 하지만 그 뒤에 감춰진 섭섭함과 걱정까지 모르는 건 아니었다. 엄마, 이렇게까지 결혼해야 하는 거야? 돌아선 엄마의 처진 등을 보며 속으로만 물었다.

'뭐든지 우리 집의 격에 맞게……'

노래 부르는 어머님에게 소리라도 지르고 싶을 만큼 내 체력과 정신도 점점 한계에 다다르고 있는 중이었다. 그 격이라는 것에 가장 어울리지 않는 건 나라는 것쯤은 말하지 않아도 알고 있었으니까 말이다.

비어진 종이컵을 버리는데 쓰레기통 안에 시들지 않은 나뭇잎

들이 가득 버려져 있었다. 아직 생명이 남아 있는데 이렇게 버려지다니…… 어쩐지 내 모습을 닮았다. 휘몰아치는 바람 한줄기에 바닥에 떨어진 붉은 단풍이 휘릭, 바람에 쓸려갔다.

서걱거려. 혼자 중얼거려 본다.

"괜히 우울해지고 서글퍼지지?"

이 선생님이 푸근하게 물어왔다. 그 말에 눈물이 핑 돌았다. 다시 사춘기로 돌아갔나 봐요. 말하는데 목이 꽉 잠겼다.

"원래 그러는 거야. 그동안 부모님한테 못되게 군 게 소싯적까지 다 떠오르고, 이렇게 내 삶이 끝나는 것 같고…… 나도 그랬어."

"정말요?"

"그렇다니까. 생각해 봐. 삼십 년 가까이 모르고 살았던 사람이랑 갑자기 한집에 덜렁 둘만 남겨졌는데 안 쓸쓸해? 겨우 얼굴 익힌 시부모님들은 빳빳하게 고개 들고 있지, 우리 부모님한테 이렇게 했으면 효녀 소리나 듣는 건데 싶기도 하고. 시부모님께 잘하면 잘할수록 시집오기 전 괜히 투정만 부렸던 부모님 생각이 나서 더 울적해지더라니까. 산후 우울증 못지않게 그거, 굉장히 힘들어."

이 선생님 말에 고개를 끄덕거렸다. 요즘 내 심정의 전부는 아니더라도, 어느 정도는 공감 가는 말이었다. 자꾸 처지는 부모님들 어깨만 봐도 가슴이 철렁 내려앉는다. 시어른 옷을 위해서 거금을 척척 내놓는 부모님의 낡아진 옷자락에 눈시울이 붉어지기도 했다. 결혼 날짜가 다가올수록 내 가슴은 작아지고 작아져서 단지만큼의 물도 담지 못하나 보다. 자꾸 차 오르는 눈물 때문에 더욱 힘들어지고 있던 참이었다. 여름방학을 기점으로 모든 게 너무도 빠르게 돌아가고 있었다. 이 선생님이 어깨를 툭툭, 두드렸다. 걱정과 위로가 담긴 따스한 손길이라 가슴이 뭉클해졌다. 정말, 마음껏 울고 싶다.

"지금 퇴근해요?"

오랜만에 어머님 전화가 없기에 요사이 눈치 보이는 임 선생 대신 원고 정리를 하다 보니 퇴근이 늦어졌다. 중간고사 기간이라 아이들이 일찌감치 사라진 학교는 스산할 정도였다. 교문을 나서는데 누가 불쑥 튀어나왔다. 연희 씨였다. 연한 베이지 점퍼를 걸친 그의 모습은 의사라기보다는 학생 같아 보인다.

"뭐……."

산의 성난 눈초리가 생각나, 전처럼 반갑게 웃는 대신 어색하게 대답했다.

"아이스크림 안 먹을래요?"

그런 내 태도를 느끼지 못했는지 연희 씨가 손에 들고 있던 아이스크림을 내게 내밀었다. 반칙이야! 어디선가 산이 불쑥 튀어나올 것 같아 난감했지만 저 사람 좋은 얼굴을 보곤 차마 거절할 수 없었다. 그를 따라 가게 앞 의자에 자리를 잡았다. 잠깐이면 되겠지.

"아이스크림 좋아하시나 봐요?"

"유인 씨는 싫어해요?"

아이스크림을 싫어하는 사람도 있나? 고개를 저었다.

"다행이네. 실은 어떤 여자는 아이스크림을 싫어하더라구요. 함께 있는 내내 아이스크림 생각나서 혼났어요."

"누군데요?"

호기심이 일었다. 그에게 여자 친구가 있는지는 몰랐다. 묘한 기분이 들었다. 안심이 되기도 하고, 부끄럽기도 하고. 영월에서 그가 내게 보냈던 눈빛은 결국 오해였는지 모르겠다. 내 질문에 연희 씨는 대수롭지 않게 대꾸했다.

"전에 선본 여자."

아, 그렇군…….

"선도 봐요?"

"그럼, 서른일곱에 장가도 못 갔는데 이렇게 내내 있어요? 어머니 성화라 한 번 본 적이 있는데 첫 인상이 별로 안 좋았나 봐요. 헤어지고 나서 그녀가 어머니께 어찌 타박을 했는지 그 뒤로 몇 달은 잠잠하시네요. 다행이라고 해야 하나? 결혼은 좀 더 로맨틱하게 하고 싶어요. 그런 인위적인 거 말고. 정말 사랑해서 가슴이 가득해지는 여자와 어느 순간, 이 여자가 아니면 안 되겠다, 싶을 때 말이에요. 아무튼 어머니께 못된 소리 듣게 해서 죄송하긴 했지만, 사랑할 수 있는 시간은 번 셈이죠."

바닐라 속에 박힌 작은 초콜릿 조각이 딱딱하게 씹힌다. 결혼이라는 거 다들 힘들게 치르나 보다. 눈치 채지 않게 살짝 훔쳐보았다. 하얀 얼굴이 티 하나 없어 서른일곱은커녕, 이십대처럼 풋풋하기만 하다. 몇 달 사이, 파삭하게 늙어버린 나보다 오히려 윤기 흐르는 모습이었다. 아이스크림을 크게 한입 베어 아삭아삭 씹어댔다. 내 답답함을 씹어 삼키듯…….

"남자 친구예요?"

"네?"

"그날, 함께 있던 남자."

아……. 애매하게 대답하며 의자 밑으로 발을 쳐댔다. 그의 시선은 내게서 비켜 학교 담벼락에 튀어나온 나뭇가지의 끝에 달려 있다. 이미 저녁으로 치닫는 짙푸른 하늘 속에 붉은 단풍은 서글픈 느낌이 든다.

"제가 좀 느려요."

아, 네……. 연희의 말에 의미없이 고개를 끄덕였다.

"전공 선택도 레지 이 년이나 하다, 바꿨어요. 내 스스로 선택한 길이라 웬만하면 가볼까 했는데 도저히 어렵더라구요. 생각이 많아서 결론을 내기까지 꽤 시간이 걸리죠."

그건 나 역시 마찬가지다. 이미 선택한 길이 있다면 최선을 다해보는 게 새로운 길보다는 낫다는 지론이었다. 그래서 아까보다는 훨씬 공감된 얼굴로 고개를 끄덕여 주었다.

"여기 개업도 거의 육 개월 정도 미루어졌어요. 그런데 요즘 생각이 많아지네요."

가게 앞을 지나던 아이 서너 명이 생뚱맞은 눈초리로 나를 쏘았다. 작년에 수업 들어갔던 아이들인데 어색해서 그런지 모른 척 인사를 건네지 않는다. 나 역시 마주 앉은 연희 씨가 마음에 걸려 아는 척하지 않았다. 보통 때라면 '이제 집에 가니? 좀 늦었구나' 하고 한마디 건넸을 텐데.

밍밍한 침묵을 흘렸다. 생각이 많은 연희 씨는 좁혀진 미간으로 심각한 얼굴이었고, 난 나대로 혼수 우울증을 앓고 있는 중이었다.

"그 사람, 연인이죠?"

산에게서 화제가 떠나지 않는다. 왜 이리 관심이 많은 건지…….

"약혼자예요."

아, 그럴 줄 알았어요. 고개를 끄덕인다. 여전히 담담한 표정이었고, 별다른 기색은 보이지 않았다. 다시 침묵. 다 베어진 아이스크림 대신 앙상한 막대만 손에 남았다. 짙은 푸른색을 띠던 하늘은 어느새 까만 어둠이 몰려 있었다. 집에 가야 할 시간이다. 엉덩이를 들썩거렸다. 잠시만…… 하던 게 생각보다 길어졌다.

"이젠……."

"이런 말…… 좀 늦었겠지만 나와 사귀어보지 않을래요?"

"예?"

나도 모르게 목청이 커졌다. 무슨 이런 뜬금없는 소리가 있냔 말이다. 농담도 참, 재미없게 한다 싶었다. 하지만 가로등 하나 없이 음침한 어둠 속에서 내게 향한 올곧은 눈동자는 진지하기 그지없었다. 이 남자, 농담이 아닌 거야?

"약혼이라면 결혼한 건 아니잖아요? 어때요?"

당황스러워 말이 나오지 않았다. 어때요, 라니…….

"하지만……."

"알아요, 난처한 거."

그 정도로 가벼운 게 아니잖아.

"다른 남자의 여자 빼앗는 거, 사실 취미 없는데……."

어지럽다. 세상이 빙글 돌았다. 평생 살면서 겪어야 할 모든 갈등과 고민이 갑자기 한꺼번에 스물여덟 한 해에만 몰린 것 같다.

연초에 토정비결이라도 볼 걸 그랬다. 아마도 구설수가 있거나 남자를 조심해야 할 운세가 들어 있지 않았을까?

"나, 보기보다 괜찮은 사람이에요. 한번 생각해 보지 않을래요?"

그리고는 해맑게도 웃는다. 그래서 어쩔 수 없이 생뚱한 미소를 지을 수밖에 없었다. 나보고 어쩌라고? 이미 약혼한 상태인 내게 선택이라는 건 애초부터 사치였다. 잠시 그와 마주치는 것조차 피 말리는 압력을 받는 터에 이제 산과 같은 선상에 서겠단다. 제발 그것만은…….

"아, 나도 쉽게 하는 말 아니라는 것만 알아줘요. 약혼자가 있는 여자에게 프러포즈할 거라고는 상상조차 해본 적이 없으니까."

자리에서 일어서 내게 손을 내민다. 하얗고 섬세한 손가락을 멀뚱 바라보는 내게 집에 가야죠, 차분한 목소리로 설명한다. 손을 마주 잡는 대신, 심각한 표정을 지었다.

"두 달 후면 결혼해요."

"생각보다 빠르네요."

"겨울방학과 맞추다 보니까……."

"아, 선생님들은 대부분 그렇게 하죠?"

임 선생만 빼고. 하지만 고개를 끄덕거렸다. 지금 이런 대화를 하는 게 맞는 건지 잘 모르겠지만 말이다. 그의 손을 무시한 채 자리에서 일어났다. 버려진 손을 쓰윽, 주머니 속에 넣는 연희 씨를 애써 모른 척했다. 장난스런 윙크를 살짝 하는 것도 보았다. 속내를 짐작하기 어려운 눈빛이다. 친절하고 마음 편한 동네 의사라고 생각했던 그가 점점 모를 사람이 되어간다.

버스 정류장은 한산했다. 이웃 학교 역시 우리와 같은 일정으로 중간고사를 치르다 보니 시험 기간에는 동네가 다 조용할 정도였다. 비어진 버스 속에서 나란히 자리에 앉아 집으로 향했다.

연희 씨에게서는 산에게서 나는 고급스런 상쾌함 대신 약간 톡 쏘는 병원 냄새와 연한 비누 향이 난다. 까만 유리창 너머 그의 모습을 훔쳐보았다. 낡았지만 깨끗한 점퍼 속으로 목까지 단정하게 잠근 셔츠가 아직은 학생 같은 차림이었다. 그의 모습에는 검소하고 소박한 삶이 엿보인다. 내가 꿈꾸었던 남자도 저런 모습이었는데.

"궁금해요?"

흘끔거리는 시선을 느꼈는지 그가 물었다. 뭐가요? 하고 되물었다.

"왜 프러포즈를 했는지."

당연히 궁금할 수밖에.

"처음엔 그저 착한 선생이네, 하고 생각했어요. 위 때문에 아플 정도로 아이들에게 스트레스를 받는가 보다 했죠. 아마, 거기에서 끝났다면 그냥 환자와 의사, 그 이상은 아니었을 거예요."

"그런데……"

"인호 데리고 온 날, 그날 굉장히 가슴에 박히더라구요. 애써 용감한 척은 하는데 파랗게 질린 얼굴로 움찔움찔하는 모습이 너무 귀여워서……"

그때의 기억이 떠오르는지 그가 풋! 웃음을 터뜨렸다. 내게는 별로 기억하고 싶지 않은 기억이었는데, 같은 시간을 전혀 다른 시각으로 기억하는 줄은 몰랐다.

"실은 제가 주삿바늘하고 별로 안 친해요. 그래서 그런지 상처가 심하면 겁부터 덜컥 나요."

"그럴 줄 알았어요. 척 보니까 알겠던데 뭘."

아, 네…… 머쓱한 표정을 지었다. 나름, 감추느라 애를 쓴 건데 별 효과는 없었나 보다.

"그 뒤로 당신이 한 번 더 보고 싶었어요. 그래서 일부로 학교 앞에서 얼쩡거렸는데, 몰랐어요?"

몰랐다. 그저 아이스크림을 유난히 좋아하는 줄로만 알았었다.

"천천히, 조금씩 다가가야지 했어요. 내가 좋아하는 영월의 하늘도 보여주고 싶었고. 시간이 좀 더 있는 줄 알았거든요, 서로에 대해서 충분히 알 수 있는……. 내 꿈과 당신의 꿈, 서로가 바라보는 미래는 어떤지, 어린 시절의 당신은 어떤 모습인지 하나씩 알아가고 싶었는데 영월에서 당신과 마주쳤을 때 내게 허락된 시간이 없다는 걸 알아차렸죠."

힘이 쭉 빠진다. 갑자기 자리가 불편해졌다. 산이 알게 되면 또 엄청 화를 낼 텐데…….

"그 남자를 처음 본 순간, 금방 연인인 줄 알았어요. 곧이라도 튀어나와 내 숨통을 조일 것 같아서."

열심히 고개를 끄덕였다. 내 기억에도 분명 그의 말이 맞다. 버스의 덜컹거림에 몸이 좌우로 흔들려 그와 어깨가 부딪쳤다. 아, 미안! 그의 잘못이 아닌데도 예의 바르게 사과까지 해주었다. 그리고 꽤 긴 이야기를 나누었다. 그날, 그곳으로 그가 찾아온 이유, 영월에서 그가 보았던 것들, 그가 꿈꾸는 삶들…….

차분한 음성이 긴 수다를 떠는데도 수선스럽게 느껴지지 않았다. 낮고 자박하게 설명하는 목소리에 점점 내 귀도 기울어졌다. 버스에서 내려 집으로 향하는 내내 그랬다. 연희 씨는 줄곧 이야기하고, 난 조용히 귀를 기울이고.

그는 참 솜씨있는 이야기꾼이었다. 적당히 추임새도 끼워 넣을 줄 알고, 이해하기 쉽게 요점 정리도 간단한. 잠깐 이야기해도 꽤 머리 좋은 사람이란 걸 알 수 있었다. 결론도 간단하고, 명쾌하다.

"서두르거나 강요하지는 않을게요. 물론 부담도…… 불공정한 출발을 한 건 나이니까."

골목을 들어설 때쯤엔, 다시 이야기는 원점으로 돌아와 있었다.

"하지만 전 이미 약혼했어요."

너무 맥 빠지게 들렸을까?

"알아요."

대답하며 내 대신 초인종을 눌러준다. 차임벨 소리가 나를 꾸짖는 듯 허공 속으로 날카롭게 흩어졌다. 유인이니? 대문 안 쪽에서 엄마의 목소리가 울리고 덜컹, 철문이 몸살을 떨었다.

"들어가요."

연희 씨가 내 등짝을 부드러운 손길로 밀었다.

"……연희 씨."

"결혼을 결정하기 전에 한 번쯤, 날 생각해 줘요. 잘 자요."

미처 뭐라 말을 잇기도 전에 훌쩍, 뒤로 물러서 한 팔로 마구 휘젓는다. 폭탄을 터뜨린 주제에 정작 당사자는 저토록 순한 미소를 짓다니. 망치로 머리를 맞은 것처럼 멍해졌다. 허공에서 붕 뜬 것처럼 힘이 하나도 실리지 않고 현실 감각이 없다. 정말 내가 청혼을 받기는 한 건가? 비틀비틀 마당으로 들어서는 나를 엄마가 반갑게 맞았다.

"강 서방 일정이 앞당겨져서 일찍 귀국했단다. 계속 연락이 안 된다고 몇 번이나 전화를 했어. 전화기 꺼놓았니?"

엄마의 수선에 가방 속에서 휴대 전화를 꺼내 들었다. 언제 배터리가 나갔는지 액정까지 꺼져 있었다.

"얼른 전화해 봐."

채근하는 엄마에게 대충 대답하고 방 안으로 들어갔다. 무릎이 팍 꺾였다. 온통 세상이 뒤죽박죽이다. 정말, 오늘 같은 심정이라면 어디론가 사라지고 싶다. 이카루스처럼 뜨거운 태양 아래 밀랍이 녹아난다 해도, 새들의 날개를 훔쳐 저 멀리 다른 세상으로 날아가고 싶을 뿐이었다.

따르릉!

늦은 시간인데도 전화벨 소리는 시끄럽게 울려댄다. '네가 받아! 강 서방인가 보다!' 안방에서 엄마가 소리쳤다. 손가락 하나 들 여력이 없었지만 끊이지도 않고 소란스럽게 울려대는 벨소리에 할 수 없이 거실로 나섰다. 막 전화를 받으려는데 닫혀진 안방 문 너머 힘 빠진 아빠의 목소리가 울렸다.

"좀처럼 땅 임자가 안 나서네? 요즘 남원 땅 값이 워낙 바닥이라 제 값 받기도 어렵다는데……."

[대체 왜 전화는 꺼놓은 거야?]

수화기를 들자마자 산이 잔뜩 짜증을 부려댔다.

날아가고 싶어…….

　시원한 물줄기가 화단으로 쏟아져 내렸다. 한껏 수분을 흡수한 이파리들의 짙은 푸른색이 싱그럽기 그지없다. 질척이는 마당 곁에 앉아 시들어진 노란 잎을 따는 아빠의 어깨에 가만히 머리를 뉘었다. 눅눅한 흙냄새가 배인 아빠의 어깨는 전보다 훨씬 좁은 느낌이 든다. 톡! 줄기 하나가 떨어질 때마다 내 머리도 함께 너울댔다.

　"강 서방한테 안 가?"

　마당 한쪽에 놓인 평상을 바라보며 아빠가 작게 속닥거렸다. 아까부터 방치해 놓은 산이 계속 마음에 걸리는 모양이었다. 하지만 무시했다. 그건 일종의 복수였다. 애초부터 모든 문제의 발상인 결혼을 제기해 내 인생 그 자체를 온통 뒤흔든 죄, 내 자존심과 상관없이 제멋대로 혼수에 끼어든 죄, 나보다 잘난 죄, 내 모든 갈등과 고뇌의 중심에 선 죄. 말로 하자면 끝도 없다.

　"아빠한테는 숲 향이 나는 것 같애. 흙냄새, 나뭇잎 냄새, 마른 나무 껍질 냄새……."

　산이 찾아오는 바람에 평소에 즐겨 입던 트레이닝복 대신 오래되어 허름해진 면바지와 그 바지만큼 오래된 셔츠를 걸친 아버지는 이 집처럼 낡고 초라하다.

　멀리 산의 시선이 느껴졌지만 끝내 고개를 돌리지 않았다. 요즘, 난 그에게 쌀쌀맞게 대하고 있는 중이다. 예정보다 일찍 귀국한 날, 전화 연결이 되자마자 바람난 애인 닦달하듯 당장 집으로 쫓아왔을 때에도, 그리고 지금도…….

산의 입장에서는 억울한 일이겠지만 그의 모습 뒤에 박힌 어머님의 그림자 때문에 절로 싸늘해지고 말았다. 건방진 내 태도에 아빠는 괜히 산의 눈치를 봤다.

"싸웠어?"

"아니."

"그럼, 강 서방 혼자 저렇게 두고 왜 여기 있어?"

"그냥…… 이렇게 아빠랑 같이 있어본 것도 오랜만이잖아."

혼수 준비 때문에 평일은 차치하더라도 주말은 아예 하루 종일 어머님과 함께였다. 때문에 가족들 얼굴은 겨우 늦은 저녁이나 되어서야 볼 수 있을 정도였다. 그나마 산이 온 후로 어머님의 전화도 뜸해졌다. 그가 어떤 식으로 말했는지 솔직히 관심없었다. 그로 인해 잠시 소강 상태가 온 것만이 다행일 뿐. 이제야 겨우 숨 돌릴 여유가 생겼다.

"금방 시집갈 녀석이 어리광은……."

하면서도 더 이상은 밀어내지 않는다. 아빠 역시, 흐르는 시간을 멈추고 싶은 건지도 모르겠다. 이대로 시간이 멈추었으면 좋겠어, 라고 중얼대자 아빠가 힘없이 하하하! 웃는 걸 보면…….

"옛날부터 사람은 아무리 나이를 먹어도 결혼하지 않으면 어른이 되지 않는다고 했어. 사람이 나이를 먹으면 제 몫을 하는 게 좋은 거야."

"꼭 결혼해야 제 몫을 하는 건가, 뭐?"

"결혼을 해보면 알아. 한 집안을 이룬다는 게 얼마나 많은 무게와 책임을 지니고 있는지. 이제부터는 받는 것보다 베푸는 게 더 많아지는 거야."

우울해진다. 이젠 아빠조차도 내 결혼에 대해 전적으로 수용해 버린 상태다. 내가 아무리 이 결혼에 대해 회의적이고, 복잡한 심경이라 해도 이미 결혼이란 굴레는 내 삶의 전체를 통솔해서 주인의 의지와 상관없이 앞으로 향하고 있다. 아침부터 저녁까지 우리 집의 모든 화제는 온통 내 결혼이었다. 금전에 대한 걱정과 반면에 레드 카펫을 깐 듯 화려하게 펼쳐진 내 미래의 모습에 대한 동경! 하지만 내 유일한 걱정은 혼수 비용이다. 앞으로 얼마나 더 많은 돈을 쏟아 부어야 할까?

"재미있어?"

커다란 발이 보였다.

"별로."

끙, 소리와 함께 긴 몸이 반으로 접혔다. 내 옆에 쪼그려 앉은 모습조차 당당하고 거만해 보여 약이 좀 올랐다.

"뭐 하는 거지?"

"화단 가꾸잖아."

톡, 쏘는 어투에 산보다는 아빠가 더 놀란 눈빛으로 쳐다보았다. 입으로만 왜 그래? 하고 묻는다. 내 부루퉁한 태도를 산은 모른 척했다. 그저 아빠를 따라 마른 줄기를 떼어낼 뿐 불쾌한 기색도, 타박도 없었다. 그게 어찌 보면 더 얄밉고, 반면에 괜한 사람에게 타박한 것 같아 미안해지기도 하고, 연희 씨의 일도 앙금으로 남아 죄책감도 좀 들고…….

산과의 일은 언제나 복잡하고 갈등의 연속이다.

"유인이 아빠, 시장 갈 건데 같이 안 갈래요? 강 서방 왔는데 뭐 해줄 게 없네."

거짓말! 혼자 구시렁댔다. 어제 산의 전화가 오자마자 득달같이 시장으로 달려가 과일이며 간식거리를 몽땅 사와놓고선!

오자마자 엄마가 내어놓은 과일과 주전부리들을 몽땅 해치운 주제에 빈말이라도 '됐습니다' 하지 않는 산을 흘끔거리며 엄마는 아빠의 팔을 꽉 붙든 채 말 그대로 질질 끌다시피 집을 나갔다. 시장 간다면서 시장바구니조차 없이 말이다.

둘만 남은 집은 절간처럼 적막하다. 산의 심장 고동 소리만이 고요함 속에 울릴 뿐. 어찌나 그 소리가 민망한지 일부러 고개를 반대쪽으로 틀었다. 괜히 나까지 심장이 뛰어댄다. 한적하고 풍요로운 가을의 화단은 겨울 준비로 도톰한 낙엽을 쌓아놓고 있는 중이다. 떨어진 나뭇가지로 괜한 땅속을 후벼 팠다.

"뭐가 또 불만이야?"

지금껏 뚱하게 모른 척하던 산이 이제야 겨우 궁금증을 털었다.

"뭐가?"

"귀국한 후로 계속 불평이잖아. 나랑 눈빛도 안 마주치고. 그사이 결혼 준비로 많이 바빴어?"

"당연하잖아!"

"힘들다는 거 알아. 어머니 때문에 속깨나 썩혔을 거라는 것도."

"그것 때문은 아니야."

"그럼 문제가 뭔데?"

막상 물으니 할 말이 없다. 우리 돈 없어, 하고 말하기엔 너무 자존심 상하고, 우린 격에 맞지 않다는 말은 이미 여러 번 말했었다. 한 번도 인정되어 본 적은 없지만. 그 문제에 대해선 산보다는 어머님과 더 통한 편이었다.

"잘 모르겠어. 난 항상 한 발짝씩 늦잖아. 아직 현실로 느껴지지도 않는데 갑자기 모든 것들이 급속도로 빨라지는 거야. 그래서 복잡해. 결혼 날짜는 한참이나 남았는데 너무 서두르니까 꼭 덫에 걸린 것처럼 심란하고, 겁이 나. 머릿속은 온통 헝클어져 도무지 사태 파악이 안 되는데 혼수 문제는 당장 현실로 다가와 있어. 가구 하나를 사더라도 나와는 너무 다르고, 이것저것 준비할 게 너무 많잖아. 아무리 산이 아니라 말해도 내겐 걸맞지 않는 구두 같은 느낌이야. 사는 것부터 너무나 달라서 받아들이는 것조차 버거워. 낮잠 이불은 대체 왜 필요한 거야?"

갑자기 짜증이 솟구쳤다. 낮잠 이불? 동그랗게 눈을 뜬 산이 하하하! 호기있게 웃어 젖혔다. 그거 대체 왜 필요한 거래? 도리어 내게 물으면서. 그의 손가락이 내 머리 끝에 머물다, 다시 제자리로 떨어졌다. 웃음기 걷힌 얼굴이 폭풍 전야처럼 스산했다.

장난치던 나뭇가지를 내던진 채 오지 않는 부모를 기다리며 평상 끝에 걸쳐 앉아 달롱달롱, 발장난을 쳤다. 한여름 내내 따갑게 울어대던 매미가 빠진 가을의 한낮은 밋밋하고 선비의 유람 같은 한가로움이 흘렀다. 나를 따라 평상으로 돌아온 산은 딱딱한 나무 바닥에 편하게 팔베개를 하고 누워 있다. 조금 평화로움이 감도는 시간이었다.

"나중에 이런 집, 하나 살까?"

글쎄……. 과연 산이 이런 주택에서 살 수 있을까? 전형적인 도시남이?

"아이들이 자랄 땐, 답답한 아파트보다는 이런 마당이 있는 집이 좋겠다."

"벌레가 많아. 가끔 바퀴벌레도 볼 텐데…… 아, 쥐도 있어."

그런가? 의아한 목소리로 대답한다. 이런 집에 살아봤어야 고충을 알지. 하지만 아이들이 살기엔 이런 곳이 좋다는 건 맞는 말이다. 쥐와 바퀴벌레, 온갖 해충과 씨름을 하긴 하지만 그보다는 지난 세월에 대한 추억들이 더 많다. 특히 이 마당의 정원은 그 무엇과도 바꿀 수 없었다. 화단 한쪽 끝엔 아빠와 함께 심은 내 나무가 자라고 있다. 그 옆엔 유진이 나무가…….

중학교 때인가? 아빠가 다니던 동사무소에서 식목일을 기념해 직원들에게 나무를 나누어 준 적이 있었다. 아파트에 사는 직원의 나무까지 얻어와 우리 집에 나란히 심었는데 그중 특별히 마음에 드는 녀석 하나를 내 나무로 정했다. 그리고는 잊어버려 어떤 나무인지는 기억나지 않지만…….

"도망치지만 않으면 돼."

뜬금없이 산이 말했다. 무슨 소리야? 묻자, 차분한 목소리로 설명을 덧붙였다.

"본질적인 것만 생각하면 되는 거 아닌가? 중요한 건 너와 내가 결혼을 한다는 거야. 부수적은 것들은 하등 영향을 줄 게 못 돼. 하기 싫으면 안 하면 되는 거야. 강요하지는 않으니까."

그래서 가구도 산 마음대로 샀어? 꼬인 생각을 했다. 원치 않는 배려가 가끔은 상처를 줄 때도 있다는 걸 그는 모른다. 아무리 선의라 해도 말이다. 물론 산 하나로만 보면 딱히 불만은 없다. 그렇지만 단지 그게 전부일까? 이 선생님 말처럼 낡은 내 부모님의 옷자락 대신 시 부모님의 새 옷을 사느라 거금을 쓰고, 그래도 이 결혼을 끝까지 밀고 나가야 하는지 확신이 서지 않는다. 하지만 산에게 구차하게 설명할 수도 없고.

침묵이 흘렀다. 조금 전보다는 한결 가라앉은 침묵이었다. 그는 무슨 생각을 하고 있을까? 하늘을 향해 있는 그의 시선은 한쪽 팔에 가려져 보이지 않는다.

나른한 오후, 날카로운 전화벨 소리가 침묵을 깨뜨렸다.

[이연희예요.]

"네?"

놀라 소리치다, 산의 예리한 눈빛에 얼른 소리를 죽였다. 순간, 그의 눈동자에 섬광이 비친 것 같은 착각이 들었었다.

[놀랐어요?]

"네…… 조금."

웃음소리가 들렸다. 장난기가 다분히 섞인 웃음이었다. 이젠 노골적인 호기심이 내게 쏟아지고 있었다. 산에게 등 돌린 등짝이 따끔거린다. 대체 왜 전화를 건 거지?

[전에 했던 약속, 오늘 어때요?]

황당해서 네? 라는 말밖에 나오지 않았다. 내가 무슨 약속을 했다고!

[아, 그건 너무 속 보이는 건가? 데이트하자는 말이었는데.]

콩닥, 콩닥, 심장이 입 밖으로 튀어나올 것 같다. 내게서 떨어지지 않은 끈적한 시선도 그렇고, 대담한 연희 씨의 데이트 신청에 엄청 당황하고 말았다.

[지금…… 통화하기 곤란해요?]

묻는 말에 눈치 채지 않게 낮은 목소리로 네…… 하고 겨우 대답했다. 이제 산은 반듯이 몸을 세워 아예 내 쪽으로 튼 상태였다.

남자 친구랑 같이 있는 중? 당연한 질문을 하는 연희 씨에게 대답조차 못했다. 커다란 토네이도가 내 머릿속에서 헤엄치고 있는 것 같다. 전화 너머 긴 침묵이 이어졌다. 끊지도 못하고 바보처럼 그대로 전화기만 들고 있었다. 끊어도 될까? 그냥 덜컥 끊으면 산이 더 의심하지 않을까?

[질투 때문에 가슴이 톡 쏘네요.]

그리고 다시 껄껄껄!

나름, 제 마음을 감추는 웃음이라 이번엔 미안한 마음이 들었다.

[그럼, 전에 약속했던 식사는 나중으로 미룰게요. 곤란하게 해서 미안해요. 혹시 남자 친구가 심하게 질투하면 내게 다시 전화해요. 위로해 줄게요.]

"아, 네……."

겨우 끊어진 전화에 참았던 숨을 내쉬었다. 정말, 심장이 그대로 터져 버리는 줄 알았다. 문득 내 등 뒤의 싸안 느낌이 와 닿았다. 어두운 블랙홀처럼 주위의 모든 소음까지 전부 빨아들이는 괴괴한 침묵이었다.

"아……."

산이 말을 끌었다. 반듯한 이마가 신경질적으로 좁혀졌다. 손에 든 전화기가 시한폭탄처럼 무겁기만 하다. 방패 삼아 전화기를 가슴팍으로 꽉 끌어안았다. 팽팽한 활의 시위처럼 긴장감이 돌았다. 설사, 산이 알아채지 못했다 해도 내 스스로 느끼는 죄책감이라고나 할까?

"나 왔어!"

마침, 철문이 덜컹이며 반가운 얼굴이 들어섰다. 평소에도 유진이라면 반색을 하는 나였지만 오늘처럼 반가운 날은 없었다. 때맞춰 도서관에서 돌아온 유진이를 후다닥 뛰어 반겼다.

"왜 이렇게 반가워해?"

달려들듯 뛰어든 내게 유진이 이상한 얼굴로 물었다.

"배고프지? 떡볶이 해줄까? 산도 떡볶이 좋아해?"

공작처럼 수선을 떨어대며 주방으로 들어서는 내게 유진이 속닥거렸다.

"무슨 일 있어? 형부 얼굴 왜 저래?"

일은 무슨…… 하며 펄떡 뛰는 내게 유진이 '그러니까 더 이상해 보여' 하고 흘겨보았다. 유진이와 함께 주방으로 들어서는데 음산한 산의 음성이 울렸다.

"그 의사 녀석이야?"

제 머리만 덤불 속에 감추는 꿩의 심정을 알 것 같다. 못 들은 척 돌아서는 내 심장의 고동 소리가 북처럼 울려댔다. 이래서 죄 짓고는 못사는 모양이다.

그 녀석의 전화를 받는 유인이를 보았다. 내 앞에서 감히, 그 녀석의 전화가 울리다니…….

"내 여자에게 눈독 들이지 마!"

버럭 소리치고 싶은 걸 초인적인 힘으로 참아냈다.

대체 내게 왜 이러는 거니?

유인의 귀여운 머리를 흔들고 싶었지만 아무 말 하지 못했다. 내가 없는 사이, 어머니로 인해 많이 힘들어했을 유인의 모습이 보였기에.

벌게진 목 언저리를 하고선 서둘러 유진과 사라지는 뒷모습에 절망을 느꼈다.

이젠 내가 묻고 싶다.

유인아, 우린 결혼할 수 있을까?

내 절망과 애원과 아픔을 담아 겨우 한마디 물었다.

"그 의사 녀석이야?"

대답은 하지 않았지만, 당연한 걸 물었다는 생각을 했다.

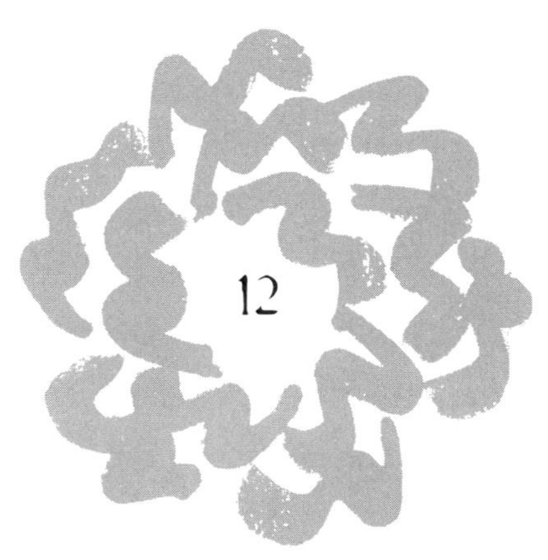

12

출근해서도 내내 내 시선이 전화기에서 떠나질 않는다. 아직 지우지 못한 통화 번호 중에 연희 씨의 번호가 있다. 처음엔 어떻게 내 번호를 알았을까? 미련스런 궁금증이 났었다. 그리고 다음은 이 상황을 어떻게 처리해야 할지 고민스러웠고.

"무슨 고민을 그렇게 해?"

수업 끝내고 돌아온 이 선생님이 물어올 정도로 하루 종일 내 미간은 펴질 줄을 몰랐다.

"우리 그이가 언제 같이 식사 한 끼 하자는데?"

뚫어지게 전화기를 노려보고 있는 내게 임 선생이 다가와 의아한 얼굴로 물어왔다.

"전화기에 무슨 문제 생겼어?"

아니요. 힘없이 대답했다.

"시간 언제 돼?"

같이 밥 먹는 것이 끔찍이 싫은 기색인 주제에 재촉까지 한다. 같이 먹자는 건지 말자는 건지……. 의중을 묻는 내게 임 선생이 설명을 덧붙였다.

"전에, 강산 씨가 중매 섰다고 크게 한턱냈거든."

"네?"

"몰랐어? 우리 아기 방, 산이 씨가 몽땅 꾸며줬는데."

고개를 저었다. 지금 임 선생은 임신 삼 개월째다. 임 선생 말에 의하면 임신 소식을 듣자마자 방 하나를 몽땅 새로 꾸며준 것도 부족해 아기용품 일체를 전부 선물했단다. 중매 턱이라면서…….

"우리 신랑 원래 그런 거 받는 거 굉장히 싫어해."

청렴결백하다는 말이군. 누가 뭐라 그랬나?

"그런데 아이 일이라 그런지, 대찬 사람이 벙실거리긴 하더라. 광고 쪽에 있어서 그런지 워낙 감각이 좋잖아."

그에게 그런 뛰어난 감각이 있는지도 몰랐던 일이다. 산에 대해서는 아는 것보다 모르는 게 더 많다. 이렇게 몇 개월을 연애해도 서로에 대해 알기 힘든데 선을 보고 몇 달 사이에 후딱 결혼에까지 이르는 사람들은 대체 어떤 힘으로 결혼을 결정할 수 있었던 걸까? 산이 아니라 결혼 그 자체에 대해 궁금증이 일었다.

"임 선생님, 중매해서 결혼하는 거 힘들지 않았어요?"

"뭐어?"

그렇게 놀랄 질문이었나? 당황해하는 임 선생보다 내가 더 당황하고 말았다. 그냥, 궁금해서 물어본 건데…….

"무슨 뜻이야?"

날치름하게 노려보는 품새가 여간 불쾌하지 않아 보였다.

"조건 보고 결혼하는 거?"

임 선생이 내 말뜻을 오해했다. 그걸 물어본 게 아니었다. 단지, 어떻게 몇 번 만나 쉽게 결혼을 결정할 수 있는 건지 알고 싶었던 것뿐이다. 듣기로 임 선생의 중매한 지 삼 개월 만에 결혼한 케이스다. 물론, 성재 씨가 마음에 들지 않은 건 아니다. 그런 생각이 들 만큼 만나본 것도 아니고.

"그게…….""

"있지, 사람마다 결혼에 대해 갖는 관점은 다 달라. 자기 기준에 맞춰서 사람 재는 거, 그거 굉장히 피곤한 거야."

쌀쌀맞게 말하고는 시간이나 정해서 알려줘, 라고 말하고 냉큼 돌아서 버렸다. 억울한 마음에 속이 팍 상했다. 결혼 선배로서 그저 물어본 걸 가지고 타박은…….

울상 짓는 나를 이 선생님이 위로해 주었다.

"그렇지 않아도 말이 좀 있었잖아. 일방적으로 임 선생이 매달려서 결혼했다는 못된 말도 들었고. 참 나…… 사람들이 대체 왜 그러는지. 이미 결혼한 사람 축하해 주지는 못할망정 말이야. 그러니까 이해해."

그런 말이 있었었나? 원래 임 선생과 그리 친한 사이도 아니고, 또 그렇다고 다른 선생들과 편하게 수다 떠는 성격도 아니라 그런 말이 있었는지 몰랐었다. 잘난 척 꼿꼿하게 세운 임 선생의 등이 오히려 더 작고 여리게 보여 가슴이 아팠다. 아마 내 입장 역시 그녀와 별반 다르지 않을 것 같다. 유 선생이나 김 선생 역시 나에게 같은 말을 하지 않았던가. 상처 줄 생각은 없었는데, 아픈 곳을 찌르곤 만 것 같아 수업 들어가는 길에 '아무 때나 괜찮아요. 편할 대로 하세요' 하고 조그맣게 속삭였다.

이번 수업은 우리 반 아이들이다. 들어서자마자 선생님 정말 결혼하시는 거예요? 하고 난리가 났다. 소문나지 않게 쉬쉬거렸는데 언제 말이 돌았을까? 얼굴이 확확 달아올랐다. 신경 쓰지 말고 공부나 해! 하고 소리쳤다.

"에이~ 선생님, 누구하고 결혼해요? 네? 우리가 인증 찍어야 하는데!"

학기 초반의 숫기는 간데없이 기세가 등등했다.

"전에 봤던 그 외제차 아저씨예요?"

맨 뒤의 녀석이 소리치는 말에 소리 죽여 킥! 웃음을 냈다. 아저씨라니…… 날렵한 몸 대신 튀어나온 배와 동그랗게 살집이 오른 사람 좋은 인상이 떠올랐다. 산과는 죽어도 어울리지 않는 인상이다.

"아냐! 의사 선생님이셔!"

키득대는 소란 속에 뚜렷한 음성이 울렸다. 군더더기 없이 단정어린 말투에 꼴깍, 침을 삼켰다. 누군가 했더니 인호 녀석이다. 어찌나 놀랐는지, 무슨 쓸데없는 소리야? 하지도 못했다.

"선생님, 어느 아저씨예요? 난 외제차 아저씨가 좋은데."

"의사 선생님이라니까! 의사 선생님이 우리 선생님, 예쁘다고 얼마나 그랬는데!"

잔뜩 성난 얼굴로 인호가 꽥! 소리를 질렀다. 정작 그를 좋아하는 건 인호 녀석인가 보다.

"그만 하고 수업해."

탕탕, 교탁을 두드려 겨우 사태를 진정시켰다. 더 이상 소문나지 않으면 좋겠는데……. 미혼 선생이 결혼한다는 소식에 신경을 곤두세우고 있을 학부모를 생각해, 대충 일을 덮어버렸다. 결혼할 때는 조용히! 그게 우리 선생들 사이에서 도는 불문율이었다.

수업 내내 속닥거리는 아이들의 수다가 여간 신경에 거슬리지 않았지만 꿋꿋이 무시한 채 무사히 끝을 냈다. 교실을 빠져나올 때, 온몸이 뻐근해 올 정도였다. 복도에 걸린 전면 거울에 파리한 내 몰골이 비친다. 그사이 빠진 살 때문에 늘어진 니트가 더욱 처져 볼품이 더 없었다. 결혼식 때까지는 살이 좀 오르려나? 걱정이 일었다.

[성재가 식사 한 끼 하자는데?]

교무실로 돌아오자마자 산의 전화가 왔다.

"이야기 들었어."

[주말에 함께하는 게 어때? 성재 녀석은 괜찮다는데…….]

힐끔, 임 선생 쪽을 바라보았다. 어제 부로 교지 일이 끝나 한가한 모습으로 초콜릿 과자를 씹어 먹고 있는 중이었다. 아이를 가진 후로 유독 단 음식을 많이 찾는다.

"임 선생네 아이 방 꾸며주었어?"

[응. 왜?]

그냥. 시큰둥하게 대답하긴 했지만, 실은 좀 감동을 받았다. 임 선생이 아니라 오히려 내가 더 소중하게 대접받는 기분이 들기도 했고. 나와 만나게 해준 중매 턱을 굳이 내는 것도 그랬지만, 더구나 아이의 방이라니……

나중에 아이 아빠의 모습으로도 썩 괜찮을 것 같다. 거대한 그의 몸에 손바닥만한 갓난아이의 모습이 의외로 잘 어울리지 않을까?

[마음에 안 든대?]

"아니, 칭찬했어. 마음에 드나 봐."

[그래? 다행이네.]

쑥스럽지도, 그렇다고 대견하지도 않은 그저 담담한 목소리. 좀 거만해 보지 그래? 농담을 건넸는데 돌아오는 건 싸늘한 침묵뿐이다. 어제의 일이 아직도 마음에 남은 모양이었다. 썰렁한 침묵에 입가에 머물렀던 미소가 그대로 얼음이 되어버렸다. 잊었던 연희 씨의 일이 또다시 떠올랐다. 거절해야 되는데 거절하지 못했던 게 자꾸 마음에 걸린다.

하지만 조금은 흔들렸다면 정말 나쁜 일일까? 그는 편안하다. 산처럼 심장이 콩닥콩닥 뛰지 않고, 벅차게 따라잡느라 숨 고를 필요도 없다. 느긋하고, 천천히 산책을 즐기는 속도감도 좋고.

행여 산이 알게 된다면 활화산처럼 폭발해 버릴지도 모르지만 솔직히 지금 심정으로는 산보다는 연희 씨가 더 편한 것도 사실이었다. 과거를 되돌릴 수만 있다면 산이 아닌, 그를 먼저 만났다면 더 좋았을지도 모르겠다.

[무슨 생각을 그렇게 해?]

침묵 속에 산이 불쑥 캐물었다. 냉수라도 뒤집어쓴 듯, 차갑기 그지없는 말투였다. 때로 산은 내 마음속에 사는 게 아닌가, 깜짝 놀랄 정도로 예리하다. 내가 잠시 연희 씨의 생각에 빠져 있다는 걸 알아차린 말투라 더욱 섬뜩해졌다.

[너무 정곡을 찔렀나?]

비릿한 미소까지 보이는 것 같아 나도 모르게 부르르 몸을 떨었다.

"무, 무슨 뜻이야?"

[공주님! 내가 놓아주길 바라는 거야?]

"산!"

버럭 소리를 질렀다. 갑자기 목청을 높인 탓에 목이 찢어지게 아파왔다. 그러나 아픔조차 느끼지 못할 정도로 몹시 당황했다. 아마 그의 말처럼 정곡을 찔렀는지도 모르겠다. 산에게서 벗어나 다른 세상을 살고 싶은 내 내면 깊은 욕망.

[농담이야.]

그리고는 태연스럽게 전화를 끊는 그 때문에 더욱 말문이 막혔다. 옆의 이 선생님이 놀란 얼굴로 왜 그래? 하고 물어왔다. 선생님도 나 못지않게 당황한 얼굴이었다. 그제야 교무실 안에 남은 선생님들의 시선이 눈에 들어왔다. 모두 호기심 반, 놀라움 반으로 나에게 일제히 시선을 꽂고 있었다. 아무 말도 하지 못한 채, 부서져라 전화기만 붙들었다.

끊긴 전화를 꽉 움켜쥔 내 험한 표정을 이 선생님이 걱정스럽게 바라보았다.

"무슨 일이야?"

"이 결혼…… 정말 후회하지 않을지 자신이 없어서."

이제 와 새삼…… 고개를 절래 저어대는 이 선생님의 말이 맞다. 이제 와 새삼!

가슴 한 끝이 쑤셔왔다. 그가 두렵고, 그로 인해 아프다. 이 이율배반적인 감정이 낯설어 당혹스러웠다. 가끔은 무신경할 정도로 내 감정을 모른다, 투덜대곤 했었는데. 연희 씨에 대해서만큼은 이렇게 날카롭게 날을 세울 정도로 그의 신경을 건드렸나 보다. 부정(不貞)한 여자라도 된 것처럼 마음이 무겁다. 몸이 아닌 마음 때문에 파김치가 되어 나서는 교문 앞에 연희 씨가 호주머니에 손을 꼽은 채 기다리고 있었다.

덜컥, 심장이 내려앉았다. 어디선가 산이 튀어나올 것 같다. 하필 또 마주칠 게 뭐람! 뭐야? 궁금해하는 이 선생님 때문에 좌불안석이 되었다. 스치는 선생님들의 눈치도 보이고.

"저 사람, 그 의사 아냐?"

의아한 얼굴로 내게 물어왔다.

"남 선생 기다리는 거야?"

우물거리는 태도에 이 선생님이 사정을 훤히 꿰뚫는다. 좀 전에 했던 말이 있어서 더욱 난감해졌다.

"걱정되네."

이 선생님이 눈치 빠르게도 끌끌, 혀를 찼다. 하긴 나 역시 마찬가지다. 이 사태를 어떻게 처리해야 할지, 몹시 걱정이었다. 사람들의 무리 속에 나를 찾아낸 연희 씨는 이제 환하게 미소까지 지으며 손을 흔들고 있었다.

"이 결혼 부담스러운 거 이해하는데 이렇게 다른 사람을 만나는 건 아니지. 안 그래?"

연희 씨를 흘끔거리며 이 선생님이 낮은 목소리로 충고했다. 아무 말도 할 수 없어 고개만 푹 숙였다. 이 선생님 눈에 비치는 내 모습이 어떨지 빤히 알 수 있었다.

"오늘은 어때요?"

자꾸 돌아보며 못내 미덥지 않는 얼굴로 이 선생님이 떠나자 경쾌한 걸음으로 다가선 연희 씨가 물었다. 네? 하고 물으려다 문득, 전에 영화를 보던 날 했던 약속이 떠올랐다. 지금으로선 내키는 약속이 아니었지만 그래도 마무리를 지어야 할 것 같아 고개를 끄덕였다. 언제까지 산의 신경을 건드릴 수는 없었으므로. 진심으로 기뻐하는 그의 모습에 더욱 어깨가 무거워졌다.

"칼국수 어때요? 근방에 잘하는 곳이 있는데."

그가 말한 곳은 나 역시 단골인 집이었다. 흔치 않게 주인 할머니가 직접 반죽을 밀어 칼로 썰어내는 닭 칼국수 집인데 국물 맛도 끝내주는 곳이라 선생님들 사이에 인기가 좋았다.

낮엔 줄 서서 먹어야 할 정도로 붐비던 가게는 아직 이른 저녁이라 그런지 자리가 몇몇 비어 있었다.

"할머니, 여기 칼국수 둘 주세요."

연희 씨가 주문을 하고 난 신발을 벗었다. 방 안으로 들어서며 남겨진 내 신발이 예전 산고를 치르기 위해 방으로 들어서던 산모의 심정과 같다. 저 신발을 다시 신을 수 있을까?

"왜 그렇게 눈치 봐요?"

털썩, 자리에 주저앉으며 연희 씨가 고개를 갸웃거렸다. 우리가 자리한 곳은 사람이 별로 없는 방 안이라 대화하기에도 그리 나쁘지 않아 다행이다. 홀 안에만 손님 몇몇이 있을 뿐, 아직 방까지는 한적한 편이었다.

목이 바짝바짝 타 들어가 쌀쌀한 날씨임에도 냉한 찬물을 단숨에 들이켰다. 벌써부터 손바닥이 눅눅하게 땀이 찼다.

"그거 알아요?"

"네?"

"유인 씨, 일 분만 마주 봐도 금방 속을 알 수 있다는 거?"

아, 네……. 하고 얼굴을 붉혔다. 일 분까지는 아니어도 쉽게 속마음이 드러나는 편이긴 했다. 좀 더 깊은 우물 같은 사람이 되고 싶었는데. 약점이 찔린 입장으로서는 그리 듣기 편한 말은 아니었다.

더욱 말 꺼내기가 어려워 미적거리는 사이, 닭 수육이 수북이 쌓인 커다란 칼국수 그릇이 상 앞으로 놓여졌다. 방금 무쳐 낸 배추 겉절이와 단무지가 반찬의 전부이지만 김이 뜨겁게 올라오는 육수 국물의 구수함이 별미인 칼국수를 앞에 두고 젓가락이 굼뜨게 움직였다. 입맛이 깔깔해 아무 맛이 느껴지지 않았다. 정말 배고팠는지 한가득 떠진 칼국수를 연희 씨는 시원스럽게 삼켜대었다. 남자들은 다 그런 건가? 산을 볼 때에도 늘 느끼는 거지만 연희 씨도 산 못지않게 먹성이 좋은 편이었다.

후루룩, 소리까지 내며 소탈하게 먹던 그가 나를 바라보았다.

"칼국수 싫어해요?"

"아니요. 단골인데……."

"우연이네. 나도 이곳 단골이에요. 여기 온 지는 얼마 안 됐지만. 밀가루 음식을 좋아하는 편이라서 늘 이런 곳을 즐겨 찾거든요."

나도 밀가루 음식은 좋아한다. 연희 씨와는 통하는 부분도, 좋아하는 것들도 많이 겹쳐져 묘한 기분이 들었다.

"우선 먹어요. 할 말은 나중에 들어도 되니까."

네? 놀란 탓에 젓가락에 걸려 있던 국수 면발이 주룩, 그릇 안으로 떨어졌다.

"유인 씨, 곤란한 말을 해야 할 때면 조금씩 입술을 오물거려요. 상대방에게 싫은 소리를 해야 하니까 자꾸 예민해지죠. 전에 영화 보던 날 알았어요. 우리 옆 자리에서 계속 시끄럽게 떠들던 커플 생각나요? 몇 번이나 그쪽을 바라보며 고민했었죠? 조용히 해달라고 할까, 말까……."

그걸 언제 보았을까?

"그러니까 이거 다 먹은 다음에 이야기해요. 싫은 소리 해도 충분히 들어줄 테니까."

더 이상 할 말이 없어, 그사이 불어버린 칼국수만 씹어댔다. 이렇게 내 속을 환히 들여다보는 사람 앞에선 오히려 더 모진 소리를 못하겠다. 잘 반죽해 놓아 매끄러운 면발이 나뭇가지처럼 까칠해 자꾸 목에 걸렸다. 잠시 동안 맛깔스럽게 삼키는 연희 씨의 바쁜 젓가락 소리와 간혹 들리는 내 젓가락 소리만 울렸다. 아, 조용한 분위기가 불편했다는 것은 아니다. 우습게도 그렇게 먹는 사이, 언제 비웠는지 커다란 그릇이 바닥을 드러냈다. 먹는 짬짬이 연희 씨가 내 그릇에 여러 번 덜어내던 칼국수도 깨끗이 비워진 상태였다.

"런던 투어 해보지 않을래요?"

몽땅 비어진 그릇들을 앞에 두고 어떻게 첫 시작을 해야 할지, 고심하는 내게 연희 씨가 먼저 대화를 유도했다.

"런던 투어요?"

"국가고시 끝나고 나서 처음으로 배낭여행을 갔어요, 영국으로."

영국이라면 산이 유학 갔던 곳인데…… 그도 런던 투어를 해보았을까? 부자라 버스 투어가 아닌 근사한 외제차를 타고 런던 외각의 시골 마을들을 누볐을 것 같다. 너무 편견인가?

"지붕 뚫린 버스에 앉아 하루 종일 지나가는 사람들만 구경했어요. 같이 간 친구 녀석은 도저히 재미없어서 못 견디겠다며 내리고, 덕분에 나 혼자 하루를 그렇게 보냈죠."

고개를 끄덕이는데 방 쪽으로 사람이 계속 밀려왔다. 저녁 식사 시간이 되자 하나둘 자리가 차더니 홀 쪽에 서성이며 방 안을 흘끔거리는 손님도 몇, 보였다. 그래서 먼저 엉덩이를 들고 말았다. 더 이상은 버티고 있기가 미안할 정도였다.

북적거리는 가게를 나서니 별 하나 없는 가을의 밤하늘이 맑고 청명하게 펼쳐져 있다. 여름날의 푸른 기를 완전히 털어낸 가을의 밤하늘은 그야말로 새까맣다. 연희 씨와 나란히 버스 정류장으로 향했다. 살갗에 닿는 밤바람이 시원했다.

"그런데 왜 그랬어요?"

"뭐가요? 아, 투어 버스? 그냥, 뭐…… 사람들이 그리웠나 보죠. 학교 다닐 땐, 늘 공부와 아르바이트에 치어 있었거든요. 비싼 학비를 메우느라 학교 수업에, 스터디 그룹에, 아르바이트까지. 미친 듯이 시간을 보내고 나니까 어느덧 졸업이더라구요. 고시 끝나고 나면 인턴 병원 면접도 있고, 군대도 가야 하고, 레지던트가 되면 더 시간이 되지 않을 것 같아 처음으로 내게 사치를 부려본 거죠. 그래도 썩 괜찮은 관광이었어요."

담담하게 말하는 연희 씨의 얼굴에 가슴이 뭉클해졌다. 그래서 가볍게 내 손을 잡는 그의 손을 뿌리치지 못했다. 산에게 죄책감이 들었지만 말이다. 하지만 그저 사람이 그리워 하루 종일 사람 구경을 했다는 말이 엄청 외롭게 들려, 나까지 그 손을 거부할 수가 없었다. 그래, 마지막이니까. 하는 생각도 했다. 오늘 거절하면 다시는 안 볼 거니까.

"여기서 버스를 타고 사람 구경해 볼래요? 서울 투어."

그러더니 갑자기 버스 위로 무작정 나를 이끌었다. 그 기운에 뿌리칠 사이도 없이 덜컹 버스에 타고 말았다. 버스에 오르자마자 연희 씨가 창문을 열었다. 열린 창문으로 밀려오는 바람에 머리카락이 날린다. 연희 씨가 씨익 미소를 지었다. 굉장히 순한 얼굴로…….

"지붕 없는 버스보다는 못하지만, 이것도 괜찮죠?"

장난기 가득한 그 얼굴을 보며 '혹시 지금 외로워요?' 하고 묻고 싶을 걸 꿀꺽, 삼켰다.

결국, 한마디 못한 채 우리는 서울 투어를 마쳤다. 한마디를 못한 건 나란 뜻이다, 연희 씨가 아니라.

연희 씨는 이제 당신 말 들어도 괜찮아요, 하고 넉넉하게 말을 했었다. 그래서 더욱 말을 못했다. 항상 웃는 그의 모습 속에 감추어진 외로움이 나를 더욱 몰아치는 것 같아서. 차라리 조금 못된 성미가 있었다면 나았을 텐데, 투어 내내 아무 소리도 못한 채 시간만 보냈다. 산에 대한 죄책감은 더욱 눈덩이만큼 커져 갔다.

긴 버스 투어를 마치고 집 앞에 함께 내려섰다. 거절은 못했지만 솔직히 생각보다 버스 투어가 괜찮기는 했다. 나란히 걷는 우리의 뺨으로 깜박깜박 촉이 다한 가로등 불빛이 빠르게 스쳤다, 사라져 갔다. 그의 손은 여전히 내 손을 잡고 있다. 한기 속에 유일하게 느껴지는 온기였다.

"결혼에 대해 생각해 본 적 있어요?"

당근! 스물여덟 노처녀라면 적어도 한 번쯤은 결혼에 대해 진지한 고찰을 해보지 않았겠는가. 연희 씨가 괜스레 뒷머리를 긁적거렸다.

"사실, 난 지금까지 별로 생각해 본 적이 없어요. 바쁘게 하루하루를 살다 보니 어느새 서른을 훌쩍 넘긴 거 있죠? 아직 내가 해야 할 의무는 아직 시작조차 못했는데 말이죠. 나중에 어깨의 짐이 가벼워지면 그때, 결혼해야 하나 보다 막연히 생각하고 있던 참이었어요. 하하하!"

또 자박하게 흐르는 웃음소리. 그의 웃음은 참 맑고 청아하게 흐른다. 크지도 강하지도 않게 그저 흐르는 물처럼.

"유인 씨 덕분에 요즘 매일 결혼에 대해 고심하고 있어요. 아직 결혼시켜야 할 동생도 남았고, 부모님께 작은 집 하나 마련해 주지도 못했는데……. 이 정도면 꽤 조건이 나쁘죠?"

마음이 슬프다. 이렇게 따스하고 온화한 남자가 단지 환경 때문에 한 번도 결혼을 생각해 보지 못했다니. 위로하는 의미로 마주 잡은 손에 살짝 힘을 주었다. 그보다 더 강하게 연희 씨가 마주 잡는다. 아, 정말 곤란하다. 이렇게 제 속내를 빤히 드러내는 데는 도무지 대책이 안 선다. 비단, 연희 씨가 아니라 해도 이토록 제 약한 부분을 몽땅 털어내는데 매몰차게 대하기는 어렵지 않을까?

"그리 좋은 조건도 되지 못하고, 출발도 늦은 주제에 그 남자와 나란히 서려니 좀 염치가 없네요. 그래도 이렇게 붙들지 않으면 안 될 것 같아요. 당신은 내 인생의 지금 이 순간에만 존재하는 거니까."

그의 조용한 고백에 아무 말도 할 수가 없었다.

"당신에게 무거운 짐을 지게 해서 미안해요. 백 번 사과한다 해도 가벼워지지는 않겠지만."

긍정할 수밖에 없는 말이었지만, 고개를 끄덕이지는 않았다. 지금 내 삶은 산, 그리고 결혼 준비만으로도 이미 충분히 벅찼다. 연희 씨의 남은 한 손이 내 손등을 따스하게 감쌌다. 그의 손끝이 나 못지않게 떨린다. 그 소심함이 낯설지 않다. 어쩌면 내겐 연희 씨가 결혼 상대자로서 훨씬 자연스러울지 모르겠다. 그의 조용한 고백이 내겐 산의 전투적인 고백보다 훨씬 설득력있게 들렸고, 그래서 마음이 흔들렸다.

더 진실되게 말하자면, 산보다 편하기도 했다. 뒤늦게라도 딱 맞는 옷을 걸친 것처럼 말이다. 연희 씨와 결혼한다면 완벽하게 꾸며진 넓은 집 대신, 궁색맞은 삶을 살지 모르지만 그래도 서로 조금씩 무언가를 이루며, 또 무언가를 이루기 위해 고민하며, 지금 내 삶과 그리 다르지 않는 평범한 행복을 누리지 않을까? 하얀 눈이 내리는 겨울 저녁엔 갓 삶아낸 고구마를 먹고, 여름이면 시원한 마당의 평상 위에서 하늘을 별을 보며 하루의 일과를 이야기 나누는 그런 삶 말이다. 가을엔 담장에 심은 석류나무에서 석류를 따고 텃밭에는 싱싱한 상치가 자라는…….

내게는 산이 꿈꾸는 미래보다는 연희 씨가 꿈꾸는 미래가 훨씬 더 가깝다는 걸 인정하지 않을 수 없었다. 그건 하나의 쇼핑과 같다. 쇼윈도에 전시된 마네킹이 걸친 화려한 옷을 보며 잠시 꿈을 꾸는 것처럼. 저 옷을 걸치면 나 역시 저 마네킹처럼 아름다워지지 않을까? 그러나 막상 그 옷을 걸치게 되면 느끼는 건 현실뿐이다. 남들보다 머리 하나는 작은 키와 납작한 가슴, 굴곡 없는 허리 위로 걸쳐지는 그 옷은 꿈이 아니라 거의 악몽에 가깝다는 것을…….

결국 가게를 나설 때에 봉투에 담겨진 건, 꿈을 꾸게 했던 그 옷이 아니라 내 체형에 감겨지는 평범한 옷이다. 내게 있어 산과 연희 씨는 쇼윈도의 옷과 쇼핑 봉투의 옷이다. 두근댈 정도로 매력적이지만 어울리지 않고, 편하지만 가슴을 설레게 하지 않는 두

가지의 옷.

갈등에 싸인 내 눈에 파란 철문이 보인다. 작년에 아빠가 새로 사온 페인트로 칠을 했던 우리 집이다. 가족들이 떠오르자 가슴이 묵직해진다.

온갖 친구들에게 산과의 혼사를 자랑하던 엄마와, 산 때문에 결혼을 포기했다던 유진이, 그리고 아빠……

이렇게 마음이 흔들려서는 안 된다. 분명 알고 있는 현실이었다. 그러나 이 손을 잡고 있는 연희 씨는 내게 있어 땅이다. 촛농의 날개를 단 이카루스가 결코 다가가서는 안 되는 태양이 아닌, 얌전히 날개를 접고 휴식을 취할 수 있는 땅. 낯선 세계를 향해 떠나는 거대한 선박이 아닌 두 발을 단단히 딛고 선 대륙의 땅. 하지만 산은……. 그의 생각을 하자 가슴이 욱신거렸다.

"들어갈게요."

갈등을 눈치 채지 않게 잡힌 손을 뺐다. 흔들리면 안 돼. 산의 말처럼 모든 것을 뒤집기엔 너무 늦었다. 대문으로 들어서는 내 팔을 연희 씨가 재빨리 붙들었다.

"나중에 바다 보러 가요."

괜찮은 유혹이었지만 갈 수는 없다.

"연희 씨……."

"가을에 바라보는 바다는 색이 깊어요."

거절할 생각이었는데, 가로등 불빛 속에 마주친 그의 눈빛이 너무나 절박해 보여 결국, 거절하지 못하고 '나중에……' 라고 애매모호한 대답을 하고 말았다. 색이 깊은 바다가 지금 내게 어떤 의미가 있는지는 모르겠지만 말이다.

"거절이 아닌 것만으로도 다행이에요. 실은 더 자신있는 건, 별인데 그건 이미 늦었죠? 그리고……."

그리고 당신에게 손을 내미는 것도……. 그 다음 말을 알 것 같다.

'이제 와 이 결혼을 부서뜨릴 자신 있어?'

회상 속의 산이 내게 소리친다. 결혼을 부서뜨린다…… 과연 그런 용기가 내게 있을까?

"들어가요."

한결 기분이 좋아진 얼굴로 연희 씨가 떠났다. 골목 어귀로 나선 그를 보는 심정이 착잡하다. 차라리 지금 단호하게 거절했었어야 했는데. 한숨을 내쉬며 초인종을 눌렀다. 엄마에게 늦은 귀가를 설명해야 하는 번거로움이 떠오른 탓이다. 그때였다. 부르르…….

어깨에 멘 가방이 요동을 친다. 그리고 보니 휴대 전화를 지금껏 진동으로 해놓고 있었다. 식사하느라 미처 전화를 확인하지 못한 게 떠올라 서둘러 전화기를 꺼냈다.

이런……. 벌써 열 개의 부재중 전화가 일렬로 쭉 떠올랐다. 전부 산의 번호였다. 어떻게 하지?

당장 엄마에게 해야 하는 귀가 설명보다 산에게 설명해야 할 일이 더 걱정이었다. 그런 나를 비난하듯 멀리서 번쩍! 차의 헤드라이트 불빛이 얼굴 위로 강한 자극을 쏘아댔다. 어둠 속에 있던 홍채가 재빨리 수축하며 통증이 몰려왔다. 뭐야? 짜증스럽게 불빛의 발산지를 찾았지만 이미 골목은 어둑해진 후다.

"왜 이제 와? 이젠 아예 열두 시가 통금 시간이 됐니? 네가 무슨 신데렐라야?"

철문을 열며 엄마가 짜증을 부렸다. 언제 시간이 이토록 흘렀을까? 엄마의 말에 시간을 확인하며 나 스스로도 경악하고 말았다.

"강 서방이 몇 번이나 전화했는지 알아? 전화도 안 받고. 그거, 엄청 피 말리는 짓이야."

엄마의 잔소리를 들으며 휘적휘적 집으로 들어섰다. 지금이라도 산에게 전화를 걸어야 하지 않을까? 생각이 들었지만 하지는 않았다.

아직은 시간이 필요하다. 복잡해진 실타래는 천천히, 충분히 공을 들여 풀어내야 하니까.

내일쯤, 전화를 걸어오겠지. 그런 편한 생각도 있었다. 하지만 다음날 산의 전화는 없었다. 그리고 그 다음날도……

강산's mind...

비열한 겹쟁이다, 나는…….

손등으로 떨어진 유인의 뜨거운 눈물이 아니었다면 대체 어디까지 갔을까?

오늘의 나는 단지 제 자신의 영역을 다른 무리로부터 지키기 위해 자신의 배설물을 쏟아내는 한 마리의 수컷일 뿐이다.

내가 유인을 꿈꾸었을 땐 결코 이 모습은 아니었다. 우리의 첫날을 이런 식으로 이렇게 추악한 욕심으로 허겁지겁 취하다니! 그나마 끝까지 상처를 남기지 않았다는 것으로 위로를 삼기엔 모든 것이 엉망이 되어버린 후였다.

유인이 없는 곳에서 홀로 소 울음을 삼켰다.

이젠, 정말 그녀를 놓아주어야 할 때임이 절실히 가슴에 와 닿았으므로…….

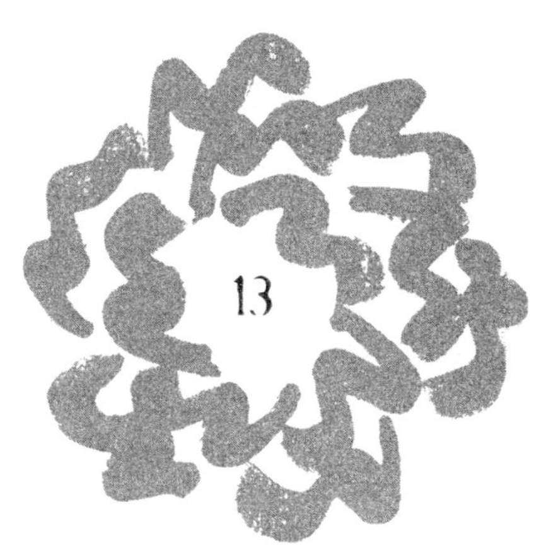

나는 갈등에 약하다. 그러므로 지금, 나는 처음 산에게 청혼을 받았던 때보다 더 엄청난 감정의 소모를 하고 있는 중이다.

산의 전화는 주말까지 오지 않았다. 내가 먼저 걸어보아야 한다는 것을 알았지만 걸지는 않았다. 아니, 더 정확히 말하자면 걸 수가 없었다. 가슴 한쪽에 바위처럼 내려앉은 연희 씨를 품고 산에게 태연히 전화를 걸 만큼 뻔뻔하지 못했다. 그러므로 산의 이 알 수 없는 무관심은 내게 약이기도 하고, 독이기도 하다.

"저녁 약속, 안 잊었지?"

토요일, 퇴근하는 내게 임 선생이 확인을 하고서야 이번 주말 임 선생 부부와 식사 약속이 있다는 걸 기억했다. 장소는 아직 정해지지 않았었는데, 눈치를 보니 이미 산과는 이야기가 다 된 것 같아 좀 당황했다. 이런 일을 잊을 사람이 아닌데…….

"아…… 저기, 약속 장소를 깜빡 잊었는데."

엉거주춤 말하면서도 어찌나 후끈 달아오르던지. 더구나 이상한 얼굴로 '뭐? 아직 몰라?' 임 선생이 되물어 더욱 그랬다. '이상하네……. 둘이 싸웠나?' 교무실을 빠져나가며 유 선생한테 속닥거리는 걸 듣고서는 정말 쥐구멍이라도 들어가고 싶을 정도였다.

"앰버서더 호텔이야. 거기 프랑스 요리가 괜찮다고 하니까."

힘없이 고개를 끄덕이고는 집으로 향했다. 바쁜 모양이라 생각하면서도 그리 좋은 기분은 아니었다. 평소의 산이라면 아침부터, 함께 가자 전화가 왔어도 몇 번은 왔을 텐데. 무슨 일이 있는 건가? 점점 걱정이 되었다. 설사, 그렇다고 해도 이토록 중요한 약속까지 모른 척할 남자라는 걸 알면서도 말이다.

[나야.]

산의 전화는 점심을 먹고 나서 한참 후인 오후에야 걸려왔다. 어딘지 쌀쌀맞은 느낌을 버릴 수는 없었지만 그래도 평상시와 다름없어 보여 걱정이 한풀 꺾였다.

"그렇지 않아도 기다리고 있었어. 임 선생이 퇴근할 때 일러주더라고. 그런데 시간은 깜빡 말 안 해주었지 뭐야? 전화할까 하던 참이었어."

평소와 다른 내 수다에도 산은 반응이 없었다. 그의 침묵에 벌어졌던 입이 다시 조개처럼 여물어졌다. 냉랭한 한기가 싸하게 돌았다.

[그럼, 왜 하지 않았는데?]

“응?”

[왜 먼저 전화하지 않았느냐고.]

“아, 산이 전화할 것 같아서.”

[당신은 매번 내가 전화를 해야 말을 하지. 지금까지 한 번도 먼저 전화 걸어본 적이 없다는 것은 알고 있어?]

“……미안.”

정말 진심으로 미안한 마음이 들었다. 어느 사이 그런 습관이 생겨 버렸다. 전화를 걸기 전에 그가 먼저 전화를 걸었고, 그를 기다리기 전에 그가 먼저 다가왔다. 사랑하기 전에 먼저 청혼을 받았고…… 그는 내가 무언가 하기 전에 항상 한 발짝 앞서 있다. 산은 왜 내가 기다릴 시간을 주지 않아? 묻고 싶었지만 아무 말 하지 않았다. 난 기다리는 걸 싫어하는 사람이 아니다. 나도 볕 좋은 창가에 앉아 책 한 권을 읽으며 연인을 기다리는 것쯤은 하고 싶었다. 하지만 약속 장소에 도착하면 산이 먼저 앉아 있었고, 그것보다 더 먼저 그가 나를 맞이하러 왔었다. 기다릴 시간을 주지 않은 건 산인데…….

[다섯 시쯤 데리러 갈게.]

내 사과도 마음을 풀기엔 부족한지 산이 쌀쌀맞은 음성으로 전화를 끊었다.

“그냥…….”

그냥 나 혼자 찾아갈게, 하고 말할 셈이었는데 미처 말이 끝나기도 전에 전화는 이미 끊긴 후였다. 손에 남은 전화기가 산처럼 차갑다. 깊은 한숨이 새어나왔다. 엉킨 실타래가 풀어지기는커녕 더 복잡하게 엉켜지는 것 같다.

산의 냉랭함은 임 선생 부부와 만나서도 바뀔 줄을 몰랐다. 반갑게 맞이하던 성재 씨의 미소도 점차적으로 굳어가고 산의 음울하기 짝이 없는 잿빛 오로라는 식사 시간 내내 좌중을 흔들었다.

"결혼 준비는 잘되어가?"

"글쎄?"

"무슨 대답이 그렇게 심심하냐? 자식이 결혼한다고 좋아하는 티는 혼자 다 내더니……."

나 들으라 하는 소리 같다. 죄 지은 사람이라 고개도 못 든 채 차디찬 냉수만 들이켰다.

"주문이나 하고. 나 배고파! 성재 씨는 강산 씨 일이라면 열 일 제쳐 둔다니까."

그러면서 왜 나는 꼬아보는지. 커다랗고 무겁기만 한 메뉴판만 할 일 없이 뒤적거렸다.

"난 오르되브르로는 달팽이 요리로 할래요. 당신은 푸아그라가 좋죠?"

오르되브르? 애피타이저는 들어봤어도 오르되브르는 대체 뭔지 모르겠다.

"샐러드는…… 연어가 좋긴 한데, 일본식 참치 샐러드도 괜찮을 것 같고…… 아니다. 아이를 위해서 무공해 샐러드로 먹을까?"

메뉴판을 사이에 두고 머리를 맞댄 채 다정하게 메뉴를 고르는 임 선생 부부를 산이 가소롭다는 듯 냉소를 지었다.

결국, 양갈비 스테이크를 먹자는 말을 양파 수프니, 게살 수프니 한참을 떠들어대던 임 선생이 내게 눈짓을 했다.

"남 선생은 뭐 먹을래? 여기 양갈비 스테이크 괜찮아. 우리나라 사람들, 양고기라고 하면 문화가 안 돼서 굉장히 거부감을 느끼는데 사실, 담백하고 맛이 깔끔하거든. 정 거부감이 느껴지면 그냥 안심 스테이크로 하든지. 프랑스식 소스라 독특할 텐데."

난 됐거든?

"뭐가 그리 복잡하냐? 본토에 가면 어련히 알아서 먹게 될까?"

내게 하는 말 중간을 산이 싹뚝 잘랐다. 무례한 어투에 임 선생 얼굴이 금방 굳어졌다. 성재 씨는 애써 모른 척하긴 했지만 난 솔직히 좀 고소했다.

"정통 프랑스 요리 좋아해?"

산이 물었다. 아니, 하고 고개를 저었지만 실쭉, 새는 미소를 잡을 수는 없었다. 임 선생의 눈꼬리가 파르르 떨렸다. 산에게 치사를 받아도 부족할 판에 싹수없이 말꼬리를 잘렸으니 약이 오른 눈치였다. 두 사람을 흘끔거리던 성재 씨가 싹싹한 어투로 끼어들었다.

"유인 씨, 프랑스 요리 싫어해요?"

"싫어하기보단 별로 즐겨 먹는 음식이 아니라서……."

"유인인 생선 커틀릿으로 하고 난 새우 요리로 하자. 전채요리나 후식은 대충 알아서 골라주고."

탁!

가죽으로 멋스럽게 하드커버를 한 메뉴판이 볼썽사납게 구겨졌다.

"어머, 남 선생! 프랑스 레스토랑에서 무슨 생선 커틀릿이야?"

다음 말은 촌스럽게! 였을 것이다.

"여기 생선 커틀릿은 없냐?"

임 선생 말에 산의 얼굴이 더욱 구겨졌다.

"아냐! 있겠지."

성재 씨가 재빨리 메뉴판을 훑으며 임 선생의 옆구리를 쿡 찔렀다. 여기서 그만 하라는 뜻이었다. 메뉴판에서 한참을 넘기는 걸 보니 맨 끄트머리에 겨우 자리를 잡았나 보다. 어쨌든 내 앞으로는 생선 커틀릿을 시키고 우린 맹숭한 얼굴로 서로를 마주 보았다. 정작, 이 자리에 가장 친근함을 과시해야 할 산이 과묵하게 앉아 있으니 이미 분위기는 파장이 난 상태였다. 임 선생 부부의 눈초리가 따갑다.

부드러운 광어 커틀릿이 질긴 쇠심줄처럼 질겅거린다. 도대체 왜 저렇게 화가 난 걸까? 산의 눈치를 살피다 나이프가 매끄러운 접시에서 미끄러지며 끼익! 날카로운 소리를 냈다. 일행의 눈동자가 일제히 내게로 향했다. 음식이 그대로 목에 걸린다. 캑캑, 냅킨으로 터져 나오는 기침을 가리느라 얼굴이 뻘겋게 부풀어 올랐다. 정말, 이렇게 숨 막히는 식사는 처음이었다. 굳은 얼굴이나 풀어 줄 것이지……. 대신 등만 두드리는 산이 원망스럽다.

"다음 달이 결혼이지?"

"대충……."

무슨 대답이 그러냐?

어이없는 눈동자로 산을 째려보았다. 마지못해 하는 결혼인 양,

성의없는 어투에 조금 화가 치밀었다. 누가 먼저 결혼하자고 했는
데?

"자식이…… 남 결혼 이야기하듯 하네. 하. 하. 하……."

예상치 못한 산의 대답에 성재 씨 역시 당황했는지 어색한 웃음
으로 마무리를 지었다.

"남 선생은 어때, 결혼을 앞둔 기분이?"

이럴 땐, 차라리 임 선생의 순진함이 더 다행스럽다. 그 잘난 양
갈비를 썰며 임 선생이 예의상 내게 질문을 던졌다. 사교 지도서
에 나오는 전형적인 관례법에 의해. 나 역시 의례적인 대답을 하
려는 그 순간, 어깨에 바싹 힘이 섰다. 느닷없이 산이 내 쪽으로
몸을 틀며 의자 등받이에 손을 뻗었기 때문이다. 등 쪽에 놓인 그
의 손길만으로도 심장이 멈출 판에 까만 눈동자가 심문하듯 나를
정면으로 쏘았다. 아, 심장 떨려!

"아, 그 질문엔 나도 좀 흥미가 생기네. 당신은 어때? 결혼을 앞
둔 기분이."

"그게……."

실은, 그냥 좀 얼떨떨해요. 식으로 얼버무릴 요량이었던 터였
다. 그러나 한 치의 거짓도 허용하지 않는 산의 눈동자에 정신이
팔려 바보처럼 말을 흘리고 말았다. 내내 무심하던 산이 오랜만에
흥미를 드러내는데 왜 쉽게 '좀 떨리네요' 정도의 대답조차 못하
는지…… 나의 이런 고지식함이 싫다. 하지만 내 내장까지도 꿰뚫
을 것 같은 산의 눈동자 앞에서는 그게 좀 어렵다. 원래부터 거짓
말에 약하기도 했지만, 그의 눈동자에 서면 그대로 두뇌 회로가

멈춰 버려 복잡한 문제들이 까맣게 지워지고 만다.

아, 연희 씨에 관한 문제는 빼고!

"아마도 도망가고 싶어지나 봐. 원래 그런가, 결혼을 앞둔 여자들은?"

대답은 우물쭈물하는 내가 아닌 산의 단호한 음성에서 나왔다.

"뭐가요? 아…… 도망가고 싶어지는 거?"

임 선생이 알은체를 했다.

"난 모르겠던데. 오히려 성재 씨가 자꾸 주춤하는 것 같아서 애가 닳았다니까! 그땐, 내가 뭘 보고 그랬는지 몰라."

킥킥대며 서로 장난을 쳐댄다. 곧 있으면, '이리 와아, 내 귀여운 꽃사아씀!' 하며 신성일 아저씨의 목소리라도 낼 참이다. 두 사람의 닭살 행각에 그나마 분위기가 부드러워지는 것 같아 살포시 미소를 짓는데 살갗이 따끔거린다. 장난스런 이 분위기 속에서 유일하게 웃음기 하나 없는 산의 눈동자가 나를 태울 듯 노려보고 있다. 섬뜩한 한기에 입가에 맺혔던 미소가 그대로 굳어졌다. 이제야 산의 냉랭함에 대한 시발지를 알 수 있을 것 같다. 연희 씨와 헤어지던 순간, 번쩍이는 헤드라이트 불빛이 지금 이 순간 내 머릿속에 번쩍, 빛을 쏘았다.

"저기, 그날……."

"응?"

갑자기 산의 얼굴이 바싹 다가왔다. 예기치 않은 접촉이라 나도 모르게 주춤 뒤로 물러서다, 등받이에 놓인 그의 팔에 찔려 펄쩍 뛰었다.

"그날? 무슨 그날?"

차갑게 번뜩이는 눈매에 나오던 말이 목구멍으로 다시 들어갔다. 산의 태도가 어쩐지 위험스럽게 느껴진다. 잔뜩 긴장을 늦추지 않은 채 먹잇감을 노리는 야수의 사냥처럼.

"왜? 혹시 내가 보지 않았어야 할 비밀이라도 생긴 거야?"

"비, 비밀이라니……."

서리 같은 미소가 잘생긴 입술에 스몄다. 오소소, 몸을 떨었다. 적당한 습도와 온도가 세심하게 맞춰진 이 고급스런 레스토랑 안으로 갑자기 눈이 내린 것 같다. 닭살을 떨어대던 임 선생 부부의 시선이 우리 쪽으로 머무는 게 느껴졌다. 임 선생은 철없는 호기심으로, 성재 씨는 걱정이 가득한 심각한 시선으로…….

앉은 자리가 불편해지기 시작했다. 산의 눈매는 분명, 우리 둘을 본 거라 말하고 있었다. 궁금하다. 왜 지금껏 말하지 않았을까? 우연히 마주친 것만으로도 불쾌하다 못해 이글대더니…….

그날, 여러 번 걸려왔던 부재중 산의 전화를 떠올리며 테이블 밑으로 손가락을 꽉 쥐었다. 이제 그의 시선은 화살이 되어 나를 마구 찔러댄다. 왜 화를 내지 않는 거지? 내가 아는 산이라면 대체, 그 녀석은 왜 자꾸 만나고 다니는 거야? 하고 펄펄 뛰다 못해 뒷목을 잡고 쓰러졌어야 했다.

"바람 냄새가 나."

산이 말했다.

"바람 냄새요? 여기 창문 없는 곳인데……."

임 선생이 눈치없이 끼어들었다. 성재 씨가 또다시 그녀의 옆구리를 쿡 찌른다. 혹시 내 착각일지 모른다는 기대도 깨졌다. 산은 분명 내게 화를 내고 있다. 전혀 내가 알지 못하는 방식으로. 거의 기계적으로 커틀릿을 난도질했다. 손끝이 미세하게 떨려왔다. 소리를 지르는 대신 더없이 우아한 동작으로 새우 요리를 먹어치우는 그의 모습이 더욱 괴기스러웠다. 그가 씹어대고 있는 저 살점은 새우가 아닌 내 바람기다.

이 복잡한 상황 속에서 유일하게 임 선생만이 행복하다. 성재 씨의 눈치에도 불구하고 꿋꿋하게 자신이 얼마나 사랑받는 며느리인지, 그리고 아내인지를 성토하느라 여념이 없는 그녀에게 대충 맞장구를 쳐주었다. 성재 씨의 불길한 시선과 얼음보다 더 차가운 산의 냉기 속에 내가 할 수 있는 유일한 일이었으니까. 마냥 행복한 임 선생의 단순함이 진실로 부러워지는 순간이었다.

탁!

갑자기 산의 나이프가 얇은 접시 위에 날카로운 소리를 내며 멈추었다. 질끈, 눈을 감았다. 그의 인내심이 한계에 다다른 거다. 성재 씨가 약간 긴장한 음성으로 산에게 물었다.

"왜? 식사 그만 하게?"

차라리 화를 내주면 안 되는 걸까? 더 이상은 이 팽팽한 긴장감을 견딜 수 없었다. 화를 낸다면, 변명할 기회라도 있을 텐데…….

그냥, 조금 마음이 흔들렸어. 나랑 굉장히 비슷한 점이 많더라구. 산은 나와는 너무 다른 사람이니까, 연희 씨를 보며 조금은 흔들릴 수 있는 거잖아? 그렇게 말이다. 하지만 산의 태도는 조금의 여지가 없었다. 몰아치고, 먹이처럼 목 줄기를 탁 물어뜯는다. 나이프를 든 손에 힘이 쫙 빠져나갔다. 산의 눈치도 보이고, 앞에 앉은 임 선생의 눈치도 보이고……. 화나는 건 이해하겠는데, 정말 속상한 마음이었다. 연인으로서의 배려라고는 눈곱만큼도 없다. 다른 연인들처럼 토닥거리기는 하지만 그래도 어느 순간 서로의 사랑을 확인하는 그런 자잘한 사랑 싸움 정도면 좋겠다. 이런 식의 태도는 연인이 아닌 마치 사냥꾼과 먹이 같은 기분이 들어, 미안함보다는 화가 더 앞섰다.

"잠시 볼일이 생각나서. 금방 들어올게."

제 할 말만 하고 산은 성큼 가게를 나가 버렸다. 거친 걸음으로 사라지는 그의 뒷모습을 황당하게 바라보았다.

"유인 씨!"

성재 씨가 심각한 목소리로 불렀다.

"산이 녀석, 유인 씨가 첫사랑인 거 압니까?"

몰랐다. 몰랐으므로 고개를 저을 수밖에. 성재 씨는 이젠 대놓고 한숨까지 쉬어댔다. 검사라더니 피의자를 심문하는 것도 능숙하다.

"어린 나이에 떠나온 영국 유학 시절에도 외로워하거나 향수병 따위에 한 번도 걸려본 적이 없는 녀석입니다. 워낙 제 잘난 맛에 사는 녀석이라."

그건 동의!

"자존심은 하늘을 찌르고, 인생에 대해서도 늘 자신만만하게 사는 녀석이 요즘 거의 웃지를 않습니다."

생각해 보면 처음 만났을 때보다 산의 웃음이 많이 줄어들긴 했

다. 나 때문이었군. 성재 씨는 명백히 나를 비난하고 있었다. 할
말이 없다. 나름대로 결혼 문제를 고심하느라 산을 미처 살피지
못했었다. 그의 사라진 미소도, 당당함 속에 감추어진 상처도.

"영국은 미국보다 어떤 면에서는 인종 차별이 더 심한 나라입
니다. 그런 곳에서도 기 한 번 죽지 않고 당차게 살던 녀석이 이
결혼 한 번 하자고 바동바동대는 걸 보면 정말, 당장 때려치우라
는 말이 목구멍까지 치밉니다. 산이 유인 씨를 사랑하는 만큼, 그
녀석 사랑하지 않는 거 압니다."

눈물이 핑 돌았다. 요즘 들어 눈물이 잦아졌다. 비난을 받아서
가 아니다. 성재 씨가 말하는 그 의미를 너무나 잘 안다. 지금 내
가 산을 얼마나 외롭게 하는지 뼈저리게 느껴서다. 가장 행복해야
할 이 시기에!

"그러면서도 말하지 못하는 이유를 압니까?"

고개를 젓는데 임 선생이 날 선 소리를 했다.

"그러게. 산이 씨에겐 차라리 유 선생이 더 낫다니까…… 아까
워 죽겠어, 정말!"

마치 지금 이 모든 불행의 원인이 나인 것처럼 쏘아붙이는 말에
반항심이 솟구쳤다. 산이 불행해지길 원한 건 아니었다. 산의 속
도를 따라잡기 버거웠고, 갑자기 닥친 결혼이란 이 거대한 문제
앞에서 산과, 나, 우리 둘 모두에게 옳은 길이 무언지 깊이 생각에
빠졌을 뿐이었다. 산은 커다란 사람이다. 성재 씨의 말처럼 낯선
곳, 낯선 사람들 앞에서도 당당하기 그지없는 산과 가족들과 친구
들을 제외하면 말 한 번 제대로 붙이지 못하는 답답한 나와 함께

살아가는 결혼이 과연 행복할지 고민하는 게 당연하지 않은가!

우리는 바다와 산처럼 다르고, 해와 달처럼 다르다.

산처럼 과감하고 대담하게 결정하는 사람도 있고, 나처럼 메뉴 하나 고르는 데도 긴 시간 고심하는 사람도 있다. 그 다름이 잘못은 아니라는 게 내 변명이다.

"유인 씨가 없는 산의 삶은 죽음이기 때문입니다. 유인 씨로 인해 외로운 것이 차라리 행복할 정도로……."

"어머! 너무 멋지다."

임 선생이 탄성을 질렀다. 그러나 내 얼굴은 더 일그러지고 있었다. 사랑이 깊다고 해서, 내가 그 사람의 삶이라고 해서 아무 고민 없이 나는 그를 사랑해야 하는 걸까? 산과 성재 씨, 주위 모든 이들이 내게 말한다. 넌 왜 산과의 결혼을 그렇게 탐탁지 않게 여기니?

"무슨 이야기를 그렇게 심각하게 하냐?"

언제 돌아왔는지 산이 부스럭거리며 자리에 앉았다.

"그냥 결혼 선배로서 약간의 충고를 하던 중이었어."

하! 약간의 충고라…….

"그래? 그럼 뭐 하나 물어도 되나? 조금 궁금한 게 있는데."

"네가 모르는 것도 있냐?"

"결혼이라는 거 처음이라 그런지, 좀처럼 해답이 나오지 않아서……."

말끔히 비워진 임 선생의 접시에 비해 산과 내 접시는 거의 손대지 않은 채 처음과 다름없었다. 임산부란 대단한가 보다. 이 숨 막히는 순간에도 식욕을 잃지 않은 걸 보면. 하긴 임 선생에겐 이 분위기가 답답할 이유는 없었다.

"내 약혼녀가 다른 남자와 데이트하는 걸 어떻게 해석해야 할까? 나와는 연락도 안 되는데 말이지. 몇 번을 전화해도 받지 않고, 그 시간 내 약혼녀는 다른 남자와 함께 있었다. 이걸 어떤 식으로 받아 들여야 하는 건지 참, 난감해서 말야."

열대우림의 적도 지역에 빙하가 떨어져도 이렇게 놀라지는 않겠다. 추측이 확신으로 바뀌는 순간 내 혈압은 급격히 상승하기 시작했다.

바닐라 수플레를 뜨던 임 선생이 숟가락을 톡 떨어뜨렸다. 탁자 밑으로 날카로운 여자 구두 끝이 내 정강이를 마구 찔렀다. 대체, 무슨 짓을 한 거야? 대꾸 한마디 못한 채, 두 손만 꽉 쥐었다.

"다른 남자에게 미소 짓는 약혼녀에게 어떻게 말을 해야 할지, 성재 넌 알고 있나?"

차라리 붉으락푸르락 핏줄을 세우는 성재 씨는 오히려 인간적이었다. 얼굴색 하나 바뀌지 않고 느물스럽게 미소 짓는 산의 모습이 딴사람처럼 잔인해 보였다. 소름이 살갗을 타고 흘렀다. 하얗게 질린 내 얼굴이 얼마나 밀랍 같았는지 마주 앉은 임 선생의 얼굴에 처음으로 동정의 빛이 떠올랐다.

여전히 답을 기다리는 산 앞에서 성재 씨가 덫에 걸린 짐승처럼 끙끙, 앓는 소리를 했다. 산의 시선이 다시 내게로 향하는 걸 느꼈지만, 숙인 고개를 들지는 않았다. 그가 두렵기도 하고, 또 아프기도 하고, 안쓰럽기도 하고…… 각각의 감정들이 이 짧은 순간 빠르게 스쳐 간다. 어떻게 해야 할까? 변명하기엔 늦지 않았을까? 잠깐 마음이 흔들린 것조차 용서하지 않겠지? 그래도 그만한 일로 상처 입는 건 산답지 않은 일이었다. 무슨 일이 있어도 잘나고 거침없는 산이 아니던가!

"며칠 내내, 궁금했어. 왜 내 약혼녀는 내가 아닌 다른 남자를 향해 행복한 미소를 짓는 걸까? 왜 내 품이 아닌 다른 남자 앞에서 더 편안함을 느끼는 걸까? 공주님, 대답해 줄 수 있어?"

이대로 땅이 쩍 갈라져 나를 삼켜 버렸으면 좋겠다. 싸늘한 침묵이 테이블 위로 흘렀다. 그 누구도 산의 신경을 건드리지 못한 채 눈치만 살폈다.

"흠! 아마도 이건…… 둘만이 해결할 수 있는 문제겠지."

역시 검사답다. 지극히 현명하고 유연한 태도로 성재 씨는 제 아내의 임신을 핑계 삼아 이 자리를 허겁지겁 벗어났다. 산 역시 그들에게 이미 관심이 떠난 후였다. 어찌 보면 오히려 방해꾼이 사라진 걸 더 반기는 눈치 같기도 했다.

"산, 사실은 그날……."

번뜩이는 산의 눈동자 앞에 변명해야 할 말이 머릿속에서 까맣게 사라졌다. 흔들린 건 사실이지만, 난 분명 거절할 생각이었다.

"우연히 만난 건데, 좀 상황이 그랬어. 이것저것, 그 사람 이야기를 듣다 보니까 시간이 그렇게 흘러가는 줄 몰랐어. 그날 전화 받지 못한 건 미안해. 그 사람, 나와는 좀 많이 닮은 부분이 있어서……. 결혼 때문에 힘들어하는 것 같기도 하고."

그저 그가 편하게 느껴졌을 뿐이야. 힘든 그의 상황이 안쓰럽기도 했고. 나까지 상처 주는 말을 하기가 쉽지 않았어. 이 말을 하고 싶었는데 잘 전달이 됐을까?

슬쩍 눈치를 보는데, 산이 하! 하고 냉소를 터뜨렸다. 아닌 모양이다. 그러고 나니 더 이상 말할 엄두가 나지 않았다. 이젠 서늘한 한기 대신, 식은땀이 주룩 흘렀다. 괜스레 냉수 잔만 주물럭대는데 산이 불쑥 테이블 위로 금빛 카드를 내밀었다.

"2406호야."

뭐?

"이, 이게 뭐야?"

"여기 호텔 키. 올 때까지 기다릴게."

"산! 당신 화난 거 알아. 미안해. 그럴 생각이 아니었는데……."

절로 언성이 높아졌다.

"당신에게도 기회잖아?"

"그게 무슨 뜻이야?"

처음 보는 낯선 그의 모습이 무섭고 떨렸다. 가끔 불처럼 화를 내긴 했지만 이건 좀 다르다. 더 어둡고 음울한데다 기묘한 유혹이 담겨 있었다. 점점 알 수 없는 말도 그랬고. 그래서 절박해진 것 같다. 그의 팔목까지 붙잡다니 말이다. 산이 차분한 손짓으로 내 손가락을 하나씩 떼어냈다. 화난 손짓보다는 어딘가 애무처럼 느껴지는 다정한 손길이었다.

"나와 결혼할 생각이 진실로 있다면 와. 강요는 아니야. 오히려 당신에게도 좋은 변명거리는 되는 거잖아? 이따위 치졸하고 천박한 남자와 결혼 따위 할 수 없다고 통보해 버리면 그만일 테니까!"

손짓은 다정한데 하는 말마다 가시 박힌 채찍 같다. 멍하게 바라보는 나를 남겨둔 채 산은 그대로 박차고 나가 버렸다. 테이블에 놓인 카드가 나를 비꼬듯 쏘아본다. 조금 전 나갔던 이유가 이것 때문이었나?

산이 나가고 나서야 참았던 눈물이 그제야 손등으로 떨어져 내렸다. 빈 그릇을 치우러 온 직원이 테이블 위의 카드를 외면한 채 테이블 위를 깨끗이 정리했다. 예의 바르게도 홀로 남겨진 내 몰골조차 모른 척해준다.

흐르는 눈물을 씩씩하게 닦아내며 창 쪽으로 시선을 돌렸다. 넓은 유리창으로, 땅에 박힌 서울의 별들이 소란스럽게 빛을 냈다. 서울이 한눈에 내려다보이는 전망으로 일부러 예약한 거라 임 선생이 자랑할 때만 해도, 이런 심정으로 바라보게 될 줄을 몰랐다. 깜빡, 전멸하며 스러지는 불빛이 유성처럼 긴 끈을 남긴다. 그렇게 한참을 있었나 보다.

조금 전, 접시를 치웠던 직원이 다시 와 빈 잔에 다시 커피를 채웠다. 모락, 올라오는 커피 향이 멈춰진 두뇌를 자극했다. 테이블 위의 금빛 카드는 여전히 내 선택을 기다리고 있다.

조심스레 손을 뻗었다. 카드 위에 멈추어진 손은 쉽게 잡지 못하고 잠시 허공에 멈추었다.

"오히려 당신에게도 좋은 변명거리는 되는 거잖아? 이따위 치졸하고 천박한 남자와 결혼 따위 할 수 없다고 통보해 버리면 그만일 테니까!"

산의 음성이 울린다. 질끈 눈을 감았다. 덥석, 카드를 움켜쥐었
다. 딱딱한 플라스틱 재질이 뜨거운 심장처럼 내 손에서 펄떡거렸
다. 그리고……

자리에서 벌떡 일어섰다.

이 문 너머 산이 있다. 콩닥거리는 심장 소리가 천둥보다 더 크
게 울렸다. 복도를 걸어오는 동안도 그랬다. 푹신한 카펫이 유리
다리 마냥, 발자국 소리가 천장까지 울려댄다. 쭉 뻗은 노란 벽돌
길을 걷는 도로시의 심정을 알 것 같다. 이 붉은 길을 걷다 멈추는
곳에 내 미래가 있다.

솔직히 오는 내내 연희 씨를 떠올리긴 했다. 어떤 면에서는 오
늘 일의 시작이 그로 시작된 거니까. 산이 아닌 그를 더 일찍 만났
다면 운명이 바뀌었을까? 편하게 연애를 하고, 물 흐르듯 시간을
보내다 어느 순간 어른이 되듯 결혼을 하고…….

하지만 내 선택은 어쩔 수 없이 산이다. 그는 현재의 내 약혼자
이고, 결국 그를 선택한 것도 나였으며, 나로서는 이제 와 새삼 이
결혼을 깨뜨릴 용기가 없는 탓이다. 게다가 나로 인해 상처받은
산을 버릴 만큼 모질지도 못했고. 어찌 되었든 그는 내가 책임지
어야 할 사람이었다. 연희 씨가 아니라.

몇 번이나 카드를 문 입구에 대었다, 다시 놓았다. 내가 정말 잘
하는 짓일까? 고민하는 사이 저쪽에서 누군가 문을 여는 소리가
들렸다. 화들짝 놀라 급한 걸음으로 비상구를 찾았다. 노란 백열

등이 반짝이는 계단 위쪽에 서자 다리에서 힘이 쫙 풀린다. 털썩, 바닥으로 쪼그려 앉았다.

산, 이러지 마…….

끌어안은 무릎에 얼굴을 묻자니 절로 눈물이 솟구쳤다. 사실은 무서워 죽을 지경이었다. 떨리는 손으로 주머니 속의 카드를 꺼내 들었다. 손에 들린 카드가 백열등 아래 노란 빛을 낸다.

도망가고 싶어.

도망가고 싶어…….

입에서 뜨거운 김이 새어나왔다. 유혹도 든다. 산의 말처럼 그냥, 여기서 없던 일로 할 수도 있는데 그러질 못했다. 내 잘못을 산에게 덮어버리고 비겁하게 헤어질 용기도 없었고, 나로 인해 극단으로 치달아 버린 산을 모른 척할 만큼 무신경하지도 않은 탓이다. 어느 정도는 성재 씨의 영향도 있었다.

내가 없는 삶은 죽음이라니. 그 말을 듣는 순간 어쩔 수 없이 가슴이 뭉클해졌다. 한 사람에게 그토록 소중한 존재가 되어본 적이 없었다. 학교 다닐 때에도, 그리고 지금도.

넓고, 풍요로운 교우 관계를 권장하는 학교생활에서 난 언제나 아웃사이더였다. 속내도 드러내지 못하는 친구에게 헤실거리는 유연성도 없었다. 선천적으로 난 그런 사람이다. 좁고 깊게…… 그 깊이조차도 내가 원하는 만큼은 아니었지만.

어쩌면 평소 그리 친하지 않던 임 선생의 함을 위해 오지랖 넓게 찾아가던 그날, 내 인생은 새로운 전환점을 맞이한 건지도 모르겠다.

분연히 자리를 털고 일어섰다. 가야지! 그러나 마음처럼 발길이 떨어지지 않았다. 손에 들린 카드가 내 가슴의 무게만큼 무겁다. 한참을 계단 아래쪽만 바라보았다. 이젠 산보다는 이 호텔이란 공간이 주는 의미가 더 두렵다. 산, 꼭 이런 식으로 확인을 해야만 해? 속으로 중얼거렸다.

망설이다 한 걸음, 계단 아래로 내려섰다. 얼추 보아 스무 개 정도의 계단이 아래로 뻗어 있다. 꺾어져서 다시 스무 계단. 마흔 개의 계단을 넘어서면 다른 삶이다.

산이 있는 층의 비상구 문을 흘끔거린 후 다시, 계단 하나를 더 밟았다. 이제 계단은 서른여덟 개로 줄어 있다. 걸음이 조금 더 빨라졌다. 이제 계단은 절반으로 줄어 있었다.

가자. 가버리는 거야! 산에게는 다시 설명하면 돼.

한 층을 다 내려서자 다시 초록빛 비상구 문이 보인다.

유인 씨가 없는 삶은 산에게 죽음입니다. 죽음입니다, 죽음, 죽음…….

성재 씨의 목소리가 마치 확성기를 틀어놓은 것처럼 계속 메아리를 쳤다. 쿵쿵! 이제 심장은 콩닥대다 못해 북소리를 울려대었다. 토기가 올라왔다. 엄청난 속도로 뛰어대는 심장에 머리까지 통증이 몰려왔다. 두 손으로 머리를 감싸 마구 뒤흔들었다.

가자……. 그냥 가버리는 거야. 이런 것으로 확인하는 거 비겁한 거야, 산!

반질한 구두코가 보인다.

꿀꺽, 삼키는 침 소리가 커다랗게 들려왔다. 무슨 말이라면 해 주면 좋겠다. 그러나 매정하게도 산은 안쪽으로 들어갈 수 있게 살짝 몸만 틀 뿐 반기는 기색도, 두려움을 달래주는 다정한 위로 조차 없었다. 떨리는 발걸음으로 겨우 들어섰다. 방 안은 커튼으로 몽땅 가려져 음침한 분위기를 띠고 있었다. 달빛 하나, 별빛 하나 스미지 않은 방 안에서의 유일한 불빛은 침대 곁에 놓인 작은 스탠드뿐이었다. 이 음습한 분위기라니…….

왜 도망치지 못했을까? 뒤늦은 후회가 썰물처럼 밀려왔다.

끼이이익—

등 뒤로 무거운 나무문이 천천히, 위협적인 소리를 내며 닫혀졌 다. 그리고 찰칵! 산이 안전 걸쇠를 걸었다.

쿵!

심장이 떨어진 건지, 내가 떨어진 건지……. 귓불이 확확 달아 올랐다. 이리저리 굴리는 시야 속으로 커다란 침대가 튀어 들어왔 다. 갑자기 용암이 머리 위로 펑! 솟구쳐 올랐다. 핑글, 현기증이 돌았다. 비틀대는 내 곁으로 산의 에르메스 향이 가까이 풍겨온 다. 재규어처럼 날렵한 몸짓으로 어느새 산은 내 등 뒤로 다가와 있었다. 심장이 입 밖으로 튀어나왔다.

"……오지 않을 거라 생각했어."

목 언저리에서 허스키한 음성이 들려왔다. 어찌나 소름이 끼치 는지 그 자리에 석상처럼 굳어버렸다. 산의 오랜 기다림 따윈 신 경 쓸 여유도 없었다.

[언니야! 이 정도면 애교를 넘어서 죄악이야. 형부 놓치면 다시

는 나 못 볼 줄 알아! 바보처럼 굴지 말고 형부한테나 가봐!]

계단에 쪼그려 앉아, 유인아, 결혼이란 게 뭘까? 나 정말 이렇게 살아도 되는 거니? 징징 울며 전화를 걸었다. 한 시간 동안 서성이다 결국 구원을 요청할 때라곤 유인이밖에 없었다.

"너, 너무하는 거 아니니? 지금 산이 얼마나 무서운 줄 알아? 얼마나 냉혹하게 구는지, 바늘로 찔러도 피 한 방울 나지 않을 것 같아."

[그럼 바늘 하나 사서 찔러봐. 피가 나는지, 안 나는지. 하긴 피한 방울 없긴 하겠다. 언니 때문에 바싹 말라 버려서……]

오만상을 찡그렸다. 병원에서 바뀐 게 분명하다. 지금까지 내 동생이라 알고 살았던 아이가 어느 날 갑자기 다른 사람의 동생이된 것 같다. 그것도 산의 동생으로.

마지막 수를 두었다.

"여기 호텔이란 말이야."

[정말? 형부가 드디어 노선을 바꿨단 말이지?]

"나보고 선택하라는 거야. 그게 지금 말이 돼? 아, 몰라! 진짜꼭 이런 식으로 사람을 궁지에 몰아넣어야 되는 거니? 조곤조곤설명할 기회도 안 주고 말이야. 마음 같아선 결혼이고 뭐고, 다 그만두고 싶어!"

[그럼 다 그만두고 지금 집으로 와!]

어찌나 딱 잘라 선을 긋는지, 참 어이가 없었다. 뭐, 뭐? 혼자버벅대는데 유진이 칼처럼 결론을 내렸다.

[그만두지는 못하겠지? 그게 언니 마음이야, 놓치지 싫은 거.

이제라도 깨달으니 다행이지 뭐. 도대체 형부 속을 얼마나 긁어놓았니? 이 정도까지 하게 만들게…… 하긴 오래 참는다 했어, 내가! 나 지금 도서관이라서 오래 통화 못해. 언니 결혼이고, 언니의 인생이니까 결국은 선택도 언니 몫이야. 하지만 이건 알아둬, 앞으로 언니의 삶에 형부 같은 사람 다시 만나기 힘들다는 거.]

그 말에는 고개를 끄덕일 수밖에 없었다. 그렇겠지. 앞으로는 산 같은 남자라면 뒤도 보지 않고 도망칠 테니까.

그렇게 전화를 끊고서 겨우 여기까지 왔다. 그런데도 왜 이렇게 결심이 서지 않는지…… 도망치고 싶은 유혹을 떨치지 못하는 내 눈앞에 산의 손이 놓여 있다. 내밀어진 손 위에 금빛 카드를 놓았다. 비틀린 입술이 무슨 뜻인지 몰라, 난감해졌다.

"아, 아……."

산의 음성이 긴 여운을 남기며 사라졌다. 그리고는 짜증스런 손길로 카드를 테이블 위로 내던져 버린다. 테이블 위엔 앙증맞은 모양의 술병들이 여러 개 뒹굴고 있었다. 이미 깨끗이 비워진 빈 병들이었다.

"앉지 그래?"

왜 그렇게 차가운 거야? 산의 가슴에 쌓인 얼음은 여전히 단단해 녹을 줄 모른다. 뻣뻣한 걸음으로 테이블 옆에 놓인 의자 끝에 엉덩이를 조금 걸쳤다. 일부로 침대 쪽으로는 시선을 돌리지 않았다. 알루미늄의 움푹한 소리가 울리며 산이 캔 하나를 내밀었다.

"마실래?"

고개를 저었다. 원래 술을 즐기지도 않았고, 이 상황에서는 더

더욱 그랬다. 익숙하지 않은 알코올까지 들어가 버리면 더 이상 내 자신을 제어할 자신이 없었다. 등 뒤로 떨어지는 옷자락 소리가 울릴 때마다 내 심장이 함께 떨어져 내렸다. 심장이 여분으로 몇 개 정도 있었으면 좋겠다. 하나밖에 없는 심장이 뛰어댈 때마다 부족해진 산소로 핑글, 어지럼증이 돌았다.

"산……."

겨우 목소리가 나왔다. 왜? 하며 돌아선 눈빛이 더없이 냉정하다. 물기 하나 없이 뻗어진 시선은 무표정했고, 음울했으며 늪처럼 가라앉아 있다. 산은 아직 나를 용서하지 않았다. 내가 이 자리에 섰다 하더라도, 또 지금 이 자리에서 무릎을 꿇고 빌더라도 말이다.

그를 따라 금방 올라오지 않은 내 갈등을, 그 갈등 속에 담긴 연희라는 존재를 산은 여기 홀로 앉아 뼈저리게 느꼈을 것이다. 나오던 목소리가 다시 안으로 움츠러들었다. 실은 이렇게 말할 생각이었다. 산, 화나는 거 아는데 우리 우선 여기에서 나간 다음에 이야기할래? 무조건 내가 실수한 거고, 잘못한 거니까. 대신 다시는 이런 일 없도록 할게…….

하지만 진실로 내가 잘못한 걸까? 그건 잘 모르겠다.

"용기가 없었니?"

산이 물었다. 지금, 이 순간 연희 씨를 떠올린다면 나쁜 짓일까? 하지만 지금 산 앞에서는 그의 생각이 더욱 간절해진다. 그라면 이렇게 벼랑 끝으로 사람을 몰아치지 않을 것 같고, 이렇게 무서운 얼굴로 내 죄를 심문하지 않을 것 같다. 아니, 애초부터 그에 대해서는 이렇게 주춤거리지도 않았겠지만.

왜 산은 내 순결로 결혼을 속박하려는 걸까? 왜?

"하긴 당신에게 그럴 용기조차 없다는 것쯤은 알고 있었어. 그게 지금까지 내가 당신을 붙드는 핑계이기 했으니까."

내 무릎 위로 산이 제 얼굴을 묻었다. 천장까지 펄쩍 뛸 만큼 놀랐다. 무릎을 꿇은 건 산이다. 내가 아니라…….

무릎에 턱을 박은 채 산이 나를 빤히 바라보았다. 너울대는 노란 스탠드 불빛을 따라 까만 눈동자가 황금빛을 냈다. 보석처럼 아름다운 눈동자에 꼼짝없이 걸려들고 말았다. 최면술에 걸린 것처럼 그 눈동자에서 시선이 떨어지지가 않았다. 코끝이 간질거리고, 심장이 조금 전과는 다른 양상으로 뛰어댄다. 지금 내가 느끼는 이 두근거림은 분명 두려움은 아니다. 그것과는 조금 다른 그어떤 두근거림…… 정의를 내릴 수는 없지만 나로서는 처음 느끼는 특이한 감정임에는 분명했다.

"이미 시작된 결혼을 물릴 수도 없고, 나에게 거절이란 말도 차마 하지 못하지. 설사 다른 사람이 가슴에 스몄다 해도 말이야. 그렇지 않아?"

아니야……. 하고 대답하고 싶었지만, 대답하지 못했다. 솔직히 지금은 그 어떤 말도 할 상황이 아니었다. 어두운 방이 주는 미묘한 분위기와 불빛 속에 더 화려하게 빛을 내는 산의 눈동자, 그의 향기, 그 모든 것이 미약처럼 나를 홀려 정신을 차릴 수가 없었으니까.

몽롱한 눈동자로 벌떡 일어선 산이 보였다. 내 무릎에 머리를 묻고 있었을 때와 달리 방 한가운데에 선 그의 모습은 육감적인 매력을 자아내고 있었다. 어느 사이 재킷을 벗어 던진 채, 넥타이까지 가볍게 풀어헤친 편한 차림으로 나를 내려다본다. 하얀 와이셔츠 소맷자락으로 구릿빛 살갗이 선명한 대비를 이루며 남성다운 굴곡을 자아낸다. 멍하게 그를 바라보는 내 입이 살짝 벌어졌다. 난생처음 근접한 곳에서 바라보는 남자의 몸체였다. 내가 지금 숨이나 쉬고 있는 걸까?

산이 천천히 다가왔다. 190cm에 85kg을 육박하는 거대한 몸이 깃털처럼 가볍다. 짜릿하고 알쌀한 느낌이 머리끝까지 주르르 흘러내렸다. 산이 숨을 내쉴 때마다 에르메스의 향 속에 미약한 술 냄새가 섞여 나왔다.

"산……."

"당신을 잘 모르겠어. 소심하고 수줍게 자란 사람이라 낯을 가리는 모양이라 생각했었지, 그토록 환하게 웃을 수 있는 사람인 줄은 미처 몰랐어. 나라서 안 되었던 건데…… 그렇지? 그게 더 힘들어. 당신을 사랑하는 건 나인데, 당신과 결혼을 약속한 것도 나인데, 왜 내가 아닌 그 녀석이 당신 곁에서 함께 웃고 있는 거지?"

"산……."

차라리, 혈압이야! 하고 뒷목을 움켜쥐는 게 더 낫겠다. 낮은 음성으로 쏘아대는 말 하나하나가 가시가 되어 나를 마구 찔러댄다. 여자의 눈물은 무기가 된다는데, 뺨 위로 흐르는 눈물이 그에게는 아무런 효과를 내지 못하나 보다. 산이 내 어깨를 마구 흔들었다.

"왜! 왜 날 보지 않니?"

마구 흔드는 손짓을 따라 인형처럼 고개가 절로 흔들거렸다. 온

몸을 그에게 맡긴 채 멍하게 천장만 바라보았다. 슬프고, 또 아프고…… 그건 나중의 문제였다. 지금은 그저 산의 고통을 달래주는 게 우선이었다. 이렇게 아픈 산은…… 견디기 힘들다. 아무것도 아닌데. 단지 가벼운 식사와 약간의 동정과 쉽게 거절하지 못한 내 느린 성격 탓뿐인데 산은 브레이크가 없는 기차처럼 폭주하고 있었다. 제발, 내 말 좀 들어줘! 이러는 당신, 너무 무서워!

"산…… 당신이……."

오해한 거야. 그냥, 저녁 식사 한 번뿐이었어. 그 사람, 상황이 좀 그랬어. 그래서…….

하지만 그 말 역시, 채 나오지 못하고 산에게 막혀 버렸다. 마치 바람피우다 들킨 마누라마냥, 산은 나를 달달 볶아댔다.

"언젠가는 날 볼 줄 알았어. 기다리고 또 기다리면서 피가 말라 가도, 그래도 결국은 내 여자이니까! 그런데도 당신은 나를 보지 않아. 늘 도망치고 싶어하지, 나에게서! 그게 날 미치게 해."

산의 고함 소리와 함께 우두둑, 소리가 나며 재킷이 거칠게 벗겨졌다. 성급한 그의 손길에도 손가락 하나 꼼짝하지 않았다. 폭우가 내리는 걸까? 두꺼운 커튼 너머 희미하게 빗소리가 울렸다. 낮부터 회색 구름이 잔뜩 몰려 있기는 했었다.

작은 웃음이 새었다. 이 상황에서 날씨나 생각하다니. 선웃음을 짓는 입술로 산의 입술이 덮쳐 왔다. 독한 술 냄새가 목구멍을 타고 흘렀다. 다물어진 입술을 억지로 벌려 제 혀를 깊숙이 밀어 넣는다.

아플까? 첫 경험을 하면 허리가 꺾이도록 아프다는데…….

주워 들은 이야기를 떠올리며 굳은 몸으로 그에게 안겼다. 그냥, 결혼 첫날밤이 며칠 빨리 왔다고 생각하자. 그렇게 스스로를 달랬다. 산의 말처럼 결국 우린 결혼할 사이이니까. 빼앗기느니 차라리 주자! 그러나 흐르는 눈물은 잡을 수가 없었다. 지금껏 제 멋대로이긴 하지만 나름대로 다정했던 산을 떠올리며 악몽 같은 이 순간을 이해시키려 애를 썼다.

잘못했다. 아무리 유진이 겁을 주었다 해도, 그 비상구에서 뒤 도 돌아보지 않고 도망쳤어야 했는데…… 가슴을 치고 싶을 만큼 후회가 일었다.

"앗!"

작은 비명이 새어나왔다. 어깨를 틀어쥔 손가락에 얼마나 힘이 들어갔는지, 살갗을 파고드는 고통에 나도 모르게 몸을 비틀었다. 그러나 이미 이성을 잃은 산에게는 내 고통 따위는 안중에 없는 모 양이다. 아픔 때문에 주춤, 뒤로 물러선 나를 더욱 짓누르며 집요 하게 입술을 헤집는다. 한참 동안 입술을 점령한 혀는 밑으로 내려 서며 드러난 목덜미를 애무하기 시작했다. 뜨끈한 감촉에 토도독, 돌기가 솟구쳤다. 어쩔 수 없었다. 이토록 찐득하고 노골적인 접촉 을 받아본 적이 없었으므로 어떻게 반응해야 할지 도무지 알 수가 없었다. 거의 공포에 가까운 두려움에 심장까지 멈추어 버렸다.

"사, 산, 제발……."

"애원하지 마! 들어주지 않을 테니까."

허스키한 음성이 차갑게 쏘았다. 뜨겁게 달구어진 입술이 이젠 목덜미를 스쳐 가슴 언저리까지 내려왔다. 언제 풀렸을까? 마치 물어뜯을 듯 내 피부 위를 맴도는 감촉에 몽롱해진 사이 블라우스의 단추가 반이나 풀려 있었다. 불쑥 옷자락 사이로 들어선 손이 브래지어를 올려 알몸의 가슴을 거세게 움켜쥐었다. 그 뜨거운 감촉에 재빨리 불두덩이 같은 산의 손을 붙들었다. 한 번도 남자의 손이 닿지 않은 곳이었다. 이런 식으로, 정말, 이렇게 비참한 식으로 세상에 빛을 보일 줄은 몰랐다. 이제 눈물은 걷잡을 수 없이 흘러내렸다. 산의 손가락 사이로 드러난 분홍빛 유두를 나조차도 차마 바라볼 수가 없었다.

"산⋯⋯."

마구 고개를 흔들었다. 이건 아니다. 아무리 몇 일 앞당겨진 첫날밤으로 생각하려 해도 이럴 수는 없었다. 이런 식으로 내 순결을 바칠 수는 없다. 산이 거칠게 내 손을 뿌리쳤지만 난 끝내 놓지 않았다. 산의 눈동자가 번뜩거렸다.

"왜?"

무서웠지만 말할 수가 없었다.

"그에겐 줄 수 있어도, 나에겐 허락할 수 없다는 뜻이야?"

"산, 제발⋯⋯. 이러지 마."

눈물 때문에 시야가 뿌옇게 흐려졌다. 너무 무섭고, 두렵다. 아마 거의 공포에 가까웠던 것 같다.

"미, 미안해. 하지만 이건 아니야. 산 이러지 마, 제발 부탁이야."

"하하하!"

산의 웃음이 허탈하게 터져 나왔다. 당신, 왜 이래? 붙든 손은 그렇게 묻고 있었다. 산답지 않다. 이런 거, 정말 산답지 않은 일이다. 다시 예전의 그로 돌아갈 수 있다면 무어든 할 수 있을 것 같다. 아니, 이 자리만 벗어날 수 있다면 내 영혼을 팔 수도 있었다.

"언제나 미안하지. 결혼을 거절하는 것도 미안하고, 두려워서 미안하고. 그보다 더 미안한 건!"

휘청이는 술기운 속에서도 결코 흔들리지 않는 음성이 나를 비난했다.

"그보다 더 미안한 건 결코 나를 사랑할 수 없어서지. 그렇지 않아, 공주님?"

온몸에서 힘이 빠졌다. 산을 붙든 손이 맥없이 떨어졌다. 내 영혼도 필요없었다. 산은 끝까지 갈 셈이니까. 흐릿한 불빛 속에도 산의 굳건한 의지가 선명히 드러났다. 그래, 멈출 수 없다.

"산……. 그렇게 잘못한 걸까?"

그의 머리 뒤로 아름다운 샹들리에가 스탠드 불빛을 따라 현란한 빛을 냈다. 내게 멈추어진 산의 시선이 느껴졌지만 아는 척하지 않았다. 가슴이 텅 비어졌다.

가슴에 놓인 그의 손이 무겁게 나를 짓누른다. 이제 눈물도 멈추었다. 그저 이렇게까지 흘러가 버린 작은 사건들이 안타깝고 후회스러울 따름이었다. 모든 게 다 나 때문이다. 산의 무모한 청혼에 절로 이끌려 버린 것, 약혼자가 있는 주제에 연희 씨에게 조금이나마 마음이 흔들렸던 것. 어느 정도 예측하고 있었으면서 미련스럽게 이 자리를 찾아온 것. 다 내 잘못이다. 산의 아픔을 너무 가볍게 생각했다. 그저 설명만 하면 될 줄 알았다.

"미안해. 쉽게 거절하지 못하는 바보여서 미안하고, 당신을 사랑하지 못해서…… 미안해."

하지만 당신을 싫어하는 건 아니었어. 하고 덧붙이고 싶었지만 목이 꽉 잠겨 더 이상은 말을 잇기가 힘들었다. 아직 눈물 자국이 남은 뺨을 산이 천천히 쓸어내렸다. 눈동자를 깜빡거렸지만 그의 표정이 보이지 않는다. 돌이 되어버린 듯, 가만히 그의 손길을 받았다. 이대로 먼지가 되어 사라져 버리면 좋겠다. 터럭도 되지 않은 작은 빗줄기 소리만이 방 안으로 흐를 뿐, 숨소리마저 멈추어 버렸다.

뺨을 쓸던 산의 손이 힘없이 바닥으로 떨어져 내렸다. 뜨거운 김을 쏟아내던 그의 열기도 냉정히 가라앉은 상태였다. 벌어진 블라우스의 단추를 꼼꼼히 챙기는 그의 손가락으로 물기가 뚝뚝, 떨어지는 착각이 일었다. 산의 눈물이었을까?

"이젠…… 놓아줄게, 공주님."

반쯤 잠가진 블라우스를 꼭 움켜쥐었다. 그런 나를 산이 꺼먹한 눈동자로 내려다본다.

"산……."

대체 왜 이렇게 되어버린 거야? 설사 결혼을 그만두게 되더라도 이런 식은 아니었다. 충분히 생각하고, 또 정말 현명한 선택이란 확신이 설 때, 서로 이성적으로 헤어지는 게 내가 원하는 것이었다. 난 아직 아무것도 확신한 게 없었다. 그런데도 내 결혼은 산으로 시작해, 산으로 끝을 맺고 말았다. 이 결혼에서 난 무슨 역할인 거지? 내가 이 결혼에서 결정한 건 단 하나도 없다고.

"산……."

떨어져 나가는 산의 팔목을 잡았다. 헤어져도 좋은데 이런 식으로는 아니야. 눈짓으로 말했지만 그는 보지 않았다. 내 손을 단호하게 떼어낸 후 바닥에 떨어진 재킷을 집어 드는 그를 멍청하게 바라보았다. 정말 이런 식으로 끝내야 되는 거야?

옷자락 스치는 소리, 걸쇠 풀리는 소리, 푹신한 카펫이 짓눌리는 소리……

감겨진 눈동자로 산의 움직임이 그대로 들려왔다. 폭풍이 한차례 휩쓸고 간 듯, 호텔 방은 끔찍한 잔해만이 남아 있었다. 아무렇게 던져진 내 재킷과 구겨진 치맛자락, 아직도 반은 채워지지 못한 블라우스, 그리고…… 그의 자국이 선명히 남은 내 가슴.

비틀거리는 걸음으로 겨우 호텔을 빠져나왔다. 밖은 예상대로 억수같은 비가 쏟아지고 있었다. 입구에 섰던 도어맨이 재빨리 뛰어와 머리 위로 우산을 받쳤다.

"손님! 차는……."

넋 빠진 몰골로 휘적거리며 거리로 나섰다. 손님! 택시 불러 드릴까요? 멀리 도어맨이 소리쳤다. 어깨 위로 거센 빗방울이 두드려 댔지만, 그것조차 느낌이 없었다. 빈껍데기처럼 무작정 거리로 나섰다.

유진아, 난 대체 뭘 놓아버린 거니?

그를 붙들었어야 했을까? 그래도 결혼을 앞둔 약혼자인데 그렇게 쉽게 놓지 말았어야 했을까? 절레, 고개를 저었다. 설사 가지 말라고, 붙들었다 해도 그를 잡을 수는 없었을 거다. 미안하다도 사과를 했지만 듣지 않았고, 잡은 내 손도 떨쳐 내었으니까. 산은 돌아오지 않을 것이다. 나는 그에게 실망을 안겨주었고, 그는 용서할 생각이 없다. 이젠 진실로 끝이다.

빗물과 함께 흐르는 눈물을 대충 닦아냈다. 내 가슴이 아플 이유는 없었다. 결국 언젠가 나 역시 같은 결론을 내렸을지도 모른다. 긴 세월이 지나 더 이상 물러설 수 없을 때 늦은 결론을 내리는 것보다 차라리 이게 나을지도 모르고. 이렇게 끝날 사이였다면 미래의 결론도 같겠지. 그렇게 위로했다. 내가 산을 버리는 것보다 산이 나를 버리는 것도 더 나았다. 오늘 이 결론은 어떤 식으로 생각해도 훨씬 현명한 일이다. 그런데도…… 전혀 기쁘지 않았다. 드디어 산에게서, 그리고 끔찍하게 무겁던 결혼에서 놓였는데도 지금의 나는 행복하지 못하다. 정말 내가 바랐던 삶이 이런 걸까?

어떻게 집으로 왔는지 모르겠다. 기계적으로 버스에 올랐고, 골목길을 걸었다. 퍼붓는 빗줄기를 몽땅 맞아 걸음을 뗄 때마다 뜨거운 김이 새어나왔다.

"아니, 얘가 왜 이래? 우산 없으면 사면 될 것이지 이 비를 몽땅 다 맞고 들어오니 그래? 강 서방은? 너 이렇게 들어가라고 그냥 보내?"

엄마의 수선과 놀란 아빠의 얼굴 화등잔만큼 커다랗게 들어왔다.

아니야. 이렇게 해놓고서, 내일이면 무턱대고 이 집에 들어설 것이다. 내가 아는 산은 그랬다. 그리고 결국 제 고집대로 결혼을 밀고 나가겠지.

"배고파……."

그제야 목소리가 나왔다.

유인이가 아프다.

폐렴까지 걸릴 뻔했다는 어머님의 전화에도 당장 뛰어갈 수 없어 엄청 열이 솟구쳤다. 분을 참지 못해 씩씩대던 내게 갑자기 뜨거운 찜질팩이 내던져졌다. 갑작스런 통증에 혹! 하는 신음이 절로 터져 나왔다. 행여나 들릴까, 얼른 숨을 죽였지만 다행히 어머님은 나를 비난하느라 듣지 못한 것 같다.

얼른 전화기를 막은 채 조심성없는 간호사를 매섭게 쏘아보았다. 젠장! 누굴 죽일 셈이야?

미안한 기색도 없이 벌게진 얼굴로 저 혼자 벙싯댄다. 제기랄! 이곳에 온 후로 계속 저 모양이다. 한쪽 눈까지 찡긋대며 사라지는 간호사의 등 뒤를 죽을 듯 노려보았다.

[그렇게 폭우가 오는데 우산도 없이 애를 그냥 보내면 어떻게 하나? 같이 나갔으면 들어올 때도 같이 와야지!]

질책하는 말씀에도 한마디 대꾸하지 못했다. 당장 오라는 의미였지만 전처럼 시원스럽게 대답할 수 없었다. 나 역시 그녀에게 가고 싶다. 아픈 몸을 끌고서라도 유인이 곁에 갈 수 있으면 날아서라도 가겠다. 하지만 무슨 염치로 그녀 앞에 나타날 수 있느냔 말이다. 술 취한 주정으로 돌리기엔 그날의 내 실수는 유인에겐 엄청난 충격이었을 거다. 어떻게 그녀를 범할 생각을 했을까?

어머님의 질타 속에서 붕대로 감은 손바닥을 묵묵히 바라보았다. 이

손에 그녀의 가슴이 담겨 있었는데…… 부지불식간 열기가 확 솟구쳤
다.

그녀를 놓아주기 싫다!

"차는 어떻게 할 거냐?"

잔뜩 못마땅한 기색으로 병실로 들어오신 아버지께서 물어오셨다.
심하게 일그러진 차체가 떠올라 나 역시 얼굴이 일그러졌다. 호텔에 두
고 온 유인이를 생각하느라 아침 출근길 작은 사고가 났었다. 걱정이
현실로 나타난 셈이다.

"대체 어디다 정신을 놓고 다니기에 전봇대에 제 차를 박아? 끌끌!"

대놓고 혀를 차시다니. 사고로 침대에 누운 아들은 안 보이시나?

14

"**엄**마는 왜 알지도 못하면서 그래?"

천장까지 펄펄 뛰며 화를 냈다. 정말, 엄마의 이 대책없음이란.

"그럼, 누구한테 전화해? 그렇게 애를 보냈으면 전화 한 통이라도 해야 되는 거 아니니? 괘씸해서 그랬어."

토라진 목소리로 엄마가 쥐어박는 소리를 했다. 내내 강 서방, 강 서방 할 때는 언제인데. 더 화를 내고 싶었지만 기력이 없어 거친 숨만 몰아쉬었다.

벌써부터 남편 편들기는……. 휙 몰아치는 엄마의 치맛자락에 섭섭함이 묻어 있다. 그게 아닌데…….

독감으로 절절 끓는 몸을 이끌고 겨우 학교에 갔다 오니 엄마가 대뜸, 강 서방은 전화 없고? 하시기에 그저 안부차 물어본 줄 알았다. 성난 도마 소리에 진정 엄마가 화내는 이유가 무시당한 자신인지, 아니면 나에 대한 산의 무심함 때문인지 분간하기 어려웠다.

"하아!"

숨, 한번 쉬기 힘겹다. 아직도 내리지 않은 열 때문에 입을 벌릴 때마다 뜨거운 김이 새었다. 얼른 열이라도 내렸으면 좋겠다. 연이어 터지는 기침은 그나마 참을 수 있는데, 열 때문에 온몸이 콕콕 쑤셔오는 통증은 이제 짜증을 넘어서고 있었다.

방에 들어오자마자 입은 옷 그대로 털썩, 바닥에 누워 버렸다. 아이들 앞에서 행여 쓰러지지 않을까, 내내 바짝 세웠던 긴장이 이제야 풀려 서 있을 힘조차 없었다. 베개를 꺼내는 것도 귀찮아 팔베개를 한 채, 누워 가방 속의 전화를 꺼냈다. 걸려온 전화가 없다. 벌써 삼 일이나 지났다.

"콜록, 콜록!"

기침을 할 때마다 목이 찢어질 듯 아프다. 괜히 눈물이 흘렀다. 이 지독한 독감 때문인지, 아님 삼 일째 연락이 없는 산 때문인지는 모르겠다. 그냥 지금 내가 처한 이 상황이 속상하고 가슴 아플 따름이다. 게다가 수상쩍은 눈초리로 살피는 임 선생의 시선 역시 마찬가지다. 그날, 산의 말을 고스란히 들은 유일한 증인이라 나름 정황을 살피는 모양인지 하루 종일 임 선생의 시선이 내 주위를 떠나질 않았다. 나 역시 몹시 신경 쓰였고. 임 선생이 통화하는 모습을 볼 때마다 혹시 성재 씨에게 전화 거는 건가 싶어 덜커덩거려졌다.

“밥 먹어!”

부서져라, 문짝을 열어젖힌 엄마가 들입다 소리부터 질렀다. 얼른 눈물을 훔치며 돌아누웠다. 그러나 이미 벌게진 눈자위는 들킨 후다. 엄마의 눈초리가 더욱 사나워졌다. 저 상태라면 산이 여기 온다고 해도 그리 환영받을 기세는 아니었다. 오지도 않겠지만…….

“아빠는?”

“늦게 오신다고 전화 왔었어. 말만한 계집애가 엄마가 차려주는 밥이나 먹는 주제에, 그리고도 시집은 가고 싶다고 하지?”

시집을 가고 싶어한 건 내가 아니라 엄마지만 말대꾸는 하지 않았다. 심기 사나운 엄마는 건드려 봐야 얻을 게 별로 없으니까. 자리에서 일어나다 손에 들고 있던 전화를 놓쳐 버렸다. 뜨거운 체열 때문에 손이 힘이 가질 않았다.

이렇게 약할 수도 있나? 못도 안 들어가는 단단한 콘크리트도 아니고, 그렇다고 딱딱한 시멘트도 아닌 장판 위로 떨어진 전화가 애먼 액정을 깨먹었다. 저런…….

두 사람의 입에서 동시에 탄성이 터져 나왔다.

“아니, 애가…… 뭘 그런 거 가지고 울고 그래?”

놀란 엄마가 언제 그랬냐는 듯, 죽을 표정을 하고 물어왔다.

“엄마가 새로 사줄 테니까 뚝 그쳐!”

하지만 막았던 봇물이 터져 버린 모양이다. 그대로 방바닥에 엎드려 깨진 전화를 들고 엉엉, 소리 내어 울고 말았다. 가슴에 맺힌 울혈이 한꺼번에 터져 나오며 다시 열이 위로 솟구쳐 올랐다. 그래도 울음이 멈추어지질 않았다.

"어디 세상 무너졌어? 왜 통곡을 하고 그래? 새로 사면 되지……. 얘가 정말! 너, 강 서방이랑 무슨 문제있는 거 아냐? 내가 어쩐지 이상하다 했어. 너 비 오는 날 우산도 없이 보내는 것도 그렇고, 지금까지 전화 한 통 없는 것도 그렇고. 왜 그래? 강 서방네에서 혼수가 부족하다고 그래? 응?"

내 통곡과 엄마의 한탄으로 방이 시끌시끌하다.

"아니, 그렇다고 해도 그렇지. 강 서방이 그럴 줄 몰랐네! 아니, 죽자사자 쫓아다닌 건 강 서방 아냐? 남들은 수저만 들고 오라던데, 그 정도면 넘치는 거지. 우리 형편에 그 정도면 넘치는 거 아냐?"

엄마 역시, 참았던 울분이 터지는지 못다 한 말들이 두서없이 쏟아져 나왔다. 산이 준비해 준 가구나 전자제품은 모른 척하고 말이다.

"나중에 남원 땅 팔리면 부족한 거 다 메워줄 테니까 속상해도 그냥 참아. 시어머니란 게 원래 그래. 지금은 남의 식구처럼 데면데면해도 결혼식만 올리면 내 식구라고 감싸고도는 법이야. 솔직히 혼수야 결혼 전에나 신경 쓰이지, 살다 보면 다 거기서 거기라니까! 게다가 강 서방이 어디 혼수 타박할 성정이니? 지금이야 속상하겠지만 여기서 그만 털어야지, 어쩔 거야? 이제 와 결혼 물릴 것도 아니고……."

달래는 엄마의 말에 더욱 눈물이 멈추질 않는다. 이젠 그런 거 필요없는데…… 한참을 넋두리인지, 위로인지 쏟아내던 엄마가 결국, 한숨만 내쉬며 방으로 나간 후에야 울음이 멈추었다. 연한 빛이 비추던 창문도 어느덧 까맣게 물들어 있었다. 그렇게 울고 나니 약 기운으로 그나마 소강 상태였던 열이 더욱 뻗쳐 이젠 온몸의 구멍마다 수증기가 피어오르는 것 같다.

"울었다며?"

저녁까지 꼴딱 굶고 음침한 몰골로 있으려니 한밤중, 유진이 들어오며 물었다.

"무슨 일 있어?"

아니, 라고 변명할 기운도 없었다. 이젠 고개만 돌려도 징에 머리를 박은 것처럼 울린다. 두통약 좀 줘. 유진에게 사정을 했다. 감기약에다 두통약까지 보태서 몽땅 털어 넣고 밤새 약 기운 때문에 수전증 환자처럼 손만 떨어댔다. 심장이 두근거려 잠이 오지 않는다.

어제 펑펑 울고 출근하니 눈두덩이 호빵처럼 부풀어 올랐다.

"남 선생도 소식을 들었나 봐?"

무슨 일로 임 선생이 친절한 어투로 물어왔다. 소식이라니? 산에 대한 이야기라는 걸 알기에 더욱 내색을 할 수 없어 미묘한 표정만 지었다.

"우리도 어제야 연락을 받았지 뭐야. 그것도 성재 씨가 먼저 전화 걸지 않았으면 몰랐을 텐데…… 내일 퇴원한다며?"

퇴원이라니…….

"가벼운 교통사고라는데 뭘 그렇게 퉁퉁 붓도록 울어?"

혀까지 차는 임 선생의 말에 변명조차 못했다. 며칠 동안의 무소식은 결국 희소식이 아닌 사고 소식이었던 거다. 피가 싸늘하게 식어졌다.

"심한 정도는 아니라는데……. 참, 남 선생도 유별나. 그렇게 걱정이면 처음부터 강산 씨 애먹이지 말고 잘하든지! 인제 와 웬 유별이래?"

선인장을 삼켰나 보다. 산은 제 어머니가 선인장 같은 사람이라지만, 임 선생 역시 꽃 한 송이 여물지 못하는 마른 선인장 같다. 어찌 그리 하는 말마다 가시가 박혔는지……. 그래도 지은 죄가 있는 터라, 군소리 한번 못하고 액정이 깨진 전화기만 만지작거렸다.

[약한 정도야.]

산의 사고 소식이 내내 머릿속을 헤집는 통에 어떻게 했는지도 모르게 수업을 끝낸 후 한참을 고민하다, 겨우 전화를 걸었다. 누가 뭐라는 것도 아닌데, 교무실을 나와 밖에서 전화를 건다. 처음엔 산의 전화번호가 생각나지 않아 몹시 당황했다. 그럴 때가 있지 않은가. 갑자기 찾으려면 도무지 어디에 놓아두었는지 생각이 나지 않아 미치도록 답답해지는 거. 오죽해야 아쉬운 대로 임 선생에게 물어보아야 하는 거 아닌가, 심각하게 고민해 볼 정도로 혼자 끙끙 앓았다. 전화선 너머 산은 담담하다 못해, 물 같다.

"……이제 전화해서 미안해. 사실……."

[괜찮아, 가벼운 사고야. 신경 쓰지 않아도 돼.]

싸늘하지는 않아도 어딘지 경계가 그어진 음성이었다. 전화기를 잡은 손가락의 마른 껍질을 신경질적으로 뜯어냈다.

아무리 그런 일이 있었다 해도, 한때 약혼자였다면 한 번쯤 먼저 전화를 걸었어야 했을까? 병원에 입원한 것조차 다른 사람의 입을 통해서만 듣는 비정한 약혼자. 난 산에게 그 이상, 그 이하도 아닐 것 같다. 산의 침묵이 길어졌다. 뜯어낸 살갗을 모래 위로 내던지며 살짝 이맛살을 찌푸렸다. 무언가 단정 지을 수는 없는 괴괴한 침묵이 어색하고 난처해졌다. 무겁기보단 가볍고, 가벼워서 더 내려앉은 것 같은 독특한 침묵이라고 할까?

[……감기는 다 나았어?]

엄마의 말이 박혀 있었겠지.

"으, 응……."

엄마 때문에 미안. 덧붙여 말하기도 전에 산이 먼저 말을 끊었다. 어느 정도는 귀찮음이 묻은 목소리라 민망할 정도였다.

[굳이 이런 전화 할 필요는 없었는데.]

그의 말에 심장이 철렁해졌다.

"감기가 된통 걸렸나 보네. 안색이 파리해."

자리에 들어오자마자 웬일로 유 선생이 말을 걸어왔다. 산의 문제 이후, 나만 보면 적군인 양 노려보던 유 선생이었다. 내가 제 남자 친구를 가로챈 것도 아닌데.

씁쓸하게 미소 짓고 수업에 들어갔다. 아이들은 여전히 내 결혼 문제로 숙덕대고 있었다. 아직도 상대방을 정리해 놓지 못한 탓이다. 이제 와, 사실은 외제차 아저씨야! 말한다 해도 이미 때는 늦었다. 울적해진다.

다음날은 운영위원의 일을 겸하고 있는 이 선생님의 잔업을 돕느라 오랜만에 늦은 퇴근을 했다. 실은 지난 주말 이후, 연희 씨를 마주 보기가 여간 껄끄럽지 않아 되도록 마주치기 힘든 이른 퇴근을 하던 터였다.

아……. 맑은 음성이 찬 공기 중에 울린다.

벌써 11월로 들어선 가을은 금세 해가 져, 일곱 시 조금 넘은 시간인데도 한밤중처럼 까맣다. 교문을 막 나서는데 그나마 불빛이 남은 저쪽 거리에서 누군가 접은 몸을 불쑥 일으켜 세웠다. 그새 익숙해졌는지 한눈에도 그 주인을 알 수 있는 것도 신기한 일이었다. 나보다 먼저 상대측에서 아는 척을 해왔다. 따끔! 이 선생님의 시선이 따갑다.

어제 퉁퉁, 불은 내 눈자위와 학교에서 임 선생이 떠들어댄 일로 사정을 훤히 꿰찬 이 선생님이 피식거리며 멀찍이 걸음을 뗐다.

"오랜만이네요. 사고 소식은 들었는데."

싹싹하게 인사를 건네는 이 선생님에게 다행히 산 역시 깍듯이 '걱정해 주셔서 고맙습니다' 하고 대꾸해 주었다. 파혼 소식은 당장은 면했다.

"나 먼저 갈게."

알 수 없는 의미의 윙크까지 건네고 이 선생님은 바람처럼 우리 앞에서 사라졌다. 생각보다 너무 말짱한 몰골의 산의 모습에 당황한 나머지 답인사도 못했다.

“무슨 선생이 이렇게 일이 많아?”

불빛 속에서 빨갛게 얼은 코끝이 보였다. 얼마나 기다린 걸까?

“전화하지…….”

“가을을 타나 보지.”

동문서답.

교문 앞에서 뻘쭘하게 마주 섰다.

“좀 걸을래? 차, 저쪽에 세워놓았는데.”

길가를 따라 산이 이끄는 대로 걸었다.

〈이연희 내과.〉

언제 달았는지, 새 간판이 건물 일층에서 번쩍거렸다. 산이 불쾌한 기색으로 애먼 간판을 노려본다.

“오늘 퇴원했다면서 이렇게 돌아다녀도 되는 거야?”

“가벼운 근육경직이야. 급브레이크를 밟느라 어깻죽지가 엄청 아팠거든. 물리치료 정도만 받았어.”

“입원했다는데…….”

“뭐, 엎어진 김에 쉬는 거지.”

심드렁한 어투였지만 그래서 왠지 안심이 된다.

차를 세워둔 곳은 꽤 거리가 있었다. 정류장 근처를 지나는데 벌써부터 군고구마 장사가 나와 있었다. 장작에 구운 군고구마의 달콤한 냄새에 침이 고였다. 참 주책이다. 내내 식욕이 없어 엄마의 구박을 받아놓고선, 하필 산 앞에서 허기가 지다니…… 늦게까지 일을 하느라 에너지가 고갈되었나 보다.

모르는 사이 꼴깍, 침 넘어가는 소리가 새었나? 산이 흘끔거렸다.

"배고파?"

"응?"

"잠깐만 기다려."

그리고는 성큼, 군고구마 장수 쪽으로 빠르게 가버린다.

"이거면 돼?"

큰 봉투 하나 가득 고구마를 담고선 묻는 품새라니…… 괜찮은데, 하고 사양하기엔 넘어가는 침 소리가 너무 컸던 터라 할 수 없이 고개를 끄덕였다. 산이 뜨거운 고구마 껍질을 벗기는 모양새를 보며 작게 중얼댔다.

"걱정했던 것보다 많이 좋아 보여."

"걱정은 했고?"

지나가는 어투라 해도 약간 날이 섰다. 껍질을 홀랑 벗긴 고구마를 마지못해 받았다. 조금 전까지 느꼈던 달콤함도 이미 사라진 지 오래였다. 왜 안 먹어? 묻는 산의 말에 억지로 한입 베어 물긴 했지만 달콤한 맛 대신, 퍽퍽함이 먼저 느껴졌다. 급하게 먹었는지 목이 메어 콜록거리는데 눈앞으로 불쑥, 생수가 내밀어졌다. 불툭거리는 말투치고는 하는 짓은 다정하기 짝이 없다. 산은 도무지 속을 알 수가 없다. 화를 내는 것 같은데, 또 어찌 보면 다감하기 그지없고. 헤어진 것 같은데도, 나를 대하는 태도는 평소와 다름이 없는…….

"요즈음은 군고구마가 빨리 나오네."

"산도 군고구마 좋아해?"

"아니, 솔직히 굉장히 싫어해."

"아……."

나와는 다르군. 엄마가 군고구마 귀신 붙었냐고 곧잘 놀릴 정도로, 난 군고구마라면 정신을 못 차린다. 도대체 산과는 공통분모가 하나도 없다.

"고등학교 때, 겨울방학이라 잠깐 귀국했었거든. 크리스마스 시즌에 맞춰서 재미 삼아 친구들이랑 군고구마 장사했었어. 꽤 재미있을 줄 알았는데 남은 고구마 처치하는 게 고역이더라고. 저녁밥을 매일 남은 고구마로 때웠더니 그 후부턴 고구마만 보면 신물이 나."

"잘 팔렸을 것 같은데……."

산 정도의 외모와 넉살이라면 그런 장사쯤은 눈감고도 잘했을 것 같은데 남은 고구마로 저녁을 때웠다는 말은 좀 의외였다.

"잘 팔긴 했지. 일부러 여고 앞에 터를 잡았거든. 제각각 단골들까지 있었고. 그런데 진현이 녀석이 시골에서 다섯 포대나 가지고 온 거야."

즐겁게 이야기하는 산을 생소한 시선으로 바라보았다. 산도 이렇게 즐겁게 이야기할 줄 아는구나. 늘 윽박지르고 저 혼자 생글거린 모습만 보아서 그런지 낯선 모습에 절로 시선을 빼앗겼다. 참 묘한 기분이 든다. 낯선 편안함이랄까? 처음으로 산이 친근한 존재로 느껴졌다. 겨울로 들어서는 매선 바람을 가로막은 산의 단단한 가슴을 뒤로하고 그제야 기분 좋게 고구마를 먹기 시작했다.

학교에서 한참 떨어진 곳으로 걸으며 은색 외제차를 찾았지만 산이 멈춘 곳은 진줏빛 국산차 앞이었다.

"차 바꿨어?"

"고치는 거 귀찮아서 바꿨어."

"그 정도로 심했어?"

"전봇대 들이박으면 원래 다 그래."

"얼마나 많이 다쳤기에……."

"별로 마음에 드는 차도 아니라, 이참에 그냥 바꾼 거야. 신경 쓰지 마."

또 경계를 긋는다. 금방 심장이 오그라든다. 잠시 산의 친절에 우리가 헤어진 사이라는 걸 잊었다. 얼마나 세게 들이받았기에, 차를 바꿀 정도였을까? 단순한 근육 경직만은 아니었을 것 같았지만 더 이상 묻지 못했다.

이렇게 그의 차에 올라도 되는 걸까? 열어준 차 문 앞에서 주춤거리는 나를 산이 재촉했다. 추워! 그 한마디에 꼼짝없이 차에 오르고 말았다. 얌전하게 오므린 무릎 위로 고구마 봉투를 올려놓았다. 고구마의 열기가 후끈거린다. 차 안에서 풍기는 산의 진한 체취에 어쩔 수 없이 그날, 호텔의 기억을 떠올릴 수밖에 없었다. 내 가슴을 움켜쥐던 뜨거운 손가락도……. 꿀꺽, 나도 모르게 침을 삼켰다. 차는 침묵 속에 도로를 내달렸다.

"산……."

어느 사이 도착한 집 앞에서 겨우 산을 불렀다. 오는 내내 마음이 심란했다. 가까이 선 그가 어렵기도 하고, 또 평소와 다름없기도 하고……. 뭐, 그런 복잡한 마음. 부드러운 그의 운전 솜씨도 달라진 게 없다. 뜨끈하던 고구마도 미지근하게 식어져 달큼한 향 대신 눅눅한 향이 풍겼다.

"산, 그날……. 실은 당신에게 미안하다 말하고 싶었어."

겨우 용기가 났다. 아마 무릎에 놓인 군고구마의 힘인지도 모르겠다. 이렇게 흔들릴 바에 처음부터 단호히 거절했어야 했는데……. 의도하지는 않았지만 결국은 내 소심함으로 산에게 상처만 주고 말았다. 연희 씨의 문제도, 우리 둘의 문제도, 모든 게 다!

"사과하지 마. 그날 충분히 사과했으니까."

"하지만……."

남은 말이 갑작스럽게 몰아친 한기 속에 사그라져 버렸다. 산이 냉정한 태도로 차 밖으로 나가 버린 탓이었다. 거부당한 사과가 어찌나 민망하던지 차 안에 남지 못하고 나도 따라 함께 밖으로 나갔다. 산은 차에 등을 기댄 채 담배를 피우고 있었다.

"나 역시, 그런 식으로 화풀이를 하는 게 아니었어."

내게 시선 한 번 돌리지 않은 채, 무뚝뚝하게 말한다. 아직도 화가 풀리지 않은 걸까? 주춤거리며 그 곁에 나란히 섰다. 하늘로 올라서는 뿌연 담배 연기가 천사의 날개 같다. 아니, 선녀의 날개…….

세 아이를 품어서라도 하늘로 날아가고 싶었던 선녀는 함께 살을 섞고 살았던 나무꾼을 끝내 버리고 떠났다. 어떻게 아이 셋을 낳도록 함께 살았던 남자를 쉽게 버릴 수 있을까? 어린 시절, 아직 결혼이란 걸 생각해 보지 않았던 그 시절의 난 선녀가 지독히도 독하고 냉정하다 생각했는데. 하지만 지금 나는 그 선녀를 꿈꾼다. 결혼이란 무게에 대해 절실히 느껴지는 지금……. 난 두 번 다시 결혼하지 못할 것 같다.

"산……."

시멘트 바닥 위로 마른 낙엽이 소란한 소리를 내며 뒹굴거린다. 차가운 바람에 달달 떨면서도 집에 들어가지 못한 채 한참을 서 있었다. 빨간 불꽃이 채 사그라지지 못한 담배가 멀리 포물선을 그리며 떨어졌다.

"당신은 그토록 결혼이 두려웠어? 아니면……."

산이 물었다. 너무 낮은 음성이라 처음엔 잘 듣지 못했다.

"아니면…… 나를 사랑하는 것이 그렇게 힘든 건가?"

왜 이리 심장이 찢어지도록 아픈 걸까? 그날, 내가 보았던 산의 깊은 눈매가 뇌리에서 떠나지 않는다. 다시는 결혼하지 않을 거야. 속으로 다짐했다. 그 눈동자를 가슴에 품고 다른 남자와 결혼할 자신이 없었다. 이것으로 충분해. 또다시 침을 삼켰다. 떨리는 손으로 품에 담긴 고구마 봉투를 꽉 움켜쥐었다.

"내 잘못이야, 모든 게 다! 그러니까 제발 그렇게 말하지 마. 처음 산을 만나 정신없이 달리다 보니, 어느새 결혼이었어. 처음부터 시간을 두지 못한 것도 내 잘못이야. 특별히 산이 싫은 것도 아니었고, 언젠가 해야 할 결혼이라면 괜찮지 않을까, 생각했어. 그런데……."

눈물이 자꾸 차 올랐다. 묵묵히 내 말에 귀를 기울이는 산의 모

습이 가슴속에 아련하게 박혀왔다. 담배가 사라진 손가락에 우리
의 약혼반지가 외롭게 빛을 냈다.

"그런데 내가 원래 그래. 앞만 보고 달리면 되는데, 산의 말처럼
이미 떠난 배에 오른 건데, 그런데도 자꾸 뒤를 돌아보는 거야. 결
혼 후에 후회하게 되지 않을까? 지금도 이렇게 두려운데 결혼 후
에 후회하게 되어버리면 더 불행해지는 거잖아? 그러니까 산의 잘
못 아니야. 당신이 화내는 거 당연해."

"지금…… 불행하니?"

산이 되물었다. 아니, 고개를 저었다. 지금 불행한 건, 내가 아
닌 산이다.

"그냥, 미안해서…… 하지만 가끔은 당신 따라가는 게 힘겨울
때가 있어."

"남유인! 지금 불행해?"

산이 덥석 팔목을 비틀었다. 품에 안고 있던 고구마 봉투가 그
기세에 우수수 바닥으로 떨어져 내렸다. 안타까운 눈으로 떨어진
고구마를 내려다보았다.

"어떻게 해……."

"의사 녀석 때문이야?"

격한 감정을 담은 눈동자가 거침없이 나를 쏘아보았다. 산과는
항상 이런 식이다. 내 말은 전혀 받아들여지지 않고 모든 건 그의
관점에 따라 흐를 뿐이다. 그래서 우리 둘 사이에서 나의 자아는
없다.

"그 녀석을 사랑해? 그 녀석이라면 결혼할 자신이 있어?"

"아니라고 했잖아!"

언성이 높아졌다. 그날도 말했다. 그저 그 사람이 짊어진 삶의 무게가 안타까웠을 뿐이라고! 왜 내 말을 듣지 않는 거야?

"그 사람과는 아무 상관이 없어."

"그럼 내게 돌아올래? 그날 일은 까맣게 잊고 다시 시작하는 거야."

아니…… 그럴 자신이 없다. 이런 식으로라면 또다시 이 결혼에 대해 회의를 느끼게 될 것이고 우린 끝없이 같은 갈등을 겪게 되겠지. 산에게 미안하긴 했지만 그렇다고 이런 식으로 계속 결혼을 진행시킬 수는 없었다.

나도 모르게 고개를 저었나 보다. 산의 눈동자가 얼음처럼 차가워졌다.

"녀석과 함께 있는 당신의 눈동자를 보았어. 그토록 다정하게 바라보는 눈빛은 처음이었지. 그래서 궁금해졌어. 그 녀석과 함께라면 행복할까? 늘 긴장하고 주춤거리는 나와는 결코 행복해질 수 없다면 말이야."

"좋은 사람이야. 나와 닮은 부분도 많아서 편했고……."

산이 입술을 비틀었다.

"당신과 닮아 편하다…… 그래서 언젠가는 당신의 인생에 물처럼 스며들겠지. 당신이 그토록 원했던 긴 세월 동안 천천히 사랑하고 자연스럽게 결혼하는. 결국은 나라서 안 되는 거야. 내가 아무리 당신을 사랑해도, 죽도록……."

산의 손가락이 내 얼굴을 쓸었다. 그의 손가락 사이를 타고 흐르는 내 눈물을 멍하게 바라보았다. 내가 지금 울고 있는 걸까?

"죽도록 너를 원해도…… 나라서 결국은 안 되는 거였어. 그렇지 않아?"

주춤, 물러서는 등 뒤로 차가운 철문이 닿았다.

덜컹 덜컹…….

철문이 요란하게 제 몸을 떨어댔다. 산이 움켜쥔 손가락을 천천히 풀었다. 잡힌 손목이 빨갛게 자국을 남기고 있었다. 부르르 몸을 떨었다. 살갗을 스치는 한기는 비단, 날씨 탓만은 아니다. 사람의 온기가 이토록 차가울 수도 있는 모양이다.

"내가 사랑하면 되는 줄 알았어. 말 한마디 하는 것도 어려운 내 소심한 공주님을 지켜주고 싶었지. 굳이 말하지 않아도 마음 하나쯤은 쉽게 알아주는 그런 사람으로 네 곁에 있고 싶었는데 그것조차 널 불행하게 하는 걸 몰랐어. 놓치고 싶지 않아서 서둘렀고, 자꾸 뒷걸음치는 건 단지 내 조급함 때문이라 생각했지."

산의 말이 가슴을 찢었다. 그가 말하는 자상함은 내가 원했던 것들이었다. 이토록 나를 이해해 주는 그가 왜 기다리는 것만큼은 되지 않는 건지, 나야말로 슬프기 그지없었다. 조금만 기다려 주면 안 되는 거야? 그러나 지금 그런 말 따윈 우리에게 아무런 소용이 없다는 것도 알고 있었다. 호텔에서의 하루는 나나 산에게 분명, 커다란 획일 점을 그은 게 사실이었다.

"들어가. 너무 늦었어."

희미하게 속삭이며 산이 떠나갔다. 골목 끝을 따라 빠르게 사라지는 빨간 미등에 바닥으로 떨어져 으깨진 고구마가 눈에 들어왔다. 형체를 알 수 없이 박살이 난 고구마가 마치 나와 산 같다.

빨리 이 시간이 흘렀으면 좋겠다. 가을이 지나고 겨울이 지나, 새순이 돋는 봄이 오면 이 아픔이 가셔질 것 같은데……. 한숨 자지 못한 거뭇한 눈으로 새벽에 마당으로 나오니, 아빠가 버려진 고구마를 쓰레받기에 담아오시며 투덜댔다.

"대체 누가 먹을 걸 이렇게 버렸다니?"

엄마는 내게 이렇게 말하지도 모르겠다.

"대체 어떤 넋 빠진 애가 강 서방을 이렇게 버렸다니?"

한밤중, 햄을 들고 친구 녀석 병원으로 찾아갔다. 막 셔터를 내리려던 녀석이 놀란 눈으로 나를 보았다. 그리고 손에 들린 상자도…….

뭐라 묻지도 않고, 내게 뜨거운 커피 한 잔을 내민다. 갑자기 참을 수가 없었다. 평상시엔 조용하던 햄 녀석이 오늘따라 유독 시끄럽게 떠들어댄다. 그래서 충동적으로 버릴 생각을 했다. 어차피 나 역시 버림을 받았으니까.

친구들 무리 속에 넣어놓은 햄 녀석은 바뀐 환경 탓인지, 아님 주인에게 버림받을 것을 눈치 챈 모양인지 어울리지 못하고 한쪽 구석에 동그랗게 몸을 말고 있다. 그 모습에 가슴 한구석이 무너져 내렸다. 홀로 외롭게 등을 만 녀석의 모습에서 유인이 겹쳐진 탓이다. 내가 없는 곳에서 유인이도 저런 모습으로 살아가지 않을까? 어쩌면 그토록 원했던 자유를 만끽하며 마냥 행복해하고 있을지 모르는데, 홀로 엉뚱한 상상을 하며 가슴 아파했다.

아무 말 없이 함께 차를 홀짝이는 친구 녀석 앞에서 나 역시 말을 잃은 채 뜨거운 차만 들이켰다.

"유인 씨와 무슨 일 있냐?"

문득 어제 술에 취해 흐트러진 내 몰골을 한심스럽게 쳐다보던 성재 녀석의 질문이 떠올랐다.

"헤어졌어."

간단히 대답했다. 눈치 빠르게 유인과 무슨 일이 있을 거라, 지레짐

작은 하고 있는 모양이지만 헤어졌다는 말엔 꽤 놀란 눈치였다. 헤어졌다……. 더 정확히 말하면 결국 놓아준 거라는 자조적인 생각이 들었다.

"그녀가 없는 삶을 살아갈 수 있어?"

누구보다 나를 잘 아는 녀석이기에 하는 말도 정곡을 찔러댄다.

허헛! 실소를 터뜨렸다.

"내가 지금 살아 있는 거니?"

하고 물었다. 그 물음에 대한 성재의 대답도 나와 같을 것 같다.

커피 한 잔을 비워놓은 후, 동물병원에서 햄 녀석을 도로 들고 돌아왔다. 버려진 햄은 유인이 아닌 나다. 그러므로 그곳에 홀로 외롭게 남겨둘 수 없었다. 유인이를 전부 버릴 수 없는 것처럼.

그리고 내가 조금의 숨이라도 쉴 수 있는 것처럼…….

15

토요일, 첫 눈이 내렸다. 기상에서는 백 년 만에 엄청난 눈이 내릴 거라 했는데, 겨우 12월이 넘어서야 인색하게 내리다니. 하지만 운동장을 온통 뒤덮은 눈을 보며 그 게으름을 용서하기로 했다. 눈이 내리면 마음이 흥겨워진다. 이만큼 아름다운 풍경이 있을까? 거리에 떨어지는 눈은 금세 까맣게 때가 타, 세속적으로 보이지만 운동장으로 떨어지는 눈은 어린 시절의 추억처럼 꽤나 아련하다. 발치 끝에 놓인 전기난로에 차갑게 얼은 발가락을 대어 놓으며 연신, 창밖을 흘끔거렸다. 하늘이 어디인지 알 수 없게 쏟아지는 눈은 경계선이 없다.

"무슨 눈이 저렇게 펑펑 날리냐? 집에 갈 때 엄청 고생하겠네. 그렇지 않아도 만원인데……."

수업을 끝낸 이 선생님이 들어서자마자 호들갑스럽게 난로에 손을 뻗어왔다. 내놓았던 발을 얼른 감추며 선생님 쪽으로 약간 더 난로를 밀었다.

"정말? 내가 끼어도 돼?"

"그럼! 그냥 친구들끼리 망년회 삼아 뭉치자는 건데 뭘."

저쪽에서 희색이 만연한 유 선생의 음성이 귀를 찔렀다. 이 선생님이 내 눈치를 살피는 걸 모르는 척 괜히 창밖으로 시선만 돌렸다. 내리는 눈이 조금 전처럼 그리 아름답지 않다는 생각을 했다.

"산이 씨도 오겠네?"

"아마도."

대답하며 내 쪽을 흘끔거리는 임 선생은 굳이 내색은 없었지만, 산과 내가 헤어진 걸 아는 눈치였다. 그리고 요즘 들어, 유 선생과 무언가 쑥덕거리는 모습이 자주 눈에 띈다. 산의 이름이 오르는 횟수도 잦아졌고. 원래부터 내게 호의적이지 않았던 임 선생은 더욱 냉랭해졌다.

"하여간, 너 하는 일이 그렇지. 알아서 해."

찬기가 도는 건 엄마 역시 마찬가지였다. 모범생으로 한 번도 속 썩혀본 적이 없던 내 지난 삶은 하루아침에 골칫거리가 되어 엄마 속을 뒤집어놓았다. 산 하나로 말이다. 산에게 돌려받은 혼수 자금은 꼼꼼히 챙긴 주제에 엄마는 괜히 내 탓만 해댔다. 우리 형편에 파혼당한 결혼식에 쏟아 부은 돈이 수월하지 않다는 건 알고 있었지만, 그래도 그건 좀 그랬다.

"나도 자존심 상해! 한두 푼 하는 것도 아니고, 그 많은 금액 고스란히 날려놓고 나라고 아까운 줄 몰라? 그래도 싫다고 했었어. 그런데 강 서방이 죄송하다고, 기어이 내미는 걸 어떻게 하니?”

산에게 받은 봉투를 신경질적으로 내던지며 훌쩍거리는 통에 더 이상 말을 못했다. 솔직히 그 봉투를 바라보는 내 심정은 착잡했다. 아, 이렇게 끝이 나는구나…….

헤어지자고 한 주제에, 혼수 비용까지 철저히 계산하는 산의 삭막함에 마음이 서늘해졌다고나 할까? 아무튼, 그 봉투를 바라보는 우리 가족 모두의 심정이 그리 좋지 않은 것만은 확실했다. 아빠는 모른 척하기는 했지만 씁쓸한 표정이었고, 유진과 엄마는 모두 내 탓으로 돌리며 눈을 흘겼다. 학교에서는 임 선생의 날 선 눈초리와 집에선 엄마의 냉대로 그렇지 않아도 마른 살이 더 내렸다. 주위에 아군은 없이 적군만 난무하다.

“미리 말해주지 그랬어? 옷 좀 신경 써서 나올걸.”

유 선생이 아쉬운 목소리로 임 선생을 타박했다. 학교 안은 유독 춥다. 이곳엔 봄과 가을이 실종되었다는 농담이 나올 정도로 가을이 되면 벌써부터 두터운 니트를 찾아야 하는 차디찬 콘크리트 건물 속에서, 유 선생은 어떻게 버티나 싶을 정도로 레이스로 휘감은 블라우스 차림이다. 스탠딩 칼라 스타일이라고는 하지만 턱 선까지 포옥 잠기는 니트 폴라가 아닌 이상 하얗게 살을 드러낸 목이 안쓰러울 정도로 추워 보였다. 그런데도 정작 본인은 보기보다 따스하단다. 빨갛게 얼어 있는데도 고집은…… 하늘거리는 실크 블라우스와 연분홍빛 카디건, 그리고 두툼한 하얀 모직 스커트는 약혼식장만 아니라면 어딜 가도 초라하지 않는 몰골이다. 그런데도 옷 타박이라니. 유 선생의 빤한 속내가 왜 이리 얄밉게 느껴지는 걸까?

"퇴근하고 가면 빠듯할 텐데, 그냥 가지 그래?"

"그래도 좀 그렇잖아? 아이 참! 집에 가서 갈아입고 오기는 그렇고 근방에서 하나 살까 봐. 그렇지 않아도 겨울 옷 한 벌 장만할까 했었어."

볼까지 빨갛게 물들이는 유 선생은 영락없이 첫 미팅 나가는 학생이었다.

"신났네. 누가 보면 선보러 가는 줄 알겠어."

이 선생님이 들으라는 듯 큰 소리로 정곡을 찔렀다.

"선보면 더 좋죠."

유 선생이 한마디 지지 않고 버릇없이 대꾸하며 내게 코를 세웠다. 흥! 하는 콧방귀가 여기까지 들리는 듯하다. 첫 아이라 그런지 그리 티 나지 않은 제 배를 임 선생이 감쌌다. 나쁜 소리는 듣지 말라는 뜻인가?

"유 선생! 정말 그러고 싶니?"

"뭐가 어때서요? 이혼한 남자도 연애하는데 그까짓 약혼 정도 깨진 게 뭐 대수인가? 싫다는 여자 붙드는 것보다 서로 좋은 사람끼리 연애하는 게 더 낫죠."

"강산 씨와 불같은 연애라도 하는 모양이지? 같은 학교에서 참, 좋은 꼴이다."

평소와 달리 이 선생님의 어투가 수위를 넘어섰다. 좌불안석. 슬리퍼 속에서 꽁꽁 언 발가락을 열심히 비벼댔다. 더 이상 번지지 않으면 좋을 텐데. 그렇지 않아도 산과의 파혼 소식에 교무실에 앉아 있는 일이 보통 염치없는 게 아니었다.

"남 선생! 그렇게 남 일인 것처럼 앉아 있을 거야? 자기가 그렇게 피해자인 양 있는 게 더 우스워 보여."

내가 어찌했다고 이러시나? 갑자기 떨어진 불통에 몸 둘 바를 몰라 쩔쩔맸다. 유 선생의 독기 어린 시선을 피해 괜한 서류만 뒤척였다. 흥미진진한 시선들이 우리에게 쏟아졌다. 처음, 산이 이곳에 나타났을 때처럼 말이다.

"남 선생은 관심없지? 강산 씨가 유 선생과 사귀어도?"

역시나! 화살은 곧장 과녁을 향해 날아왔다. 비호처럼 날아든 화살은 정확히 제 목표를 꿰뚫는다. 나를 보며 히죽거리는 유 선생의 미소가 비열해 보였다. 내게 화살을 쏜 임 선생이 무언의 비난을 담은 표정으로 대답을 기다리고 있다.

네.

당연, 그런 대답이 나와야 했다. 잔뜩 속이 꼬인 이 선생님이 옆에서 '물론, 상관없는 일이지. 안 그래?' 하며 옆구리를 사정없이 찔렀다. 아프다. 도톰한 팔꿈치가 갈비뼈를 으깨는 것 같다.

"남 선생?"

임 선생이 재촉했다. 유 선생 옆에 선 산이라…… 가슴이 꽈악 막힌다. 산은 유 선생 같은 스타일을 좋아할까? 잘 모르겠다.

따르릉!

반가운 수업 벨소리가 나를 살렸다. 허겁지겁 책을 집어 들고, 교무실을 뛰쳐나왔다. 1학년 복도를 헤매는데 함께 나온 선생님들이 빈틈없이 교실을 찾아든다. 이런…… 끌, 혀를 찼다.

빈 수업 시간이란 것도 잊다니…….

"어머? 강산 씨!"

다시 교무실로도 들어가지 못해 추운 날씨에 복도 귀퉁이에서 한 시간을 기다렸더니 온몸이 꽁꽁 얼어, 몸살기다 도졌다. 소금 절인 배추 꼴로 겨우 퇴근을 하려는데 교문 쪽에서 새된 음성이 공기를 갈랐다.

"어떻게 여기까지 온 거예요?"

뽀드득, 발바닥에 울리는 기분 좋은 소리에 흐뭇하게 짓던 미소가 그대로 얼었다. 눈이 멈춘 매서운 겨울바람이 뺨을 때린다. 그의 이름에 얼떨결에 고개를 들다 산과 정면으로 눈이 마주쳤다. 그 옆에 임 선생과 유 선생이 사이좋게 서 있고.

임 선생은 오히려 놀란 표정인데, 유 선생이 호들갑스럽게 반가운 기색을 드러냈다. 두툼한 회색 코트를 걸친 그는 옷 색깔만큼 우중충해 보인다.

"어부인 모셔오라는 성재 녀석 명령이네요. 갑자기 부장한테 불렀다면서."

"그래도 강산 씨가 일부로 오실 필요는 없는데…… 여기 유 선생님 차도 있고. 함께 간다고 성재 씨가 말 안 했어요?"

"뭐, 그냥…… 조카 녀석 보려면 이 정도 수고는 해야죠."

멀리서도 그의 얼굴이 살짝 붉어지는 걸 볼 수 있었다. 두근두근…….

경쾌한 그의 음성에 괜히 심장이 콩닥댄다. 전보다 한결 말라 각이 진 얼굴선을 흘끔거리는데 유 선생의 시선이 내게로 향했다.

끼어들지 마! 분명한 경고의 빛이었다.

솔직히, 유 선생이 아니라 해도 나 역시 끼어들 생각은 없었다. 옛말에도 맞은 사람은 다리를 뻗고 자도, 때린 사람은 그렇지 못하다 하지 않았는가. 나 역시 산을 보기가 몹시 괴로운 입장이었다. 재빨리 주위를 둘러보았지만 마땅히 몸 가릴 만한 곳이 없다. 눈 한번 밟아보겠다고 운동장 쪽으로 오지 않았다면 가녘에 심어진 나무에라도 숨을 수 있었을 텐데. 아직도 내게 박힌 산의 시선을 피해 걸음을 서둘렀다. 교문으로 향하는 길이 너무나 멀다.

"잘됐네. 그렇지 않아도 운전 솜씨가 서툴러서 어떻게 차를 가지고 가나 걱정했어요."

유 선생이 냉큼 산의 팔을 잡았다.

"차, 여기에 두고 가도 되죠?"

"마음대로."

팔에 걸쳐진 갈퀴 같은 손을 알짤없이 쳐낸다. 한기 탓은 분명 아니다. 팽 돌아진 유 선생의 뺨의 붉은 자국에 묘한 쾌감을 느끼는 진정한 이유는 무얼까?

"머리 모양 바꿨어?"

뽀드득, 바쁘게 눈을 밟으며 사라지는 내 뒷골로 산이 물어왔다. 낭패다. 모른 척 가야 할지 고민이 된다. 등 뒤로 느껴지는 세 개의 시선이 알싸하다. 천천히 몸을 돌렸다. 입가를 올렸지만 어색한 미소만 흘렀다.

"……으, 응."

산과 헤어진 후 긴 생머리를 파마로 바꾸었다. 다른 여자들은 심정의 변화가 생기면 허리까지 닿는 머리도 자른다던데. 울적해진 심사가 조금이나마 나아질까 저번 주 토요일, 미용실을 찾았다.

"잘라주세요."

"어머, 자르시게요? 아까운데…… 다시 이렇게 기르려면 꽤 고생할 텐데. 그냥 파마로 스타일을 바꿔보는 건 어때요?"

못내 아쉬운 표정을 짓는 미용실 언니 때문에 과감히 잘라내려던 머리카락을 그냥 파마로 바꾸고 말았다. 이런 점에서도 내 우유부단함은 달라지지 않는다.

산의 말에 곱실거리는 머리카락을 뒤로 넘겼다. 바람에 나부끼는 파마 머리는 쉽게 부스스해져 더 볼품이 없어 보였다.

"전의 머리가 훨씬 나아."

웅찬 소리에 애써 머리를 다듬던 손이 그대로 멈추었다. 아직도 내게 남은 감정이 있는 게 분명하다. 꿀꺽, 침을 넘겼다. 잿빛 하늘 아래 음량한 바람만 나부꼈다.

"늦겠어요. 저녁이 되니까 더 추워지네. 눈 오는 날은 포근하다고 했는데……."

양팔을 비비며 유 선생이 유난을 떨었다. 속내 모를 임 선생의 눈치를 살피랴, 산의 눈치를 살피랴 입장만 곤란해졌다. 떠나지도 못하고 애매하게 선 나를 유 선생이 먼저 내쳤다.

"늦겠다. 그렇지 않아도 눈 내리는 날은 도로가 엄청 막힐 텐데…… 안 가요?”

유 선생의 재촉에도 아랑곳없이 내게 성큼 다가온 산이 코트 속에서 지갑을 꺼냈다.

“나중에 결혼하게 되면 연락해. 청첩장 무료로 해줄게.”

그리고는 명함 한 장을 내민다. 얼떨결에 받는데 손끝이 빨갛다. 부드러운 가죽 장갑으로 싸인 산의 손이 꽁꽁 언 내 손을 감쌌다. 한기가 조금 가셔졌다.

“광고회사가 청첩장도 찍어?”

“이것저것 다 해.”

광고회사에서 청첩장 찍는다는 말은 들어본 적이 없었지만 그냥 주머니에 담았다. 가죽의 냄새와 함께 온기도 사라져 갔다. 그러고 보니 정식으로 그의 명함을 받은 게 오늘이 처음이다. 시계가 거꾸로 돌아가는 느낌이 들었다.

세상에……. 우린 처음에 시작해야 했던 일을 모든 것이 다 끝난 후에 한 거다.

“길이 꽤 미끄러워서 걱정이에요. 잘 부탁드려요.”

둘 사이로 간드러지는 음성이 끼어들었다. 잠깐이 멈추었던 산의 시선이 그제야 움직인다. 생각해 보니, 여긴 우리 둘만 있었던 게 아니다. 그걸 잊다니…… 흠, 낮게 기침 소리를 냈다. 숨 쉬는 것도 잠깐 잊었었다.

“그러게, 길이 괜찮을는지 모르겠다.”

임 선생까지 참견하는 바람에 어쩔 수 없이 돌아선 산의 입에서 작은 한숨 소리가 들렸다. 성큼, 앞장서 가는 그의 뒤로 유 선생이 후다닥, 바쁘게 따랐다. 저런 무뚝뚝한 남자 무어 그리 좋다고……. 혼자 구시렁대며 그들과 약간 거리를 둔 채 교문을 나섰다.

운동장에선 한없이 아름다웠던 눈이 퇴근길엔 천덕꾸러기가 되어, 오가는 이들의 발에 밟혀 까만 점박이가 되어 있다. 넘어지지 않게 종종걸음으로 걷는데 한쪽 귀퉁이가 떨어져 나간 간판이 언뜻 눈에 들어왔다.

〈이연희 내과.〉

얼마 전, 새로 달아 반질반질 윤을 내던 간판이었는데. 아이들의 돌 장난에 무참히 깨진 채 까만 얼룩이 져 볼품이 없다.

"어?"

퇴근을 하던 연희 씨와 딱 마주쳤다.

"간판이 깨졌네요."

마주친 그에게 손짓을 했다. 네? 묻던 그가 깨진 간판을 보곤, 씨익 웃는다. 웃을 일은 아닌 것 같은데…….

"이런…… 굉장히 미움을 탔나 보네."

"네?"

"간판이요. 아님, 내 이름인가? 꼭 노린 것 같지 않아요?"

잠깐, 한 이름을 떠올리다 빠르게 지웠다. 설마, 이런 유치한 짓까지 했겠어?

"곧 겨울방학이죠?"

"네."

"참, 이번 겨울방학에 여행 갈래요? 연말에 겨울 휴가로 휴진할까 하는데."

연희 씨가 보조를 맞추며 물어왔다. 마찰의 열기 탓에 도로 위에 쌓인 눈은 거리보다 훨씬 질척이고 지저분하다. 근처 상가에서 모래까지 뿌려놓은 탓에 낭만이 사라진 눈은 골방의 퇴기처럼 스산스럽기까지 했다.

"광교산에 가봤어요?"

"광교산이요?"

수원과 용인의 경계에 있는 광교산이 아름답다는 이야기는 들었다. 연희 씨와 갈 생각은 없었지만.

"눈으로 덮인 광교산은 시린 흑백의 세상이에요. 이렇게 눈이 오는 날이면 유독 생각이 나네요. 너무 아름다워서 그런가? 그곳에 서면 속세를 벗어난 기분이 들어요. 마치 히말라야 산 아래 선 것처럼. 그런 날 있지 않아요? 모든 걸 벗어버리고 싶을 때, 마음껏 외로워지고 싶을 때……."

작은 송이가 두툼한 코트에 닿아 빠르게 사라진다. 겨울 속의 흰빛은 투명하다 못해 외롭다. 하얀 연희 씨의 얼굴을 바라보며 그런 투명한 외로움을 느꼈다. 왜 이다지도 내 여린 심정을 건드리는지…… 이 남자로 인해 산이 그토록 아파했음에도 불구하고 내 학습 능력은 도저히 그를 버리지 못하는 모양이다. 산 역시 외로울 때가 있었을까? 하는 생각이 문득 들었다. 흑백의 광교산과 경쾌하게 웃던 산의 미소가 겹쳐졌다.

"무슨 생각 해요?"

연희 씨가 물어왔다.

"혹시, 군고구마 싫어해요?"

"네?"

황당하게 바라보는 연희 씨의 뒤로 군고구마 장사가 보였다. 추억을 가지는 건 하루만으로도 충분하다. 하지만 그 하루의 추억을 지우기 위해서는 일 년의 시간도 부족하다는 걸 산과 헤어진 지금에야 비로소 깨달았다. 그건, 산과 헤어진 내가 짊어져야 할 또 하나의 책임이라는 것도.

화장실의 거울에 내 모습이 비쳤다. 산은 어깨를 따라 주룩 흘러내리던 생머리가 더 어울린다고 했지만 난 지금 모습도 그럭저럭 마음에 드는 편이었다. 전의 머리보다 훨씬 성숙해 보이고, 어딘지 세상에 능한 여자처럼 보이는 것도 그렇고.

"소주 먹을래?"

화장실에서 돌아오니, 이 선생님이 상기된 얼굴로 물었다. 지금 우리 둘은 지금 애매한 자유를 만끽하고 있는 중이다.

"친정 어머니보다는 사실, 남편 출장이 더 살 것 같아."

이 선생님의 남편은 한 달간 해외 출장을 갔다. 때맞춰 친정 어머니까지 상경 중이라 정말 살맛난다는 이 선생님은 오랜만에 자유를 만끽하고 있지만 나는 좀 달랐다. 기어이—엄마 말로는 그 잘난 남 씨 집안 고집이라는데 그건 잘 모르겠고—산과 파혼까지 했건만 생각과 달리 완전한 자유가 느껴지지 않았다. 적응이 덜 된 거라 이 선생님은 그랬다.

"천천히 생각해. 원래 인간은 태어나는 순간부터 적응하며 살아가게 되어 있어."

정말, 언젠가는 편한 마음으로 이 시절을 기억할 수 있을 때가 올까? 산이 아닌 다른 남자의 아내가 되어, 그 남자를 닮은 아이와 함께 가끔은 산을 회고할 수 있는 중년의 여자가 된 모습은 잘 상상이 되지 않는다. 오히려 홀로 독신녀로 늙어, 그때 내가 좀 잘나갔었지. 하는 청승맞은 모습이라면 몰라도…….

"소주 어때?"

흥겨운 이 선생님에겐 정말 미안한 일이지만 술 한 잔 입에 대지 못하는지라 거절을 했다. 기분 맞춰주느라 한 잔 받아놓기는 했지만 톡, 쏘는 소주 향으로도 벌써 취할 것 같다.

"남 선생은 다른 건 다 좋은데, 그 융통성없는 건 정말 못 봐주겠어. 분위기 따라 한 잔 정도는 마시는 것도 괜찮잖아?"

기분 좋게 술이 오른 이 선생님이 키득대며 아줌마! 소주 한 병 추가! 하고 기력 좋게 소리쳤다. 자유를 만끽하기 위해 삼겹살집에 와 지금까지 비운 맥주병이 세 병이었다. 물론, 전부 이 선생님 혼자 마신 걸로.

"섞어 마시면 더 고달프다는데……."

"괜찮아. 몽땅 게워내도 다 봐줄 엄마가 있는데 뭘. 이럴 때 아니면 언제 마음 놓고 마시겠어? 술 한 잔 마시고 퇴근해 봐. 당장, 술 마시려고 직장 다니냐는 둥, 대체 어떻게 된 학교가 선생님 술고래 만드는 거냐, 있는 대로 잔소리할 텐데. 그래도 역시 삼겹살 하면 쐬주 아냐!"

쌓인 게 참 많았나 보다.

아줌마가 내온 소주를 이 선생님이 홀딱, 비워내는 사이 콜라만 홀짝였다. 진짜 안 비울 거야? 꽉 찬 내 술잔을 흘끔거리며 이 선생님이 한 번 더 권했지만 힘없이 고개만 저었다. 한 번도 술을 먹어보지 못한 주제에 겁없이 덜컥 들이켰다, 남은 뒷감당을 할 자신이 없었다. 혹시라도 쓰러져 버린다면 난감할 사람은 내가 아닌 이 선생님 당사자라는 걸 왜 모르는 건지…….

"앞으로 이 주만 버티면 드디어 학기가 끝난다는 생각만으로도 숨 좀 돌릴 것 같아. 애고고. 진짜 다사다난했던 한 해였다니까."

학교 폭력 문제로 몹시 고달팠던 이 선생님이 뒤늦게 신세타령을 했다. 3학년 담임을 맡고 있는 이 선생님 반에는 일찌감치 고등학교 진학을 포기한 녀석들이 큼직한 사건들을 터뜨리기도 하고, 아직 포기 못한 부모들 사이에서 죽는 건 선생들이다.

다사다난했던 한 해라는 건 동의였다. 노릇하게 익은 삼겹살을 기름장에 찍으며 연신 고개를 끄덕였다. 나에게는 다른 의미였지만.

"자긴 다시 제자리네?"

캬아!

맛 좋은 소리를 내며 이 선생님이 내게 시선을 돌렸다. 다시 제자리라…… 그럴까?

"왜? 실감이 잘 안 돼?"

"그냥…… 조금 습관이 되어버렸나 봐요."

맥 빠진 목소리로 대답했다.

"습관?"

무슨 습관? 다시 물었지만 대답하지 않았다. 좀처럼 설명하기 어려워서.

"남 선생이 선택한 일이니까, 어쩔 수 없지. 안 그래? 원래 여자들은 결혼하기 전에 누구나 한 번씩은 다 그렇게 고민해. 정말 옳은 선택을 한 걸까? 내 운명인 남자가 실은 이 사람이 아닌데 기다리기 지쳐서 그냥 결혼해 버리는 게 아닐까?"

너무 정확한 정답이라 더 이상 할 말이 없다. 뭐가 그리 재미있는지 이 선생님이 깔깔깔, 웃음소리를 높였다.

"그래도 남 선생처럼 정말 일을 저지른 사람도 드물지. 솔직히 강산 씨가 그렇게 순순히 물러섰다는 것도 의외였고. 그런 것따윈 깡그리 무시하게 생겼잖아. 깔깔깔!"

"늘 그랬으니까 그도 어쩔 수 없었다고 생각해요. 언제나 도망치고 싶어, 마음으로 외쳤는걸요. 그도 조금씩 눈치 챘을 거예요. 다른 사람에게 흔들린 적도 있었고."

"아, 그 의사 선생?"

단박에 연희 씨를 지목하며 시원스럽게 또 한 잔의 소주를 말끔히 비워낸다. 부럽다. 나 역시 술 한 잔 정도는 즐길 줄 아는 요령이라도 있었다면, 이 순간 캬아악! 소리를 내며 저 쓰디쓴 소주를 심장 대신 마셨을 것 같다.

"머리까지 볶았는데 별 효과가 없어 난감해요. 한 사람이 파고든 공간을 메운다는 건 보통 힘든 일이 아니구나, 이제야 깨닫기도 하고. 참, 느리죠?"

희미하게 미소를 지었다. 그게 남 선생 매력이라니까! 이 선생님이 술 취한 음성으로 소리쳤다. 제법 취기가 올라 말끝까지 흔들렸다. 콜라를 그대로 들이켰다. 톡, 쏘는 소다수가 코끝을 찡 울린다. 술도 먹지 않았는데 절로 주정이 올라왔다. 실은 그사이 속내를 털어놓을 새가 없었다. 엄마와 유진이는 닦달하다 못해 어이없다는 취급이었고, 괜스레 내 눈치를 살피는 아빠에게는 더 미안한 마음이었다. 쌀쌀맞기 그지없는 임 선생과 노골적인 유 선생은 말할 것도 없고.

"소심한 내 자신을 좋아하지는 않았지만 그래도 있는 그대로 받아들이며 살았어요. 어쩔 수 없잖아요? 타고난 건데. 바꾸어 보려고 노력은 했는데 점점 나 자신이 더 이상해지는 거예요. 괜히 오버하고, 너스레만 떠는 것 같기도 하고. 그래서 그냥 포기하고 말았죠. 다른 사람에게 피해 끼치지 않고, 그냥 이렇게 온순하게 세상을 살아가야지…… 고등학교 시절부터 그랬던 것 같아요. 내가 가질 수 없는 성격을 부러워해 보았자 스스로만 괴로워지니까."

작은 일 하나 결정하는데도 일주일 동안 고민하고, 지금까지 한 번도 충동적으로 무엇인가를 해본 적도 없었다. 산의 일만 제외하면…….

앞에 앉은 이 선생님의 거즘 반은 눈을 감은 상태다. 남편 없는 사이, 세상의 소주를 몽땅 다 해치울 기세이더니 벌써부터 곤죽이 된 모양이다. 숙여진 이 선생님의 고개를 상대로 하소연을 했다.

"이젠 적응해 볼까 생각 중이에요. 처음엔 참 막막했었는데…… 새 학기가 시작되면 또다시 평범한 봄이 시작되겠죠? 예전과 전부

똑같지는 않겠지만, 그래도 훨씬 추억이 엷어지기는 하니까.”

“그래, 그래…….”

술 취한 이 선생님이 대충 맞장구를 쳤다.

“다음엔 결혼식도 신중하게 고려한 후 참석할까 봐요.”

농담을 할 정도로 여유가 생겼다. 토네이도 같았던 지난 한 해
는 작은 흉터로 남겨두고 다시 시작해 보는 거야.

호기있게 빈 잔에 콜라를 가득 부어 한입에 털어 넣었다.

“캬아아~”

절로 탄성이 터져 나왔다. 소주를 먹는 기분이 이럴 것 같아, 혼
자 키득거렸다.

크리스마스를 집에서 보냈다. 이 선생님과 삼겹살을 씹으며 결
심했던 대로, 다시 원래의 삶으로 돌아가는 첫 일착은 ‘크리스마
스는 가족과 함께’ 였다.

물론 세상의 모든 일이 그렇듯이, 내 의지와 상관없이 제멋대로
굴러가는 환경이 문제이긴 하지만 말이다. 고3을 코앞에 둔 유진
이야, 애초부터 기대하지 않았다.

“우리도 이젠 데이트 좀 해보자. 언제까지 노처녀 딸이랑 크리
스마스를 보내야 하니?”

보란 듯이 아빠의 팔짱을 끼고 집을 나서는 엄마의 눈초리는 집
요한 질책이자 치졸한 복수였다. 끝내 엄마의 반대를 무릅쓰고 파
혼을 한.

엄마로서는 나름대로 반성의 기회를 줄 모양이었겠지만, 사람

의 숨결이 사라진 집은 깊은 산골의 사찰처럼 고즈넉해 오히려 더
운치가 있었다. 나로서는 더없이 반가운 고요가 아닐 수 없었다.

기상 예보대로 엊그제 폭설처럼 쏟아진 눈이 아직 나뭇가지에
남아 제법 겨울다운 풍모를 드러내고 있었다. 오늘 역시, 작지만
제 존재를 드러내는 데엔 불편함이 없는 눈송이가 아침부터 내리
고 있는 중이다. 거실 한가운데 놓인 전기난로에 손바닥을 대놓고
내리는 눈을 바라보았다.

[화이트 크리스마스인데, 집에 있을 거예요?]

엄마가 나간 후 얼마 되지 않아 연희 씨의 전화가 걸려왔다. 머
리 좋은 사람이라 그런지 말하지 않았는데도 대충 파혼을 알아차
린 눈치였다. 그에게 알리고 싶은 마음은 없었는데, 어찌 어찌 그
렇게 되어버렸다.

"크리스마스는 가족과 함께. 연희 씨도 가족과 함께 보내세요."

[설마…… 정말 가족들이 모두 단란하게 모여 있단 말이에요?
믿기 어려운데…….]

눈치 백단이다.

"복잡한 곳에 정신 파는 것보단 조용히 내리는 눈을 만끽할래요.
겨울이 아니면 볼 수 없는 풍경인데 하나라도 놓치면 아깝잖아요."

[더 근사하게 보여줄 곳이 있는데. 광교산에 가자니까, 왜 대답
이 없어요? 천국을 보여줄게요. 장담해요]

"대단한 유혹이지만, 우리 집 마당에서 작은 천국을 보는 것만
으로 만족할래요. 그냥, 쉬고 싶어요."

술술 말이 잘도 나온다. 다행히 부드러운 거절이란 걸 알아챘는

지 더 이상 강권하지는 않았다. 대신, 작은 한숨을 아쉽게 흘리며 전화를 끊는다. 깔끔하고 정갈한 남자다.

그 천국의 눈에서 벗어나게 한 건 결국 추위였다. 아무리 난로를 켰다 해도, 거실의 한기는 어쩔 수 없어 이가 시리도록 차가운 귤만 한 접시 들고 방으로 들어왔다. 뜨끈뜨끈 열기가 치솟는 방으로 들어오자 언 발에 짜릿한 전기가 흐른다.

으…… 추워! 추임새를 흘리며 재빨리 깔아놓은 요 안으로 들어섰다. 바닥에 지글지글 몸을 녹이는 걸 유독 좋아하는 나라, 추위를 타는 체질임에도 불구하고 깔아놓은 요가 얇다.

한기로 물기가 서린 얇은 귤껍질을 곱은 손가락으로 하나씩 벗겨냈다. 손톱 끝이 금세 노랗게 물들었다. 손끝이 싸해져 왔다.

톡톡!

귤의 낱알이 입 안에 시큼하게 터져 신맛이 혀끝을 쏘았다. 달콤한 하우스 귤보다 신맛이 강한 재래종을 좋아하는 건 아빠의 내림이다. 귤 하나를 쉬지도 않고 씹어낸 후, 다시 새 귤을 깠다. 몇 개 먹은 것 같지도 않은데 쟁반에는 귤보다는 벗겨진 껍질이 더 많이 쌓여 있었다. 몽땅 다 까놓아진 껍질을 손끝으로 질근 짓눌렀다. 즙 많은 과육보다는 못하지만 작은 액이 톡 튀어나왔다.

쟁반 위를 이리저리 방황하는 손가락 사이로 무언가 반짝, 제 존재를 드러냈다.

약혼반지다.

"도망치지 마!"

허공 속에 굵고 강인한 음성이 울렸다.

도망치는 거 아니야! 제자리로 돌아왔을 뿐이야! 혼자 소리쳤다. 도망친 게 아니다. 그저 처음으로 돌아왔을 뿐.

떨어진 시선에 작은 달력이 박혔다. 빨간 동그라미 밑에 적힌 빨간 글씨.

〈MY WEDDING.〉

크리스마스로부터 사흘 뒤다. 잊고 있었는데…… 한순간 멍해졌다. 아니, 어쩌면 잊은 게 아닐지 모른다. 내 스스로 봉인했을 수도.

산은 지금 무얼 하고 있을까?

뜨거운 무언가가 안에서부터 치받쳐 왔다. 용암처럼 뜨겁게 솟구치는 열기에 화끈거린다. 외롭지 않았는데, 아무도 없는 이 빈 집이 오히려 내겐 한적하고 좋았는데, 그 글씨를 본 순간, 갑자기 외로움이 해일처럼 몰아쳐 왔다. 텅 비어진 집은 더 이상 고즈넉하지 않고, 떨어지는 눈송이도 결국은 창에 붙은 서리일 뿐이다. 산 속에 갇힌 사찰 대신, 내가 갇힌 곳은 그 누구도 신경 쓰지 않는 버려진 폐가다.

부드러운 갈색의 유리 눈동자가 나를 쏘아본다.

"정말, 처음으로 돌아갈 수 있을까?"

커다란 테디베어가 흥! 하고 콧방귀를 뀌었다. 그가 외롭지 않게 이 쓸쓸한 크리스마스를 보냈으면 좋겠다. 그러나 골이 난 테디베어는 여전히 나를 외면한다. 서글퍼졌다.

추억을 지우기 위해선 그 추억을 따라 긴 여행을 하는 게 좋다고 성재가 말해주었다. 추억이 박힌 곳을 따라 여행을 하고 오면 각각의 추억들이 제자리에 묻혀 사라진다고. 그래서 여행을 떠났다. 유인과 함께 갔던 모든 곳을 순례자처럼 타박타박 걸어서 말이다.

아직 가지 못한 곳은 영월뿐이다. 그곳은 유인만이 아닌 재수없는 녀석까지 박혀 있어 지금 심정으로는 도저히 갈 수가 없었다.

유인의 학교와 집, 빼 먹지 않고 모두 순례했다.

부글부글, 속이 끓어 죽을 것만 같다. 장소를 따라 지워져야 할 추억들이 오히려 덫에 걸려든 들짐승처럼 나를 덮친 탓이다. 그래도 중남미 문화원에서는 좀 괜찮았다. 눈 속에 더욱 선명히 드러나는 화려한 색채들이 나긋하고 수줍게 웃던 유인이를 마음껏 떠올리게 해주었으니까.

빌어먹을!! 추억 여행이라니! 분명 사랑을 해본 적이 없는 녀석이 한 말이다. 아니면 이별을 해보지 못한 녀석이던지…….

[하하하! 거참, 웬일로 별 탈 없이 헤어져 준 거야? 어쨌든 잘됐네.]

오랜만에 부대에서 전화를 건 효인이 녀석이 약을 올렸다. 너무 오래 떨어져 있었다. 휴가 때 잊었던 군기를 다시 잡아주리라 다짐하는 내게, 녀석이 마지막 피칭을 날렸다.

[그럼, 이번엔 내가 대시해 볼까? 형보다는 훨씬 유연하게 해볼 자신이 있는데…….]

"재미없는 농담 들을 기분 아니다."

[농담 아닌데……. 나도 유인이 마음에 들었거든. 우리 형제, 취향이 비슷하잖아?]

펵!

날아간 전화기가 벽에 부딪혀 산산조각이 났다. 떨어진 파편에도 분이 풀리지 않았다.

효인이 말이 맞다. 너무 순하게 헤어져 주었다. 망할!

16

방학이 시작되었다. 여름방학과 겨울방학은 의미가 다르다. 여름방학이 긴 여정 중 잠시 쉬어가는 휴게소라면, 겨울방학은 종착점이다. 일 년 사이 정든 아이들과 헤어지는 것도 그리 간단한 일이 아니었다. 나보다 더 선생스러운 반장과 유리창에 손을 길게 베인 인호 녀석까지. 떠나보내는 마음이 착잡했다. 내 자신은 모범생의 길을 걸었던 주제에, 학기가 끝나고 나면 오히려 그렇게 독특한 제 성향을 가진 아이가 기억에 오래 남는다.

"선생님! 내년에도 저희들 맡아주실 거죠? 네? 네?"

맑은 눈동자를 반짝이며 서운해하는 아이들 때문에 울컥, 눈물이 솟구쳤다. 겨울방학이 시작할 때만 해도 솜털 보송보송한 병아리 같던 모습이 겨우 한 달 남짓한 방학이 끝나 새 학기로 올라갈

때즈음이면, 성큼 다 자란 중닭이 되어 돌아오는 걸 보면, 경외감
보다 섭섭함이 먼저 앞서곤 한다.

"윤수 녀석, 기어이 고등학교 진학 포기하겠대."

교무실로 돌아오니 피곤에 절은 얼굴로 이 선생님이 소식을 알
려주었다. 윤수는 지난번 폭력 사건으로 한창 학교를 시끄럽게 했
던 녀석이다. 당장 퇴학시켜야 한다는 교감 선생님의 벼락을 그래
도 중학교 졸업장은 남겨주어야 하지 않겠냐며 불굴의 의지로 막
아낸 이 선생님에게는 다른 선생님들 역시 대부분 동의했었다.
뭐, 교감 선생님의 입장 역시 마찬가지였겠지만. 괜히 내 어깨에
서 힘이 빠졌다. 내가 이럴 정도이니, 이 선생님이야…….

"안타깝네요."

"그러게."

잔뜩 찌푸린 미간이 아픈지 살살 주무르며 이 선생님이 힘없이
대답했다. 일 년 내내 공들여 키워놓았는데 한순간의 태풍에 어이
없이 쓰러진 벼들을 바라보는 농부의 심정이 이럴 것 같다. 방학
으로 들떴던 마음이 김빠진 맥주처럼 푸석거렸다.

"술 한 잔 하실래요?"

"술은 무슨…… 어차피 나 혼자 마시게 할 거면서."

"그래도 분위기는 맞출 수 있으니까."

"됐어. 술 못 먹는 사람한테는 술자리도 고역이야. 그냥 집에 갈
래."

"전 괜찮은데……."

"아이들도 기다리고 있고. 애들이야, 엄마 방학이 크리스마스

보다 더 좋은 거잖아. 저녁에 외식하자고 아침부터 졸랐었어. 친정 엄마도 내일 가신다는데 오늘 한 끼는 좋은 음식 사드리려야지."

가자! 힘차게 일어서는 이 선생님의 어깨가 한결 무겁게 느껴졌다. 이상하게도 방학식이 끝나면 시간은 화살처럼 흘러가 버린다. 어느새 돌아보면 봄이 성큼 다가와, 정말 겨울방학을 보냈나 싶을 정도로 꿈결 같다. 하긴 크리스마스가 끝나자마자 바로 연말이라 더욱 그러는지도 모르겠다.

크리스마스 때, 너무 심했다 싶었는지, 신정엔 부모님들 모두 별 눈치 없이 집에 함께 남아주었다. 내년까지는 없는 식구로 치라며 유진은 새벽부터 나갔고, 셋이 나란히 방에 배를 깔았다. 연휴 때면 한 번쯤은 꼭 나오는 성룡 영화는 귀로 듣고 눈은 책으로 향했다. 크리스마스가 끝나고 빈둥대다, 서점에서 산 유쾌한 로맨스 소설이었다.

"참, 속도 좋다."

유쾌한 노처녀의 이야기에 킥킥대는 내게 엄마가 황당한 얼굴로 톡 쏘았다.

"또 무슨 소리를 하려고 그래?"

껍질 깐 귤을 넘겨주던 아빠가 얼른 엄마의 말을 막았다.

"속 터지니까 그렇죠. 이제까지 안 썩이던 속을 한꺼번에 썩이려 작정한 애 같아. 유진이면 모를까, 애는 면역도 안 돼서 더 그래! 자다가도 애 생각만 하면 벌떡벌떡 일어선다니까. 정말 이렇게 끝낼 거야?"

꽥, 소리를 지르는 품새가 금방 끝날 것 같지가 않다. 새는 한숨을 얼른 막았다. 이미 결혼식 날짜까지 지나 버려, 이젠 더 이상 돌이킬 수도 없는데 엄마는 쉽게 미련을 접지 못했다.

"너, 강 서방 같은 사람 아니면 시집 못 가, 평생!"

잔소리를 피해 집을 나서는 내 등을 향해 엄마가 소리를 질러댔다. 대충 파카만 걸치고 나선 거리는 싸늘하기 그지없었다. 올해는 유독 날씨가 춥다. 잔뜩 몸을 웅크린 채 무작정 골목을 벗어났다.

도로는 질척이는 물기로 더럽기 그지없었다. 눈이 오고 난 후의 모습은 항상 이렇지만. 근처 가게에서 쓰다 남은 하얗게 탈색된 연탄이 한쪽에 몰아 쌓인 눈 더미에 볼썽사납게 내팽개쳐져 있고, 차바퀴들이 어지럽게 흩뜨려 놓은 눈 자국은 대책없이 더러워져 오히려 추할 정도였다. 신발 뒤꿈치에서 자꾸 튕겨지는 진창을 피해 비디오 가게로 향했다. 그곳 말고는 마땅히 갈 만한 곳도 없었다.

목을 친친, 둘러싼 목도리에 얼굴을 반은 파묻은 채 가게로 후다닥 들어섰다. 텁텁한 온기를 뿜어내는 히터가 한꺼번에 몰려와 숨이 턱 막혔다. 끈끈하게 달라붙은 머리카락을 대충 다듬으며 가게 안으로 더 들어섰다. 가게는 나처럼 할 일 없이 신정 연휴를 보내는 사람들로 가득했다.

"아저씨, 브리짓 존스 영화 있어요?"

"브리짓 존스요? 인디아나 존스 아니고?"

이마 넓은 주인아저씨가 카운터에서 고개만 삐죽 내민 채 대꾸했다. 인디아나 존스는 무슨⋯⋯. 초등학교도 입학하기 전에 개봉한 영화를 기억할 리야 있나.

"인디아나 말고 브리짓인데요. 르네 젤위거가 나오고⋯⋯."

"언제 나왔는데요?"

그걸 나한테 물으시나?

"잘 모르겠는데⋯⋯."

"신간 아니죠?"

아마도.

"그럼 저기 왼쪽을 가보쇼. 개봉한 지 좀 오래된 건 다 그쪽에 두었으니까."

손님이 어찌나 밀리는지, 주인아저씨는 찾아줄 생각조차 하지 않는다. 엄마는 신년에 집에 있는 인간들이 어디 있느냐, 타박했건만 비디오 가게 안은 영화관 못지않게 미어터졌다.

쳇, 알지도 못하면서 잔소리하시기는⋯⋯.

발 디딜 틈 없이 빡빡한 공간을 옆으로 뚫어 아저씨가 말한 곳으로 향했다. 천장부터 빼곡히 쌓인 곳에서 일일이 제목을 읽어 내리자니 보통 고된 일이 아니다. 고개가 떨어져라 위아래로 훑어 내리는 내 앞으로 불쑥 비디오 하나가 튀어나왔다.

"찾는 게 이거 아닌가요?"

"어⋯⋯."

갑자기 등장한 연희 씨의 출현에 반가움보다는 먼저 당혹감이 밀려왔다. 옆 동네라고는 하지만, 여기까지 비디오를 빌리러 왔을 리가 없다.

“산책 나왔다, 지나가는 거 봤어요.”

“아, 네…….”

“이거 보려구요?”

다시 한 번 손에 든 비디오를 흔들었다. 금발머리에 탈색된 듯 하얀 피부의 르네 젤위거가 동그랗게 눈을 뜨고 있었다.

“갑자기, 생각이 나서…….”

“신년에 혼자 비디오 보는 것만큼 처량한 건 없는데, 왜 전화 안 했어요?”

신년에 혼자 비디오를 보는 것과 혼자 산책을 하는 것 중 어느 것이 더 처량 맞을까? 검정 비닐봉지에 비디오를 담고 가게를 나섰다.

“겨울 휴가인데, 집에 안 내려갔어요?”

“하루 쉬는 거라 내려가는 것도 번거로워서요. 한 달 내내 방학인 사람이랑 어디 같나?”

실실, 농담까지.

“방학이라 해도 연수 받고, 학교 나가 남은 일 몇 개 처리하다 보면 한 달 동안 내내 쉬는 것도 아니에요.”

“거참, 진지하시기는…….”

무어 그리 기분이 좋은지 연방 미소가 떠나지 않는 연희 씨가 나를 따라 질척이는 물을 튕겼다. 옆에 선 그를 슬쩍, 훔쳐보았다. 참, 겨울에 어울리는 남자다. 행여 알아차릴까 수줍게 내리는 눈의 소박함을 닮은. 하얀 피부가 한기에 살짝 얼어 자잘한 붉기가 돈은 그는 꿈과 현실이 어우러지는 독특함이 있다. 그로 인해 산과 헤어진 것과는 별개로 어쨌든 사람에게 쉽게 호감을 사는 남자이기는 했다.

"나온 김에 비디오 대신 영화 보지 않을래요? 가벼운 차 한 잔도 괜찮고."

온통 더러워진 신발과 바지 자락이 눈에 띄었다. 어딘가를 가기엔 마땅치 않은 몰골이기도 했지만, 사실은 내 스스로가 무력감에 싸여 있는지라 조금 귀찮은 감이 있었다. 고개를 젓는 내게 연희 씨가 살짝 미간을 찌푸렸다.

"귀찮게 하지 않을 자신 있는데."

"그냥, 집에서 쉴래요. 오랜만에 쉬는 거라 그런지 자꾸 몸이 처져요."

"오랜만은 무슨……. 크리스마스도 집에서 보냈잖아요. 크리스마스는 가족과 함께라면서."

"신년도 가족과 함께!"

"명절은 가족과 함께, 주말도 가족과 함께, 그럼 데이트는 언제 하실 생각이신가?"

농담 속에 박힌 진담이라 난감하다.

"너무 혼자 오래 있으면 외로움도 만성이 될 텐데?"

발걸음이 더욱 처졌다. 커다란 운동화가 내 보조에 맞춰 느려진다. 빠르게 걸으면 빠르게, 느리게 걸으면 느리게…….

"아직 여행에 대해 생각하지는 않았어요? 내내 기다렸는데……."

이 정도면 괜찮은 거 아닌가? 자신만만하던 산이 겹쳐졌다. 기다림을 아는 남자. 분명 산과는 다른 남자다.

"제가 원래 좀 게을러요. 생각하는 시간도 길고."

"집에만 있다고 게으른 건 아니죠. 나도 집에 있는 거 좋아해요, 가끔 여행을 가긴 하지만. 그건, 하나의 숙제라고 생각해요. 편안함에 안주하지 않기."

이제야 웃네!

어쩔 수 없이 킥, 소리를 내고 만 내게 그가 환하게 웃으며 말했다.

"생각해 볼게요."

도리가 없었다. 내 대답만 기다리고 있는 사람에겐 거절하기가 쉽지 않다. 그건 나도 어쩔 수 없는 딜레마였다.

"너무 깊이는 생각하지 말아요. 가끔은 그냥 저지르는 무모함도 필요하니까."

"솔직히 아직도 그리 내키지는 않아요. 요즘 게으름 병에 걸렸나 봐요. 매일이 무료한데 또 막상 무얼 하기는 싫고. 이상하죠? 전과 다름없이 평화로운 생활이 돌아왔는데 그게, 지루하게 느껴져요. 지루하니까 더욱 늘어져서 더 지루해지는 거."

실상 지루할 이유는 없었다. 일상은 더욱 바빠졌고, 아침, 저녁으로 파혼 문제로 엄마에게 시달렸으니까. 하지만 지루하다는 생각에서 벗어나 본 적이 없었다. 평화롭지 않고 나른하지도, 여유롭지도 않은 그저 지루한 것.

"겨울 바다는 어때요?"

"그냥 포기하시죠?"

가볍게 농담했다.

"쉽게 포기할 거면 애초부터 약혼한 여자에게 집적거리지는 않았겠죠."

살짝 가라앉은 그의 말에 콕, 가시가 박혔다. 약혼한 여자. 검은 머리카락과 햇볕에 잘 그을린 건강한 손목이 떠올랐다. 병에 걸린 게 분명하다.

"그 사람과 헤어졌는데도 여전히 말끔하지가 않아요. 그냥 그랬어요. 스물여덟 해를 천천히 살아왔는데 갑자기 모든 게 롤러코스터처럼 빙글빙글 돌아가잖아요, 멈추고 싶은데 멈추어지지는 않고. 그래서 모든 걸 다 버리고 싶더라구요. 놀이기구 탈 때 그렇잖아요? 나 내리고 싶어!!"

바람이 차다. 목에 감긴 목도리 속으로 더 깊이 입술을 묻으며 종알종알 넋두리를 했다. 사실은 산에게 해야 하는 변명이었다. 그러나 나나 연희 씨, 모두 아는 척하지는 않았다.

"그가 상처받지 않았으면 좋겠어요. 그에게 더 미안해져서…… 함께 있는 동안 많이 잘해주지 못해서 미안하고, 끝까지 상처만 주어서 더 미안하고……. 나 같은 여자 때문에 그렇게 아파할 필요는 없는데, 돌아서는 그의 등이 잊혀지지 않아서 가끔은 눈물이 나요. 그래서 더 무력해지는 것 같아요. 더 이상, 나 스스로를 믿지 못해서. 참, 바보 같은 여자죠?"

섬세한 손이 차가운 내 손과 마주잡았다. 연희 씨 역시, 나처럼 장갑을 끼지 않은 맨손이었다. 그도 장갑을 끼지 않는 습관이 있는 걸까? 습진 걸린다며 고무장갑 챙기는 걸 잊지 않는 유진과 달리 난 찬물이라 해도 맨손으로 설거지를 해야 직성이 풀렸다. 꽁꽁 언 두 개의 손이 서로의 체온을 나눈다. 잔잔한 온기가 돌았다.

"나까지 혼란스럽게 만들어서 미안해요."

등 뒤로 불어오는 바람이 연희 씨의 머리카락을 흩날린다. 집 앞 골목 입구에서 그와 마주섰다. 혼란스럽기보단 좀 어리둥절했다. 난 이토록 사랑받을 만한 사람이 아닌데.

"혼란스럽기보단 좀 두려워요. 사실 굉장히 별 볼일 없는 사람인데 당신이나 산, 모두 내 본모습이 아닌 다른 엉뚱한 걸 보고 있나 봐요."

쑥스러운 미소를 지었다. 묵직했던 짐이 가벼워진 건 아니지만, 한결 수월하기는 했다.

"자신이 보는 모습과, 다른 사람이 보는 모습이 항상 같지는 않죠. 오히려 다른 사람이 보는 내 모습이 더 정확할 수도 있고. 당신이 생각하는 단점이 나에겐 장점으로 보일 수 있잖아요? 그래서 사랑은 아름다운 최면이라 말하는 거고."

말도 안 돼! 작게 항의하면서도 어쩔 수 없이 함께 웃지 않을 수 없었다.

"그래도 내게 이렇게 말해주어서 고마워요. 약혼자에 대한 이야기가 그리 기분 좋은 건 아니지만 당신이 솔직하게 말할 수 있다는 것만으로도 다행이라고 생각해요."

"편안해요, 당신과 이야기하면. 산과 이야기할 땐 늘 힘이 들어가요. 나와는 너무 다른 사람이라서 어떻게 이해시키나, 먼저 걱정이 앞서서 그런가 봐요. 정말……"

산의 모습이 떠오른다. 난처하게 고개를 갸웃거리는 모습, 길게 말을 늘이는 버릇, 하하하! 호탕하게 웃던 모습…… 미소가 스민다. 예전엔 적응하기 힘들었었는데, 헤어진 지금에야 그 모습이 선명하게 남다니 이상한 일이다.

"정말, 그렇게 강렬한 사람은 처음 봤어요. 뭐든 제멋대로인데 본인은 절대 몰라요. 만나자마자 결혼을 생각해 놓고선 오히려 저더러 이상하대요. 처음 본 순간 결혼을 생각하는 게 더 이상한 거 아닌가?"

"그거 완곡한 거절인가요?"

"네?"

"그 사람을 이야기하는 당신 모습이 어쩐지 내 마음에 대한 거절 같아서……."

농담인 줄 알았는데, 표정이 꽤 진지했다. 다시 우울함이 도졌다.

"지금은 혼자가 편해요. 아무것도 생각하지 않고 그냥 소소한 일상에 만족하며 살아갔으면 좋겠어요. 아직은 결혼에 대해 생각하고 싶지는 않지만, 그래도 세월이 흘러 언젠가는 누군가와 사랑을 할 거예요. 외롭지 않게. 물처럼 젖어드는 남자를 만나 계절이 바뀌듯 자연스럽게 결혼하고 아이도 낳고……."

"만나지 못하면?"

"그럼 평생 노처녀로 늙는 거죠."

조금 더 크게 웃었다. 외롭긴 하지만 솔직히 지금으로선 그게 더 현실적으로 느껴졌다.

“나, 물 같은 남자예요. 편하다는 거, 내겐 작은 희망이 될 수도 있다는 거 알아요?”

집으로 들어서는 내 팔목을 연희 씨가 재빨리 붙들었다. 생각보다 강한 힘이었다. 그래서 좀 당황했다.

“연락할게요. 더 이상 편안함에 안주하지 말아요. 세상은 그렇게 너그럽지는 못하니까.”

놀란 내게 손을 흔들고는 해맑은 웃음을 지은 채 느린 걸음으로 골목을 나선다. 물 같은 사람이라…… 멀어지는 그의 등을 바라보며 어쩌면 산이 아닌 그가 내 운명일지 모른다는 생각이 잠깐 들었다. 이대로 그에게 안주해 버릴까? 하는 유혹도 들었고.

그라면 이대로 결혼까지 흘러갈 수 있을 것이다. 아무런 갈등도 없이 말이다. 지금, 내민 손을 잡기만 하면 되는데, 왜 자꾸 주춤하게 되는 건지…….

그건, 나 스스로도 알 수 없는 일이었다.

떡볶이 심부름을 나왔다. 오랜만에 유진이 집에 남았다. 앞으로 남은 기간을 생각해 체력 비축을 하겠단다. 기쁜 마음에 살랑살랑 꼬리를 흔들었더니 당장 떡볶이 심부름이 떨어졌다. 그리고도 헤죽거리는 내 몰골에 엄마가 끌끌, 혀를 찼다.

“삼신할미가 순서를 바꿔서 내보낸 게 분명해.”

그런 엄마를 무시한 채 유진에게만 매달렸다. 일주일 내내 합쳐도 유진과 함께 있는 시간이 채 한 시간도 안 되는 것 같다.

“쇼핑 안 갈래?”

“떡볶이 먹을 거라니까.”

“다 먹고 나면 할 일 없잖아. 영화 보러 갈까?”

“싫어. 나중에 잔상이 오래 가.”

“액션 영화 보면 되지.”

“그걸 뭐 하러? 부수고 싶은 것도 없는데……. 그것도 다 대리 만족이야. 언니야는 세상을 부수고 싶을지 모르지만 나는 건설적인 사람이라 그런 거 보고 싶지 않아.”

그냥, 별로 좋아하지 않아. 하면 될 걸 꼭 가르치려 한다니깐!

유치한 로맨스는 싫어하고, 잔잔한 감동이 밀려오는 건 잔상이 남아서 싫고, 결국 영화는 싫다는 말이다. 다른 동생들도 모두 유진처럼 쌀쌀맞을까?

유진이 좋아하는 가게까지 일부러 찾아가 떡볶이 이 인분을 사 들고 집으로 향했다. 성미처럼 입맛도 까다로운 유진은 이 떡볶이도 그저 입맛만 다실 정도로만 먹을 것이다. 나머진 엄마 몫이라 일부러 양을 조금 줄였다. 늘어나는 중년 살에 나까지 보탤 생각은 없었다.

슈퍼 앞을 지나는데 새로 나온 음료 광고가 떴다. 주전부리는 없는 편인데 음료수만큼은 편집증에 가까운 유진이라 광고 전단지 앞에 저절로 걸음이 멈추어졌다. 금방이라도 물이 흐를 것 같은 선명한 화면이 나까지 입맛이 돌 정도다.

“이런 거 좋아해?”

사가지고 갈까? 고심하는데 예기치 않은 음성이 울렸다.

뭐, 뭐야…….

놀란 얼굴로 뒤를 돌아보다 입을 쩍! 벌렸다. 이건 불공평하다. 레이오프 타임에 잽을 얻어맞는 경우처럼.

"이거 굉장히 단데…… 사진은 괜찮게 나왔지?"

정말 산인가? 편한 차림으로 내 곁에서 빤히 광고지를 바라보는 옆모습은 분명 산이 맞다. 하지만 그가 왜 여기에 있는 걸까?

"몇 개 줄까? 선물로 받긴 했는데 난 별로 좋아하는 맛이 아니라서."

"어, 어떻게……."

"이 광고, 내가 만들었거든. 클라이언트가 선물로 몇 박스 주었는데 직원들 나누어 주고 나서도 남더라고. 귀찮아서 들고 오긴 했는데, 정말 처치 곤란이야."

나도 모르게 덥석 산의 팔을 잡았다. 뜨거운 온기가 실체임을 여실히 알려주었다.

"왜, 여기 있는 거야?"

"이게 떨어져서……."

위로 쳐든 봉투에는 근처 커피 전문점의 로고가 찍혀 있었다.

"그걸 사러 여기까지 온 거야?"

"제일 가까운 곳이니까."

"그런 말도 안 되는 소리가 어디 있어? 산의 집은 여기에서 한 시간도 넘게 걸리잖아."

"아, 아…… 뭐."

그리고는 머리를 긁적거린다. 너무 오랜 시간이 지났는데, 우리의 결혼식도 없어져 버렸는데 그는 왜 여기 이렇게 평범하게, 그리고 아무렇지도 않게 서 있는가?

"이사했어. 이 근처에."

"왜?"

"전부터 독립하려고 했었어. 어쩌다 보니 차일피일 미루게 된 거지. 마침, 기회이다 싶어서. 이거 가져갈래?"

다시 광고를 가리키며 산이 물었다. 두뇌 회로가 멈추어 버렸다. 상처받지 않았을까? 내내 노심초사했던 마음이 무색할 정도로 담담한 산의 모습에 오히려 상처받은 건 내가 아닐까 싶다.

"손에 든 건 떡볶이야?"

내 손에 든 봉투에 관심을 보이며 산이 바짝 다가섰다. 나도 모르게 주춤, 뒤로 물러서고 말았다. 아직도 내 앞에 선 그가 현실이 아닌 것 같다.

"맛있게 보여. 점심을 굶어서 그런가?"

"……점, 점심 굶었어?"

"응. 혼자 사니까 그런 점이 불편하네. 제때에 식사 맞추는 게 좀 어려워."

때맞춰 기운차게 울리는 배꼽시계까지. 붉어진 얼굴로 떡볶이에서 시선을 떼지 못하는 산에게 어쩔 수 없이 봉투를 내밀었다.

"먹지 그래?"

"그래도 돼?"

"다시 사면 되니까."

"고마운데?"

"뭘……."

봉투를 건네주고 돌아서는 내 팔이 덜컥, 잡혀 버렸다. 왜? 깜짝 놀라 언성이 높아졌다.

"같이 먹지? 어차피 당신 거잖아."

"신, 신경 쓰지 않아도 돼."

"난 신경 쓰여."

그리고는 억지로 길가로 나를 끌었다. 길 가장자리엔 윤이 반질한 새 자전거가 세워져 있었다.

"동네 다니려고 하나 샀어."

뒷좌석에 얌전히 나를 안아 올린 후, 설명해 주었다. 얼떨결에 덜렁 자전거에 앉아 산의 허리를 꽉 붙들었다. 놀이기구만큼 타지 못하는 게 또 자전거다. 핸들이 한 번 꺾어질 때마다, 내 심장도 한 번씩 꺾어진다. 꽉 붙든 허리의 진동에 행여 자전거가 넘어지지나 않을까 노심초사, 불안해 죽을 것만 같았다.

"차보다 더 능숙한 게 자전거니까 겁내지 마."

껌딱지처럼 붙은 등으로 자상한 음성이 울렸다. 그에게 이런 면이 있었나? 새삼 놀라웠다.

"나 자전거 타는 거 굉장히 무서워해."

"천천히 가줄까?"

비꼬는 기색없이 순순히 묻는다. 응, 염치 불구하고 부탁했다. 자전거의 속도가 조금씩 느려졌다. 그제야 겨우 그의 등에서 몸을 뗐다. 모퉁이를 돌 때에도 나를 염려한 듯 조심스럽게 달리는 게 느껴졌다. 조금, 마음의 여유가 생겼다. 자전거를 운전하는 그의 능숙한 솜씨도, 그리고 그 곁을 스치는 겨울의 풍경도 음미할 정

도로. 풍성했던 마른 잎을 다 털어낸 앙상한 나뭇가지와 눈의 잔
해를 벗지 못한 낡은 건물의 외벽, 그리고 아직도 물기를 털어내
지 못한 거리의 촉촉함을 바라보며 느긋하게 마음을 풀었다.

애초부터 이런 사이로 만났다면, 그와 나는 다른 길에서 서로
마주 보고 있었을지도 모르겠다. 결혼이 종착점이 아닌, 과정이
되는 뭐 그런 평범한 연인 말이다. 서로 작은 것 하나도 나누고,
소소한 계절의 변화도 함께 느끼는.

그렇게 달리다 보니, 어느덧 자전거는 아파트 안으로 들어서고
있었다. 우리의 신혼집이었던 진성아파트다.

신혼집이 될 뻔했던 집을 들어서는 건 묘한 기분이 든다. 아직
풀지 못한 짐들이 내팽개쳐져 있는 거실은 썰렁한 창고처럼 보였
다. 조심스럽게 발을 옮기며 처음 온 장소처럼 기웃거렸다. 산이
사놓았던 가구들이 그대로 놓여 있는 걸 보면서 설명하기 힘든,
복잡한 감정이 들었다. 아프고, 섭섭하고, 시원 쌉싸름한.

"아직 짐을 덜 풀어서 좀 산만해. 아무 데나 앉아."

무신경하기는…….

한땐, 내 신혼집이 될 뻔한 곳을 아무 데나 앉기가 어디 쉬운가
말이다. 주방 쪽으로 향하는 산의 기척을 살핀 다음, 소파에 엉덩
이 끝을 걸쳤다. 손바닥으로 사각이는 가죽의 질감을 어색하게 쓸
었다. 마치 신접살림 구경 온 구경꾼마냥 소파에서 고개만 쭉 내
밀어 집 안을 둘러보았다. 커다란 LCD 텔레비전과 고급스런 장식
장들. 전부 산의 취향이다. 온기가 서리지 않은 집은 아직 풀어지
지 않은 짐보다 더 삭막했다.

왜 하필 이 집인지……. 도무지 산의 속내를 모르겠다. 그의 능력이라면 굳이 이 집이 아니라 해도 얼마든지 독립할 수 있었을 텐데. 나 없이 혼자 이 집에 덜렁 남아 그는 무슨 생각을 하려는지 알 수가 없다. 복수를 꿈꿀까? 아님 지난 추억을 곱씹으며 나를 원망할까? 어찌 되었든 외로움만은 변할 수 없는 코드일 것 같은데.

“집에 갈 때 실어줄게.”

작은 박스 하나를 내어놓으며 산이 주방에서 손짓을 했다. 언제 내렸는지 구수한 원두커피가 식탁 위에 놓여 있었다. 커피 향 때문인지 그나마 온기 도는 식탁에 산과 마주 앉았다.

“집이 너무 커서, 싸늘해 보여.”

“어제 이사 와서 제대로 보일러를 틀지 못했거든. 그래서 그런가 보지.”

매콤한 고추장에 잘 버무려진 떡볶이에 포크를 쿡, 찍으며 심악스럽게 대꾸한다. 정말 배고팠는지 두말없이 비워내는 접시를 보며 심란한 마음이 들었다. 왜 하필 여기야, 정말…… 또다시 불툭해졌다.

“맛있는데 왜 안 먹어?”

반 접시를 비워내는 동안, 손 하나 대지 않는 내게 산이 그제야 물어왔다. 입맛이 깔깔하다. 꼬르륵, 울리는 굶주림도 그렇고, 오천 원짜리 떡볶이를 세상 진미처럼 먹어대는 몰골도 그렇고, 왜 이렇게 내 가슴을 자극해 대는지 원망스러울 지경이었다.

“원래, 떡볶이 잘 안 먹어.”

“그럼 왜 샀어?”

"유진이 때문에."

"아…… 처제?"

처제는 무슨…….

"같이 영화 보러 가자는데도 통박만 주더라고. 떡볶이 먹고 싶다고 해서 겨우 사 오는 길이야. 그것만 먹고 싶대. 아무튼 굉장히 쌀쌀맞아. 원래 동생들은 다 그래? 효인 씨도 그런가? 예전엔 어딜 가든 졸졸 쫓아다녔었는데……."

늘 생각하지만, 아이는 항상 그 자리였으면 좋겠다. 조그맣고 앙증맞도록 귀여운 딱 그 시절에. 다 자라 어른이 되어버린 동생은 전혀 귀엽지 않고 매정하기까지 해, 절로 섭섭함이 묻어났다.

"효인인 원래부터 귀염성이 없었어. 태어날 때부터 울보에다가 신경질적이어서 돌보는 사람 진 빼는 데 뭐 있었거든. 지금도 그렇고."

"하긴 효인 씨, 좀 무섭긴 해. 유진인 쌀쌀맞고. 도무지 동생들 비위는 맞추기 어려워."

"하하하!"

호쾌하게 산이 웃었다. 오랜만에 보는 웃음이라 면역성이 떨어졌다. 덜컹이는 심장으로 얼른 시선을 내리깔았다. 이게 무슨 꼴이야? 파혼한 약혼자와 동생 이야기로 수다를 떨다니…….

"갈게."

벌떡 자리에서 일어섰다. 산이 물을 먹는 사이, 주섬주섬 빈 접시를 치우고 식탁 위도 말끔히 닦아냈다. 괜찮아, 내가 할게. 산이 말렸지만 행주까지 빨아 물기를 바싹 털었다.

"영화 보러 갈까?"

신발을 신다, 고개를 돌렸다.

"같이 영화 보자고 했다가 퇴박 먹었다며? 사나운 동생들 말고, 착한 형들끼리 보지 뭐. 마침 시간도 남았고."

겉옷을 챙기는 품이 정말, 영화를 볼 심사인가 보다. 괜찮아! 서둘러 손사래를 쳤다. 산과 얽매이는 것은 여기까지.

"떡볶이 값이야."

잊지 않고 음료수 박스를 챙기면서 그가 덧붙였다.

"괜찮다니까!"

"귀찮게 안 할 테니까 봐. 이렇게 가면 섭섭하잖아. 파혼한 선물이라고 해도 좋고."

따끔. 따끔.

정말, 사람 약점 찌르는 데는 산만한 선수가 없다. 파혼 선물이라는데야 더 이상 군소리를 할 수 없어 산과 함께 아파트를 나섰다. 아침의 눅눅함 대신 마른 해가 볕을 쏘아 대고 있었다. 겨울치고는 포근한 햇살이었다.

"여기서 기다려. 차 가지고 나올게."

진성아파트의 장점은 정류장이 가깝다는 거다. 시내를 통과하는 버스도 많고.

"그냥 버스 타고 가지……."

"추워. 옷도 얇게 입었잖아. 다음엔 버스 타고 가고, 오늘은 차로 가자. 장갑은 없어?"

예정에 없던 외출이라 두꺼운 트레이닝에 파카를 걸친 내 모습을 보며 산이 고집을 피웠다. 하긴 아무리 햇살이 따스하다 해도 오랜 시간 방치하기엔 겨울바람이 만만찮았다.

"원래 장갑 안 좋아해."

대답하는 말을 듣는 둥, 마는 둥, 서둘러 지하 주차장으로 향하는 산의 등을 모호하게 바라보았다. 그의 등이 어느 사이 익숙한 존재가 되어버렸다. 바쁘게 오가는 사람들 속에서도 쉽게 찾아내는 걸 보면.

멀뚱히 아파트 입구에 서 그를 기다리며 후회가 일었다. 그냥 집에 갈 걸 그랬다.

끼익!

이대로 집에 가서 나중에 전화로 사과를 할까? 막 충동을 느낄 때였다. '미안, 갑자기 급한 일이 생각나서' 그런 평범한 핑계를 댈 생각이었는데 급한 바퀴 소리와 함께 하얀 차가 내 앞으로 급정거를 했다.

"방금 도망갈 생각을 했지?"

반포기 상태로 차에 오르는 내게 산이 명석하게도 짚어냈다. 전처럼 짜증내는 게 아닐까, 움찔거렸지만 단순한 농담인 것 같다.

"어, 어떻게 알았어?"

"엉덩이 반이 아파트 밖으로 나가 있더라. 아직도 내가 무서워?"

"아니."

"거짓말!"

"아니야!"

강하게 피력했지만 씨알도 안 먹혔다.

"대체 널 어떻게 해야 할까?"

소란스러운 도로로 진입하며 산이 한숨 속에 속닥거렸다. 내가 묻고 싶은 말이다.

정말, 이런 날 어떻게 해야 할까?

효인의 전화를 받고 무작정 짐을 쌌다. 버릇없는 자식! 감히 형수에게 그따위 농담이나 날리다니. 요즘 유인이 때문에 주위가 엉망이 되어 버렸다. 대충 싼 짐을 아파트 안에 던져 놓았다.

어머니는 '저런 바보 같은 자식이 있나!' 끌끌댔지만 나와 유인만의 공간이라 그런지, 혼자 있어도 외롭다는 생각은 들지 않았다. 햄은 아직 옮겨오지 못했다. 요즘, 건강이 좋지 못한지 하루 종일 졸고만 있다. 환경까지 바뀌면 더 나빠질까 봐 집에 놓고 왔는데, 혹시 유인이 이곳에 와 찾게 되면 어쩌나 쓸데없는 걱정이 들었다. 그녀가 올 리 없는데.

"너도 참, 어지간하다."

이사한 날, 찾아온 성재 녀석까지 한 마디 보탰다.

"그렇게까지 유인 씨에게 매달리는 이유가 뭔데? 그만한 여자 찾아보면 얼마든지 있어."

그 녀석에게 한마디 날렸다.

"너, 신부감 1위가 뭔지 아니?"

당연히 모르겠지. 갸우뚱하는 녀석에게 씨익, 웃어주었다.

"나를 사랑하는 남유인."

"2위는?"

자식, 집요하기는…….

"나를 사랑하지 않는 남유인."

허허! 성재 녀석이 웃으며 끝까지 물고 늘어졌다.

“3위는?”

“다른 사람을 사랑하는 남유인.”

“4위는?”

“다른 남자와 결혼한 남유인.”

가슴이 뭉클해졌다. 다른 남자와 결혼한 남유인…… 상상만으로 울컥해져 있는 힘껏 인상을 썼다. 놓아주는 게 아니었는데……. 아무리 유인이 겁을 먹었다 해도 말이다.

너무 쉽게 놓아주었다는 효인의 말이 가슴에 사무쳤다.

17

"**그** 의사하고는 잘돼가?"

영화를 보고 식당에 들렀다. 거대한 위장이 떡볶이로는 채워지지 않는지 산이 근교로 차를 몰았다. 공해에서 벗어난 도심 밖은 아직 눈이 녹지 않아 겨울다운 풍모를 자랑하고 있었다. 커다란 유리창에 비친 겨울 풍경이 시리도록 아름다워, 기분이 좋았고 이렇게 마주 앉은 산이 꿈결인가 싶어 잔뜩 눈에 힘을 주고 있던 터에 찬물이 옴팍, 쏟아졌다. 마시던 차가 거꾸로 치솟아 얼른 입을 가렸다.

산은 산더미처럼 쌓인 스파게티를 반입에 홀딱 털어 넣고 막 나온 따끈한 커피에 설탕을 넣고 있는 중이다. 쏟아진 찻물을 수습하느라 바쁜 내게 천연덕스럽게 덧붙였다.

"나보다는 그 녀석과 더 행복했었잖아."

아니야.

대꾸했지만, 그리 믿는 눈치는 아니었다.

"이젠 내게 거짓말할 필요도 없잖아?"

"한 번도 산에게 거짓말해 본 적 없어."

거짓말을 할 수 있었다면 파혼까지는 하지 않았을 것이다. 왜 그걸 모르는지…… 속상한 마음이 들었다.

"그런가? 내겐 늘 거짓말처럼 보였는데."

"무슨 뜻이야?"

"힘들어도 힘들다고 하지 않지. 당신은 그런 편이잖아? 바쁘면서도 바쁘다고 말하지 못하고, 싫다는 말을 못해서 늘 손해 보고, 그러면서 속상해하고. 바보 같다, 자신만 탓할 줄 알지, 다른 사람의 이기심은 탓하지는 못해. 그래서 당신이 헤어지자고 할 때, 잡을 수 없었어. 당신이 얼마나 힘겹게 꺼냈는지 알았으니까."

이곳의 커피는 다른 곳보다 더 쓰다. 목을 타고 넘어가는 쓴맛에 인상이 찡그려졌다. 할 말이 떨어져 찻잔만 돌려댔다. 산의 손가락도 찻잔 위만 뱅뱅 돌았다.

"반지 아직도 끼고 있네?"

긴 침묵을 산이 먼저 깼다. 그제야 아직 손가락에 남은 약혼반지가 눈에 들어왔다. 이런……. 몰래 혀를 찼다. 진즉에 빼놓을 걸, 늦은 후회를 했지만 이미 늦었다.

"깜박 잊었어."

얼른, 산의 손가락을 살폈지만, 당연히 반지는 없다. 끼고 있는 내가 미련스럽다는 걸 알면서도 꼭 바람맞은 여자처럼 서늘해졌다. 왜 당연히 그도 끼고 있을 거라 생각했는지…… 참, 나도!

테이블 밑으로 얼른 손을 내려 반지를 잡아 뺐다. 마디가 굵은 손가락이라 잘 빠지지가 않아 애를 먹었다. 쳇! 쳇!

"천천히 빼. 손가락 붓겠다."

대놓고 혀를 끌끌 찬다. 못된 성미가 어디 가나 했다. 빠지지 않은 반지를 자꾸 빼는 게 더 시선을 끌 것 같아 통통 부은 손가락을 남은 한 손으로 감쌌다.

"……어머님은 잘 계셔?"

"보통은, 잘 계시기 힘들지. 아들 녀석이 파혼당했는데……. 그래도 당장 쫓아가겠다고는 안 하셔. 상한 자존심 달래는 것만으로도 벅차시나 보지?"

그리고는 하하하하! 재미있는 일인 양 웃어 젖힌다. 이런 아들 낳을까 두렵다. 제 아빠를 닮은 아들이 저렇게 나를 향해 웃어댄다면 어떤 기분이 들까? 어머님을 좋아하지는 않지만, 아주 쪼금, 동정심이 일었다.

"산은…… 잘 지내 보여."

마른 볼살은 애써 계절 탓으로 돌렸다. 살이 빠진 모습이 더 보기 좋은 이유도 있었고. 전보다 날카로워 보이긴 하지만 대신 훨씬 선이 더 두드러져 옆에서 보는 모습으로는 썩 괜찮았다. 어쨌든 겉모습이 훌륭한 것은 부정할 수 없는 산의 장점이었다. 함께 살아간다는 것과는 별개로.

"살이 좀 빠졌어. 보기 좋다고들 하는데 난 사실 별로야. 전의 모습이 훨씬 더 나았어. 결혼하면 더 살이 쪘으면 좋겠어. 다들, 아내가 해준 밥을 먹으면 살이 찐다고 하는데 빨리 결혼하고 싶어."

그건 여전하네.

"왜 그렇게 결혼하고 싶어해?"

"가지고 싶으니까. 사랑하는 여자와 매일 함께 잠을 자고, 매일 함께 얼굴 보고 싶어."

"연애 오래하는 것도 괜찮아. 서로 천천히 알아가는 것도……."

"빌려 쓰는 것 같아서 싫어!"

냉큼 말을 자르며 산이 미간을 찌푸렸다. 헉! 어이가 없다. 사람이 물건이냐고!

"빌려 쓰는 것?"

"낮에 잠깐 빌렸다가 집으로 돌려보내잖아? 불편하고 애정이 안 생겨. 원래 내 물건이 아니면 쉽게 정을 주는 편이 아니라 그런 거 별로 안 좋아해. 내 집에 옴팍 놓고 매일 함께 살아야 정말 내 것 같아서 좋아."

"정말 당신 사고방식은 잘 모르겠어. 그게 말이 돼? 물건도 아닌데……."

"물건이든, 사람이든 다들 어딘가엔 소속되어 있잖아? 소속 변경만 하는 건데 뭐가 그렇게 복잡해?"

한숨이 절로 나온다. 어머님은 태잉 중에 대체 무슨 책을 보신 걸까? 아님, 내력인가? 효인을 보건대 내력이라는 말에 더 신빙성이 가긴 했다.

"그럼, 결혼 금방 하겠네?"

"할 수 있다면."

쉽게 단언한다. 그라면, 그럴 수 있을 것이다. 나에게 그랬던 것처럼 쉽게 다른 여자에게 마음을 주고 일사천리 결혼을 진행시키겠지. 쌀쌀한 바람이 창문에 부딪쳐 요란한 소리를 낸다. 한기가 들어, 옷자락을 추슬렀다.

"이번엔 그녀가 먼저 청혼했으면 좋겠어. 내가 먼저 청혼하고, 혼자 애달파 하는 거 한 번으로도 귀찮아."

빤히 바라보는 품새가 대놓고 나를 찍어 하는 소리다. 산보다 더 적극적인 여자가 세상에 있긴 할까? 못내 걱정스러운 마음이 들었지만 별말은 하지 않았다.

"당신 결혼식 청첩장은 내가 해준다는 말 진심이니까, 결혼할 때 꼭 연락해. 다른 곳에서 하면 섭섭할 거야."

마치 나 몰래 결혼이라도 해봐? 당장 방해하고 말 테니까! 하는 위협처럼 들렸지만 얼른 부정했다. 그가 그럴 이유가 뭐가 있겠는가? 불안한 마음을 털고, 알았어. 하고 대답했다.

추위가 더 깊어져 옷깃을 더욱 당겼다. 벽 한쪽으로 이글대는 벽난로가 훈기를 뿜어내고 온풍기까지 설치된 가게가 왜 더 싸늘하게 느껴지는지……뼛속까지 스며든 한기에 부르르 몸을 떠는데 산이 한입에 커피를 들이키곤 자리에서 벌떡 일어섰다.

"가자!"

저녁으로 들어선 겨울의 날씨는 급속도로 차가워져 차 밖으로
나오자 한기에 턱이 덜덜 떨렸다. 따스한 햇볕이 있는 낮엔 얇은
옷차림을 걱정하더니 산은 골목 한참 멀리에 차를 세웠다. 여름보
다 겨울을 좋아하긴 하지만, 더위보다는 추위를 더 타는 내겐 보
통 곤욕스러운 일이 아니었다.

집 앞까지 바래다 주길 부탁할까, 하다가 엄마와 마주치기 어려
운 산의 입장을 생각해 군소리없이 차 밖으로 나왔다.

차에서 내리자마자 산이 자신의 코트를 어깨에 덮어주었다.

"괜찮아. 걸으면 금방인데 뭘."

"무슨……. 오 분은 더 걸어가야 하잖아."

그러게.

속으로 대꾸하며 걷기 시작했다. 코트는 얇았지만 두께에 비해
제법 한기를 막아준다. 차의 히터에 적당히 덥혀진 옷자락을 안으
로 바싹 끌어안으며 종종걸음으로 집으로 향했다. 코트엔 산의 에
르메스가 연하게 배어 있다. 살얼음이 살짝 밴 거리를 단단한 구
두 굽이 규칙적인 소리를 냈다.

응달져 다른 곳보다 더 매선 바람이 부는 골목인데도 산은 어
깨를 쭉 편 채 걷는다. 그의 곁에서 나도 추위에 굽어진 등을 조
금 폈다. 그래도 키 차이가 꽤 난다. 정수리가 겨우 어깨에 닿는
터라 당연, 시선이 그의 가슴께에 머물렀다. 도톰한 니트 밖으로
콩닥, 뛰는 심장의 고동이 보이는 것 같다. 다른 곳으로 시선을

돌리려 해도 어느새 인식하면 시선이 그의 볼록한 가슴에 닿아 있다.

콩닥콩닥.

왜 심장이 이렇게 뛰어대는지 모르겠다. 한때는 내 남자였던 사람이라는 게 어떤 커다란 영향을 미치나 보다. 스물여덟 해가 넘도록 모르고 살았던 남자인데 이젠 그의 향과 몸의 선까지 익숙해져 심장이 뛰고 귓불이 확확 달았다.

한 사람에게 익숙해진다는 게 이렇게 가슴 뛰는 것인 줄 몰랐다.

"유 선생한테 전화번호 가르쳐 주었어?"

산이 갑자기 생각난 듯 물었다.

"전화번호?"

"귀찮아. 무슨 여자가 그렇게 질겨?"

"유 선생이?"

"예쁘장하긴 한데, 질긴 여자는 무서워서 싫어."

농담이라고 하는 건가? 산의 농담은 농담 같지 않아서 무섭다.

"무서운 사람 아닌데……."

"귀엽지도 않지."

그건 동감!

"뭐, 전부터 산에게 관심 있었으니까."

그렇다고 헤어지자마자 냉큼, 다른 사람과 약혼했던 남자에게 손을 내미는 건 아니라고 생각하지만 말이다.

"고마워해야 하는 거야?"

그걸 왜 내게 물으시나?

"뭐……. 이 선생님은 같은 학교에서 별로 보기 좋은 모습이 아니라고는 하셨지만……."

"당신 생각은 어때?"

"응?"

묻는데 산의 얼굴이 바짝 내게 다가와 있다. 어느새 집 앞 가로등 앞이다. 애고고고.

콩닥! 콩닥!

이번엔 그의 귀에까지 들리도록 심장이 펄떡댔다.

"나보다는 잘 알잖아. 괜찮아? 그 여자?"

"……."

진짜 묻는 건지 헷갈려, 대답이 어려웠다. 내게 물으면 어쩌라고.

얼굴은 더욱 가까이 내려와 나를 쏘아본다. 딱, 키스하기 맞춤인 위치.

곧바른 코 선과 적당히 두툼한 입술이 눈앞에서 마구 회전을 했다. 그의 눈빛과 그의 콧잔등과 그의 촉촉한 입술이 클럽의 조명처럼 요란하게 빛을 내며 뱅뱅 돌았다. 비틀거리며 뒤로 물러섰다. 다리에 힘이 풀려 그것조차 힘들다.

"사귈까?"

"……나, 나한테 왜, 왜 묻는 건데?"

조금만 얼굴을 떼고 물으면 좋겠다. 바짝 다가온 얼굴에 혼미해져 회로가 제대로 돌지 않는다.

"조, 조금만 떨어지지 않을래?"

작은 목소리로 애원을 했다.

“당신 동료 선생이잖아?”

“이, 이 선생님이…….”

“이 선생님 소견은 관심없고.”

“…….”

“당신은 소심하고, 신중하고, 사려도 깊고, 싫은 소리 못하고, 수줍고, 때론 말도 못하게 귀여운 짓도 가끔 하고, 생뚱맞게 맹한 짓도 하고…….”

점점 더 입술에 다가온다. 두근, 두근…….

그의 얼굴이 다가올수록 내 눈꺼풀은 더욱 아래로 떨어져 내렸다. 이대로 쓰러질 것만 같다.

그만, 좀…….

“그러니까…….”

입술이 내 입술 바로 위에 있다. 그 사이로 겨우 바늘 하나 들어갈 공간만 남았다. 질끈 눈을 감았다.

“당신 의견이라면 믿을 수 있잖아?”

그의 숨결이 입술에 닿은 건지, 귓가에 닿은 건지 분간이 서지 않는다.

숨이 멈추어 버렸다. 심장은 이미 어디론가 사라진 상태이고 온몸의 핏물은 하나도 없이 다 빠져나가 이대로 여기 쓰러져 죽어가나 보다.

딱!

따끔한 아픔이 이마 위로 떨어졌다.

번쩍 뜬, 눈앞에 이미 한참은 떨어진 산이 비웃듯 내게 미소를 짓고 있었다.

뭐, 뭐냐고요!

"벨 눌렀어. 당신 등 뒤에 있어서 누르기가 어렵네."

달칵!

등 뒤로 철문이 열렸다. 갑자기 벌어진 틈 때문에 몸이 휘청거렸다. 빙글대며 코트를 받아든 그의 목 언저리에 무언가 반짝, 빛을 냈다. 가로등 불빛에 노랗게 물든 그의 몸 선을 벌건 얼굴로 멍하게 바라보았다.

"다음엔 반찬 좀 가져다 줘. 냉장고가 텅 비었어."

그리고는 힘차게 손을 흔들며 산은 사라졌다.

"대체 어떻게 된 거야? 떡볶이 사러 벼 베러 갔니? 낮에 나간 사람이 이 시간에 들어오면 어떻게 해? 얼마나 놀랐는지 알아?"

마당으로 들어서자 득달같이 뛰어나온 유진이 버럭버럭 소리를 질렀다. 그러고 보니, 떡볶이 산답시고 전화기도 없이 달랑, 지갑만 들고 나왔었다.

넋 나간 몰골로 비틀비틀, 방으로 들어섰다.

"어떻게 된 건지 정말 말 안 할 거야?"

분에 겨워 파르르 떨며 유진이 꽥! 소리를 질렀다.

"유진아……."

"뭐!"

"내 가슴에 눈이 내렸나 봐. 그 사람, 발자국에 서걱서걱 소리가 나."

"무슨 엉뚱한 소리야?"

　유진의 황당한 모습을 뒤로하고 방으로 들어서자마자 털썩, 주저앉았다. 거울 속의 내가 벌겋게 달아오른 얼굴로 바라보고 있다. 유독 반짝이는 눈빛을 하고선…….

　서걱, 서걱…….

　유리창 밖으로 겨울바람이 몰아쳤다.

　"조개구이 먹으러 갈래?"

　정말, 오지랖도 넓다. 투덜대면서도 산의 말이 가슴에 남아 반찬이라도 가져다 주어야 하지 않을까? 고민하고 있던 며칠 뒤였다.

　"조개구이?"

　"겨울엔 조개구이가 제격이잖아. 갑자기 생각이 나서."

　아직 점심 먹기도 이른 시간에 전화를 걸어 느닷없이 조개구이란다. 벽에 걸린 시계를 바라보았다. 열 시를 조금 넘어섰다.

　"저녁때?"

　"아니, 지금!"

　"점심치고는 좀 이른데……."

　"촬영 중에 잠깐 시간이 남았어. 혼자 남아 있기도 그렇고. 사장이 주위에서 돌아다니는 것도 불편한 일이잖아?"

　고민에 빠졌다. 이렇게 계속 만나도 되는 걸까? 파혼한 약혼자와 만나는 것 말이다. 산은 참을성있게 나의 번민을 기다렸다.

　거실의 전기난로에 조금 더 발을 뻗었다. 날씨가 쌀쌀하다. 후끈거리는 구공탄에 구워먹는 조개 생각에 절로 군침이 돌았다. 빨갛게 익어 입을 쩍 벌린 조개의 쫀득한 맛과 짭짤한 국물을 후루룩거리는 것까지. 오늘따라 볕 한 번 들지 않은 연푸른 하늘을 바라보다 꿀꺽, 침을 삼켰다.

"몇 시까지 준비하고 있으면 돼?"

"한 십 분쯤? 든든하게 입어. 밖이 엄청 추워."

엄청, 추운 건 집 안에서도 알 수 있었다. 밖과 맞닿은 유리창이 서리로 뿌옇게 가려져 있었으니까.

"십 분밖에 안 걸린단 말이야?"

"집으로 가는 길이었어."

"거절하면 어쩌려고?"

"장모님한테 조개 구워달라고 할 셈이었지."

그리고는 하하하!

파혼한 지가 언제인데 아직도 장모님인 건지. 대체 파혼은 한 건지 의심스러울 정도였다. 직접 당사자에겐 뭐라 하지도 못하고 끊어진 전화에만 당신 왜 이러니? 묻는다.

거위 속 깃털을 몽땅 뽑아 만든, 거위 털 파카를 걸치고 잰걸음으로 골목을 나섰다. 엄마가 시장에서 돌아올 시간이 얼추 된 탓이었다. 방학이라 빈둥거리는 딸 때문에 반찬거리 걱정만 늘었다며 한참을 불평해 대던 엄마는 혼자 시장에 갔다. 지나가는 말로 바지락 칼국수 먹고 싶다, 한마디 한 게 탈이었다. 산과 파혼한 후 곧장 문제아로 추락한 입장이라 한마디 하는 것도 여간 눈치 보이는 게 아니었다.

"어디 가?"

아니나 다를까, 역시 거의 골목 끝에 다다랐을 때, 엄마와 딱 마주쳤다.

"점, 점심 먹으러……."

"점심? 바지락 칼국수 먹고 싶다며? 바지락 사 왔는데 나가면 어떻게 해?"

노려보는 눈초리가 매섭기 짝이 없었다.

"……갑, 갑자기 친구가 찾아 와서."

"친구? 누구?"

"학교 선생님."

그나마 엄마가 잘 알지 못하는 동료 교사를 팔았다. 눈도 제대로 못 맞춘 채 발끝만 차댔다. 좀 더 일찍 출발할 걸.

"학교 선생님 누구? 이 선생님? 유 선생? 임 선생?"

"……엄, 엄마 모르는 사람."

"너 거짓말하는 거 아냐?"

"거짓말 아냐!"

펄쩍 뛰다, 돌부리에 걸렸다. 중심을 잡느라 담벼락에 손등이 긁혀 피가 금세 맺혔다.

"그런데 왜 더듬어? 수상하게시리……. 너, 혹시 남자 생긴 거……."

"아니라니깐! 늦었어. 그 선생님 성질 엄청 급해서 늦으면 신경질이 장난 아니거든. 금방 갔다 올게."

"야! 남유인! 저 계집애가 잘난 강 서방이랑 파혼해 놓고 엉뚱한 녀석 만나러 가는 것 좀 봐!"

별 볼일 없는 녀석 만나기만 해봐! 엄마의 으름장을 뒤로하고
골목 입구까지 한달음에 달렸다. 두근, 두근…….

죄 지은 심장이 미친 듯이 뛰어댔다. 정말, 엄마의 예리한 직감
은 놀랄 정도였다.

"무슨 일 있어?"

골목 입구에 세운 차에 기대 있던 산이 놀란 얼굴로 물었다.

"장모님, 지나가시는 거 봤는데……."

"좀 혼났어. 얼른 가. 엄마 다시 쫓아오실지도 몰라."

헥헥!

길게 혀를 내밀며 숨찬 소리를 뱉었다. 정말, 이게 무슨 짓인지
모르겠다. 그나저나 엄마가 언제 임 선생과 유 선생까지 알게 되
었는지…….

"어? 어디 가는 거야?"

밭은 숨을 내쉬는 동안 차는 빠르게 서울을 빠져나가고 있었
다.

"조개구이 먹으러."

"멀, 멀리 가는 거야?"

장거리 여행인 줄은 몰랐다. 간단히 이른 점심을 먹는 거라 생
각했던 내가 미련스러웠나 보다. 아님, 산의 예측 불허의 성격을
아직 제대로 파악하지 못했던지.

"멀리는…… 해외로 나가는 것도 아닌데."

"하지만 서울은 아니잖아?"

톨게이트에서 티켓을 받는 산을 바라보며 울상을 지었다. 조금

무서워졌다.

"무창포로 갈 거야. 조개구이는 역시 해변에서 먹어야 제 맛이지."

킬킬대는 모습은 여전히 비릿하다. 애써 태연한 표정을 지었지만, 불안한 마음을 지을 수는 없었다. 이럴 줄 알았다면 돈이나 넉넉히 챙겨올 걸. 여차하면 택시라도 잡아 돌아와야 할 텐데 지갑 속에 든 돈이 얼마 되지 않았다. 그곳에 가면 은행이 있을까?

혼자 딴 세상에 빠진 나를 싣고 산은 음악까지 틀어놓으며 기분 좋게 무창포로 향했다. 한산한 도로라 그런지, 차는 생각보다 빠른 시간에 충남에 도착했다.

조개구이를 먹으러 충남까지 달려와야 한다니, 참 어처구니없는 일이었다. 물론, 한마디 말도 못한 채 끌려온 나 역시 어처구니없기는 매 일반이었고.

"전에 여기 촬영 온 적 있었는데 언제 당신과 함께 와야지, 하고 있었어. 이리 와봐. 갈매기가 바로 앞에 있다니깐."

좁은 도로 변에 대충 차를 세운 산이 내 손을 잡아끌었다. 넓게 펼쳐진 바다 앞에서 해맑게 웃는 미소가 소년처럼 싱그럽다. 그의 등 뒤로 펼쳐진 붉은 등대에 나 역시 감탄이 터져 나왔다. 산이 마구 손을 흔들며 내게 손짓을 했다. 과감히 신발을 벗은 채 성큼성큼 들어서는 그를 난감하게 바라보았다. 이 추운 날, 찬 바닷물 속에 발을 담그기가 석연찮은 나와 달리 산은 이미 갯벌로 들어간 상태였다. 얼음 속 같은 바다에 발을 담근 채 무어 그리 즐거운지 마냥 즐거워하는 산을 갈매기가 신기한 듯 바라본다. 이토록 가까운 곳에서 갈매기를 볼 수 있을 줄이야.

조심스럽게 양말을 벗었다. 한 걸음 내디딜 때마다 미끈거리는 흙이 발가락 사이로 스며들었다. 그 갯벌 한가운데 선 채, 산은 드넓은 바다를 바라보고 있었다. 무슨 생각을 하는 걸까? 궁금증이 들었다. 조용히 바다 속에 선 그를 지켜보았다. 10m도 떨어지지 않은 곳에 날개를 접은 갈매기 역시 우리 옆에 선 채 바다 쪽으로 고개를 돌린다. 겨울 바다의 고요 속에 나 역시 잠식해 들어가는 것 같다.

"아름답지 않아?"

철썩이는 파도 속에 산이 물었다. 바람이 한번 불 때마다 파도가 요동을 친다. 응. 고개를 끄덕였다. 더할 수 없이 아름다웠고, 풍성해 보이는 곳이었다. 갯벌 속에 주둥이를 박은 갈매기와 또 다른 물질을 하기 위해 바다로 향하는 작은 배, 그리고 해면에 스치는 햇볕…….

언젠가 많은 세월이 지나 노년이 오면 한 번쯤은 머물러 보고 싶은 곳이었다. 가끔은 내가 키운 제자들이 이곳까지 찾아와 갓 잡은 싱싱한 해산물로 근사한 저녁 식사를 할지도 모르겠다.

"전에 여기 촬영을 왔을 땐 그저 그림이 되겠군, 하는 생각만 들었어. 촬영 감독이 여기 노을만큼 아름다운 것이 없다고 하기에 때맞춰 촬영을 기다리고 있는 중이었거든. 노을 속에 아름다운 풍경을 담아내는 것 외엔 아무런 감동이 없었는데……. 네가 있어서 그런가 보다. 천국처럼 아름다워."

어찌나 수작이 노골적인지 대꾸조차 못하고 얼굴만 붉혔다. 느물스럽게시리…….

발가락이 꽁꽁 얼도록 찬 바닷물 속에 서 있다, 차로 다가오니 산이 커다란 수건과 모포를 내밀었다. 미리 준비해 온 보온병에는 구수한 보리차가 담겨 있었다. 촬영 중에 시간이 남아 왔다더니, 생각보다 준비한 티가 역력했다.

"항상 차에 이런 걸 준비해 두는 거야?"

"무창포에 간다니까 비서가 준비해 두었어. 귀찮게 이런 걸 어떻게 차에 뒤?"

하고 무뚝뚝하게 설명한다. 그게 더 수상쩍긴 했지만 어쨌든 산을 따라 조개구이집 안으로 들어섰다. 훈훈한 열기가 꽁꽁 언 몸으로 쏟아졌다. 갑작스런 열기 때문인지 오히려 손발이 더 쑤셔왔다. 꼭꼭, 주무르는데 눈치 빠른 산이 '아파?' 그러더니 내 손을 감싸 정성스럽게 주물러 주었다. 나보다 더 따스할 것도 없는 손이라 차가웠지만 굳이 빼지는 않았다. 괜한 수줍음으로 눈 한번 들지 못하면서.

"한겨울에 무슨 바다 구경을 왔데?"

주문한 조개를 푸짐히 담아오며 주인아줌마가 아는 척을 했다. 가게 안에서 우리를 지켜본 모양이다.

"11월만 해도 조개를 캔답시고 들어가기는 하는데 보통 추워야지. 외지인들은 잘 들어가지도 못해."

구공탄 위에 올려놓은 조개껍데기에서 하얀 열기가 모락, 피어 올랐다. 데이트도 좋지만, 감기 걸리겠네. 중얼대는 아줌마의 말이 민망해 괜스레 가게 안만 두리번거렸다. 허름한 가게 한쪽에

철 지난 크리스마스트리가 잔뜩 먼지 낀 장신구를 단 채 힘없이 깜빡이고 있었다. 산이 열심히 주무른 덕분에 손끝에 조금씩 감각이 돌아왔다.

"손이 참 조그마하네."

중얼대는 말에 소름이 쫙 끼친다. 이상하지? 왜 산이 하는 말마다 느물스럽게 들리는 걸까? 전처럼 싫은 건 아니지만 적응이 안 되는 것도 마찬가지였다. 이래서 나는 사랑을 못하나 보다. 사랑을 하면 콩깍지가 끼어 아무것도 볼 줄 모른다는데 사랑을 하기엔 나는 너무 이성적이다.

"크리스마스는 어떻게 지냈어?"

뺄까? 고민하는 내게 산이 물었다. 죄책감이 사정없이 나를 찌른다. 예정대로였다면 우린 결혼을 앞둔 행복한 예비부부로 함께 크리스마스를 보냈겠지.

따끔따끔…….

"그, 그냥…… 뭐."

"난 집에서 보냈어. 꽤 오랜만에."

하하하!

웃음 속에 심장이 더욱 쑤셨다. 따끔따끔, 콕!

"사실, 호텔 하나를 예약했었어. 크리스마스가 끝나면 곧장 결혼식이라, 함께 보낼까 하고. 파혼하길 잘했는지도 모르지. 그러지 않았다면 아마, 내가 원하는 방식으로 널 가졌을지도 몰라. 와인과 달콤한 초콜릿 케이크, 그리고 장미꽃으로 유혹할 생각이었거든."

몸이 후끈거린다. 어른거리는 촛불 속에 이글이글 불태우는 산의 뜨거운 시선이 절로 떠올랐다. 그 시선만큼 뜨거운 손길도……. 그러자 산의 손에 잡혔던 내 손이 절로 쑤욱 빠져나왔다. 미끄덩, 떨어진 손이 무색해 쩍, 입을 벌린 조개만 괜히 뒤적거렸다.

"가족들 모두, 모임에 나가고 혼자 크리스마스를 보내면서 생각보다 외롭지 않아서 좋았어. 혼자이지만 외롭지 않다는 거, 좀 특이한 느낌이더군."

조개가 자꾸 입을 벌린다. 벌어진 조개를 집어 깐 속살을 산 앞에 놓았다. 톡! 하얀 물을 뿜어낸 조갯살이 토실하다. 산이 제 앞에 놓인 조개를 꺼내 내게 내밀었다.

산은 내가 건네준 조개를, 난 산이 건네준 조개를 입에 넣고 오물오물 씹었다. 작고 쫄깃한 살이 이빨과 마찰을 일으키며 달큼한 맛을 냈다. 묵묵히 조개를 뒤적거리다, 하나씩 익어갈 때마다 서로의 접시에 각각의 조개를 놓아두었다. 피조개는 산 앞으로, 소라는 내 앞으로. 매콤하게 양념된 피조개를 산이 좋아하는 것도 오늘에서야 알았다.

"여기 노을만큼 장관은 없다던데, 보고 갈까?"

가게 창 너머 보이는 짧은 겨울 해는 이른 노을을 준비하느라 짙은 노란빛을 띠고 있었다. 서해에서 바라보는 일몰처럼 아름다운 것이 있을까?

마지막 남은 피조개를 산 앞에 놓았다. 바닥에 놓인 플라스틱 바구니는 어느새 속살을 빼놓은 빈 껍질로 가득 차 있다.

“여기에도 호텔을 잡아놓았어?”

가볍게 농담을 했다.

“아니! 하지만 네가 원한다면 머물고 싶긴 해. 여기엔 이국적인 펜션들이 많으니까, 하룻밤을 지내는 것도 괜찮거든.”

여기 오는 길에 보았던 초록빛 예쁜 펜션이 떠올랐다. 잠깐 산의 얼굴에 비친 노을을 훔쳐보았다. 이대로 헤어지긴 어딘지 아쉽다. 왜 이리 설레는 거지?

[아직도 가족과 함께?]

아직 하룻밤은 결정하지 못한 채, 노을을 보기 위해 가게 앞 벤치에 앉아 뜨거운 커피를 홀짝일 때였다. 때맞춰 연희 씨의 전화가 걸려왔다. 하필이면 말이다.

“뭐…….”

[밖인가 보네. 바람 쐬러 나왔어요? 서점?]

“아니요.”

산의 귀가 쫑긋 섰다. 손으로 전화기를 가린 채 조용조용 대답하는데도 눈치가 보였다.

[그럼 어디예요? 곧 진료 끝나는데…….]

“좀, 멀리 왔어요.”

연희 씨의 말이 멈추었다. 흠, 하는 작은 헛기침에 흘깃 산의 눈치를 보았다. 이 두 사람은 전생에 부부였는지도 모르겠다. 난 그 사이에 낀 첩이었거나.

[저녁…… 식사 할 수 있어요?]

아마 산과 함께 있다는 걸 눈치 챈 것 같다. 너무 주눅이 들어 목소리가 잦아들었다.

"아니요."

[아하…… 전 약혼자?]

역시, 그렇다니까!

"모텔 잡을까? 아무래도 늦을 것 같은데."

갑자기 산이 불쑥 끼어들었다. 헉스! 험한 인상을 지으며 산을 야렸다. 그런 의미 모호한 말을 들으란 듯이 내뱉다니.

"여보세요? 여보세요?"

전화가 끊겨 있다. 인사말도 없이 말이다. 아, 이런…….

지금의 난 새우처럼 등을 구부린 상태이다. 모포로 옴팍 감쌌어도 추위는 말할 수 없이 휘몰아쳤고 고래 싸움에 내 등은 터지고 있다.

"끊겼어?"

고개를 갸웃하며 산이 물어왔다. 닫힌 홀더를 바라보면서 묻기는.

"응."

"거참, 성미 급한 녀석이네."

당신도 만만찮아.

"아, 노을이다!"

산의 소란 속에 해가 훌쩍 바다로 넘어간다. 넓은 주홍빛의 사위가 현란하게 펼쳐지는 물빛 그림자 속에 끼룩끼룩 갈매기 녀석들이 비상을 한다. 눈앞에 펼쳐지는 경이로운 장관에 가슴이 벅차올랐다. 떨어지는 별에 소원을 빌면 이루어진다는데, 떨어지는 해도 소원을 들어줄까?

들어준다면 빌고 싶다.

평화로운 세상이 흐르기를…….

침대에 누우니 힘이 쭉 빠진다. 참아낸 내 인내심에 상을 주고 싶었지만 그럴 여유도 없었다. 피곤하고 지친다. 그리고 또한 숨이 찰 정도로 행복하다.

혼자 혜실거리는데 경비실에서 연락이 왔다. 택배가 왔단다. 효인이 녀석이 보낸 거다. 뭘까? 부욱, 포장지를 찢으니 책이 한 권 나온다.

밀란 쿤데라의 ‘느림’.

망할 자식!

실컷 욕을 퍼붓고 책을 들었다. 그래, 이왕 보낸 거니 읽어주지.

한참을 읽다, 그대로 내던지고 말았다. 느림의 미학이라…….

젠장, 그는 타고난 느림의 성격을 지녔거나, 한 번도 다른 사람의 느린 속도에 발을 맞추어 보지 못했을 것이다. 세상은 느린 사람보다 급한 사람이 살아가기 알맞은 공간이다. 그 속에서 혼자 느리게 걷는다는 것. 그것이 얼마나 다른 사람의 피를 말리는 줄 모르거나.

하지만……. 그래도 유인의 느림은 미학이다, 내게 있어서.

18

[그래서 아직도 점심 전이야?]

산의 전화에 뿌루퉁하게 그래, 대답했다. 엄마의 파업으로 이틀 동안 식사를 혼자 챙겨 먹고 있다. '우리 장모님, 성깔있으시네' 킥킥대는 산의 농담에 짜증이 더 솟구쳤다.

무창포에서 밤늦게 돌아오니 집 앞에 연희 씨가 기다리고 있었다. 드라마에서 보듯, '얼마야? 얼마면 되겠어?' 처럼 근사한 대사를 날릴 것 같은 비장한 연희 씨에 비해 산은 '먼저 갈게' 하고는 상큼한 태도로 돌아서 버렸다.

난처한 기색으로 혼자 연희 씨와 마주섰다. 적당량의 부담감과 안쓰러운 마음이 잘 버무려져 표정 관리가 어렵다.

"……많이 기다렸어요?"

몹시 화가 난 얼굴이라 다가서는 걸음이 주춤거려졌다.

"화났어요?"

"조금. 아니, 솔직히 말하자면 꽤 많이."

"……왜요?"

"당신이 그와 함께 있어서. 그럴 자격이 없다는 걸 알면서도 화가 치밀어요. 질투 때문에 머리가 뒤죽박죽이에요. 이토록 화를 내본 적이 별로 없는데."

연희 씨가 기 빠진 몰골로 털썩, 제자리에 주저앉아 머리를 감싸며 중얼거린다. 그러게…… 속으로 생각했지만 입 밖으로 꺼내지는 못했다. 갈색 머리를 잔뜩 움켜쥔 손가락이 빨갛게 얼어 있다. 바보처럼…….

미안한 마음에 함께 쪼그려 앉으며 날씨 탓을 했다.

"굉장히 추운데……."

"추운 줄도 몰랐어요. 아, 이런……."

자책하는 손짓으로 그렇지 않아도 헝클어진 머리카락을 더욱 흩뜨렸다. 어찌해야 할지 몰라 제자리에만 섰다. 찬바람에 오슬오슬, 몸이 떨렸다.

"당신 옆에 선 그 남자의 목소리를 들으니까 정말 미칠 것 같더라고. 늘 담백한 편이라 생각했는데 나도 어쩔 수 없는 남자였나? 오늘 돌아오지 않았다면 내일쯤 당신을 찾아 세상을 헤맸을지도 모르죠."

한때 산에게서 보았던 뜨거운 일렁임이 연희 씨의 눈동자에 가득하다. 남자들이란 대체 왜 이 모양일까? 보폭이 커서 그런지 행동 반경도 넓고, 감정의 기복도 크다. 찬찬한 걸음으로 정원의 소소함을 둘러보는 미학이란 건 없는 건지…… 끝.

혀를 차면서도 아무 말 하지는 않았다. 한기에 절어 있는 이에게 찬물을 끼얹을 수는 없었으니까.

"나랑 사귀는 거 아직도 고민이에요?"

고개를 저었다.

"생각해 줘요. 나, 유인 씨가 원하는 만큼 기다릴 자신이 있으니까. 게다가 이 정도면 나도 그 남자에게 충분히 답례를 받지 않았나요?"

조금 더 크게 고개를 젓는데, 순간 벌컥 대문이 열렸다.

"유인이, 그 계집애 아직도야?"

사람보다 목소리가 먼저 튀어나왔다. 엄마다!

놀라 벌떡 일어서다 엉덩방아를 찧었다. 연희 씨가 재빨리 손을 뻗다, 막 대문을 나서던 엄마와 유진에게 딱 걸렸다. 이런…….

"언니, 여기 왔네."

유진이 싸늘한 눈빛으로 어정쩡한 포즈로 안기다시피 앉아 있는 우리를 노려보았다. 더 이상 유진의 경멸만은 받을 수 없어 붙들고 있는 연희 씨를 확, 밀어 젖힌 후 얼른 자리에서 일어났다. 뒤늦게 정신을 차린 엄마는 옆에서 입을 딱 벌린 채 서 있었다. 하긴 내 옆에 서 있는 남자가 산이 아닌 바에야 엄마의 반응은 당연지사였다.

"너, 너……."

"안녕하십니까?"

나를 가리키는 엄마의 손가락이 수전증처럼 파들파들 떨린다.

“이연희입니다.”

연희 씨가 꾸벅 인사를 했다. 빠끔히 노려보던 엄마가 마땅찮게 고개를 까닥였다.

“아는 사이니?”

“그냥, 좀……”

“그냥 좀?”

“어…… 학교 동네 의사.”

“학교 동네 의사?”

전혀 봐줄 기미가 없다. 꼬치꼬치 캐묻는 엄마의 옆에서 유진이가 한마디 보탰다.

“학교 동네 의사가 왜 우리 동네에 있는데?”

이럴 때보면 내 보호자는 엄마가 아닌 유진이 같다. 그래도 어쩔 수 있나? 원래 사랑은 더 많이 하는 자가 약자라고 했다. 그래서 난 어쩔 수 없이 유진에게 약자다.

“어…… 전에 위장병 생겼을 때, 치료해 주었어.”

“하! 요즈음엔 위장병으로도 낚시를 하나 봐?”

버릇없이 꼬는 유진의 말에 연희 씨가 얼굴을 붉혔다. 이봐요! 여기서 얼굴을 붉히면 안 되잖아?

“그럼, 가봐요.”

무례하게 연희 씨를 쫓아보낸 엄마가 대문을 닫자마자 등짝을 갈겼다.

“이놈의 계집애! 내가 엉뚱한 녀석 만나지 말랬지?”

아니야……. 라고 변명을 했지만 어림도 없었다. 그 후로 이 모양이다. 시답잖은 녀석에서 의사나 한다는 녀석으로 호칭이 바뀌기는 했지만 여전히 연희 씨에 대한 엄마의 평가절하는 바뀌지 않았고 나는 이틀째 유배 중이다. 쳇, 쳇…….

[점심 사가지고 갈까?]

"아니."

[그럼 같이 먹든지. 지금 출발할게.]

"그러지 마. 약속있어."

보지 않아도 미간을 잔뜩 찌푸린 채 진위를 파악하고 있을 그가 떠오른다. 병에 걸렸나? 이젠 산을 떠올리기만 해도 가슴이 마구 뛰어댄다. 왜 이러니? 가슴을 붙들었다. 주책맞게시리…….

누구야? 대뜸 캐물을 줄 알았는데 의외로 산은 묻지 않았다.

"……묻지 않아?"

[뭘?]

그렇게 물으니 할 말이 없다. 산의 한숨 소리.

[내가 묻는다고 해서 달라질 게 있어?]

"……아니."

그럴 수 있는 사람이 아니다.

[그럼, 묻는 의미가 없지. 즐거운 식사 되길…….]

차갑게 끊긴 전화에 여전히 미련을 버리지 못한 채 한숨만 내쉬었다. 나는 강 씨 집안이 무섭다.

"잘 지냈어?"

변함이 없는 효인이 빙글대며 나를 째려보았다. 여전히 건방졌고 버릇이 없지만 아무 내색도 못했다. 산과 결혼을 했다면 서열을 핑계 삼아 한 소리를 했겠지만, 뭐 지금은 아무 사이도 아니니까.

"얼굴 좋아졌네?"

댁도……. 요즘, 군대 밥 좋아졌나 보다.

"형과 헤어지고 잘살았나 봐?"

말버릇 하고는…….

못 들은 척 컵에 든 물만 들이켰다. 아무것도 넣지 않고 대충 데워낸 생수는 비릿한 맛이 났다.

"점심, 근사하게 사줄 거지? 군인이 무슨 돈이 있나?"

그래도 재벌집 아들이 박봉의 선생보다 낫다고 생각했지만, 그것 역시 입 안에서 맴돌 뿐이다.

"뭐 먹을 건데요?"

주눅 든 음성으로 물었다. 효인이 약속 장소라 불러준 곳은 한눈에도 비쌀 것 같은 고급 식당이었다. 그것도 호텔 내에 있는. 런치 스페셜이 있었으면 좋겠다.

뒤적뒤적, 메뉴판을 뚫어지게 바라보았지만, 런치의 '런' 자도 보이질 않았다. 쳇, 돈 없다는 군인이 입만 고급이기는…….

"난 특정식 코스로 먹을래. 오랜만에 왔더니 입맛이 당기네?"

주문 대기 중이던 지배인이 헤벌쭉 웃었다.

"저희 집, 특정식이 워낙 독특해서인지 많이들 기억하십니다. 요즘 잘 지내시죠? 휴가 나오신 지 꽤 된 것 같은데……."

"제가 어딜 가나 바쁜 몸이라서요. 하하하! 아저씨도 잘 계셨죠?"

"아무래도 군인보다야 낫겠죠?"

지배인의 친숙한 미소는 단지 상업적인 것만은 아니었나 보다.

"와인 괜찮지? 아저씨, 여기 몬테스 알파 M 2000 들어와 있죠?"

재빨리 맨 뒷장으로 넘겼다. 헉! 설마, 0 자가 하나 잘못 붙어 있겠지? 나란히 자리한 다섯 개의 '0' 자를 보며 숨을 헐떡거렸다.

"맛없어? 여기 파스타, 괜찮은데."

쉼없이 펼쳐지는 효인의 접시들 앞에 푹 퍼진 파스타 줄기만 뒤적거렸다. 와인 값을 본 순간 입맛이 깔깔해졌다.

"마, 맛있어요."

"그런데 왜 안 먹어?"

그리고는 내 접시에서 파스타를 한 움큼 떼어 제 입에 털어 넣었다. 앞에 산더미처럼 쌓인 접시들의 음식도 깨끗이 비워진 상태다. 강 씨 형제들은 식성 좋은 것까지 닮았나 보다.

"파혼한 후로 우리 엄마 병원에 입원한 거 알아?"

"캑!"

먹던 파스타가 목에 걸렸다.

"하하하하!"

그 비싼 와인을 벌컥 들이키며 효인이 마구 웃어댔다. 술을 못하기도 하지만 아까워서 먹지도 못하는 내 앞엔 물 한 잔만 덜렁 놓여 있고.

"성질이 워낙 지랄맞잖아. 분을 못 이겨서 펄떡펄떡 뛰어대더니 맹장이 탁, 터지는 거 있지? 무리해서 휴가 나오길 잘했지. 좋은 구경 놓칠 뻔했잖아. 덕분에 아주 재미있었지 뭐야?"

어머님은 대체 무슨 태교를 하신 걸까? 목에 걸린 파스타를 넘기느라 용을 쓰다, 얼굴이 벌겋게 부풀어 올랐다. 효인이 비어진 내 컵에 자신이 물을 잔뜩 부어주었다. 굳이 이럴 필요까진 없는데……

물 주전자를 든 웨이터가 이쪽을 오다, 피식거리며 돌아섰다.

"지금은……."

"가스 나와서 퇴원했어. 뭘 새삼스럽게."

"아버님께서도 잘 계시죠?"

"잘 계시겠지? 속이 까맣게 썩었을지도 모르지만."

키득거리는 그를 보며 어정쩡하게 미소를 지었다. 나더러 뭘 어쩌라고?

"잘난 큰아들이 그렇게 여자한테 속 썩힐 줄은 몰랐겠지. 서른다섯 동안 결혼은 생각조차 없더니 무작정 결혼하겠다, 우격다짐한 주제에 결국 파혼까지 당하다니 말이야. 우리 집이 이렇게 재미있는 곳인 줄 미처 몰랐어. 아쉽긴 해."

"네?"

"당신 들어오면 정말 재미있었을 텐데. 내가 업어올까? 보쌈해 오지 뭐."

그러면 아무런 가책 없이 그러고도 남을 것 같다. 들고 있던 포크를 내려놓았다. 질긴 동아줄 같던 파스타가 결국 위장으로 넘어가지 못하고 가슴에 탁 걸렸다. 효인이 몰래 크게 숨을 들이켰다. 역시나 가슴 언저리가 쑤신다. 조각처럼 예쁘게 장식된 디저트 접시를 밀어놓고 물 한 잔을 들이켰다. 기하학적으로 매김되었을 식사비를 생각하면 그나마도 얹힐 것 같지만.

효인은 여전히 키득대고 있었다.

왜 날 만나자고 한 걸까?

오늘 아침, 이른 새벽에 대뜸 전화를 걸어, '휴가 나왔어. 점심 사
줘' 우겼다. 산보다 더 무서운 효인이다. 당연 거절할 수가 없었다.

"저기……."

"응. 왜?"

"왜 보자고 한 건지……."

고개를 끄덕이는 모습이 산과 닮았다. 굵고 성긴 느낌의 산과
달리 여릿하고 소년 같은 인상이긴 하지만 그래도 웃는 모습이나,
갸웃거리는 모습은 어딘지 산의 판박이 같은 느낌이었다.

"우리 형, 봐주면 어때?"

"네?"

역시나 얹혔다. 뿜어져 나오려는 물을 얼른 삼켰다.

"이젠 좀 반성했겠지. 너무 튕기는 것도 괴롭지 않아?"

댁이 상관할 일이 아니거든요? 하고 소리치지 못한 것도 내 한
계다.

"파혼한 걸로도 충분히 충격적이었을 테니까 그만 용서하지?"

"그게……."

"알아, 내가 상관할 일이 아니라는 거. 하지만 나도 결혼은 해야
되지 않겠어?"

누가 말리냐고.

"늙은 형 놔두고 결혼하려니 영 마음이 개운치 않아서 말야."

왜 동생들은 모두 이 모양일까? 나를 믿지 못하는 유진이나, 형
을 믿지 못하는 효인이나 정말 못 말리는 종자들이다. 꽉, 찬 와인

잔을 나도 모르게 급하게 들이켰다. 독한 향과 쓰디쓴 액체가 타
는 듯 목을 넘어간다. 캑캑…….

효인이 얼른 비어진 잔에 와인을 하나 가득 따랐다. 정신없이
잔을 집다, 효인이 따라놓은 와인을 또 한 잔 거나하게 비워내고
말았다.

"형, 집 나간 문제로 집이 꽤 시끄러워. 호적에서 파겠다는 아버
지 말리는 것도 귀찮고. 대충 여기서 마무리하지?"

이것 보쇼!

익숙지 않은 알코올 기 때문에 효인의 얼굴에 아지랑이가 피었
다. 이런 기분에 술을 마시는 건가? 아무튼 좀 어지럽고 빙글빙글
세상이 돈다. 앞에 앉은 효인은 뭐라 계속 떠들어댔다.

"야! 너……."

하고 소리친 것 같은데 언제 일어섰는지 효인이 시큰둥하게 나
를 내려다본다.

"안 가?"

이런…… 제에엔장~

비틀거리는 걸음을 힘겹게 바로 잡으며 카운터로 향했다.

"저…… 여기 계산."

"네?"

인사 준비를 하던 여직원이 놀라 쳐다보았다. 계산서를 안 가지
고 왔나? 뒤적거리는 내 팔을 효인이 붙들었다.

"누가 여기서 계산해? 아까 진즉에 했어."

그러고 보니 지배인이 가져온 종이에 효인이 무언가 끄적거리

는 걸 본 적이 있었다.

"형 잘 봐달라고 내가 대접하는 거야. 알았지?"

쏘아보는 눈빛이 무섭도록 야릿하다. 협박하는 거야, 지금?

"이건 선물이야."

아직 반도 비워지지 않은 와인 병을 내밀며 효인이 집에 내려주었다. 이십오만 원짜리 와인 한 병을 달랑 쥐고 멍하게 그를 바라보았다.

"형한테는 비밀이다."

아, 눼에~

며칠, 잠잠했다. 효인이 남겨준 와인은 엄마가 다 마셨다. '좋은 술이라 그런가? 술술 잘 넘어가네?' 이십오만 원짜리 와인을 신기하게 마시는 엄마를 보며 괜히 울적해졌다. 이른 봄이 오는 푸른 하늘을 올려다보며 맥없는 한숨을 쉬었다. 하루가 조금 밍밍하다.

"뜨개질이라도 해볼까?"

마당을 쓸고 있는 엄마에게 넋두리를 했다.

"뜨개질은 무슨. 까칠까칠해서 쓰지도 못할 목도리나 만들려고?"

"이번엔 카디건에 도전해 보지 뭐."

"행여나! 너 전에 아빠 준다고 만들다 만 스웨터 실로 장갑이나 짜. 그나마 쓸 만한 건 그것뿐이더라."

장갑은 어렵다. 벙어리장갑이라 해도 엄지손가락이 들어갈 구멍은 따로 만들어야 한다. 전에 유진에게 배웠다가 서툰 솜씨 때문에 엄청 혼이 난 후로는 따로 구멍을 만들어야 하는 작품엔 손을 대지 않기로 결심했었다.

"장갑은 별로 쓸모없는데……."

"그래도 만드는 거 금방이잖아. 몇 년 걸려도 완성 못하는 것보다는 낫지. 엄마가 도와줘?"

아니!

팔짝 뛰었다. 뜨개질은 운전과 같다. 한 번 배우면 절대 잊어먹지 않지만 그렇다고 해서 꼭 실전에 써먹을 수 있는 건 아니라는 거다. 그리고 훈수 두는 사람의 짜증도.

"언니, 바보야? 몇 번이나 말해?"

매번 소리치는 유진을 보면 마치 운전 훈수 두는 남편처럼 움찔해서, 들고 있던 뜨개바늘을 그대로 메다꽂고 싶은 충동을 느낀 게 한두 번이 아니었다. 이젠 엄마까지…….

그건 절대, 사양하고 싶은 친절.

"하긴 뜨개질은 유진이가 더 어울리긴 하지. 우린 큰딸은 어째 그리 솜씨가 없는지. 할머니 닮았나 보다."

그리고는 키득거린다. 엄마와 할머니의 사이는 엄청 안 좋다. 외아들이라 유독 관계가 돈독했던 할머니와 아버지의 틈바구니 속에서 엄마의 시집살이는 몹시 고되었단다. 그래서 엄마는 지금도 외아들이라면 치를 떤다.

—내가 만일 하늘이라면…….

이제 새해를 맞이해 삼 년째 울리고 있는 휴대 전화벨이 엄마의 키득거림 속에 울렸다.

〈산.〉

간결한 글자가 뜬다. 나도 모르게 엄마의 눈치를 살폈다. 마른 모래 먼지가 뿌옇게 날리는 마당 한가운데에서 엄마가 내게 묻는다.

"저녁엔 무슨 반찬을 할까?"

[점심은 맛있게 먹었어?]

언제 먹은 점심을 말하는 건지, 원······.

"그냥 뭐······."

[왜? 맛없는 거 먹었어?]

"뭐, 특별히······."

대충 대답했는데도 별말이 없었다. 오히려 약간은 기분 좋은 어투라 어리둥절해졌다. 평상시대로 하시지?

[저녁에 눈 온대.]

동조의 뜻으로 고개를 끄덕였다. 맑은 하늘을 보아선 믿기 힘들지만 어쨌든 일기 예보에선 그랬다. 저녁쯤, 한 차례 눈이 올 거라고.

[눈 구경 같이 안 할래?]

"여기서 해도 되는데······."

[그렇긴 하지. 올핸 화이트 크리스마스였는데 혼자 눈 구경했잖아. 신년에도 그랬고.]

따끔!

[이번엔 같이 보고 싶은데. 겨울 정경은 혼자 보기엔 아까워서.]

더 이상 거절할 수 없어, 결국은 알았어. 하고 대답하고 말았다. 그래도 뭐, 효인이에 비하면 많이 적응되기도 했다.

갑자기 부산해졌다. 대충 머리를 묶은 채 하루를 보내던 중이라 단장하려니 이것저것 신경이 쓰였다.

"엄마, 머리 많이 기르지 않았어?"

거울을 보다, 대뜸 엄마에게 물었다.

"괜찮아."

"파마도 다 풀렸는데 다시 할까? 시간이 오래 걸리겠지?"

"누구 전화인데, 갑자기 수선이야?"

묻는 엄마의 눈초리가 매서워졌다.

"전에 집 앞에서 본 그 녀석 아냐? 별 볼일 없이 생긴 녀석."

"아니야."

"아니긴…… 그럼 왜 안 하던 짓을 하고 그러는 건데?"

"뭐가! 그냥 거울 보니까 머리가 너무 어수선해서 그러지."

아무리 봐도 머리가 너무 풀려 부스스해 보인다. 서둘러 머리를 감고 촉촉한 엣센스를 발랐더니 그나마 나았지만 산에게 가는 내내, 신경이 쓰였다. 미리 파마할 걸.

"머리 문제있어?"

너무 손이 많이 갔나 보다. 자꾸 머리 쪽으로 손이 가는 내게 보다 못한 산이 참견했다. 남산에 올라, 눈 구경 한답시고 있자니 한숨이 새어나왔다. 이게 뭐 하자는 짓인지. 눈이 와 구경 온 것도 아니고, 눈이 올 때까지 기다린다는 건 정말 죽을 맛이다. 춥고, 지루하고…….

"재미없어?"

당신은 재미있어? 묻고 싶다.

“응, 조금.”

“왜? 하늘이 까맣잖아.”

우린 눈 보러 왔거든요?

“눈이 없잖아.”

“이것도 괜찮은데 뭐.”

하긴 산의 옆모습도 꽤 괜찮은 광경이긴 하다. 덩그란 호빵 하나 얹힌 것 같은 나와 달리 목을 온통 덮은 폴라 니트가 외국 모델처럼 근사했다. 우리 근처에 선 여자 둘이 산을 흘끔거렸다. 으쓱거려지기보단 조금 복잡해진다.

“왜?”

의기소침해진 나에게 산이 경쾌한 음성으로 물어왔다.

“그냥……”

추워. 종알댔다. 눈이 왔으면 좋겠다. 이대로 펑펑 쏟아져 뽀얀 세상을 보고 싶은데……. 기운 빠진 몰골로 전망대의 유리창에 코를 바싹 댔다. 갑자기 후끈한 온기가 등 뒤로 느껴졌다. 산이다.

연한 에르메스 향이 살짝 코끝을 흔든다. 단단한 가슴이 두터운 코트를 통해서도 확연히 느껴져 몹시 당황했다. 뭐, 뭐냐! 전에 호텔에서 느꼈던 남자의 본능이 단단한 껍질을 뚫고 날카롭게 날을 세운 느낌이었다.

확확, 얼굴이 달아올랐다. 무섭지만 떨리고, 소름이 팔뚝을 따라 도도도 솟아올랐지만, 그렇다고 굳이 싫은 것만은 아닌……. 미묘하고 가슴 떨리는 이 두근거림.

알 수 없는 떨림 때문에 단단하고 커다란 덩치를 피해 옆으로 몸을 비꼈지만 이번에도 여의치 않았다. 팔을 쭉 뻗어 내 몸을 감싼 산이 그대로 앞으로 몸을 쏠린 탓이었다.

"저, 저기……."

"야경도 볼만하지 않아? 늦은 크리스마스 분위기 나는데?"

"저……."

"다음에는 눈 오는 날, 꼭 다시 오자. 여기 와본 지도 꽤 오래되어서 그런지 이렇게 좋은 줄 몰랐어."

조금만 비켜주면 안 될까?

속으로 애원했지만 물론, 듣지 못한 것 같다. 거대한 몸이 더욱더 가까이 밀착되어 왔으니까. 찬 유리창과 뜨거운 산의 몸, 그 새 중간에 끼어 손가락 하나 꼼짝할 수가 없었다. 그나마 다행인 건, 산의 양팔에 갇혀져 보이는 거라고는 오로지 유리창 밖의 야경뿐이라는 거다. 다른 사람의 시선에 이대로 노출되었다면 딱, 죽고 싶을 만큼 민망할 포즈였다. 꼼지락거리다 산과 시선이 딱 마주쳤다.

"왜?"

산이 물었지만 대답할 수 없었다. 시간이 그대로 멈추었나 보다. 비켜줘. 말을 해야 하는데 내가 알고 있는 모든 단어들이 서울의 야경에 녹아 한 글자도 떠오르지 않았다.

두근두근…….

주위의 소란을 뚫고 들려오는 이 소리가 내 심장 소리인지, 산의 심장 소리인지 모르겠다. 벌게진 산의 얼굴을 흘끗거리며 마른 입술만 축였다. 이마 언저리에 닿은 입술이 보인다. 내 것이 아닌, 다른 누군가의 입술이 이토록 크게 느껴질 수 있는 걸까?

그날, 밤새 눈은 내리지 않았다. 까만 하늘과 까만 눈동자만이 눈을 대신해 대지를 적셨을 뿐.

"언니, 요즘 연애해?"

새벽녘까지 잠을 이루지 못한 채 거실에 오도카니 앉아 있는 내게 화장실을 다녀오던 유진이 물었다. 전처럼 펄떡 뛰는 대신, 심드렁한 어투로 왜? 하고 물었다.

"앉아 있는 품새가 꼭 짝사랑에 빠진 이 도령 같아서."

그러게……. 힘없이 중얼댔다. 이 도령도 나 같았나 보다. 춘향이 따라준 첫술에 알딸딸해지고 몽롱해지는. 다음날, 엄마 몰래 시장에 가 뜨개실을 사 왔다. 지중해 빛의 파란색 순모 실과 선명한 사진이 박힌 뜨개질 책도 함께 샀다.

"너 또, 실 사 왔어?"

"그냥, 가는 길에 예뻐서……."

"아빠한테는 너무 젊은 색 아냐? 게다가 너 네 아빠, 얼굴이 까만 편이라 그런 색 소화시키기 힘들어."

엄마의 말에 빨개진 얼굴을 실 속에 박았다. 하지만 어제 뇌리 속에 박혀 버린 시리도록 까만 머리카락이 떠올라 충동적으로 고른 색이었다.

뒤적이는 책자에 박힌 남자 모델이 자꾸 산과 겹쳐진다. 내가 이걸 왜 사 왔을까? 후회스런 마음으로 사 온 파란 실을 원망스럽게 바라보았다.

목도리로 짜는 게 무난하겠지?

머칠 동안 백 번은 넘게 전화기에 손을 뻗었다, 다시 거두느라 속이 까맣게 탔다.

대체 어떤 녀석과 점심 약속을 한 거야?

의사 녀석이라고 점을 찍어놓고도 이 며칠 감내하는 걸 보니 어느새 나도 도를 닦는 신선이 다 되었나 보다.

릴렉스, 릴렉스…….

숨을 골랐다.

[정말 유인이 나 주면 안 될까?]

난데없이 효인이 전화를 걸어 이기죽댔다.

"안 돼!"

[아…… 아쉬운데? 어디서 유인이 같은 여잘 만나지?]

아마 평생 없을 것이다. 유인이 같은 여자는 세상에 단 하나로 족하다. 너무 많으면 세상 모든 남자들이 다 도인이 되어야 할 테니까.

[이건 귀대 선물이야.]

도깨비 같은 녀석. 시큰둥하게 대꾸하며 죄 없는 서류만 획획 넘겼다.

[휴가 나온 날, 유인이랑 점심 먹었어. 술 취한 모습도 꽤 귀엽던데? 형이 왜 그렇게 햄을 애지중지하는지 알 것 같아. 암튼, 점심 잘 먹었다고 전해줘.]

뭐? 버럭 소리를 질렀지만 이미 전화는 끊긴 후다. 그날, 안절부절못하던 유인의 태도는 이 녀석 때문이었다.

하하하!

시원스럽게 웃음이 터져 나왔다. 그리고는 곧장 유인에게 전화를 걸었다.

"눈 구경하자!"

별빛이 쏟아지는 서울의 야경 속에 유인을 끌어안았다. 허공 속에 느껴지는 유인의 향기에 질식할 것만 같다. 그녀는 알까? 이 두근거리는 심장의 고동 소리를…….

그리고 이 행복한 한 사내의 욕심을.

결혼을 앞두던 그때보다 나는 지금 더 행복하다.

교무실, 내 자리 밑에 놓인 쇼핑백을 고민스레 바라보았다. 충동적인 시작은 고민스런 과정을 배태하고, 불만족 결과를 낳는다. 쇼핑백 입구 속으로 언뜻 파란 실이 비쳤다. 반의반도 짜지 못한 목도리의 끝은 너덜너덜, 벌써부터 해져 있었다. 고르지 못한 실 고리의 크기 때문에 몇 번이나 다시 풀었다, 짰다, 했더니 짜여진 부분과 실의 색깔이 확연히 차이가 져 더욱 볼품이 없다. 이것과 같은 색으로 장갑까지 짤 예정이었는데……. 그러나 실타래를 보는 눈빛이 그리 곱게 가질 않았다. 일직이라 긴 시간 소일 삼아 가져온 일거리가 점점 부담스러워졌다. 차라리 짜는 순간이 더 나을 수도 있겠다. 완성된 작품을 주는 것도, 또 그것을 주기 위한 명목도 옹색하기 그지없는 애물단지다.

……늦은 크리스마스 선물이야.

그러기엔 조금 비아냥이 들어 있다. 파혼으로 얼룩진 악몽의 크리스마스를 재연하는 것도 아니고, 그렇다고 이제 와 새삼, 사죄의 선물이야 하기에도 애매한.

긴 한숨을 내쉬며 쇼핑백 속의 실을 꺼내 들었다. 그냥 고급스런 순모 머플러를 살 걸 그랬나 보다. 이게 뭔데? 하고 물으면 뭐라 대답하지?

[집에 없네?]

내 고민의 당사자는 태연스럽게 전화를 걸어왔다.

"응. 학교야."

[학교? 교지는 벌써 끝나지 않았어?]

"일직."

[일직도 해?]

그러게. 너덜한 실타래처럼 대답했다.

당신, 왜 자꾸 내게 전화해? 우린 아무 사이도 아닌데.

약혼했다, 파혼한 사이로 보기엔 지나치게 사이가 좋다. 가끔 내 죄책감을 상기시키는 발언을 제외하면 오히려 결혼을 약속했던 시절보다 지금이 훨씬 더 약혼자다운 산의 태도에 지금 나는 몹시 혼란스러운 상태다. 그리고 분명코, 산 역시 나의 혼란을 알고 있다는 것에 내 월급의 절반을 걸어도 좋았다.

[눈 오는데, 봤어?]

산이 물었다. 그제야 창 너머 뿌옇게 쏟아지는 존재를 알아차렸다. 눈이 오는 것도 몰랐다. 시퍼런 지중해 색 실타래를 보듬어 안고 고민에 빠지느라…….

"우와! 엄청나다! 이렇게 함박눈이 오는 건 처음이네. 보통 서울은 이렇게 눈 많이 안 오잖아?"

[백 년 만에 오는 대설이니, 뭐니 한창 떠들어대었잖아.]

"그렇긴 해도…… 운동장이 온통 눈밭이야. 산은 이런 거 보기 힘들지? 도로는 금방 녹아버리니까."

[남산으로 눈 구경 갈까 했더니, 이 상태로는 힘들겠어. 차라리 학교에서 눈 구경이나 할까?]

아…… 어색한 대답이 흘렀다. 의자 밑에 놓인 뜨개실이 미묘하게 나를 노려보았다. 그가 오는 것이 좋을까? 오지 않는 게 좋을까? 대답은 오리무중이다. 산은 대답을 기다리는지 조용히 침묵하고 있다. 어쩌면 좋니?

"눈이 많이 와서 도로가 미끄러울 텐데……."

[스노우 타이어 샀어.]

기다렸다는 듯이 냉큼, 대답이 나왔다. 그럼…… 올래? 마지못해 권했다. 스노우 타이어까지 샀다는데 더 이상 거절할 명분도 없었고.

[따끈한 붕어빵 사가지고 갈게.]

산이 기분 좋은 어투로 덧붙였다. 군고구마와 붕어빵이라…….
그가 조금씩 사람이 되어가나 보다.

산이 오기 전 밀린 일을 처리하느라 바빠졌다. 일직 일지도 쓰고, 그가 보지 못하게 뜨개실을 쇼핑백 안에 몽땅 쑤셔 박았다. 그리고 목도리로 꽁꽁 둘러싼 채 운동장으로 나갔다.

나는 학교가 좋다. 가르침을 받는 아이들의 똘망한 눈동자도 좋고, 소박한 교사의 삶도, 그리고 세상의 때를 입지 않는 이 운동장도 좋다. 학교에 다니는 자만이 누릴 수 있는 특권으로 말이다. 아무도 밟지 않는 처녀지에 뽀드득, 뽀드득 첫 발자국을 남기는 설레임은 보너스다.

선생이 아닌 학생이란 면책권이 있었다면 깔깔깔, 웃으며 마구 뛰어다녔겠지만 혹시 몰라 조심스런 발걸음을 떼는 것만으로 마음을 위로했다. 펄펄 내리는 눈이 좋아 절로 웃음이 새었다. 하늘의 선녀가 뿌려준다면, 그 바구니가 영원히 마르지 않았으면 좋겠다.

"선발 자가 있었네요?"

쏟아지는 눈송이 속에 청한 목소리가 울렸다.

"오늘 일직인가 보죠?"

갈색 가죽점퍼를 입은 연희 씨가 운동장 안으로 성큼, 걸어왔다. 이제 갓 서른여덟이 되는 나이로 어떻게 저런 해맑은 피부를 가질 수 있는지, 신은 정말 불공평하다.

"어? 알고 오신 거예요?"

"설마…… 아무리 내가 그런 초능력자이겠어요? 눈이 오는 날은 가끔 이곳에 와요. 눈 구경하기엔 맞춤인 곳이니까. 도로에 떨어진 눈은 품격이 없어서 구경하기엔 별로에요."

아무리 산이 벌컥댄다 해도 연희 씨에게 편안함을 느끼지 않을 수 없다. 따로 내 취향이나 감정에 대해 설명할 필요도 없이 많은 것을 공유할 수 있는 사람을 만난다는 건 흔치 않는 행운이다. 그는 나와 같은 곳을 보고, 나와 같은 생각을 한다. 그래서 설명하지 않아도 공감대가 형성되는 거고. 그건 산은 도저히 가질 수 없는 그만의 장점이었다.

"올해는 눈이 풍요로워서 좋네요. 눈이 없는 겨울은 지루하고 심심하잖아요."

그건 나 역시 마찬가지이다. 솜털처럼 날리던 흥분이 조금씩 가라앉았다. 그와 나란히 서서 뿌연 하늘을 향해 고개를 들었다. 하늘 속에 박힌 것 같다. 구름 한 점 없이 온통 순백의 세상이다.

"이럴 땐 뜨끈한 칼국수가 최고인데. 저녁에 시간 어때요?"

거절의 뜻으로 고개를 저었다. 산이 온다고 했는데…….

"칼국수 좋아하는 줄 알았는데……."

애써 미소를 짓고 있지만 서운함이 가득한 음성이었다. 가끔은 텔레파시가 통했으면 좋겠다. 힘든 거절이나 질책 같은, 가슴에 상처를 남기는 모든 언어는 입술이 아닌 가슴으로 통하면 안 될까? 그러나 텔레파시를 할 수 없는 현실의 나는 어쩔 수 없이 입술로 말했다.

"아니요. 그게……."

"실은…… 오늘은 혹시 당신을 만날 수 있지 않을까, 생각했어요. 이상하죠? 눈이 오면 유인 씨 생각이 더 간절해요."

연희 씨가 말을 잘랐다. 그의 시선은 하늘에 닿아 있고, 어깨엔 하늘에서 내린 눈이 쌓여 있다. 눈과 하늘과 그가 하나인 양 섞여 온통 하얀 빛이다. 눈을 깜박거렸다.

"유인 씨에 대해 알 만큼 안다고 했는데 지금은 좀 복잡해요. 나만큼 당신과 어울리는 남자는 드물다고 생각했었죠. 다른 여자와 달리 당신에겐 순간순간 느끼는 내 감정에 대해 설명할 필요가 없어 신기했고, 서로 닮은 부분도 많아서 유인 씨 역시 나와 같은 마음이지 않을까, 쉽게 기대했었어요. 그런데 요즘, 그게 결국은 사랑이나 결혼으로 귀결되지 못한다는 걸 조금씩 깨닫는 것 같아요.”

내리는 눈이 퍼석해져 땅에 떨어졌다.

뽀드득.

아직 채 제 몸을 묻지 못한 눈만 애꿎게 짓밟았다.

“영월에서 보았던 그 남자와 당신, 물과 기름처럼 달라 보였어요. 나와는 참 많이 닮았는데⋯⋯. 좋아하는 음식도 비슷하고. 그래서 유인 씨에게 고백할 용기가 생겼는지 모르겠어요.”

싱긋, 웃는 입가가 소년처럼 벌어졌다. 가슴이 찌릿해졌다. 고백 같고, 청혼 같기도 한 미묘한 말에 확확, 얼굴이 달아올랐다. 산의 청혼도 받아본 적이 있는 주제에, 왜 이리 적응하지 못하는지⋯⋯ 하지만 산의 것과는 분명 달랐다. 조금 더 조심스럽고, 조금 더 섬세한⋯⋯.

하지만 왜일까?

내가 꿈꾸었던 청혼은 바로 이것이었는데 이상하게도 심장이 떨리지 않았다. 설레지도 않고, 두근거림도 없는 그저 밋밋한 고백과 같은. 이대로 그의 말이 멈추길 바랄 뿐이다.

“어쩌면 서두른 면도 있었을 것 같아요. 분명, 나와 같은 마음일 거라 생각했는데 여전히 당신은 한 걸음 뒤에서 다가오지 않아서 좀 당혹스러워서."

연희 씨가 손을 내밀었다. 손가락 끝이 한기에 살짝 붉어져 있었다. 장갑도 없이 얼어붙은 손가락이 어찌나 안쓰러운지, 가슴이 찡해왔다.

"당신에게 생각할 시간을 주겠다, 말했지만 사실 그것도 하나의 자만심이었나 봐요. 당신 역시 나와 같은 것을 느끼고 있을 거라는 걸 알고 있었거든요."

그것 역시 사실일지 모르겠다. 나 역시 한순간은 같은 생각을 했다. 연희 씨처럼 나와 닮은 남자를 만나고 싶다는 것. 그래서 더욱 산이 버거웠고 일부러 다른 곳만 바라보곤 했었다. 그리고 그 끝에 연희 씨가 서 있었고.

여전히 허공에 멈추어진 손은 차가운 눈 속에 내가 잡아주길 기다리고 있다.

"다시 시작해 보지 않을래요? 조금씩, 천천히…… 서른일곱이란 나이란 참 미묘해서 서른보다는 마흔에 더 가까운 조바심을 갖게 하죠. 결혼에 대한 마음에 벼랑에 서 있는 기분이랄까? 이제 겨우 서른을 바라보는 당신의 나이를 생각하지 못했어요."

친근하게 웃는 미소에 목이 잠겼다. 편도선이 아파오고 통증으로 가슴이 울컥해졌다.

"나, 이거 청혼하는 건데…… 너무 심심한가?"

말을 잃은 내게 연희 씨가 가벼운 농담을 했다. 하지만 머리카락에 감추어진 붉은 귓불은 그의 떨리는 마음을 대변하고 있었다. 어떻게 해야 하는 건지…….

차라리 대놓고 '싫어!' 하고 말할 수 있던 산이 나았다. 그것 역시 산에게만 할 수 있는 투정이었다는 늦은 깨달음은 이제 나도 철이 들었다는 뜻일까? 내 대답을 기다리며 연희 씨가 애써 태연한 미소를 보냈다. 끝없는 눈송이들이 우리 사이로 제 몸을 흩뿌려 댔다. 연희 씨와 내 어깨에도 어느새 하얀 눈이 쌓여 눈송이처럼 뽀얘졌다. 날아가고 싶어…….

"거절인가요?"

그의 윤곽이 흐릿해진다 했더니 기어이 눈물이 떨어지고 말았다. 빨갛게 얼은 손이 가슴 아팠던 건 이런 결말에 대한 예고였나 보다.

좋은 사람인데, 지금 앞에 놓인 저 손을 잡으면 내가 꿈꾸었던 완벽한 이상의 결혼이 펼쳐지는 건데 도저히 저 손을 잡을 수 없었다. 서울의 야경 속에 나를 감싸던 붉은 뺨이 가슴에 박힌 탓이다. 연희 씨와는 많은 공통점을 가졌고 함께 있으면 편하다. 그가 가진 묵직한 삶의 무게에 연민을 느꼈고 가슴이 아팠지만 산은…… 산은 심장이 뛴다. 두렵고 떨리지만 그래도 가끔 보이는 미소에 덜커덩 뛰어대고, 그가 궁금해진다. 그를 위해 뜨개질을 하고 싶고, 눈이 오는 날은 그와 함께 보고 싶다. 이 알 수 없는 감정을 두고 차마 연희 씨를 붙들 수가 없었다. 눈물이 멈추지 않아 얼른 숨을 삼켰다.

"그렇게 거절하니 더 이상 붙잡을 수 없잖아요?"

연희 씨가 잘 접힌 손수건을 내밀며 웃었다. 그의 미소에 더욱 거침없이 눈물이 쏟아져 엉엉, 울음이 샜다. 이 좋은 사람을 왜 잡지 못하는 건데!

"너무 늦었어요. 환자 기다리는데……."

잠시 빈 시간에 나왔다며 세련된 태도로 돌아서는 연희 씨를 훌쩍이며 배웅했다. 그는 돌아서는 것도 예의 바르고 성실하기 그지없다. 그가 건네준 손수건에 코를 팽! 풀었다. 코끝이 얼어 감각까지 무뎌졌다.

"기다리고 있었어?"

머리가 지끈거리고, 코끝은 얼어 있는 상태로 멍하게 서 있다, 학교로 들어서는 산을 맞았다. 이만큼 시간이 흐른지도 몰랐다.

"무슨 일 있어?"

운 티가 여실한 내게 산이 걱정스런 기색으로 물었다. 바짝 다가선 그의 얼굴에도 이젠 익숙해진 탓인지 뒤로 펄쩍 뛰지도 않았다. 아님, 너무 추워 눈사람처럼 얼었던지.

산이 어깨에 쌓인 눈을 마구 털어내며 툴툴댔다.

"교무실로 찾아갈 텐데, 뭐 하러 나와 있어?"

"……산."

가만히 산을 불렀다. 또다시 눈물이 흐른다. 뜨거운 눈물이 흘러 언 뺨을 조금씩 녹여갔다.

"나 좀 안아줄 수 있어?"

놀란 눈동자가 영상 화면처럼 멈추어 섰다. 너무 놀란 기색이라 잠깐, 안아주기 싫은가 보다 착각이 들 정도였다.

"싫으면……."

"안아줄게. 네가 원하면 평생 동안."

그리고는 덜컥 나를 제 품에 가둔다. 뺨에 닿은 그의 가슴으로 커다란 심장 소리가 울렸다. 이상하다. 스물여덟하고도 한 달을 모르고 살아온 사람이고, 그와의 결혼은 상상조차 할 수 없고, 그의 불같은 성격이 끔찍이도 싫었는데 지금은 그의 품이 천국보다 더 안락하다.

산의 심장 소리에 맞춰 눈물이 다시 쏟아지기 시작했다.

밉다, 그가 미치도록 밉다. 지금껏 꿈꾸던 가장 이상적인 사랑이 방금 이 손에 놓여 있었는데, 왜 나는 그렇게 허무하게 내던졌는가.

그러나 내밀어진 빨간 손을 보면서 가슴 한편으로 남은 건 또 한 남자의 상처 입은 눈동자였다. 문득, 운동장으로 들어서다 마주친 연희 씨의 모습에 혹시 상처 입지 않을까, 걱정스러워지는 까만 눈동자. 그래서 나는 산이 밉다.

그리고 지금은 에르메스의 은은한 향이 익숙하고, 귓가에 울리는 그의 심장 소리에 미치도록 가슴이 뛴다. 남자의 품에 안기는 것이 이토록 가슴 뛰는 설렘인 줄은 미처 몰랐었다.

유진아, 나 혹시 사랑에 빠진 걸까?

[나 좀 보자구나.]

산의 어머님 목소리는 언제 들어도 묵직하고 짓누르는 박력이 있다. 어제, 운동장 한가운데서 그의 품에 안겨 펑펑 울고, 얼굴이 반쪽이 되었는데도 산은 내내 싱글벙글거리다 집으로 돌아갔다.

머리 아파.

혈압도 오른 것 같고, 찬 눈을 맞으며 오랜 시간 서 있었더니 머리가 깨질 듯이 아팠다. 칭얼대는 나를 집에 데려다 놓고 산은 내일 저녁 같이 먹자. 약속하고는 신이 난 얼굴로 돌아섰다.

어제의 감정 소모와 찬 공기와의 긴 접촉 탓에 당장 몸살이 몰려왔다. 미리 해열제를 먹긴 했지만 아침부터 열은 38도를 오르락내리락해 겨우 숨을 몰아쉬고 있는 중이었다. 열로 달아오른 얼굴에 닿은 찬 전화기가 금세 뜨끈해지는 걸 느끼며 난감한 표정을 지었다.

좀 무섭다.

어머님이 왜 나를 보자고 하는 건지 대충 이유를 알 수 있을 것 같아서였다. 하긴 제 아들 싫다고 파혼한 여자와 다시 만나는 게 부모님 입장에서 보기 좋을 일이 아닌 건 당연지사다.

원래 딱딱하고 부러지도록 분명하신 분이라 거절하기가 용이치 않았다. 실은 저녁에 있는 산과의 약속도 취소해야 되지 않을까 싶을 정도로 오른 열이 버거운 참이었다. 한번 숨을 내쉴 때마다 심장에 뻐근한 통증이 몰려왔다.

[내가 지금 집안 어른들과 있는 참이라 멀리는 못 가겠고, 여기 청담동인데 근처로 올 수 있지?]

"네……. 그럼 근처에 도착한 후, 전화 드릴게요."

[그래.]

떡 진 머리를 감아야 하는 것부터 한숨이 절로 나왔다. 땀에 절은 머리카락은 도저히 봐줄 수 없을 정도로 기름기가 흘렀고, 대충 나가기엔 어머님이 너무 무서웠다. 바닥을 기다시피 마당으로 나가 뜨거운 물을 잔뜩 부어 머리를 감았다.

"애가, 너 미쳤어? 그렇지 않아도 열이 올라 얼굴이 벌건데 머리까지 감으면 어떻게 해?"

안방에서 걸레질을 하고 있던 엄마가 놀라 후다닥 뛰쳐나왔다. 그럼, 이렇게 떡 진 머리로 산의 엄마를 만나란 말이야? 말하고 싶었지만 샴푸 거품 때문에 말할 입장이 아니었다. 목 언저리에 뜨거운 물이 닿을 때마다 진저리를 치는데 그나마 엄마가 거친 손짓으로 물을 부어주어 한결 수월하게 머리를 감았다.

청담동 역에 내리자마자 어머님께 전화를 걸었다. 두근두근, 열과는 다른 이유로 심장은 대책없이 뛰어댔다. 냉랭한 목소리로 대답하는 어머님께 근처 카페를 알려주고 자리를 잡았다. 카페 안의 고급스런 외장도 눈에 들어오지 않았다. 평소라면 펄쩍 뛸 만 원에 가까운 커피를 시켜놓고 있는 사이 입 안이 바짝바짝 말랐다.

칼처럼 끊으라는 말이 분명했다. 파혼한 주제에 그를 만나는 것 자체가 과분하긴 하다. 허연 크림이 듬뿍 얹혀진 커피를 홀짝이며 복잡한 심정으로 어머님을 기다렸다. 어쩌면 이런 식으로나마 그와의 고리를 끊는 게 더 나을 수도 있었다. 하지만…… 진실로 내가 원하는 걸까? 잘 모르겠다.

이제는 정말 모든 것이 끝인데 왠지 개운하지가 않았다. 그의 에르메스 향도 조금씩 익숙해지고, 장난기 가득한 눈동자와 각진 턱 선이 주는 강인함이 매력적으로 느껴지는데, 지금에서야 비로소 진정한 이별이 온다는 건 아이러니한 일이다.

해열제로 잠시 가라앉았던 열이 다시 끓어올랐다. 따끔거리는 눈자위로 열이 뻗쳐 물기가 돋았다. 코가 맹맹하다. 머리도 아팠고, 덕분에 심장까지 함께 병들어 버렸다.

산과 헤어진다.

아직 남산의 눈 구경도 하지 못했고, 이 겨울이 다 가지도 않았는데 말이다. 지금이 지나면 언젠가 많은 시간이 흐른 후, 우연히 길가에서 마주칠지 모르겠다. 내가 아닌 다른 여자의 곁에 선 산과 마주치면 어떤 기분이 들까?

무겁고 칙칙한 기분일 것 같다. 음울한 상상에 빠진 내 시선으로 고급스런 갈색 구두가 멈추었다.

"뭐 하니?"

어머님이 이상한 눈초리로 나를 내려다본다. 뜨끈한 눈자위 끝으로 살짝 물기가 서렸다.

"죄송해요."

"당연한 일이지."

먼저 사과를 하는 내게 어머님은 딱 잘라, 대꾸했다. 가차없는 냉정함에 뭉클했던 심장이 머쓱해지고 말았다.

"나 원 참, 집안 어른들 뵙기가 어찌나 민망하든지……. 잘난 아들 둔 덕분에 이런 망신을 다 당해보는구나."

"죄송합니다."

엎드려 절을 해도 마땅한 일이긴 했다. 이 잘난 집안이 파혼을 당한 수모를 생각하면. 처음 시작 때 더 강렬히 거부를 했어야 했다. 중요한 순간에 강하게 밀고 나가지 못하는 여릿한 내 성격에 일만 커지고, 모든 게 걷잡을 수 없이 흘러가 버렸다. 이마에서 식은땀이 흘렀다.

"대체, 둘은 어떻게 된 거니?"

"네?"

"산은 결혼식만 미루는 거라 그러고, 효인인 아예 파혼이라고 빙글대던데……. 도무지 누구 말이 맞는지 알 수가 있나!"

속이 타는지 어머님이 단숨에 내 앞에 놓인 냉수를 들이켰다. 대체 어떻게 된 건지는 내가 묻고 싶다.

"어른들에게 말씀은 다 드렸는데 결혼식은 없고, 산은 계속 저렇게 결혼식 날짜만 미루어대니 무슨 속인 줄 알 수가 있니? 너 한 번 보자고 해도 어찌나 펄쩍 뛰는지, 원! 내가 널 잡아먹기라도 한다니?"

"……."

유구무언! 강씨 집안의 일은 나도 속셈을 모르겠다. 가슴이 다시 답답해져 왔다. 산이 이곳에 함께 있다면 따지고 싶다. 나더러 어찌하란 말이야? 대답 좀 해보시지?

"집에는 왜 안 왔니?"

"네?"

"나도 효인이 녀석 말, 다 믿은 건 아니다. 너한테도 무슨 사정이 있겠지 싶어 모른 척하기는 했다만 설마, 결혼 미루자 했다고 얼굴까지 안 보는 것도 아닐 테고. 아무리 염치가 없어 못 왔다 해도, 그래도 직접 와서 사정 설명은 해야 하는 거 아니니? 솔직히 네가 다 마음에 들었던 건 아니다. 네 나이가 적은 건 아니지 않니? 아홉수에 결혼하는 것도 마음에 걸리고 그렇다고 네 나이 서른까지 기다리기엔 너무 늦잖니. 대체 무슨 생각인지 모르겠다. 대뜸, 준비가 안 됐다면서 무작정 결혼만 미루어놓고……."

어머님이 수선스럽게 한숨이 푹푹 쉬어댔다. 그러고 보니 어머님의 고운 이마에도 몇 개의 주름살이 생겼다.

"그 문제로 결혼식 몽땅 다 취소하느라 나도 꽤 힘들었어. 네 시아버님은 아버님대로 이리저리 체면만 깎이고……. 정말 며느리 하나 들어오는데 왜 이리 수선인지 모르겠다. 오늘도 집안 어른들에게 한소리 듣고 오는 길이다. 대체 어떻게 시어미 노릇을 했기에 며느리가 도망가느냐고. 그렇지 않아도 가시방석 같은 어른들 앞에서 얼마나 할 말이 없든지……."

끌, 대놓고 혀를 차는 통에 더욱 고개가 안으로 처박혔다.

"어디 아프니? 얼굴이 파리해."

"네……. 몸살기가 좀 있어서."

"그럼, 미리 말을 하든지."

어머님의 이마가 모로 섰다. 짜증스럽긴 했지만 그래도 약간의 걱정기도 배어 있는 목소리였다.

"너는 무슨 생각을 하고 사는 아이인지 모르겠다. 내내 조용히 있다가 갑자기 결혼을 미루질 않나. 아무리 산이 우겼다고 해도 네가 말렸어야지. 아니면 내게 먼저 상의를 하든지! 급한 건 우리만이 아니잖아. 오늘만 해도 그래. 아프면 아프다고 미리 말을 했어야지. 다음으로 미루어도 괜찮았는데…… 아무튼 너 때문에 나만 성미 나쁜 시어미만 되고 마는구나."

더욱 죄송한 마음에 고개를 들지 못했다. 내 사정 먼저 말하지

못하고, 쉽게 거절하지 못하는 성격이 다른 사람에게 폐가 된다는
걸 모르지 않았으니.

"어차피 나온 일이니 용건만 간단히 말하자."

오늘은 단단히 결심을 하고 나오신 모양이다. 어머님이 딱 부러
지게 못을 박았다.

"어른들과 말 나온 김에, 아예 결정을 보자. 산과 이야기해 봤자
뭐 소용없을 것 같고. 네 말이라면 그래도 듣는 편이니 어쩔 수 있
니? 두 사람 나이도 있고, 이미 결혼 준비도 끝났는데 당장 날을
잡아도 되지 않겠어? 결혼식장이야 겨울이라 더 잡기도 쉬울 것
같고. 오늘쯤 부모님께 상의드려 봐라. 알았지?"

그렇게 묻는다 해도, 사정을 잘 모르는 나로서는 할 말이 없었
다. 엄마가 산에게서 받아왔다는 혼수 비용까지 겹쳐서 머리가 혼
란스러웠다. 파혼이라 돌려받은 혼수 비는 어떻게 된 걸까?

"어른들 모두 내게만 타박이다. 아들 일에 너무 손 놓고 있는 거
아니냐고. 그래도 그 녀석이 우리 집 장손인데 나라고 속이 편하
겠니? 다른 아이는 다 제쳐 놓고 너만 좋다고 날뛰는 녀석이라 나
참……."

그리 마음에 들지 않은 며느리에게 아쉬운 소리까지 해야 하는
자신의 처지가 생각하면 할수록 울화가 치미시는 모양이다. 이젠
걱정스러움보다는 짜증이 앞선 어머니는 주문해 놓은 따스한 차
대신 냉수만 벌컥벌컥 들이켰다. 어머님 못지않게 내 목 역시 바
싹 타올랐다. 그렇지 않아도 내리지 않은 열 때문에 말라가던 참
이었다.

"뭐, 어차피 내가 아들 장사하는 것도 아닌데 지금까지 해온 혼수로 대충 결혼하자꾸나. 아버님께서도 은근히 조바심이 이는 눈치야. 워낙 무뚝뚝한 양반이라 속내를 드러내지 않지만 산 세월이 얼마인데 내가 모르겠니? 연말 가족 모임에서 얼마나 다들 눈치를 주는지 내 체면이 말이 아니었어."

어머님은 쌓인 속내가 많은지 좀처럼 말을 끊을 기색이 없었다. 어찌 된 사연인지 정확히는 모르겠지만 최소한 우리의 파혼이 내 생각과 같지 않다는 것만은 알 수 있었다.

"안사돈께 잘 말씀드려서 올 봄 안에는 결혼식을 치르는 것으로 해라. 내 마음 같아서는 이번 달 안에라도 치르고 싶다만. 뭐, 당장 들어가 살아도 불편하지 않게 살림은 마련된 터에 집안끼리의 인사치레가 뭐 중요하니? 그것도 다 허례허식이지. 되도록 빠른 시일로 날 잡도록 해."

몸살 걱정까지 함께하며 서둘러 일어서는 어머님을 배웅하자마자 자리에 털썩 주저앉았다. 바짝 세웠던 긴장감이 한순간에 탁, 풀렸다. 그제야 몸살기 때문에 어지럼증이 몰려왔다. 차분히 생각해 보고 싶지만, 지금으로서는 불가능하다. 모든 것이 끝났다 생각했던 것들이 다시 원점으로 돌아왔고, 나는 여전히 산의 약혼녀다.

대체 무슨 일이 벌어진 걸까?

맥 빠진 몰골로 한동안 멍하게 찻집에 앉아 있었다. 내내 막혔던 하늘이 한꺼번에 뚫린 모양이다. 어제 소담스럽게 내리던 눈이 아침나절 잠시 멈추나 싶더니 오후로 들어서 다시 무거운 제 몸을 털어낸다.

날리는 눈발을 바라보다 비척거리며 자리에서 일어섰다. 그리고 이 모든 일의 중심인 산을 향해 천천히 걷기 시작했다.

언젠가 산이 건네준 명함을 든 채 회사 근방으로 향했다. 광고 회사라는 건 알고 있었지만, 그저 작은 사무실 정도만 생각했던 터라 신사동에 위치한 근사한 건물을 황당하게 바라보았다. 약혼녀의 자격이 없긴 하다. 그와 팔 개월의 시간 동안 지내면서 한 번도 그의 직장에 대해 관심을 가져 본 적이 없었다. 산이 뻔질나게 우리 학교를 드나드는 것에 비하면 매정할 정도로 무관심했다.

내 전화에 산은 부리나케 건물 밖으로 빠져나왔다. 들어오라고 하지 않는 걸 보니, 어머님의 전화를 받은 모양이었다.

"몸살이라면서."

나를 보자 대뜸 꺼내는 말은 내 추측이 사실임을 증명하고 있었다. 호오~

"응."

딱딱한 어투로 대답했다. 어투 못지않게 표정도 딱딱하게 굳혔다. 실은, 여기까지 오느라 겨우 버티던 몸살이 다시 시작돼 근육이 파르르 떨린 이유도 있었다.

"전화하지, 여기까지 왜 왔어? 그렇지 않아도 어머니 전화 받고 막 전화하려던 참이었는데. 열은 어때?"

산이 다정한 손길로 이마를 짚었다. 뒤로 물러서며 그 손길을 털어냈다. 어머님 일로 당황스러웠고 약간은 화가 난 상태였다.

“산……."

“왜?"

내가 할 말은 다 아는 주제에, 산은 일부러 모른 척하고 있다. 이젠 나도 산을 알 것 같다. 그의 작은 버릇도, 곤란할 때 짓는 표정도…….

“왜 어머님께 거짓말했어?"

“무슨 거짓말?"

“우리, 파혼한 거 말씀 안 드렸잖아."

“파혼한 게 아니니까."

산이 고집을 피웠다. 당신, 철없는 유치원생이야? 하는 소리가 목까지 차 올랐다.

“우리 파혼한 거야."

“난 파혼한 적 없어!"

“그럼 엄마에겐 왜 혼수 비용까지 돌려준 거야?"

나 역시 물러서지 않았다. 왜, 뭐든 다 당신 마음이야? 조금, 날 선 음성을 따졌다. 빙글대며 애써 무마시키던 산의 얼굴도 나 못지않게 굳어졌다.

“정말 그렇게 생각해?"

산이 물었다. 산의 목소리가 위험 수위에 다다르고 있었지만 나 역시 한계였다. 머리는 지끈거리고, 곧이라도 차가운 길바닥에 쓰러질 것처럼 현기증이 오르고 있었다.

“정말 내 마음대로 다 했다고 생각해? 당신 의중 따위는 관심조차 없이 내 멋대로, 내 마음대로 모든 걸 다 했다고 생각해?"

산이 위협적인 몸짓으로 한 걸음 다가섰다. 성난 눈동자가 나를 매섭게 쏘아보았다.

"난 한 번도 그렇게 해본 적이 없어. 당신을 만나 지금까지 내가 내 뜻대로 해본 거라고는 청혼뿐이었어. 그건 당연한 거잖아? 사랑하는 여자에게 청혼하는 것조차 허락받고 해야 해? 결혼식도 당신 사정 맞춰서 결정했어. 당신 만나 단 한 순간도 딴 사람에게 눈 돌려본 적도 없었고. 호텔에서조차 결국 내 뜻대로 하지 못했어. 그런데도 뭐든 내 마음대로였다고 생각해?"

머리가 쾅쾅 울려댄다. 산이 소리를 한 번 지를 때마다 바위가 머리를 내려친 듯 쿵쿵댔다. 눈물이 핑 돌았다. 그런 뜻이 아닌데…… 왜 난 이렇게 설명하는 게 힘든 걸까?

"난……."

"다른 남자를 바라본 건 당신이잖아. 그게……."

버럭, 화를 내던 산의 말이 갑자기 멈추었다. 거리를 걷던 사람들이 우리를 흘끔거리며 스쳐 갔다. 빙글, 어지럼증이 돌았다. 산…… 나, 많이 아파.

"어머니께서 당신에게 연락하실 줄은 미처 예상하지 못했어. 미안. 당신이 조금 더 내게 마음을 열면 그때, 설명해 드릴 생각이었는데 일이 좀 빨리 터졌어."

아프다…… 물에 젖은 솜처럼 자꾸 몸이 내려앉는다. 비틀거리며 산을 붙들었다. 아파……. 중얼댔다. 놀란 산의 눈동자가 점점 더 커다랗게 시야 속으로 들어왔다.

"남유인!"

눈물이 흘렀던 것 같다. 찬 겨울바람 속에 불같은 열기가 느껴졌으니까.

서늘한 온기가 이마에 닿았다. 낯설지만 싫지는 않은 감촉. 잠결에 뒤척이다, 문득 눈을 떴다. 산이다!

한껏 찌푸린 얼굴로 양손을 허리에 댄 채 산이 나를 내려다보고 있었다. 바싹 마른 입술을 혀로 축이며 주위를 둘러보았다. 하얀 벽과 톡 쏘는 병원 냄새가 느껴졌다.

"병원이야."

아직 묻지 않았는데 산이 먼저 대답했다. 파랗게 질린 안색이 나보다 더 아파 보여, 나도 모르게 손을 뻗어 그의 뺨을 감쌌다. 안도의 한숨이 길게도 샜다.

"놀라, 심장이 멈추는 줄 알았어."

나도…….

"많이…… 놀랐지?"

하하하! 기운 빠진 웃음을 지으며 산이 고개를 저었다.

"당신은 내 심장병인가 봐. 여러 번 심장 내려앉게 해. 온 김에 심장병 검사나 받고 가볼까?"

농담까지 하는 걸 보니 피식, 웃음이 새었다.

"미안……."

"다행히 독감 정도는 아니라니까, 이것만 맞고 가자."

그제야 손등에 길게 줄을 드린 링거 병을 보았다. 잠깐, 잠을 잔 것 같은데……. 내 곁에 앉아 조심히 링거 줄을 살피는 산의 모습에 가슴이 뭉클해졌다.

이 남자…….

가슴이 막혔다. 그래서 숨을 쉴 수 없었다. 눈물이 주룩, 흘렀다. 눈물샘이 고장 났나 보다.

"왜, 또 아파?"

아니. 고개를 저었다. 혈관을 따라 흐르는 찬 액체가 반갑지는 않았지만, 그것으로 인해 아프지는 않았다. 나를 아프게 하는 건, 까만 눈동자와 까만 머리카락, 그리고 성미 급한 한 남자.

"어머님께 왜 말하지 않은 거야?"

집요하기는…… 투덜대며 산이 마지못해 대답했다.

"사정 설명하기 귀찮아서. 결혼식만 미루는 것뿐인데 어머님께 이것저것 설명하는 게 좀 귀찮았어."

"어머님 전화에 얼마나 걱정했는지 알아?"

"왜?"

"당신 만나는 것 때문에 혼날 줄 알았으니까. 우린 만나면 안 되는 거였잖아."

잠깐, 산이 멈추었다. 놀란 것 같기도 하고, 의외인 것 같기도 하고, 혼돈스러운 눈빛이었다.

"또 겁먹었니?"

응. 하고 대답했다. 산은 참으로 이상하다. 당연한 일이 당연하지 않게 되고, 전혀 당연하지 않는데도 그는 당연한 거라 말한다. 당연 겁을 먹었고, 두려웠다.

"당연하잖아. 파혼했는데, 당신과 만나는 거니까. 그래서 엄청

조마조마하고 떨렸는데, 산이 제멋대로 우기니까 굉장히 억울했어. 난 당신 때문에 얼마나 가슴 떨렸는데…… 그래서 좀 울컥했어.”

“유인아.”

적당히 한기에 젖은 손이 뜨거운 내 이마와 젖은 눈자위를 쓸었다. 차갑지만 기분 좋은 딱, 그만큼의 체온이었다.

“다른 여자는 한 번도 가슴에 품어본 적이 없었어. 내 방식이 아니라면 네 방식대로, 그렇게 갈 생각이었지.”

커다란 손이 내 얼굴을 감싸 눈을 맞혔다.

“사랑해. 처음 본 순간 반해서 가슴에 별이 되어버렸어. 작은 생쥐처럼 겁도 많고, 늘 누군가에게 먹히지 않을까, 두리번거리고 소심하기 그지없지만.”

자잘한 설명과 함께 킥, 소리가 들렸다. 쳇!

“그래도 가끔은 반할 정도로 환하게 웃고, 까맣게 타는 내 속도 모른 채 맹한 말도 하는 네가 너무나 귀여워서 사랑해.”

대답을 기다리는지 잠시 말이 멈추었다. 그의 심장과 함께 나 역시 콩닥콩닥 뛰어댔다. 작은 목소리로 더듬거리며 속삭였다.

“난…… 난…….”

“난?”

“나도…….”

“나도?”

“나도…… 산이 좋아. 처음엔 좀 이상했는데 자꾸…….”

“아, 환자 분 어때요?”

좌라락, 커튼이 젖히며 초록 가운을 입은 간호사가 불쑥 얼굴을 내밀었다. 화들짝 놀라, 벌떡 몸을 일으켰다.

"링거액은 거의 다 맞으신 것 같은데 저쪽, 수납으로 가셔서 계산하시고 가시면 돼요. 약 처방도 받으시구요."

이런……. 불만스런 음성이 크게도 울렸다. 버릇없는 보호자를 성난 눈초리로 쏘아보곤 쌀쌀맞게 간호사가 돌아서자, 산이 자리에서 일어섰다.

"계산하고 올게. 무슨 저런 눈치없는 간호사가 있어?"

투덜투덜 사라지는 그의 모습을 보며 실실, 웃음을 쪼갰다.

"그래도 청혼은 당신이 해. 한 번은 내가 했으니까."

단단히 옷깃을 여미며 병원을 나서는 내게 산이 뻔뻔한 몰골로 주문을 했다.

쳇! 심술궂은 건 변함이 없군.

삐죽 내민 입술에 전광석화처럼 산이 입을 맞추었다. 뜨앗! 여기 아직 길거리인데.

"감기 내가 옮아갈게. 빨리 나아라."

어찌나 놀랐는지 그대로 굳어버렸다. 그래도 더듬더듬, 말이 나오는 걸 보면 나도 이젠 많이 적응되었다.

"……감, 감기 아니야. 몸살인데."

"하하하! 알았어, 몸살! 그래도 되물리는 건 없어."

그리고 호탕하게 웃음을 터뜨린다. 찰나 산의 입술이 닿았던 입술을 살짝 쓸었다. 약간 촉촉하다. 물기 밴 입술을 매만지며 옆에선 산을 훔쳐보았다. 이런 남자……. 정말 내 것이어도 될까?

“산……”

주차장 입구에 들어서는 그를 불러 세웠다. 입술이 이글, 타올랐다.

“응?”

“결혼해 줄래?”

“뭐? 안 들려!”

웃는 품새로 봐선 들은 것 같은데……. 좀 더 소리를 높였다.

“나와 결혼해 줄래?”

환한 겨울 햇살 속에 그의 목소리가 울린다.

“그래, 얼마든지…… 공주님!”

에필로그

사람의 본성은 어느 순간, 잠시 감추어질 순 있어도 절대 변할 수 없다. 요즘 절실히 느껴지는 진리였다. 특히, 이렇게 산이 나를 노려보고 있을 때면 더더욱!

"그래서 기분 좋았어?"

산은 여전히 무섭고 위압감이 넘친다. 그가 이렇게 빌빌 꼬아대면 꼭 고양이 앞에 놓인 쥐 같은 기분이 든다. 하긴, 쥐는 궁지에 몰리면 물 수나 있지.

"……."

"이상형을 만나면 어떤 기분이 들어?"

왜 한때, 산이 다정하다고 느꼈던가! 사랑에 빠지면 콩깍지가 쓰인다더니 분명 껍질 두꺼운 콩깍지가 쓰인 게 분명하다. 산은 변한 게 하나도 없는데 말이다. 여전히 윽박지르고, 이쪽 사정은 전혀 들어보지 않는 제멋대로인 그대로.

산의 손가락이 잘 세팅 된 테이블을 톡톡 두드렸다. 아직 남은 콩깍지가 있나? 이 상황에서도 그의 손가락이 참 잘생겼다는 생각이 든다. 그래서 그의 윽박을 조금 더 참아주기로 결심했다. 솔직히, 지금 심정으로는 화장실로라도 도망치고 싶은 심정이긴 했지만.

"몇 번이나 만났어?"

"……학교 앞에."

"학교 앞에, 뭐?"

산의 눈꼬리가 길게 마름모를 그렸다. 지금 몹시 심정이 사납다는 뜻이다. 그러면서도 여전히 내 대답을 재촉하는 손짓을 해댄다. 한숨이 새었다. 말하라는 건지, 말하지 말라는 건지…….

오늘의 사단은 연희 씨로부터 비롯되었다. 평소엔 잠깐 눈인사만 건네는 편인데 오늘따라 그와 조금 긴 인사를 건넸다. 하필, 저녁 약속이 있는 날이라 학교로 찾아온 산에게 들켜 지금까지 심문을 당하고 있는 중이고.

"학, 학교 앞이 연희 씨의 병원이라……."

"여언희 씨?"

눈꼬리 못지않게 목소리도 길게 꼬리를 그렸다. 꿀꺽, 침을 삼켰다. 산 몰래 벽에 걸린 시계를 바라보았다. 유진인 아직도 도착 전인가?

오늘은 산과 결혼한 지 일 년이 되는 날이다. 아침에 출근하는 나를 붙들며 산이 한껏 흥분된 얼굴로 상기시킬 때만 해도 이렇게 심란한 식사가 될 줄은 몰랐다. 무릎에 놓인 백을 주물럭대며 한숨을 내쉬었다. 차라리 연희 씨의 이야기는 그만두고 선물을 건네면 조금 나아질까? 평소라면 이만큼 산이 골을 낼 때에는 유진만큼 좋은 약이 없다.

처제라면 살살 녹는 산인데다, 유진의 화려한 말솜씨로 금방 분위기가 화기애애해지고 마니까. 그러나 융통성없는 나로서는 정말 이 상황을 어떻게 해야 할지 잘 모르겠다.

산은 이제 내 남편이 되었고, 누구보다 가깝게 느껴져야 하는데 나는 그가 여전히 어렵다.

"저기……."

톡톡톡, 산의 손가락이 테이블 위로 짜증스런 소리를 냈다. 목소리가 더욱 안으로 숨어든다. 산이 고개를 외로 틀었다. 투덜대는 산의 모습이 뿔난 도깨비 같다.

"결혼하자고 할 땐 언제고……."

꼭 이렇게 애매한 상황에서는 그날, 내가 청혼한 걸 들먹이는 게 산에게 생긴 새로운 버릇이었다. 쳇, 쳇!

"학교 앞이 병원이라 그건 어쩔 수 없는 일이잖아. 오다 가다 보면……."

"오다 가다?"

"자주 부딪치는 건 아니고……."

"자주 부딪치지 못해서 몹시 섭섭한가 보네."

흥! 하고 산이 콧방귀를 뀌었다. 목까지 물이 꽉 찼다. 진짜 해도 해도 너무한다. 솔직히 산이 이런 식으로 굴면 연희 씨를 떠올리지 않으려 해도, 떠올리지 않을 수가 없다. 난 순수했어! 산이 노래를 부를 때마다, 나 자신이 바람둥이처럼 느껴지는 것도 불쾌했고. 누가 연애 한 번 하지 말라고, 우긴 것도 아닌데 말이다.

"다음 달 정도에 병원 정리할까 해요."

소꿉놀이 접는 것도 아닌데 일 년여 남짓 개업한 그가 갑자기 병원을 정리한다는 말에 엄청 놀라, 미처 산을 떠올리지 못한 불찰이 있긴 했다. 보통 때였다면, 산과의 약속을 떠올리며 은근히 몸을 사렸을 텐데…….

"정리를 해요?"

묻는 내게 연희 씨가 예의 차분한 미소를 지어 보였다.

"갑자기 영월에 병원 자리가 하나 났어요. 부모님께는 원하시는 만큼 다 해드리지는 못했지만 이번 기회에 영월로 정착할까 해서요."

나 때문만은 아니겠지만 어쩐지 가슴이 철렁했다. 아, 네…….
어설프게 대답하는데 연희 씨가 가볍게 어깨를 툭 쳤다.

"사랑에 상처입으면 원래 해탈하잖아요."

네? 죄책감에 목소리가 잔뜩 올라섰다. 하하하! 웃는 연희 씨의 모습에 그제야 농담인 줄 알았다. 무슨 농담을 진담처럼 하는지…….

"여기 있으면서 계속 마음이 편하지가 않았어요. 원래부터 영월에 좋은 자리가 나면 옮길까 생각하고 있는 중이라 마침 잘됐죠. 다음에 별 보러 와요. 숙식은 무상으로 제공할 테니까."

그리고는 손을 흔들며 사라지는 연희 씨의 모습을 사실, 아주 조금 지켜보기는 했다.

"왜 이렇게 둘이 심각해? 기념일이라고 잔뜩 으스댈 때는 언제이고?"

이제 의대생 새내기인 유진이 뒤늦게서야 나타난 주제에 실실 댔다. 늦은 유진의 출현에 테이블 분위기는 이미 파장이었다. 산의 코에서는 계속 콧바람이 불고, 나 역시 울화가 머리끝까지 치민 상태였다. 평소였다면 산의 기분이 풀릴 때까지 계속 사과를 했겠지만 오늘은 아니었다. 결혼기념일 날 굳이 이런 식으로 제성미를 부려야겠냐는 말이지!

유진이 나와 산의 눈치를 번갈아 보더니 피식거렸다.

"어쩐지 그사이 사랑 싸움이 없다고 했어. 언니, 또 다른 남자 쳐다봤어?"

흥!

산의 콧바람 소리가 조금 더 올라섰다. 한껏 유진을 노려보았다. 내 동생 맞아? 시동생인 효인이와 눈만 마주쳐도 잡아먹을 듯 으르렁대는 산의 비위를 도대체 어떻게 다 맞추냐고.

"연희 씨가 병원 이사한데서, 인사 좀 했는데 계속 저렇게 골을 내는 중이야. 너무하지 않니?"

"아, 그 밥맛없는 의사 선생?"

핏! 산이 헛바람을 불었다. 그 말에는 좀 기분이 나아진 모양이다. 남몰래 안도의 한숨을 쉬었다. 연희 씨에 대한 평가가 그리 마음에 드는 건 아니지만 그래도 산의 표정이 조금이나마 풀린 건 다행이니까.

"그러게, 유부녀가 왜 외간 남자를 바라봐? 형부만한 남편을 옆에 두고. 아무튼 제 목에 걸린 다이아 놔두고 남의 구리반지를 부러워한다니까."

"남유진!"

갑자기 울컥해졌다. 옆에서 산이 유진의 말을 거들고 나섰다.

"남유인, 부부 관계에도 예의라는 게 있는 거야. 다른 이성을 바라보는 게 그중 하나지. 당신, 살면서 내가 다른 여자 쳐다보는 거 본 적 있어? 없지?"

"산!"

"오늘이 우리 결혼기념일이야. 이런 날은 황홀한 눈빛으로 남편만 바라보아야 되는 거 아닌가? 결혼할 때에도 그렇게 속 썩히더니……."

이젠 대놓고 혀까지 차댄다. 잘못했어. 하려던 말을 그대로 꿀꺽, 삼켰다. 나도 결혼기념일을 기념하고 싶었다. 산이 이런 식으로 몰아치지만 않았다면!

성난 손짓으로 백을 열어 결혼기념일 선물을 움켜쥐었다.

"그 일에 대해선 미안하다고 몇 번이나 사과했잖아. 자꾸 결혼하자고 몰아치기만 하는데 어떻게 해? 무섭다고 말했는데도 산은 듣지도 않고. 그래도……."

눈물이 턱 끝으로 툭, 떨어졌다. 정말 속상해 죽겠다. 결혼하면 모두 행복한 결말일 줄 알았는데 산은 틈만 나면 이렇게 사람을 몰아친다.

"그래도…… 산의 말대로 청혼도 했고, 그래서 결혼까지 했잖아. 이거."

테이블 위로 사진 하나를 던져 놓았다. 산의 테이블 위에 놓을 수 있도록 예쁘고 앙증맞은 액자에 끼워놓은 사진이었다. 흑백의 사진에 산의 눈이 동그랗게 벌어졌다.

"결혼기념일 선물이야. 이제 팔 주 됐대."

내가 던진 폭탄에 초토화가 된 건 산뿐이다. 유진인 어머! 이 점박이가 내 조카야? 철없이 소리쳤고 의기양양했던 산의 얼굴은 핏기 하나 없이 핼쑥해졌다.

엄마가 그랬다.

여자에게 있어 임신만한 기회는 없다고. 이때가 아니면 남편을 휘어잡을 기회는 아마 영원히 없을 거라고도 그랬다.

"남유인!"

산의 호소를 뿌리치며 단호하게 자리에서 일어섰다.

"결혼기념일 축하해! 당신은 아닌 모양이지만……."

그리고는 분연히 식당을 나와 버렸다. 물론 회심의 미소도 잊지 않았다. 오늘만큼은 산의 사과를 단단히 받을 속셈이었다. 얼마나 기쁜 선물을 준비했는데. 쳇! 쳇!

오 년 후.

"아빠 왜 엄마랑 결혼했어?"

쫑긋 귀가 섰다. 아빠를 닮아 그런지 목청이 큰 아들 녀석이 몹시 불만인 몰골로 묻는 말에 몸이 절로 베란다 쪽으로 향했다. 산의 대답이 궁금하기도 했고.

"글쎄?"

산의 대답에 어이가 없다. 진하 역시 몹시 불만인 듯 흥! 하고 콧방귀를 꼈다. 앙증맞은 코에 잔뜩 힘을 주고 있을 아들의 모습은 보지 않아도 뻔했다. 이제 겨우 다섯 살밖에 되지 않은 아들은 모든 면에서 산의 판박이다. 그래서 난 아들이 무섭다.

"난 절대 이해할 수 없어."

"왜?"

"아빠처럼 근사한 남자가 왜 만날 실수투성이에, 요리도 제대로 못하는 엄마와 결혼했는지 도무지 이해가 안 돼. 더 예쁜 여자 없었어?"

"있었는데 엄마가 아빠한테 엄청 큰 콩깍지를 씌워서 볼 수가 없었어."

"얼른 벗어버리면 되지."

"그러기도 전에 엄마가 청혼해 버려서 어쩔 수 없이 결혼한 거지."

음하하하하!

산이 우쭐한 음성으로 커다랗게 웃음을 터뜨렸다. 양파를 썰다, 코끝이 찡했다. 옆에서 계속 피식대는 유진을 흘겨보았지만 씨알도 안 먹혔다.

"하긴 나도 좀 그렇긴 해. 어른인 내가 이해 불가능인데 다섯 살짜리가 수긍하기엔 굉장히 난해한 문제이긴 하지. 형부는 대체 언니의 어느 점을 보고 반했는가, 몰라."

"사랑은 어쩔 수 없이 흐르기 때문에 하는 거라고 했어. 넌 사랑 같은 거 모르잖아."

으쓱대며 한마디 톡, 쏘았다. 이제 스물다섯인 유진인 제 소원대로 의대에 진학한 것 말고 이룬 게 하나도 없는 싱글이다. 그러니 사랑하는 남편과 아들이 있는 내게 한풀 꺾이는 게 당연지사지만, 물론 유진에겐 먹히지도 않는 말이다.

흥흥!

유진이의 코웃음을 흘려 들으며 베란다로 고개를 삐죽 내밀었다. 진하가 태어나면서 새로 이사 온 이 집의 가장 큰 장점은 커다란 베란다다. 특히 이런 여름이면 고기 구워 먹기 딱 안성맞춤인. 그곳에서 지금 산은 진하와 함께 고기를 굽고 있는 중이다. 바베큐 통에서는 기름이 자글거리는 스테이크와 진하를 위한 도톰한 훈제 소시지, 그리고 내가 좋아하는 새우와 조개가 맛있게 익어가고 있었다. 편한 복장으로 음식들을 뒤집는 산은 질문 많은 아들에게 성실하게 대답해 주며 싱글대는 중이다. 물론 조금 엉망인 대답이긴 하지만.

석양이 넘어서는 베란다에 나란히 선 부자(父子)의 모습에 조금 전의 억울한 마음을 잊고 흐뭇한 미소가 걸렸다. 성격도 그렇지만 외모까지 많이 닮은 진하는 까만 머리카락을 석양에 반짝이며 여전히 불만스런 표정이었다. 대체 왜 저럴까? 한숨이 샜다.

도대체 이유를 모르겠다. 오이디푸스 콤플렉스라는 말처럼 대부분의 아들은 엄마를 좋아한다는데 이상하게 진하는 아빠를 맹

목적으로 추종하는 편이었다.

"진하는 잘 모르겠어. 이상하게 날 안 좋아해. 산이가 나랑 결혼한 게 굉장히 불만인가 봐. 그래서 좀 속상해."

"그래? 난 이해가 굉장히 잘되는데. 형부가 좀이나 근사해? 진하가 생각보다 객관적인 성향을 지녔나 보지. 다행이지 뭘 그래? 언니 닮아 완전히 주관적인 것보다야 낫지."

"내 동생 맞아?"

"아니! 난 엄마 딸이야. 톡, 쏘는 게 일품이잖아?"

하하하!

너스레를 떠는 유진을 한심스러운 눈초리로 째려보았다. 옛날엔 정말 괜찮은 동생이었는데 점점 나이를 먹을수록 유진인 더욱 통제 불능이 되는 것 같다.

"산!"

키득대는 유진을 남겨놓고 진하 쪽으로 다가갔다. 진하가 입술을 삐죽 내민다. 진하는 내가 산을 부르는 호칭도 싫어한다.

"아직 장인 어른 안 오셨어?"

고기를 굽던 산이 얼른 자리에서 일어나며 어깨를 감쌌다. 석양에 비친 그가 좋다. 부드럽게 흘러내린 검은 머리카락도, 그윽하게 바라보는 검은 눈동자도, 따스하기 그지없는 저음의 목소리도. 어떻게 이런 남자가 내게까지 왔을까?

굳이 유진이 각인시키지 않아도 산을 볼 때마다 신기하긴 했다.

"엄만 비겁해!"

진하가 꼬막 같은 손을 꽉 쥔 채 내게 소리를 쳤다.

“뭐가?”

“비겁하게 아빠 눈에 이따만한⋯⋯.”

진하가 양팔을 벌려 커다랗게 원을 그렸다. 얼른 시선을 피하는 산을 사정없이 노려보았다.

“이따만한 콩깍지를 씌워서 무작정 결혼해 버리면 어떻게 해?”

“강진하! 엄마가 아빠 눈에 콩깍지를 안 씌웠으면 넌 여기 태어나지도 못했어.”

산이 얼른 중재를 나섰다. 쳇! 도발은 누가 해놓고⋯⋯.

“난⋯⋯.”

그것까지는 미처 계산에 넣어놓지 못했는지 말문이 막힌 진하가 한참을 씩씩댔다. 바베큐 통에 양파와 버섯을 올려놓으며 여유 있게 미소를 지었다.

“그, 그래도 아빠가 불쌍하다고 생각해! 아빠는, 아빠는!”

“아빠는 뭐?”

“아빠는 내 우상이야!”

그리고는 굉장히 억울한 표정을 지으며 후다닥 주방 쪽으로 뛰어가 버린다.

“강진하! 그럼 오늘은 우상인 아빠와 잠 잘 거지?”

뛰어가는 진하의 등을 향해 소리를 쳤다.

“엄, 엄마는 비겁한 기회주의자야!”

어디서 이상한 말을 주워들어서는⋯⋯ 절레 고개를 저었다. 우상인 아빠를 두고 비겁한 엄마 옆이 아니면 잠이 들지 못하는 것도 진하의 딜레마였다. 유독 책을 좋아하는 진하로서는 엄마만큼

책을 읽어줄 수 있는 사람도 없을 테니 말이다. 옆에서 눈물이 쏙 빠지도록 웃어대는 산의 옆구리를 사정없이 찔렀다.

"아, 미안!"

흘러내린 눈물을 닦아내며 산이 사과를 했다. 솔직히 약간 화가 치밀긴 했지만 산의 사과에 그냥 넘어가기로 했다. 결혼 일 주년 기념일 사건 이후로 그의 고집스런 성격도 많이 좋아졌긴 했다. 결혼한 후로도 여전히 강경하던 태도도 한결 부드러워졌고. 그래서 요즘엔 그와 결혼한 게 정말 내 일생 최대의 행운이 아닌가 생각이 자주 들긴 했다.

"산이 자꾸 그러니까 유진이도 이상하다고 하잖아."

"왜?"

"왜 나랑 결혼했는지 모르겠다고……."

"말해주지 그랬어?"

산이 허리를 끌어안으며 코를 킁킁댔다. 산은 늘 내게서 나는 야채 향을 좋아한다. 아삭해서 군침이 돈단다.

"뭘?"

"사랑에 빠지는 건 그 누구도 어쩔 수 없는 일이라고."

그렇게 느끼한 대사는 산밖에 말할 사람 없거든?

"참, 효인이도 온다던데."

내 머리카락을 잘근 씹으며 산이 시큰둥 말했다. 뭐? 놀라 손에 든 접시가 떨어질 뻔했다. 황급히 접시를 붙들며 산이 왜? 하고 물었다.

아, 이런…….

유진과 효인은 독사와 몽구스다. 서로 목숨을 걸고 싸워야 하는 천적이 현생에 환생해 만난 사이라는 거다. 둘 다, 모두 끔찍한 산 앞에서는 일껏 제 성질을 죽이는 편이지만 내 앞에서는 네버!

그들에겐 야들하기 짝이 없는 작은 설치류에 불과한 나는 먹이 이상의 것이 아니니 말이다.

내 속내는 짐작도 못한 산이 진하가 사라진 베란다 쪽을 흘끔거리며 내 뺨을 할짝댔다. 귓가에 울리는 그의 숨소리가 어쩐지 거칠어진 것 같다.

"우리……."

역시! 속삭이는 그의 음성이 한껏 가라앉아 있다. 위험 신호다.

"우리, 진하 동생 안 가질 거야?"

"진하 하나로도 난 좀 벅찬데……."

헉!

신음이 터져 나왔다. 산이 재빠르게 귓불을 핥아댄 탓이다. 얼른, 주방 쪽으로 시선을 돌렸다. 유진이가 봤을까? 산의 옆구리를 힘껏 밀었지만 언제나 그렇듯이 꿈쩍도 하지 않았다.

"산…… 주방에 유진이 있단 말이야."

"다음엔 유진이한테 그렇게 말해줘."

"뭐, 뭐……."

"달은……."

산의 입술은 이제 드러난 목선으로 향해 있었다. 산…… 작게 애원했지만 그는 물러설 기미가 없었다.

"달은 어쩔 수 없이 태양을 사랑할 수밖에 없는 거야, 공주님!

태양의 빛으로 살아가는 거거든.”

그리고는 다정하게 내 입술을 쓸어내린다. 더 이상의 사고력은 불가하다. 달콤한 혀가 살포시 입 안으로 스며왔다. 그의 향이 폐부 깊숙이 들어왔다. 익숙한 에르메스의 향과 진한 그의 체취에 스르르 눈이 감겨왔다. 그가 이토록 질퍽하게 접근해 오면 언제나 속수무책이다.

“헉!”

내 입술을 핥던 산이 순간, 우당탕! 요란한 소리를 내며 바닥으로 떨어져 내렸다.

“남유인!”

성난 음성 따윈 귀에 들어오지도 않았다. 힘차게 밀쳐 낸 내 손길에 내동댕이쳐진 산이 벌떡, 자리에서 일어섰다.

“어이, 형수!”

바닥에 떨어진 남편은 내버려 둔 채, 일껏 미소를 지으며 흐트러진 매무새를 다듬었다. 벌건 낯을 얼른 손바닥으로 가리면서, 반갑지 않은 시동생을 향해 가식적인 미소를 날렸다.

“오랜만이죠?”

신나게 손을 흔드는 효인의 입술 사이로 번뜩 이가 비춘다. 햇살 속에 선명히 드러난 몽구스의 이빨처럼……

오늘 저녁, 진하에게 동화책 하나를 읽어줄지 모르겠다.

옛날, 옛날에 무지 성질 사납고, 제멋대로인 강 씨 성을 가진 몽구스가 살았답니다.

　오랜만에 한껏 몰입해 글을 썼습니다. 처음 이 길로 들어섰을 땐, 글 쓰는 게 미치게 좋아 하루 종일 쓰고도 힘든 줄 몰랐는데.

　어느 사이 글 쓰는 게 조금 식상해질 즈음, 이 글이 시작되었습니다. 실은 중학교 교사인 큰 언니가 모델이었는데 어느새 유인인 큰 언니보다 나를 더 닮아버린 것 같네요. 아마, 1인칭 시점이 주는 독특한 습성이 아닐는지.

　겉으로는 딱 부러진 것처럼 보이지만 실제로는 싫은 일도 몽땅 떠맡고, 다른 사람에게 상처 주는 말 한 번 못하는 그런 인물로 쓰고 싶었는데, 갈수록 유인인 순진하다 못해 답답한 캐릭터로 변모해 버리고 말았습니다.

　글을 쓰는 내내, 답답한 유인이로 인해 가슴 아팠지만 그래도 산을 사랑했고, 유인의 어찌할 수 없는 소심함을 사랑했고, 결혼을 앞둔 신부들의 갈등을 사랑했습니다.

　저 역시 유인과 같은 갈등을 겪었었고, 그래서 더 몰입할 수 있었는지도 모르겠습니다.

　겉에서 함께 의논해 줄 수 있는 친구도 없이 외롭게 써 내려간 글이었지만 많은 독자들이 있어 바쁜 일정과 집안의 행사, 저희 집 수리까지 몽땅 겹친 가운데에도 즐겁게 작업을 할 수 있었습니다. 덕분에 이 한겨울, 좀 여유롭게 눈을 즐길 수 있게 되었네요.

수정을 끝내고 어둔 창밖을 보면, 겨울의 풍경이 펼쳐져 있습니다. 유난히 따스한 겨울이지만 그래도 글 속에 남은 하얀 눈들이 보송보송 내리는 것 같은 착각도 일고.

이 겨울, 시골에서 보내주신 유자차의 향도 좋고, 창가에 와 닿는 겨울바람도 좋고, 무엇보다 지루한 수정을 끝내서 좋습니다.

이 글의 모델이라며 자랑했지만, 결국은 전부가 되지는 못한 염창동 국어 교사 우리 큰언니, 수정 중인 아내를 위해 열심히 고기를 구워준 양 아저씨, 온갖 말썽을 피워대면서도 엄마 일 절대 방해 안 했다고 우기는 우리 두 말썽꾸러기 홍석, 진혁.

모두모두 사랑해요.

칼처럼 마감 채찍을 날리는 지윤 씨, 자상하게 늘 챙겨주는 종민 씨, 바쁘게 모든 일정을 소화시키고 있는 규진 씨.

늘 감사해요. 말하지 않아도 아시겠지만 말이에요.

2007年 1月 따스한 겨울

―서야 拜上